AF525794

Audrey Fraser ist das Pseudonym einer norddeutschen Autorin, die 1994 in Hamburg geboren wurde. Nach ihrem Germanistikstudium hat sie mehrere Jahre an der Uni unterrichtet und arbeitet inzwischen in der Marketingbranche.

AUDREY FRASER

I'll always choose you

Erstausgabe Januar 2025

I'll always choose you

ISBN 978-3-98998-788-3
E-Book-ISBN 978-3-98998-734-0

Covergestaltung: Larissa Siepmann
Umschlaggestaltung: ARTC.ore Design
Unter Verwendung von Abbildungen von
shutterstock.com: 2202016941 © Halay Alex
Lektorat: Tanya Carpenter
Satz: dp DIGITAL PUBLISHERS GmbH
Druck und Bindung: Books on Demand GmbH, Norderstedt

Für die Mutigen

Hinweis auf Content Notes

Dieses Buch enthält Themen, die einige Personen triggern können. Daher findest du auf der nächsten Seite die entsprechenden Content Notes. Wenn du diese nicht lesen möchtest, um nicht gespoilert zu werden, überblättere bitte die nächste Seite.

Content Notes

Die Geschichte von Daniel und Magnus behandelt unter anderem Mobbing, sexuelle Übergriffe, Missbrauchsversuche, Panikattacken, Drogenkonsum, Alkoholkonsum, Queerfeindlichkeit.

Normal sein

Magnus

Ich werde das schaffen. Ich werde es schaffen, weder meinem Vater auf seine polierten Lackschuhe noch meiner Mutter auf ihr geblümtes Kleid zu kotzen. Auch wenn das heute wohl eine meiner größten Herausforderungen sein wird, denn schon der Anblick des Blumenmusters macht mich schwindlig.

Vor fünf Minuten dachte ich, es wäre die mieseste Idee der Woche gewesen, an dieser Veranstaltung teilzunehmen. Jetzt stellt sich heraus, dass es noch dümmer war, mich gestern derartig volllaufen zu lassen. Ich erinnere mich nicht mehr an den gesamten Abend, aber ich weiß genau, dass ich der Meinung war, das heute zu bereuen. Und hier stehe ich jetzt, zwischen mehreren Journalisten und Zuschauern, mit dem schlimmsten Kater meines Lebens.

Im Grunde genommen ist mir der Erweiterungsbau der Feuerwehrstation ziemlich egal. Für die Stadt ist diese Eröffnungsfeier allerdings so bedeutsam, dass der Bürgermeister höchstpersönlich eine Rede halten soll.

Und Adrian Vaughn, seit über sieben Jahren Bürgermeister von Wilbur Peaks und bedauerlicherweise mein Vater, lässt natürlich keine Gelegenheit aus, sich der Öffentlichkeit mit einem seiner legendär langweiligen Monologe zu präsentieren.

Mit einer bislang ungekannten Sehnsucht wandert mein Blick zur Eingangstür, von der mich nur wenige Schritte trennen. Vielleicht kann ich glaubwürdig genug ein Husten andeuten und in Richtung Büfett fliehen. Sie haben nicht mal für vernünftiges Essen gesorgt, es gibt nur jede Menge Sekt und Saft und Obstsalat in kleinen Gläsern.

Ein Journalist sieht mich viel zu neugierig an. Obwohl ich zwei Jahre weg war aus dieser durchschnittlichen amerikanischen Stadt, die so ziemlich jedes Klischee erfüllt, das man aus bekannten Sitcoms kennt, habe ich einen Radar für sowas.

Zwei Jahre eine Art Flucht, die alles hätte besser machen sollen. Erst auf einem College hunderte Meilen entfernt und dann den Sommer bei meiner Tante an der Küste. Aber nichts ist besser geworden. Eher im Gegenteil. Doch das ist mir gerade sowas von egal.

Deshalb lenke ich meine Aufmerksamkeit wieder auf die Rede des Bürgermeisters. Lange halte ich auch diesmal nicht durch, da mich Moms stoische Miene beinahe zum Lachen bringt. Ich weiß nicht, wann ich Elizabeth Vaughn zuletzt in einem Kleid ohne Blumenmuster gesehen habe. Oder ohne den strengen Dutt, aus dem vorn immer zwei Strähnen heraushängen. Mit ihren Strumpfhosen und den Absatzschuhen, die man meilenweit in allen Räumen hört, ist sie nicht nur optisch, sondern auch durch ihr Verhalten die perfekte Ehefrau.

Nein, ernsthaft. Sie kann bis spät in die Nacht backen, wenn es ansonsten am nächsten Tag zu wenig Gebäck beim gemeinnützigen Kuchenverkauf gibt. Sie kann Schirmherrin von verschiedenen Wohltätigkeitsvereinen sein, ohne ihren wöchentlichen Buchclub zu vernachlässigen. Und sie kann jederzeit in die Kameras lächeln und der Presse verkaufen, dass ihr Mann einen hervorragenden Job macht. Wahrscheinlich könnte man sie mitten in der Nacht wecken und sie würde in ihrem geblümten Morgenmantel erklären, wie sehr sich Adrian Vaughn für diese Stadt engagiert.

Nur das Muttersein hat ihr niemand beigebracht. Sie hat nicht mal was gesagt, obwohl ihr ältester Sohn, mein überaus unerträglicher Bruder Dorian, zwei verschiedene Socken trägt und mit einem überheblichen Grinsen Kaugummi kaut. Und ihr fällt nicht auf, dass ich die Knopfreihe meines Hemdes schief geschlossen habe oder wie viel Mühe es mich kostet, aufrecht neben ihr zu stehen. Ihr war an diesem Samstagmorgen nur wichtig, dass wir pünktlich losfahren und auf der Veranstaltung die Vorzeigefamilie mimen. Dabei hätte ich mir am Wochenende vor dem Start am neuen College weitaus bessere Beschäftigungen vorstellen können.

Hier sind wir also, die Familie Vaughn. Alle beisammen und so scheiße glücklich. Für die Fotos zumindest.

»Deshalb, liebe Mitbürger«, fährt mein Dad fort, »ist es mir eine große Ehre und Freude, gleich den Erweiterungsbau feierlich eröffnen zu dürfen.«

Die Rede neigt sich offenbar dem Ende zu, er richtet nämlich seine Krawatte und positioniert sich näher beim Stoffband, das er gleich durchschneiden soll. Jetzt bedankt er sich bei unzähligen Leuten, deren Namen er nur kennt, weil sie auf seinem klugen Zettel stehen. Ich muss ein Gähnen unterdrücken. Die vier Stunden

Schlaf waren eindeutig zu wenig. Im Gegensatz zu mir hielten es meine Eltern für eine gute Idee, mich heute früh aus dem Bett zu scheuchen und nach zwei Jahren der Stadtgemeinde wie den verlorenen Sohn vorzuführen.

Ich kann mir vorstellen, was morgen in der Sonntagszeitung steht. *Jüngster Sohn des Bürgermeisters schon erwachsen.* Gewachsen bin ich allerdings seit meinem letzten Auftritt vor der Presse, kurz nach meinem Highschool-Abschluss, nicht mehr. Dorian überragt mich weiterhin. Nur volljährig bin ich inzwischen. Und die Haare reichen mir nun weit über die Ohren, was Mom gestern mit einem Naserümpfen zur Kenntnis genommen hat. Es war genau derselbe Ausdruck, mit dem sie heute Morgen Dorians Sockenauswahl bemerkt und doch unkommentiert gelassen hat.

Viel schlimmer finde ich persönlich seine neue Frisur. Wenn er die vorderen Strähnen noch ein bisschen mehr wachsen lässt, kann er sein rechtes Auge bald ganz damit verdecken. Jedes Mal, wenn ihm die Haarspitzen zu weit ins Auge fallen, pustet er sie nach hinten und kaut dann schmatzend sein Kaugummi weiter. Das bringt ihm diesmal ein leises Räuspern unserer Mutter ein.

»Deshalb« meint Dad derweil und ich atme tief durch die Nase ein. Verflucht. Sollte das hier noch länger dauern, kann ich für nichts garantieren. Auch wenn ich zwei Jahre solche Events meiden konnte, war ich bis zu meinem neunzehnten Lebensjahr auf eindeutig zu vielen Gedenk- und Spendenveranstaltungen oder Einweihungsfeiern. Immerhin findet der Spuk in ein paar

Monaten ein Ende, dann ist Dads zweite Amtszeit vorbei und es ist mal an der Zeit für eine andere Familie, die dieses Theater spielen darf.

»Ich hoffe, ich habe niemanden unerwähnt gelassen«, beendet der Bürgermeister endlich seine Rede. »Ich lade Sie nun alle herzlich dazu ein, die neuen Räumlichkeiten zu erkunden und mit uns anzustoßen.« Jemand hält ihm ein Kissen hin, auf dem eine Schere liegt. Es wundert mich, dass Dad bislang keine Schere, auf der sein Name eingraviert ist, für solche Gelegenheiten geschenkt bekommen hat.

Begleitet von einem verhaltenen Applaus, der dieser Art von Veranstaltungen innewohnt, zerschneidet er das Band. Die Blitze der Fotoapparate besiegeln die Zeremonie und wir lächeln synchron in die Kameras.

Wir posieren für ein paar Fotos, wie Dad die Schere hält, wie Dad ein Stück heiles Band beinahe zerschneidet, wie Dad mit einem Glas Sekt wichtigen Geldgebern zuprostet. Ich war dreizehn, als Dad zum ersten Mal gewählt wurde, also kann ich schon an der Körpersprache ablesen, wer von welcher Bedeutung in dieser Stadt ist. Wer Geld und Macht hat und wer nur blufft.

Alle wollen sie plötzlich mit Dad sprechen. Vor allem die Journalisten versuchen, ihn und die Verantwortlichen des Neubaus zu interviewen. Da erkenne ich meine Chance. Als Mom von jemandem angesprochen wird, nutze ich den Moment und schiebe mich an der Menge vorbei. Mein genaues Ziel kenne ich noch nicht, vielleicht die Toiletten oder die Terrasse, um mal einen Augenblick lang ungestört zu sein. Mir kommt jemand vom Catering mit einem Tablett entgegen und bietet mir ein Getränk an. Automatisch nehme ich ein Glas

Sekt und nippe daran. Wenn man etwas auf dem College lernt, ist es die Selbstverständlichkeit des Trinkens.

Heute bin ich allerdings leicht aus der Übung. Ich schlage mir versehentlich das Glas gegen die Schneidezähne, da ich mit dem Arm die Schulter eines anderen Gastes streife.

»Pass doch auf«, raune ich ihm verärgert zu, obwohl ich noch gar nicht betrunken bin.

»Sorry«, meint der Typ schneller als erwartet und ich mustere ihn kurz von der Seite. Ich hätte nicht gedacht, jemanden in meinem Alter bei dieser Veranstaltung zu treffen. Unvermittelt frage ich mich bei seinem Anblick, ob er noch zur Highschool oder schon aufs College geht.

Beim Gedanken an die nächste Woche wird mir wieder übel. Nach dem Schulabschluss hat Dad mich auf ein weit entferntes College, das schon unzählige Schwimm-Legenden hervorgebracht hat, geschickt. Zurück in Wilbur Peaks muss ich ab Montag am Training des hiesigen Colleges teilnehmen und schon die Vorstellung bereitet mir Bauchschmerzen.

»Wolltest du auch …«, fängt der blonde Typ an und räuspert sich, um seine Frage mit klarerer Stimme zu beenden, »… zur Terrasse?«

Ich blicke ihn an, als wäre er neben meinem Bruder der einzige junge Mann in meinem Alter in ganz Wilbur Peaks. Für diese Veranstaltung trifft das wahrscheinlich zu. Zwischen all den älteren Gästen kommt er mir wie eine Fata Morgana vor, ich bin wohl dehydriert.

»Jetzt nicht mehr«, brumme ich und leere mein Glas mit einem einzigen Schluck. Das war eine schlechte Entscheidung, der Sekt schlägt nämlich Wellen in meinem Magen. Einen Kater mit Alkohol zu bekämpfen, hat noch nie funktioniert. Trotzdem werde ich mein Glas irgendwo los und greife nach dem nächsten, um es mir in den Rachen zu kippen. Es kann das Feuer, das in meinem Inneren lodert, nicht löschen. Wie ironisch, da wir doch in einer Feuerwache sind.

Den blonden Typen bin ich zwar losgeworden, doch zu allem Überfluss drehe ich mich noch einmal zu ihm um, als wollte ich mich versichern, ihn mir nicht nur eingebildet zu haben. Er bemerkt mich gar nicht, sondern stößt Luft durch den Mund aus und öffnet die Tür zur Terrasse, als wollte auch er der Situation schnell entfliehen. Wir haben einen wirklich warmen Septembertag, eigentlich viel zu schön, um am Montag das neue Semester zu beginnen.

Es gibt wohl nur eine Toilette und die Schlange davor reicht bis zum Büfett. Ich presse mir eine Hand auf den Magen, in dem es dank meines grandiosen Einfalls rumort. Nach dem Aufstehen konnte ich nichts essen und mein gestriges Abendbrot bestand nur aus ziemlich viel Alkohol. Ich entscheide mich, mir ein Glas mit Obstsalat zu organisieren und das Ungetüm in meinem Bauch zu beruhigen, finde allerdings keine Gabel.

Während es sich als ziemlich glitschige Angelegenheit herausstellt, Erdbeeren, Mango und Ananas mit den Fingern zu essen, wandert mein Blick über die vielen Köpfe zu meinem Dad. Er absolviert heute mal wieder einen Marathon im Händeschütteln und lässt mehr

Fotos von sich knipsen, als es von mir aus meiner gesamten Kindheit gibt.

Etwas stutzig macht mich das ja schon. Entweder ist Dads Popularität in den vergangenen zwei Jahren extrem gestiegen oder die Journalisten sind aus einem anderen Grund an diesem Tag so interessiert an ihm. Als ich von einem von Dads Mitarbeitern angesprochen und gebeten werde, ihn zu begleiten, entwickelt sich die Veranstaltung in eine Richtung, die mir gar nicht gefällt. Er nimmt mir die Reste meines Obstsalats ab und ich wische schnell meine Hände an meiner Hose ab. Wenn Mom nicht für die Presse lächeln müsste, hätte mich jetzt sicherlich ihr böser Blick getroffen.

Keine zwei Minuten später stehe ich neben meinem Dad. Nur langsam dämmert mir, warum die Familie ausgerechnet bei dieser dämlichen Veranstaltung Zusammenhalt vorgaukeln soll. Warum ich nicht zuerst meine erste Woche am neuen College überstehen darf.

Der Leiter der Feuerwehrstation, den Dad uns vorhin als Mr. Perry vorgestellt hat, klopft ein paar Mal gegen das Mikrofon und räuspert sich.

»Wenn wir noch einmal kurz um Ihre Aufmerksamkeit bitten dürften«, sagt er und wartet, bis das Gemurmel verstummt. Die Erdbeeren schlagen inzwischen Purzelbäume in meinem Magen und ich schlucke mehrmals, als könnte ich sie so davon abhalten, die falsche Richtung zu wählen.

»Auch wenn ich Ihnen heute schon mehrfach dafür gedankt habe, was Sie alles für uns getan haben, Mr. Vaughn«, meint Mr. Perry, »kann ich nur wiederholen, wie froh wir sind, dass Sie sich so für die Erweiterung der Feuerwache eingesetzt haben. Deshalb freut es mich umso mehr, Sie heute vor allen beglückwünschen zu dürfen.«

In meinen Ohren dröhnt es, ich kann ihm kaum zuhören. Mein Mund ist voller Speichel und irgendwie gelingt es mir nicht, ihn herunterzuschlucken. Mein Dad hat sich neben mir zu seiner vollen Körpergröße aufgerichtet und sein professionelles Lächeln aufgesetzt. Je länger der Kampf in meinem Inneren andauert, umso klarer wird mir, dass ich es nicht schaffen werde, meinen Mageninhalt bei mir zu behalten.

»Unser Bürgermeister hat mich gebeten«, erzählt Mr. Perry weiter, »heute feierlich zu verkünden, dass er sich erneut zur Wahl aufstellen lässt.« Er zeigt auf meinen Dad und plötzlich sind unzählige Augenpaare auf uns gerichtet. Mom tätschelt stolz Dads Arm und auch Dorian lächelt brav in die Kameras. Mir ist diese Info völlig neu. Mein Dad kandidiert schon wieder? Heilige Scheiße, das ist zu viel.

Die Neuigkeit und die ungewollte Aufmerksamkeit geben mir den Rest. In mir zieht sich alles zusammen und ich will zur Seite ausweichen, doch ich finde keinen Ausweg, um das Unvermeidliche abzuwenden. Als mein Dad das Mikrofon annimmt und sich gerade bedanken will, verliere ich endgültig die Kontrolle über meinen Magen und erbreche mich direkt auf seine Schuhe.

***

Eine halbe Stunde danach geht es mir ein bisschen besser, obwohl die Stimmung im Auto zum Zerreißen gespannt ist. Wir werden von Dads persönlichem Assistenten Owen gefahren, Dad sitzt vorn im Auto und uns trennt glücklicherweise eine getönte Glasscheibe. Mir gegenüber sitzen Mom und Dorian und ich starre betreten auf die Tüte mit Dads Schuhen, die wie ein Souvenir auf dem Sitz neben mir liegt.

Mom hat große Mühe, mir keine Vorwürfe zu machen, das merke ich an der Art, wie ihre Nasenflügel beim Atmen zittern. Dorian hingegen belustigt die ganze Situation sehr.

»Ich glaube, er wird schon wieder grün um die Nase«, sagt er und wäre ich nicht angeschnallt und so entkräftet, würde ich ihm gegen sein Schienbein treten.

»Stimmt doch gar nicht«, murmele ich, obwohl meinem Magen schon die Erinnerungen an den Morgen reichen, um sich erneut umzudrehen.

Mit ungeahnter Panik klopft Mom gegen die Scheibe hinter sich und sagt mit zu hoher Stimme: »Owen, fahren Sie sofort rechts ran!«

Ich weiß nicht, wie viel Zeit vergangen ist, während ich kurz darauf hinter einem Gebüsch kniend meinen restlichen Mageninhalt entleere. Dabei saue ich mein Hemd noch weiter ein.

»Vielleicht sollten wir ihn zu einem Arzt bringen. Falls er sich etwas eingefangen hat«, höre ich Mom irgendwo hinter mir sagen. Dads Sakko, mit dem sie den Blick von der Straße auf mich abschirmt, weht im Wind.

»Das ist sicherlich morgen wieder weg«, erwidert Dorian, der als Einziger weiß, dass ich gestern Nacht betrunken nach Hause gekommen bin. Blöderweise habe ich seine Zimmertür nämlich mit meiner verwechselt und ihn versehentlich geweckt. Das kommt davon, wenn man so lange nicht mehr zuhause war.

»Geht's jetzt?«, fragt Mom, als ich zu ihnen zurückkehre, und sie mustert mich mit einer Fürsorglichkeit, die ich ihr nicht abnehme.

»Ist ja nicht mehr weit«, entgegne ich und klettere wieder ins Auto. Dad hat sich auf dem Vordersitz verschanzt und ignoriert mich. Das gelingt ihm die gesamte Fahrt, bis wir unser Haus erreichen. Die Auffahrt fühlt sich heute länger an und ich bin froh, dass ich keinen Mageninhalt mehr habe. Einen Moment lang beobachte ich, wie Dad aussteigt und auf Socken den Vorgarten durchquert.

Owen hilft Mom aus dem Auto und kurz sind Dorian und ich ungestört.

»Sieh es positiv«, meint er amüsiert. »So bleibt die Ankündigung von Dads Wiederkandidatur immerhin im Gedächtnis. Für die Wähler. Und für jede zukünftige Familienfeier.«

Ich verziehe den Mund und steige nach ihm aus dem Auto. Owen hält mir den Arm hin, um mich zu stützen, ich lehne kopfschüttelnd ab. Zu meiner Hinrichtung werde ich wenigstens erhobenen Hauptes schreiten.

Mom und Dorian sind schon drinnen, Dad hält die Tür auf und scheint auf mich zu warten. Nur zögernd trete ich neben ihn und ziehe ernsthaft in Erwägung, ob es eine Möglichkeit wäre, ab sofort im Gartenhaus zu wohnen. Ich habe mich noch nicht entschlossen, die Türschwelle zu übertreten, da packt mich Dad grob am Oberarm und zerrt mich ins Haus.

»Kannst du nicht einfach normal sein?!«, raunt er mir verärgert zu und lässt mich im Flur wieder los. Ich bin froh, dass sein Assistent nach mir das Haus betreten hat und seinen Job erledigt.

»Es gibt genügend Fotos von der Eröffnung«, meint Owen und tippt irgendwas auf seinem Smartphone. »Für die Bekanntmachung Ihrer Wiederkandidatur nehmen wir einfach ein älteres Pressefoto. Ich kläre das sofort mit den Zuständigen.«

Dad schenkt mir keine Beachtung mehr und auch Owen muss ihm durch den großen Eingangsbereich hinterherdackeln, um nicht ignoriert zu werden.

»Wir kümmern uns darum, dass alle Fotos nach dem *Vorfall* gelöscht werden und nirgendwo auftauchen.«

Wenn es mir nicht so beschissen gehen würde, fände ich es beinahe witzig, wie Owen versucht, das Ereignis zu umschreiben.

Ich fühle mich wie ein ungebetener Gast, während ich in meinem beschmutzten Hemd am unteren Treppenende stehe und nicht mal weiß, worauf ich eigentlich warte. Vielleicht ahnt mein Körper, was uns bis zum Wahltag Mitte Januar bevorsteht. Mom scheint zumindest zu wissen, worauf ich gewartet habe, denn sie kommt aus dem Raum unter der Treppe und gibt mir ein frisches T-Shirt.

Vorsichtig knöpfe ich mein Hemd auf und reiche es ihr. Mit spitzen Fingern nimmt sie es an und trägt es zum Wäscheraum. Ich würde ja sagen, es liegt an den zwei Jahren, in denen ich nur selten zu Besuch war, dass wir uns so entfremdet haben. Aber dafür hätten auch ein paar Tage gereicht.

Bei Tante Bridget war es anders – das Leben so viel leichter. Den Sommer bei ihr zu verbringen, war heilsam und ... zu kurz.

Mom ist inzwischen zurückgekehrt und bleibt etwas unschlüssig vor mir stehen.

»Ich koche dir einen Tee und dann wird das schon wieder«, sagt sie und beinahe hätte ich sie gefragt, was genau sie meint. Ich bezweifle stark, dass eine verdammte Tasse Tee die Beziehung zu meinem Dad reparieren, Mom und mich einander näherbringen oder den Vorfall an meinem alten College ungeschehen machen kann.

Obwohl der vorherige Wahlkampf fast vier Jahre her ist, weiß ich noch gut, wie viel Aufmerksamkeit uns die Öffentlichkeit geschenkt hat. Als wäre es ansonsten nicht schon genug. Dad hat in seiner ersten Amtszeit einige schlechte Entscheidungen getroffen und viel dafür getan, dennoch überall positiv in der Presse aufzutauchen.

Ich will gerade die Treppe nach oben steigen und mich den restlichen Tag in meinem Bett verkriechen, da steckt Dorian seinen Kopf durch die Tür zum Esszimmer heraus. »Dad will mit dir reden.«

Fuck. Darauf war ich nicht vorbereitet. Ich war auf diesen ganzen Tag, nein, auf die nächsten Monate nicht vorbereitet. Wir haben September und die Wahl ist erst im neuen Jahr. Wie halte ich das mehrere Monate lang aus? Die Interviews und Fotos, die Wohltätigkeitsveranstaltungen, das große Interesse an meiner Person?

Mit weichen Knien folge ich meinem Bruder bis zum langen Esstisch. Dad sitzt am Kopfende, während Owen im hinteren Teil des Raums aufgeregt mit irgendwem telefoniert.

Hin- und hergerissen zwischen Reue und Wut warte ich auf das Donnerwetter.

»Ich hatte dich nur um eine Sache gebeten, Magnus«, meint Dad und trommelt nervös mit den Fingern auf dem Tisch. »Ich habe dich vom College geholt, wie du wolltest, und meine Kontakte genutzt, damit du hier aufs College wechseln kannst. Deshalb hättest du mir jetzt wenigstens diesen einen kleinen Gefallen tun und den Tag nicht ruinieren können. Nur darum habe ich dich gebeten.«

»Vielleicht hättest du es präziser ausdrücken sollen, Dad«, mischt sich Dorian überflüssigerweise ein. »*Kotz mir nicht auf die Schuhe, Sohn.*«

Unser Vater sieht ihn nicht mal an, seine dunkelbraunen Augen sind nur auf mich gerichtet.

»Tut mir leid«, sage ich, auch wenn ich es nicht so meine. Es ist vielmehr ein Reflex. »Ich hätte gestern nicht trinken dürfen.« Meine Entschuldigung genügt ihm immerhin für den Anfang.

»Gut. Dann haben wir uns ja verstanden.« Dad erhebt sich von seinem Stuhl und läuft zu Owen, um Herr der Lage zu bleiben. Indessen betritt Mom den Raum mit einem Tablett und einer Tasse Tee.

»Ich bringe dir den Tee nach oben«, sagt sie und nickend begleite ich sie. »Das Wasser ist eh viel zu heiß. Pass auf, dass du dich nicht daran verbrennst und nichts verschüttest.«

»Klar«, murmele ich. Dabei sollte sie doch eigentlich wissen, dass ich ein Experte darin bin, alles um mich herum in Schutt und Asche zu legen.

Anders sein

Daniel

Es gibt keinen anderen Tag im Jahr, an dem die Flure des Wilbur Peaks Colleges so sauber sind wie am ersten Montag des neuen Semesters. Die Böden glänzen, die Türen wurden von Stickern befreit und die flackernden Lampen repariert. Wirklich schade, dass es keinen halben Tag dauern wird, bis es wie vorher aussieht.

Auch wenn ich das College in- und auswendig kenne, fühle ich mich nach den Semesterferien wie ein Fremder. Ich kenne die Dozenten und brauche dennoch jedes Mal ein paar Tage, um mich an die neuen Kurse zu gewöhnen. Es hat mich schließlich davor mehrere Monate gekostet, einen Rhythmus zu finden und der Semesterbeginn torpediert das jedes Mal.

Weil ich mich selbst gut kenne, habe ich mich noch vor dem Kursbeginn mit Paige verabredet. Sie ist seit der Schulzeit meine einzige weibliche Freundin, was sie streng genommen automatisch zu meiner besten Freundin macht.

Leider schaffe ich es nicht bis zu unserem vereinbarten Treffpunkt, da ich aufgehalten werde.

»Daniel.« Mrs. Ortiz, die viel zu motivierte und viel zu junge Dekanin unseres Fachbereichs, versperrt mir den Weg, als hätte sie den gesamten Morgen nur auf mich gewartet.

»Guten Morgen, Dekanin Ortiz«, sage ich zerknirscht und mache mich instinktiv etwas kleiner, indem ich den Kopf einziehe. Eine Angewohnheit, die man sich in der Jugend ziemlich schnell aneignet, wenn man innerhalb weniger Monate fast anderthalb Köpfe wächst.

»Nenn mich bitte Penelope«, erwidert sie und stupst mir mit der Hand gegen den Oberarm.

»Nein, vielen Dank, Dekanin Ortiz.«

»Mir macht das nichts aus. Ehrlich.«

»Damit würde ich mich aber nicht wohlfühlen.«

Mir entgehen natürlich nicht die prüfenden Blicke, die uns zwei vorbeilaufende Studierende zuwerfen. Niemand sollte so vertraut mit der Dekanin umgehen. Mrs. Ortiz ist erst seit vergangenem Semester Dekanin, kann optisch mit ihren bunten Schnürsenkeln und dem Nasenpiercing aber schnell mit einer Studentin verwechselt werden.

»Na gut«, sagt sie, halb resigniert, halb belustigt. Sie lehnt sich mit der Schulter gegen die Wand und verschränkt die Arme vor dem Oberkörper, um besonders lässig zu wirken. »Ich wollte bloß wissen«, fährt sie auffällig beiläufig fort, »wie es dir geht. Wie waren deine Semesterferien? Schon gut angekommen? Alles in Ordnung? Hat dich wer schief angesehen? Soll ich jemanden zu mir ins Büro rufen?«

»Das ...«, beginne ich überfordert, »waren sehr viele Fragen. Die Antworten sind Ja und Nein, aber ich kann Ihnen nicht genau sagen, in welcher Reihenfolge.«

»Scherzkeks.« Sie tätschelt meine Schulter und versteht es wohl als meine Art des Humors, obwohl ich das ernst meinte. Wenn meine Mom und sie sich nicht schon länger kennen würden, wäre die Situation noch unangenehmer, als sie sowieso schon ist. Ich wünschte trotzdem, sie würde hier in vielerlei Hinsicht mehr Distanz wahren.

»Sehe ich dich ab dieser Woche wieder bei unseren Treffen?«

»Ich brauche diese Treffen nicht mehr.«

»Das sieht deine Mom aber anders.«

»Dann sagen Sie ihr, dass es mir gut geht. So wie ich es ihr auch schon hundertmal gesagt habe«, entgegne ich und würde gern so verärgert klingen, wie ich bin, schaffe das jedoch nie.

»Sie meint es doch nur gut.«

Im Grunde genommen weiß ich das auch, doch wenn ich noch einmal irgendwem mit einer therapeutischen Ausbildung oder einem Abschluss von irgendwo erklären muss, dass es mir gut geht, glaube ich es mir selbst nicht mehr.

»Ich bin ja froh, dass dein Leben wieder in geordneten Bahnen verläuft«, meint Mrs. Ortiz nun und spricht mit gedämpfter Stimme weiter, damit es niemand mitbekommt. »Wir möchten bloß beide nicht, dass sich die berufliche Umorientierung deiner Mutter negativ auf dich oder dein Studium auswirkt.«

Im vorherigen Semester hatte ich einige unschöne Begegnungen mit Kommilitonen und bin ein paar Wochen dem College ferngeblieben, ohne es meiner Mom zu erzählen. Als sie es durch einen Zufall schließlich herausgefunden hat, hat sie – um es mal in ihrem täglichen Vokabular auszudrücken – Dekanin Ortiz als ›Augenzeugin‹ engagiert. In meinen Worten heißt das: Zuhause kontrollierte Mom, dass ich für meine Kurse lernte, am College kontrollierte Mrs. Ortiz, so gut es ihr möglich war, dass ich überhaupt anwesend war. Und sie fing an, mich regelmäßig zu sich zu rufen, um – neben dem Therapeuten, zu dem Mom mich geschickt hatte, – Gespräche mit mir zu führen.

Immerhin hat meine Mutter durch ihre *berufliche Umorientierung* keine andere Wahl, als mir in diesem Semester zu vertrauen. Auch wenn es vorher schon kaum möglich war, fehlt ihr für eine derartige Kontrolle schlichtweg die Zeit. Mit viel Glück kann ich ihre Spionin abschütteln, selbst wenn das bedeutet, ihr Spiel vorerst mitzuspielen.

»Vielleicht haben Sie recht«, sage ich schließlich. »Ich bitte Ihre Sekretärin am besten, die Treffen direkt in meinem Stundenplan zu notieren.«

»Prima«, freut sich Mrs. Ortiz, wobei sie augenscheinlich noch nicht glauben kann, dass ich auf ihr Angebot eingegangen bin. Sie ist relativ schnell zu durchschauen. In den letzten Treffen vor den Sommersemesterferien hatte ich irgendwann die Taktik perfektioniert, sie auf Themen zu bringen, bei denen sie zu 90 Prozent den Redeteil übernimmt, bis sie feststellt, dass die Zeit schon wieder vorbei ist. Ein paar Treffen im neuen Semester, in denen sich Mrs. Ortiz auf gewisse Weise selbst therapiert, und ich bin frei.

»Dann sehen wir uns bald«, raunt sie mir zwinkernd zu, bevor sie sich räuspert und mit lauterer Stimme, damit alle es hören können, sagt: »Am ersten Tag nach Extraaufgaben zu fragen, finde ich sehr löblich von dir, Daniel.« Das würde mir im Traum nicht einfallen und wäre ich kein so schüchterner Mensch, dem zu viel Aufmerksamkeit direkt unangenehm ist, würde ich protestieren.

Mrs. Ortiz entfernt sich endlich von mir und ich entdecke Paige am Ende des Korridors. Ich kann mich jedoch so lange nicht bewegen, bis es nicht mehr so wirkt, als würde ich Mrs. Ortiz durch den langen Gang begleiten. Daher krame ich möglichst beschäftigt in meinem Rucksack, während sie die Studierenden auf ihre spezielle Art motiviert.

»Fünf Minuten vor Kursbeginn schon hier? Sehr gut!«, sagt sie zu zwei Typen. Einen betrachtet sie etwas länger und zeigt ein paar Mal mit dem Finger auf ihn. »Toll, dass du den Pullover mit unserem Wappen anhast. Damit trägst du erheblich zum Gemeinschaftsgefühl bei.«

Mein Blick wandert wieder zu Paige, neben der in der Zwischenzeit Wesley aufgetaucht ist. Er versucht, sein Skateboard hinter seinen Beinen zu verstecken. Als Mrs. Ortiz an ihnen vorbeikommt, zeigt sie wider Erwarten und allen Wutausbrüchen unseres vorherigen Dekans zum Trotz mit beiden Daumen nach oben.

»Eine sehr umweltschonende Art, herzukommen. Klasse!«

»Äh, danke, Mrs. Ortiz«, meint Wesley gleichermaßen irritiert von ihrer Art wie alle anderen. Angefangen hat Mrs. Ortiz als unsere Dozentin, den Posten der Dekanin hat sie wahrscheinlich nicht ohne Einflussnahme meiner Mom erhalten. Schließlich war sie es, die meine Mom, ihre Mentorin während eines Praktikums zur Studienzeit, auf die Veruntreuung von öffentlichen

Geldern durch unseren ehemaligen Dekan hingewiesen hat. Mom wird normalerweise gut bezahlt als Anwältin, aber hier spielte ihr Gerechtigkeitssinn die größte Rolle. Dass sie den alten Dekan verbannt hat, hat mir zuerst einige Anerkennung eingebracht, bis ein paar Kommilitonen dafür gesorgt haben, dass ich zum Gespött dieses Colleges wurde.

Bei der Erinnerung zucke ich innerlich kurz zusammen und lasse beinahe meinen Rucksack fallen. Meine Freunde sind bei mir angekommen und Paige greift gerade rechtzeitig nach dem Tragegurt.

»Kleiner Schwächeanfall?«, fragt sie und ihre Lippen kräuseln sich zu einem Schmunzeln. »Du hast bestimmt wieder nicht gefrühstückt.« Sie greift in ihre eigene Tasche und zieht einen Apfel heraus.

»Kann sein«, murmele ich und nehme ihn dankbar an. »Neue Semester machen mich immer nervös.«

»Genau wie Autofahren, Busfahren, Aufzugfahren oder …«

»Hey«, unterbricht Paige Wesley kichernd. »Wir haben uns mehrere Wochen nicht gesehen und du erwähnst direkt das Aufzugfahren.«

»Du warst neulich ja nicht dabei, als Dane sich trotz der kaputten Rolltreppen geweigert hat, den Aufzug zur U-Bahn zu nehmen«, protestiert Wes. »Ich fühlte mich wie nach einem Marathon, als wir endlich die Bahn erreicht hatten.«

»Gut so.« Paige stupst ihm mit dem Zeigefinger gegen den Bauch. »Du kannst ein bisschen Sport gebrauchen. Hast du, während ich in Europa war, nur auf dem Sofa gelegen?«

»Jetzt wirst du gemein.«

»Wer hat denn angefangen?«

»Ich kenne dich, Wes. Du hast bestimmt dein Wohnheimzimmer nur verlassen, um zu duschen und zu essen.«

»Vielleicht.«

»Leute«, unterbreche ich sie und beiße geräuschvoll in den Apfel, um ihnen nicht sagen zu müssen, wie sehr sie mir gefehlt haben. »Wir kommen zu spät zu unseren Kursen.«

Mit wenig Begeisterung folgen die beiden mir durch den Korridor, der sich weiter füllt.

»Ich hätte doch den Pulli mit dem Fleck anziehen sollen«, meint der Typ mit dem College-Hoodie gerade zu seinem Kumpel, als wir an ihm vorbeikommen.

Die meisten versammeln sich vor ihren Schließfächern in den gewohnten Grüppchen, als seien nicht mehrere Wochen vergangen, seit sie das letzte Mal hier gewesen sind. Die Cheerleader, die Football-Spieler oder die Geeks. So viel zu den Klischees. Dazwischen verteilen sich die vielen, die man wohl als den Durchschnitt bezeichnen könnte. Es ist zwar nur ein kleines College, doch bei weit über tausend Studierenden gibt es eine Menge *irgendwas dazwischen.*

Paige, Wesley und ich sind zwar auch eine Gruppe, fühlen uns aber nirgendwo richtig zugehörig. Und das Gute daran, anders zu sein, ist, dass niemand von uns erwartet, wie sie zu sein. Während sich die meisten untereinander grüßen, durchqueren wir einfach unbehelligt den Korridor, wir sind quasi inkognito unterwegs.

»Ich muss euch unbedingt erzählen, was uns auf meiner Rückreise passiert ist«, meint Paige vor der Tür zum Treppenhaus, an dem sich unsere Wege trennen. Was sie danach sagt, überhöre ich, weil meine Aufmerksamkeit auf jemand anderen gelenkt wird.

Verstohlen blicke ich zu dem Typen mit dem braunen zotteligen Haar, das fast seine kompletten Ohren verdeckt. Er hält einen Zettel in der Hand und scheint einen Raum zu suchen. Wenn ihn das nicht verraten hätte, wäre ich mir auch so sicher gewesen, dass er heute seinen ersten Tag an diesem College hat.

Mir geht es plötzlich gar nicht mehr gut. Mein Magen rutscht mehrere Etagen tiefer, meine Knie zittern leicht und ich bin mir nicht mehr sicher, wie man regelmäßig atmet. Das ist doch ... Was macht denn ... In meinem Kopf sind alle Gedanken auf einmal zu einem Knäuel verwachsen.

»Dorian Vaughns Bruder«, meint Paige mit gedämpfter Stimme, nachdem sie meinen neugierigen Blick bemerkt hat. Sofort schäme ich mich dafür, kann ihn aber nicht abwenden. »Ich glaube, er heißt Magnus. Er war für ein paar Semester auf einem anderen College. Es gibt die wildesten Theorien, warum er jetzt hier ist.«

»Vielleicht weil sein Dad zum dritten Mal für das Bürgermeisteramt kandidiert«, wirft Wesley ein und ich bin weiterhin wie erstarrt. Als ob ich das nicht bereits wüsste. Am Sonntag war ich schneller als meine Mom am Briefkasten, um die Zeitung zu holen. Ich musste unbedingt wissen, was die Presse über die Eröffnungsfeier geschrieben hatte. Dass sie mit keinem Wort erwähnt haben, wie der jüngste Sohn des Bürgermeisters bei der Ankündigung von dessen Wiederkandidatur direkt auf seine Schuhe gekotzt hat, zeigt den Einfluss seines Vaters. Was ich allerdings nicht geahnt habe, ist, dass er zum neuen Semester auf *dieses* College gewechselt ist. Immerhin gibt es noch ein zweites College in der Nähe mit anderen Studienschwerpunkten. Es hätte also gut sein können, dass ich ihm nur bei offiziellen Veranstaltungen begegne. Doch da es nur hier ein College-Schwimmteam mit eigener Halle gibt und Magnus sein Ruf als Schwimmtalent vorauseilt, hätte ich es mir eigentlich denken können.

»Du hättest mehr als den Apfel essen müssen«, raunt Paige mir mit besorgter Miene zu. »Du bist wirklich blass, Dane.«

»Geht schon«, presse ich hervor, dabei wird mir beim bloßen Gedanken an die Pläne meiner Mom schummrig. Adrian Vaughn ist seit fast acht Jahren nicht aus der Stadtpolitik wegzudenken und doch hat sie sich in den Kopf gesetzt, es mit ihm aufnehmen zu wollen. Bis auf Dekanin Ortiz weiß hier noch niemand davon. Schlimm genug, dass ich damit wieder zur Zielscheibe des ältesten Vaughn-Sohns werde. Wenn Magnus Vaughn nur ein Viertel Arschloch von seinem Bruder ist, werden die nächsten Monate ein Albtraum. Zu allem Übel ist er aber mindestens doppelt so attraktiv.

Eilig verabschiede ich mich von meinen Freunden und verschwinde mit einem mulmigen Gefühl in der Magengegend im Treppenhaus.

***

Die Philosophie-Vorlesung geht wie in Trance an mir vorbei. Ich schreibe zwar mit, was uns in den nächsten Wochen erwartet, kann mich aber kaum darauf konzentrieren. Am Ende habe ich nur ein paar zusammenhangslose Notizen gemacht, klappe schnell mein Heft zu und verlasse meinen Platz, bevor mich jemand nach meinem Sommer fragen kann. Normalerweise verbringe ich die Sommer bei meinem Dad und in seinem Haus in der Natur, doch dieses Jahr waren er und seine Freundin länger verreist. Mir blieb also nichts anderes übrig, als den Sommer in Wilbur Peaks bei Mom abzusitzen.

Ich konnte meiner Mutter noch nie etwas ausreden, wenn sie es sich in den Kopf gesetzt hatte. Es ist unsere stille Absprache, dass sie mir meine Marotten lässt und ich ihr ihre. Dieses Mal hätte ich mich mit Händen und Füßen dagegen wehren müssen, jetzt ist es zu spät. Und als wäre unser unerfreuliches erstes Treffen nicht Grund genug gewesen, sich für immer zu meiden, ist es ausgerechnet Magnus Vaughn, der dieses Semester in einem Seminar mit mir sitzt.

Ich bin in Versuchung, den Raum direkt wieder rückwärts zu verlassen, werde aber von einer kleinen Gruppe weiter hineingetragen. Ratlos bleibe ich vor den Sitzreihen stehen, bis ich mir schließlich einen Ruck gebe. Ich versuche seit mehreren Semestern, diesen Kurs zu belegen.

Unentschlossen suche ich nach einem Platz in der hinteren Reihe. Just in diesem Moment trifft mich Magnus' Blick und ihm weicht die Farbe aus dem Gesicht. Vielleicht habe ich mir das aber auch nur eingebildet. Ich habe es nämlich plötzlich sehr eilig, die hinterste Sitzreihe zu erreichen.

Den gesamten Unterricht lang wendet Magnus den Kopf nicht vom Dozenten ab. Ich hingegen kann mich kaum noch konzentrieren. Als der Dozent den Kurs beendet, erhebe ich mich hastig von meinem Stuhl, werfe achtlos meine Sachen in meinen Rucksack und beeile mich, den Raum zu verlassen.

Ich komme allerdings nicht weit, da mich jemand grob am Arm packt und mit sich zerrt. Mir bleibt die Luft weg und ehe ich protestieren kann, hat er mich schon in einen leeren Raum bugsiert und die Tür hinter uns geschlossen.

»He, was soll das?«, will ich wissen, kann mich jedoch kaum artikulieren. Nach dem ersten Schreck rutscht mir das Herz erneut in die Hose, weil ich meinen unerwarteten Kidnapper erkenne.

»Ich muss mit dir reden«, sagt Magnus und schenkt mir einen eindringlichen Blick, der mir das Gefühl gibt, ich stünde nackt vor ihm. Es ist wohl überflüssig, einander vorzustellen, nachdem er mich quasi entführt hat. Ich bin klug genug, direkt zu verstehen, was das zu bedeuten hat.

»Es geht um die Veranstaltung am Samstag, richtig?«

»Gut kombiniert, Sherlock«, erwidert er grimmig. »Ich will nicht ... also ... Scheiße, Mann, halt einfach die Klappe, ja? Du hast nichts gesehen, du warst nicht mal dort, wenn jemand fragt.«

»Hat dein Vater ansonsten Leute, die mich zum Schweigen bringen, oder was?«, kontere ich mit weniger Selbstsicherheit, als ich offenbar gerade ausstrahle. Magnus hat nicht mit meiner Reaktion gerechnet, so viel ist klar. Er rauft sich kurz die Haare und beinahe scheint es, als würde er ein Schmunzeln unterdrücken.

»Im Zweifel hat er die. Ja.«

»Und wem genau soll ich nichts sagen? Zählen da auch die anderen hundert Menschen dazu, die am Samstag da waren?«

»Die habe ich ja nicht hier wiedergetroffen. Ich will nicht …« Magnus seufzt und wäre er nicht so unfreundlich, täte er mir fast leid. »Ich will nicht, dass mein Start am neuen College davon überschattet wird. Also? Kannst du es für dich behalten?«

Einen Moment lasse ich ihn zappeln. Die Hoffnung, die in seinen Augen auflodert, macht es noch erbärmlicher. Und doch kann ich mich kaum regen, nicht aus Furcht, sondern aus Verwirrung. Ich habe die Luft angehalten, damit ich ihn einerseits nicht anatme und andererseits seinen Geruch nicht wahrnehme. Die Millisekunde, in der es die Mischung aus Deo und seinem eigenen Körpergeruch in meine Nase geschafft hat, reicht zur Irritation aus.

Schließlich gewinne ich wieder die Oberhand über meinen Körper, drücke ihm beide Hände gegen die angespannte Brust (verflucht, er ist eindeutig Sportler) und schiebe ihn von mir weg. Es kostet mich große Mühe, ruhig zu atmen und nicht angestrengt nach Luft zu schnappen.

»Ich werde niemandem davon erzählen«, sage ich durch zusammengebissene Zähne, auch wenn es mehr dazu dient, nicht zu laut zu atmen. »Aber spar dir irgendwelche Drohungen, okay? Sonst überlege ich's mir noch mal.«

»Schön«, erwidert er zähneknirschend, greift nach seinem Rucksack und stürmt wutentbrannt aus dem Raum.

Als ich allein bin, stütze ich mich mit den Händen auf den Oberschenkeln ab und schnappe nach Luft. Mein Herzschlag poltert in meinen Ohren, ein bitterer Geschmack kriecht mir die Speiseröhre hinauf. Was war das denn? Der Typ denkt wohl, dass die Macht seines Dads bis hierhin reicht.

Nachdem ich mich etwas beruhigt habe, checke ich die Uhrzeit und ziehe mit zittrigen Fingern mein Smartphone hervor. In einer halben Stunde hat meine Mom einen Termin mit ein paar wichtigen Personen der Stadt. Heute Morgen war sie schon weg, wir konnten also nicht mehr miteinander sprechen. Eigentlich will ich so wenig wie möglich davon mitbekommen, schon der bloße Gedanke daran stresst mich. Jetzt hingegen bin ich so voller Adrenalin und Ärger, dass ich eine Nachricht an sie tippe.

Hi, Mom. Ich wollte dir nur viel Glück für gleich wünschen.
Ich bin mir sicher, dass sie dich mehr als Vaughn mögen werden.

Am liebsten hätte ich hinzugefügt, dass sie alles dafür geben soll, Typen wie Adrian Vaughn und seinen Söhnen einen Dämpfer zu verpassen. Das hätte sie jedoch wieder misstrauisch gemacht und ich hätte Fragen beantworten müssen, die ich nicht gestellt bekommen will. Deshalb sende ich die Nachricht mit ein bisschen weniger, aber dennoch ausreichend Genugtuung ab.

Wütend sein

Magnus

Was zur Hölle habe ich da eben getan?! Als ich diesen Typen von der Eröffnungsfeier wiedergesehen habe, sind bei mir alle Sicherungen durchgebrannt. Jetzt laufe ich kopflos durch die Korridore, ohne zu wissen, wohin ich eigentlich unterwegs bin. Verdammt, ich sehne den Tag herbei, an dem ich mich hier nicht mehr verirre.

Endlich entdecke ich eine Tür zu den Toilettenräumen und schaffe es bis zu einer Kabine, in der ich mich einschließe. Hektisch ringe ich um Luft und stütze mich mit den Händen an der gefliesten Wand ab. Mir entfährt ein frustrierter Laut und ich presse mir eine Hand auf den Mund. Es kommt mir auf einmal vor, als seien die vergangenen Minuten nur im Traum geschehen. Als sei ich gar nicht ich selbst gewesen. Aber wann war ich das überhaupt zuletzt? Ich versuche schon seit Frühjahr, nicht völlig durchzudrehen.

Ich kann mir richtig vorstellen, wie enttäuscht Dad sein wird, wenn die Ereignisse auf der Eröffnungsfeier sich wie ein Lauffeuer am College verbreiten. Ich weiß nicht, ob ich dem Wort dieses Typen vertrauen kann. Dad würde das nicht tun. Vielleicht muss ich den Ernst der Lage erneut verdeutlichen.

Doch schon beim Gedanken daran wird mir klar, dass ich längst die Kontrolle über diese Angelegenheit verloren habe. Mein Brustkorb schnürt sich zu, als hätte jemand ein Seil um meine Rippen befestigt und würde es ohne Mitgefühl enger ziehen. Mein Sichtfeld verkleinert sich, bis ich nur noch verschwommen die Toilette vor mir erkenne.

Mein Kopf ist leer und doch toben verworrene Gedanken darin. Die Kabine, in der ich mich eingeschlossen habe, fühlt sich plötzlich so eng an wie meine Lunge. Instinktiv greifen meine Hände nach meinem Kragen, um ihn zu weiten, auch wenn ich eigentlich weiß, dass das nichts bringt. Es hilft nicht gegen das beklemmende Gefühl in meinem Inneren, das mir die Luft aus der Lunge presst.

Meine Hände sind eiskalt und gleichzeitig schweißnass. Ich reibe mehrmals mit den Handinnenflächen über meine Jeans. Über den Sommer ging es mir bei Tante Bridget so gut, dass ich geglaubt hatte, die Panik tief in mir begraben zu haben. Auf ein College in Wilbur Peaks zu gehen, hat sie auf einen Schlag zurückgebracht.

Geräusche vor der Kabinentür holen mich in die Realität zurück. Die Panik klingt nur langsam ab. Ich verlasse die Kabine mit zitternden Knien und lasse mir eiskaltes Wasser über die Handgelenke laufen. So kann ich definitiv nicht zu meiner nächsten Vorlesung.

Auf dem Gang begegnet mir allerdings Gabe, mein bester Freund hier in Wilbur Peaks seit Kindertagen. Fragend sieht er mich an.

»Mann, wo warst du heute Morgen? Ich habe dir einen Platz in der Vorlesung freigehalten.«

»Sorry, ich habe verschlafen«, sage ich und wische erneut meine kalten Hände an der Hose ab. Gabriel und ich sind in derselben Straße aufgewachsen und gemeinsam zur Highschool gegangen. Dann kam mein Dad auf die großartige Idee, mich auf ein entferntes College zu schicken, um aus mir den nächsten Schwimm-Star zu machen. Gabe hingegen besucht seit zwei Jahren dieses College. Seine Körpergröße hat ihm recht schnell und klischeehaft einen Platz im Basketball-Team gesichert.

»Hätte ich mir ja denken können«, murmelt Gabe, bevor er lauter hinzufügt: »Wo musst du gleich hin?«

»Spanisch-Wahlkurs«, erkläre ich und nehme dankbar an, dass er mir den Weg dorthin beschreibt. Der Sprachunterricht bereitet mir wenig Kummer. Das ist nicht mein erster Spanischkurs und Tante Bridget hatte im Sommer zeitweise ein Backpacker-Paar aus Spanien bei sich wohnen. Die haben meine Sprachkenntnisse schnell aufgebessert, da sie kaum Englisch konnten und Bridget kein Wort Spanisch.

Ich folge also Gabriels Wegbeschreibung und trotte zu meinem Kurs. Eigentlich hätte ich mich zurücklehnen können, doch das Nachbeben in meinem Inneren ist noch in vollem Gange.

Das beklemmende Gefühl verstärkt sich, als ich am Nachmittag die kleine Schwimmhalle des Colleges betrete. Meine Eltern hätten mich niemals auf ein College gehen lassen, das kein eigenes Schwimmteam hat.

Obwohl ich noch nie in dieser Schwimmhalle trainiert habe, ist der Gang durch die gefliesten Räume erschreckend vertraut und ruft Erinnerungen in mir hervor, die ich lieber unterdrücken würde. Nur in Badehose fühle ich mich plötzlich viel zu nackt. Deshalb verschränke ich die Arme vor dem Oberkörper und stelle mich in zweiter Reihe zu den anderen. Den Worten des Coachs kann ich kaum folgen, mein Blick wandert immer wieder zum Schwimmbecken, bis er seine Vorstellungsrunde beendet hat.

»Na, dann zeig mal, was du draufhast, Vaughn«, meint einer meiner neuen Teamkollegen, dessen Name ich mir auf die Schnelle nicht merken konnte. Er klopft mir mit der Hand auf den Rücken und schubst mich anschließend leicht in Richtung Becken.

»Ihr solltet anfangen«, erwidere ich. »Damit ihr zusehen könnt, wie ich euch schlage.« Ich war zwei Jahre auf einem College mit einem renommierten Schwimmteam. Natürlich kenne ich Typen wie diesen und natürlich kann ich mich gegen sie behaupten.

»Du nimmst den Mund ganz schön voll.«

Ich zucke mit den Schultern und lasse ihm den Vortritt. Er mustert mich noch einen Moment, als könnte er spüren, wie viel nackter ich mich dadurch fühle. Dann macht er einen Kopfsprung ins Wasser, was der Coach sofort mit einer Ermahnung quittiert. Mein Teamkollege gleitet dennoch elegant durchs Becken und schwimmt seine Bahnen in einer Geschwindigkeit, die sich sehen lässt. Zumindest, wenn man keine richtigen Vergleichswerte hat und Mitglied im Schwimm-Team eines eher kleinen Colleges ist.

Ich nicke ihm mit gespielter Anerkennung zu, als er aus dem Becken steigt und seine nassen Haare in meine Richtung ausschüttelt. Immerhin sorgt sein arrogantes

Gehabe dafür, dass ich mich wieder aufs Hier und Jetzt fokussieren kann.

Mein anfängliches Zögern wird von meinem Wettkampfgeist abgelöst und das Wasser an meinen Füßen tut ein Übriges. Ich muss nur ein Stück tauchen, damit wieder jede Faser meines Körpers weiß, dass ich genau hierhin gehöre. Als ich mich vom Beckenrand abstoße, führen meine Arme und Beine die Schwimmbewegungen nahezu automatisch aus. Die optimale Dynamik zwischen Atemzügen und Auf- und Abtauchen ist über Jahre antrainiert.

Und wenn ich das gar nicht mehr will? Aber wenn ich nichts anderes kann? Die Fragen, die mich schon seit Wochen quälen, spornen mich zu neuen Höchstleistungen an. Ich lege das letzte Stück bis zum Beckenrand zurück und spucke etwas Wasser, nachdem ich mich aus Unachtsamkeit verschluckt habe.

»Was für eine Zeit!«, ruft der Coach und eine Stimme in meinem Kopf denkt sich spöttisch, dass mir so bestimmt der Sieg beim nächsten Wettkampf sicher ist. Das ist alles, was Dad je für mich wollte. Darf man etwas hassen, wenn man so gut darin ist?

Der Coach zeigt begeistert die Messuhr in der Gruppe umher, damit alle ihm glauben. Ich nutze den Moment, hole Luft und lasse mich tiefer ins Wasser sinken. Als würde der geflieste Boden mich näher zu sich ziehen.

Mit geschlossenen Augen bleibe ich unter Wasser und lausche meinem Herzschlag. Spüre den Druck, der sich wie eine Schutzmauer um mich schließt. Fühle das Pochen in meinem Kopf. Es kostet mich mit jeder Sekunde mehr Kraft, nicht aufzutreiben, aber ich will das Gefühl noch nicht verlieren.

Wie lange ich dort unten bin, weiß ich nicht genau. Es könnten zwei Minuten, vielleicht auch fünf gewesen sein. Leider greifen da plötzlich zwei starke Hände nach mir und ziehen mich nach oben.

»Alter, bist du irre?«, fragt einer meiner Teamkollegen, der mich mit einem anderen aus dem Wasser gezerrt hat. Ich kauere ein paar Sekunden zwischen ihnen und schnappe nach Luft.

»Vaughn!«, meint der Coach aufgebracht und kniet sich neben mich, um mich besser in Augenschein nehmen zu können. Meinen Vornamen kann er sich wohl noch nicht merken, meinen Familiennamen kennt in Wilbur Peaks jeder.

»Mir geht's gut«, murmele ich und rutsche beinahe aus, als ich zu schnell auf die Beine komme, um Abstand zwischen ihn und mich zu bringen.

»Dein Vater meinte schon, dass du erst mal wieder einen Trainingsrhythmus finden musst«, erwidert der Coach und würde meine Kehle nicht so brennen, würde ich lachen. »Geh duschen und komm zum nächsten Training wieder. Mit hoffentlich mehr Vernunft. Das ist ein Schwimmteam, kein Erste-Hilfe-Kurs, verstanden?«

»Klar«, entgegne ich griesgrämig und laufe Slalom durch die Gruppe. Wütend stoße ich die Tür zu den Duschen auf und stoppe abrupt. Eine kleine Ewigkeit starre ich die Duschen an und merke, wie meine zitternden Hände die nächste Panikwelle ankündigen. Mit geballten Fäusten lasse ich die Duschen hinter mir und laufe direkt in die Umkleide. Dort ziehe ich meine Sachen über meine nasse Badehose und beeile mich, die Schwimmhalle zu verlassen.

***

Zuhause bin ich erst noch damit beschäftigt, meine restliche Kleidung aus den beiden Koffern auszuräumen. Das meiste werfe ich achtlos irgendwohin, bis mir einfällt, dass Mom dann mit gerümpfter Nase selbst hier aufräumen wird und ich einen ruhigen Abend vergessen kann. Wieder zuhause zu wohnen, missfällt mir von Tag zu Tag mehr. Es war jedoch Teil des Deals, den Dad und ich ausgehandelt haben, dass ich wieder hier einziehe. Geld für eine eigene Wohnung habe ich aktuell nicht und Zeit für einen Nebenjob wegen des Schwimmtrainings auch nicht. Also räume ich auf, lasse es mir aber nicht nehmen, dabei laut Musik zu hören.

Eigentlich sollte ich hinterher meine Vorlesungen nachbereiten, scrolle jedoch lieber durch die sozialen Medien. Das Semester hat auch an meinem alten College wieder begonnen, ein paar meiner Freunde haben Reels von einer Party gepostet.

Ich finde mehr Bilder und zoome heran, um herauszufinden, wer was mit wem hatte und wer völlig abgestürzt ist. Nach Lektüre der äußerst unterhaltsamen Kommentare wird mir die Beschäftigung allerdings zu langweilig und mein Magenknurren führt mich ins Erdgeschoss.

Schon im Treppenhaus nehme ich die aufgewühlte Stimmung wahr. Sie wäre mir sicherlich schon vorher aufgefallen, wenn meine Musikanlage nicht die laute Stimme meines Dads übertönt hätte. Normalerweise verschanzt er sich direkt in seinem Büro, wenn er nach

Hause kommt und es noch kein Abendessen gibt. Heute ist irgendetwas anders und ich bin mir noch nicht sicher, ob ich den Grund dafür herausfinden will.

Wie ein Schaulustiger bei einem Unfall lehne ich gegen den Türrahmen zum Wohnzimmer und beobachte das Spektakel. Mom hat mir den Rücken zugewandt und Dad ist so in Rage, dass auch er mich nicht bemerkt.

»Wie kommen sie darauf, ihr irgendwelche Chancen auszurechnen?«, donnert Dad und gestikuliert dabei wild.

»Reg dich nicht auf, Adrian«, versucht Mom, ihn zu beschwichtigen. Er schüttelt den Kopf und fängt an, hinter den Sofas auf- und abzugehen.

»Sie muss irgendwen bestochen haben, um überhaupt zugelassen zu werden«, wettert er weiter und ich habe keine Ahnung, von wem er eigentlich spricht. Vielleicht hat seine Praktikantin den Kaffee kalt werden lassen. Oder ihn zu heiß serviert.

»Sie ist neu in der Politik und hat im Vergleich zu dir noch keine nennenswerten Unterstützer«, meint Mom und zieht ihn am Arm zu einem Sofa, bis er sich setzt und sie ihm die Schläfen massieren kann. Dad scheint sich für den Moment etwas zu entspannen und ich verkneife mir ein Lachen.

Der Anblick von ihr, wie sie sich voll und ganz auf Dad konzentriert, nimmt mich so ein, dass ich meinen Bruder erst bemerke, als er neben mir steht.

»Hier«, raunt er mir zu und hält mir sein Smartphone hin. Es flackert ein Video darüber, das ich mir zuerst nicht ansehen will, da Dorian mir meistens etwas zeigt, das nur er lustig findet. Aber es ist wider Erwarten nichts Perverses und nichts moralisch Verwerfliches, sondern ein kurzes Video einer lokalen Nachrichtenseite. Mit Untertiteln und ein paar Bildern einer kleinen Pressekonferenz berichtet es darüber, dass eine Frau mit einer blonden Bobfrisur und einem glattgebügelten Hosenanzug namens Nora Atkins ebenfalls für das Amt des Bürgermeisters kandidiert. Mit kaum zu überlesender Ironie hat der Journalist zum dazugehörigen Artikel geschrieben: *Lasst die Spiele beginnen.*

Ich reiße Dorian das Smartphone aus der Hand und überfliege den Artikel schnell. Nora Atkins ist Anwältin, ihr ganzer Lebenslauf klingt wie der einer verdammten Superheldin. Und auf den Fotos lächelt sie authentischer, als Dad es jemals hinbekommen würde. Vielleicht hat sie noch nicht so viele Unterstützer wie Dad, was ihn gerade beruhigt, aber das wird sich vermutlich bald ändern.

Als Dorian sich sein Smartphone zurückklaut, habe ich verstanden, warum ein solcher Aufruhr im Hause Vaughn herrscht. Mein Blick wandert wieder zu unseren Eltern. Mom ist dazu übergegangen, irgendein Mantra aufzusagen, damit Dad sich beruhigt. Die letzten Male ist er gegen kaum ernstzunehmende ältere Kandidaten angetreten. Seiner Reaktion nach zu urteilen, ist diese Nora Atkins hingegen eine echte Konkurrentin.

»Fuck«, wispere ich, nicht geschockt, sondern vielmehr erfreut und wiederhole dann die Schlagzeile des Artikels: »Dann lasst die Spiele beginnen.«

***

Dads schlechte Laune hält nicht mal bis zum nächsten Morgen an. Er geht das Nora-Atkins-Problem wie alle anderen Herausforderungen mit neuem Tatendrang an und führt schon Telefonate, als ich mich gerade aus dem Bett quäle und in die Dusche schleppe. Er tippt Nachrichten an seinem Laptop, während Mom unsere Lunch-Boxen packt, als seien wir nie älter als zehn geworden. Und er macht sich auf den Weg ins Büro, bevor ich die Milch auf meine Cornflakes geschüttet habe.

Ich hingegen bin noch immer nicht richtig wach, als ich später in einer Vorlesung und anschließend in der Cafeteria sitze. Mit meinem zweiten Frühstück wähle ich einen Platz möglichst nah bei der Tür, damit Gabe mich schneller findet. Wir sind zum Frühstück verabredet und noch mal versetzen kann ich ihn nicht.

Er stößt allerdings erst zu mir, als ich das zweite Croissant verspeist habe.

»Hast du mir was aufgehoben?«, will er schwer atmend wissen und lässt seine Sporttasche auf den Stuhl neben mir fallen.

»Wärst du zwei Minuten früher da gewesen ...« Während ich spreche, sehe ich ihn gar nicht richtig an. Meine Aufmerksamkeit wird auf eine andere Gruppe gelenkt. An einem der Getränkeautomaten steht der blonde Typ von der Eröffnungsfeier am Samstag. Die beiden neben ihm sind wohl seine Freunde: ein großer Kerl mit Brille, schulterlangem Haar und Jeanshemd und eine sommersprossige, rothaarige junge Frau mit einem T-Shirt, das mindestens zwei Nummern zu groß ist. Das Motiv sagt mir nichts, ist vielleicht eine Figur aus einem Comic oder einem Computerspiel.

Ich bin heute nicht der Einzige, der verstohlen zu ihnen blickt. Genau genommen ist es ausgerechnet der blonde Typ, der die Aufmerksamkeit auf sich zieht. Dabei wirkt er auf den ersten Blick unscheinbar in seinem karierten Hemd und den abgetragenen Sneakern. Warum tuscheln die anderen in der Cafeteria über ihn? Sofort schlägt mein Herz schneller.

»Du hast mir keinen einzigen Krümel übriggelassen«, beschwert sich Gabe derweil. Ich nehme es nur gedämpft wahr, steige erst wieder mental ein, als er meinem Blick folgt.

»Der ganze Trubel ist bestimmt viel, wenn man es nicht gewohnt ist. Ich meine, die meisten kannten Daniel vorher kaum, aber seit der Sache ist sein Name in aller Munde. Jetzt umso mehr.«

»Wen meinst du?«, frage ich mit einem stechenden Gefühl in der Brust.

»Na, den Blonden, den alle so auffällig ansehen«, erwidert Gabe flüsternd. »Du hast mir doch gestern Abend von seiner Mutter erzählt.«

»Was? Ich habe doch nicht ...«, beginne ich irritiert, bis ich mich selbst mit einem Räuspern unterbreche, weil ich eins und eins zusammenzähle. *Fuck.* Mein Herz springt unkontrolliert durch meinen Brustkorb. Ich habe gestern Abend noch amüsiert ein paar Nachrichten mit Gabe ausgetauscht und ihm den Artikel über Nora Atkins geschickt. Daran denkt er wohl auch gerade, denn er zieht sein Smartphone aus der Tasche und öffnet den Artikel.

»Ich hätte nicht gedacht, dass dieser Nerd eine so hübsche Mutter hat«, meint Gabe. Er schiebt das Smartphone über den Tisch und ich erkenne die Ähnlichkeit zwischen Nora Atkins und dem blonden Typen am Getränkeautomaten.

Okay, das erklärt, von welcher *Sache* Gabe spricht und weshalb sie so große Aufmerksamkeit auf Daniel lenkt. In dem Punkt sind wir also Leidensgenossen – wir stehen beide ungewollt im Mittelpunkt des Interesses, weil seine Mom und mein Dad um den Bürgermeisterposten konkurrieren. Verdammte Scheiße.

Daniel.

Der Name geistert unaufhörlich durch meinen Kopf und hinterlässt ein seltsames Gefühl in meinem Magen. Und das nicht nur, weil seine Mutter auch einen verdammt attraktiven Sohn hat. Äußerlich hat er etwas von einem klassischen Surferboy, doch das schüchterne Verhalten eines Nerds. Und die Mischung empfinde ich persönlich als verdammt gefährlich.

»Das Gespräch entwickelt sich in eine ganz schräge Richtung.« Genau wie meine Gedanken, die ich in Wilbur Peaks niemals öffentlich äußern dürfte.

Wie froh ich bin, als Daniel und seine Freunde die Cafeteria wieder verlassen. Jetzt begreift mein verwirrtes Hirn erst die Zusammenhänge. *Deshalb* war er am Samstag bei dieser Veranstaltung. Sofort schrillen wieder meine Alarmglocken und ich räume meinen Teller rasch aufs Tablett.

»Ich will pünktlich beim nächsten Kurs sein«, erkläre ich Gabe und schultere meinen Rucksack.

»Bis dahin hast du doch noch genügend Zeit.«

»Nicht, wenn man einplant, wie oft ich mich verlaufe«, widerspreche ich ihm und lache verhalten, ehe ich mir den Weg zum Ausgang bahne.

Der Kurs ist mir ehrlich gesagt ziemlich egal. Mir war nur wichtig, schnell genug zu sein, um Daniel und seine Freunde nicht aus dem Blick zu verlieren. Ich entdecke sie am Ende des Gangs und verfolge sie bis ins nächste Stockwerk. Dort trennen sie sich endlich und ich kann meine Verfolgungsjagd auf eine Person konzentrieren.

Daniel biegt ein paar Mal um die Ecke und wechselt erneut das Stockwerk, bis außer uns niemand mehr zu sehen ist. Auf einmal wird er langsamer und überlegt wohl, ob er den richtigen Weg genommen hat. Ich erkenne rechtzeitig meine Chance, hole ihn ein und packe ihn am Arm, um ihn beiseitezuzerren.

Nach anfänglichem Schock braucht er einige Sekunden, bis er reagieren kann.

»Das wird jetzt nicht zur Gewohnheit, oder?«, fragt er und verschränkt die Arme vor dem Oberkörper. Sein leichtes Keuchen bringt mich kurz aus dem Konzept, während ich mich umsehe, ob wir weiterhin ungestört in diesem Gang sind.

»Du hättest mir sagen müssen, dass du Nora Atkins' Sohn bist und deshalb am Samstag auf der Eröffnungsfeier warst.«

»Bitte was? Ich wusste am Samstag nicht, dass wir auf dasselbe College gehen und sogar gemeinsam Kurse belegen. Das habe ich erst gestern verstanden, als du in meinem Seminar saßt.«

»Dann wäre ein Hinweis danach ja mal nett gewesen«, entgegne ich mit neuer Wut und werfe einen nervösen Blick über meine Schulter, weil irgendwo Stimmen zu hören sind. In meinem Kopf dreht sich alles. Der letzte Kandidat, gegen den mein Vater angetreten ist, war echt alt. Er hatte höchstens ein paar Enkel.

Nora Atkins ist aber nicht nur eine ernstzunehmende Gegnerin für ihn – wenn ihr Sohn auf dasselbe College geht, werde ich sogar an diesem Ort an Dads Wahlkampf erinnert.

»Halt dich hier einfach fern von mir«, flüstere ich Daniel aufgebracht zu.

»Wenn du aufhören kannst, mich heimlich in dunkle Ecken zu zerren.«

»Hatte ich sowieso vor.«

»Gut«, meint er schroff.

»Gut«, erwidere ich in derselben Stimmung und stolpere beinahe, weil ich so energisch aus dem Gang stürme. Im Treppenhaus weiß ich kurz nicht mehr, wo ich bin. Und das liegt sicherlich nicht daran, dass heute erst mein zweiter Tag hier ist.

Allein sein

Daniel

Das Büro meiner Mom liegt nur wenige Gehminuten vom College entfernt. Ich bin nie gern dort gewesen, in den letzten Tagen gefällt es mir allerdings noch weniger. Es hat sich binnen kürzester Zeit in ihre Wahlkampf-Zentrale verwandelt. Werbematerialien wie Flyer oder Plakate stapeln sich in Kisten bis unter die Decke. Gestern kamen wohl endlich die großen Aufsteller mit Moms Gesicht an. Ihr Team hat einige von ihnen schon aufgebaut, wie ich auf dem Weg die Treppe hoch feststelle. Und sie sind erschreckend groß.

Meine echte Mom sitzt wie gewohnt an ihrem gigantischen Schreibtisch und spricht per Videokonferenz mit jemandem. Währenddessen eilt ihre Assistentin Avery mit geröteten Wangen durch den Raum und trägt Kisten von rechts nach links. Ich grüße sie kurz und stelle meinen Rucksack mit den schweren Büchern ab.

»Nicht da«, raunt Avery mir erzürnt zu. »Es kommen gleich die Wahlhelfer, um die Plakate abzuholen und zu verteilen.«

Sofort hebe ich meinen Rucksack wieder in die Höhe und weiß gar nicht, wo ich noch stehen darf. Avery weiß es wohl ebenfalls nicht so recht.

Sie wirft einen unruhigen Blick zu meiner Mom, die ihr Videotelefonat gerade beendet hat und sich angestrengt die Schläfen massiert.

»Ich bin froh, wenn dieser Scheidungskrieg endlich geregelt ist und alle zu einer Einigung kommen«, sagt sie und ruft mir damit in Erinnerung, dass sie trotz ihres Wahlkampfes hauptberuflich immer noch Anwältin ist.

Jetzt sieht sie zu mir, erhebt sich von ihrem Schreibtischstuhl und nimmt mich kurz in den Arm.

»Hallo, Liebling«, flüstert sie. »Wie läuft der Semesterstart?«

»Wie immer«, entgegne ich und erzähle ihr weder von der unangenehmen Begegnung mit Magnus noch von den vielen Blicken und Fragen, die ich heute über mich ergehen lassen musste.

»200 Plakate für die Innenstadt«, meint Avery und deutet auf die unterschiedlichen Kartons. »1000 Flyer für unseren Stand, 500 Kugelschreiber, Fähnchen und Ansteckpins.« Während sie spricht, greife ich in einen offenen Karton und nehme mir einen Ansteckpin, auf dem in Großbuchstaben *Vote for Atkins* zu lesen ist.

»Wir haben genügend Freiwillige, die am Wochenende den Stand betreuen«, fährt Avery fort und Mom geht mit ihr die einzelnen Schritte durch. Ich werfe den Pin in die Kiste zurück.

»Adrian Vaughn wird nach deiner Ankündigung noch mehr Präsenz zeigen. Wir müssen das erste Wochenende gut nutzen. Ach, Daniel.« Als ich meinen Namen höre, blicke ich überrascht wieder zu Avery. »Du solltest am Donnerstag bei der Spendenveranstaltung dabei sein.«

Avery hebt mahnend den Zeigefinger, weil ich erneut zum Protest ansetze.

»Komm mir nicht mit Kursvorbereitungen«, sagt sie. »Alles eine Frage des Zeitmanagements.« Wenn Avery mal dahinscheidet – was sicherlich noch ziemlich viele Jahrzehnte dauern wird, da sie erst Mitte zwanzig ist – wird auf ihrem Grabstein bestimmt genau dieser Satz stehen.

»Ich war am Samstag nur bei dieser Eröffnungsfeier, weil du keine Zeit hattest und Mom noch ins Gericht musste. Aber am Donnerstag kann sie selbst gehen, ich muss ihr nicht berichten.«

»Dein Bericht war auch sehr dürftig.«

»Es ist ja auch nichts Spannendes passiert«, erwidere ich und sofort beginnen meine Hände zu schwitzen. »Ein Stoffband wurde zerschnitten, alle haben sich gefreut, es gab ein sehr mageres Büfett und Adrian Vaughn hat wie erwartet seine Wiederkandidatur verkündet.« Unweigerlich schlägt mein Herz schneller. Avery anzulügen, ist eine echt dumme Idee. Heute scheint sie mich aber nicht zu durchschauen.

»Ich bin sehr dankbar für deine Hilfe, Liebling«, mischt sich Mom wieder ein, nimmt selbst einen Ansteckpin aus dem obersten Karton und befestigt ihn an meiner Jacke. »Ich habe schon zugesagt für Donnerstag, muss vorher aber mit einem wichtigen Mandanten sprechen, der im Ausland arbeitet und wegen der Zeitverschiebung nur dann Zeit hat. Außerdem bist du am Donnerstag ja nur unsere Begleitung.«

Mom richtet den Ansteckpin an meinem Kragen und lächelt warmherzig. Ich weiß, wie lange sich meine

Mutter schon wünscht, Wilbur Peaks' Politik mitbestimmen zu dürfen. Und nach meinen unerfreulichen Begegnungen mit den Vaughns ist es wahrscheinlich endlich an der Zeit, dass jemand wie sie diese Familie herausfordert.

***

Mom zuliebe trage ich am Donnerstagabend sogar einen Anzug und fühle mich damit wie auf einer Kirchenveranstaltung, dabei geht es um eine kleine Auktion, bei der Gegenstände für einen guten Zweck versteigert werden.

»Du beantwortest keine Fragen zu kritischen Thesen deiner Mutter«, meint Avery im Eingangsbereich des Theaters, das als Veranstaltungsort dient, und wischt etwas Pollenstaub von meinem Sakko. Sie hat vor ein paar Jahren für ein Praxissemester bei meiner Mom zu arbeiten begonnen und dann schnell in deren politischen Ansichten ihre wahre Berufung gefunden.

»Einfach nur nett lächeln und winken, ich weiß«, erwidere ich, ehe Avery unsere Namen für den Türsteher nennt und wir auf der Gästeliste abgehakt werden.

Mom trifft kurze Zeit nach uns ein. Natürlich entgehen mir nicht die vielen neugierigen Blicke, die immer wieder auf sie gerichtet sind. Ich bin es gewohnt, dass sich gelegentlich wer zu ihr umdreht, weil sie mit ihren blonden, perfekt frisierten Haaren und den perfekt gebügelten Hosenanzügen wirklich hübsch aussieht. Erst neulich hat ein älterer Herr im Supermarkt sie als ›sehr adrette, junge Frau‹ bezeichnet, was mir sicherlich unangenehmer war als ihr. Wenn ich am liebsten im Erdboden versinken will, gelingt es ihr stets, die richtigen Worte zu finden. Leider habe ich das nicht von ihr geerbt.

Es stört sie nicht mal, dass andauernd jemand Neues mit ihr sprechen will und sie bislang kaum dazu gekommen ist, sich ein Getränk zu nehmen. Ich konnte sie mir lange nicht als zukünftige Bürgermeisterin dieser Stadt vorstellen – bis vor ein paar Wochen das Fotoshooting für die Wahlplakate stattgefunden hat und die Bilder danach überall in unserem Haus lagen, damit sie das beste heraussuchen kann. Sie war plötzlich nur noch eine Figur – trotz ihrer hübschen Gesichtszüge und ihres jugendlichen Charmes reichlich am Computer retuschiert –, die den Platz auf den Wahlplakaten ausgefüllt hat. Es war schwer zu begreifen, dass das immer noch meine Mom ist, auch wenn sie mir auf einigen Bildern wie eine Fremde vorgekommen ist.

Avery mischt sich inzwischen unter die Menge, ich hingegen suche mir einen Platz an einem Stehtisch. Damit meine nervösen Finger eine Beschäftigung haben, greife ich in die Schale mit den Erdnüssen und stopfe sie mir einzeln in den Mund. Obwohl sich der Eingangsbereich weiter füllt und ich von Menschen umgeben bin, fühle ich mich auf Veranstaltungen wie dieser immer allein. Wahrscheinlich wird es niemandem auffallen, wenn ich mich einfach in der hintersten Toilettenkabine einsperre und warte, bis alles vorbei ist.

Erneut greife ich nach einer Erdnuss, doch die Schüssel ist längst leer. Ich suche mit den Augen nach einer Uhr und finde stattdessen Mom, die inzwischen bei Adrian Vaughn und dessen Frau und jüngstem Sohn steht. Es vergehen zu wenige Sekunden, in denen ich hätte untertauchen können, bis sie mich entdeckt und zu sich winkt.

Mit weichen Knien nähere ich mich und reiche Mr. und Mrs. Vaughn zur Begrüßung die Hand. Ich halte auch Magnus die Hand hin, was auf gewisse Art ein Friedensangebot sein soll, doch er lässt seine Hände nur lässig in seine Anzughose gleiten und ignoriert es.

Im Vergleich zu mir wirkt er im Anzug nicht verkleidet. Dieser Umstand ärgert mich. Vor allem, weil ich ehrlich eingestehen muss, dass er sogar beneidenswert gut in dem Outfit aussieht, weil es seine sportliche Figur betont. Jetzt fühlen sich meine Sakkoärmel noch länger und mein Hemd noch weiter an. Ich hätte Avery gestern zustimmen sollen, als sie mich zum Schneider schicken wollte.

Magnus' Vater strafft die Schultern, als wäre seine bloße Anwesenheit nicht schon respekteinflößend genug. Mom lässt sich davon nicht beirren, ich hingegen ertrage die angespannte Stimmung kaum. Glücklicherweise ist Dorian heute nicht dabei. Das hätte ein vernünftiges Gespräch zwischen den Parteien zusätzlich erschwert. Es war bei der Eröffnungsfeier der Feuerwache schwierig genug für mich, Dorian aus dem Weg zu gehen. Mom führt Smalltalk mit den Vaughns, und Magnus ist dabei besonders bemüht, möglichst desinteressiert zu wirken. Dann ertönt ein Gong, der die Anwesenden auffordert, den Theatersaal für die Auktion zu betreten.

»Wir sehen uns nachher«, meint Mom noch zu mir, ich lächle kurz in ihre Richtung und tue so, als würde ich mich ebenfalls in die Menge stürzen. Ich habe allerdings wenig Lust, in einem überfüllten Theatersaal zu sitzen.

Stattdessen entscheide ich mich für den Weg zur Toilette, wo ich mich, wie vorhin geplant, mindestens zehn Minuten lang in einer Kabine einschließe. Zurück im Eingangsbereich starre ich lange die geschlossene Tür zum Theatersaal an. Die Auktion ist in vollem Gange, sicherlich kann ich mich einfach hineinschleichen, aber es widerstrebt mir nach wie vor.

Wir waren während der Schulzeit schon einige Male in diesem Theater und ein paar von uns ist es mal gelungen, die Hälfte einer Vorstellung einfach oben auf dem Dach zu verbringen. Ich halte das für eine gute Alternative.

Leider bin ich heute augenscheinlich nicht der Einzige, der auf die Idee gekommen ist. An der Mauer lehnt Magnus und kann seine nicht vorhandene Begeisterung ob meines Auftauchens kaum verbergen.

»Großartig«, murmelt er und fügt mit lauterer Stimme hinzu: »Such dir gefälligst dein eigenes Dach.«

»Klar«, erwidere ich schneller, als ich denken kann. »Ich steige einfach aufs Dach des Nebengebäudes, damit ich dort meine Ruhe habe.«

»Gut.«

»Gut.«

Nach unserem kleinen Wortgefecht wendet sich Magnus wieder von mir ab und schenkt seinem Smartphone seine volle Aufmerksamkeit. Eigentlich könnte ich es dabei belassen. Doch ich bewege mich keinen einzigen Zentimeter. Ich kann weder zur Toilette noch in den Theatersaal zurückkehren, also kann ich auch einfach hierbleiben und das aussprechen, was mir schon seit Anfang der Woche auf der Zunge liegt.

»Was genau ist eigentlich dein Problem mit mir?«, will ich wissen und verschränke die Arme vor dem Oberkörper.

Magnus blickt von seinem Smartphonebildschirm auf und wirkt ehrlich überrascht.

»Mein Problem mit dir?«, wiederholt er und ich nicke mutiger, als ich mich gerade fühle. Magnus richtet seinen Blick wieder auf sein Smartphone und einige Sekunden lang glaube ich, dass er mich einfach ignoriert. Dann seufzt er und schiebt das Telefon in seine Hosentasche.

»Das ist das achte Jahr, in dem mein Dad Bürgermeister ist«, erklärt er schließlich und fährt sich mit der Hand durchs braune Haar, »und der dritte Wahlkampf. Zuhause kenne ich es nicht anders, aber du bringst die ganze Scheiße ans College.«

»Was?«, frage ich irritiert. »Wieso?«

»Keiner der vorherigen Gegenkandidaten hatte Kinder in meinem Alter und bis zum Sommer war ich zwei Jahre lang in einer anderen Stadt. Da zählte nicht der Name, sondern nur das Geld meines Dads. Jetzt werde ich sogar am College an den Wahlkampf erinnert.«

»Glaub mir, ich wollte nicht, dass meine Mom zu dieser Wahl antritt.« Obwohl ich inzwischen tatsächlich denke, dass es eine gute Idee ist, doch das muss ich Magnus ja nicht sagen. »Solche Entscheidungen trifft sie allein. Oder denkst du, ich gehe gern auf diese Art von Veranstaltungen? Dann wäre ich wohl kaum hier oben, um mich zu verstecken.«

Magnus unterdrückt augenscheinlich einen weiteren Seufzer und weitet seinen Hemdkragen mit zwei Fingern. Er lässt seinen Blick über die kleine Mauer, die das Flachdach begrenzen soll, und die Dächer der Nachbarschaft gleiten.

»Und dein Bruder musste heute nicht herkommen?«, frage ich mit trockener Kehle.

Erstaunt blinzelt Magnus mich an und braucht einige Sekunden, bis er mir antwortet.

»Er konnte irgendeine Projektarbeit als Ausrede nutzen. Bei mir hat's nicht geklappt. Dorian hat einige Privilegien, weil er im letzten Semester seines Studiums ist.«

»Versteht ihr euch gut?«

»Mein Bruder und ich? Für gewöhnlich rede ich nicht so viel mit Dorian Vaughn. Wir wohnen wieder zusammen, aber das ist die Schuld unserer Eltern und der nahen Lage des Colleges.« Die Antwort macht ihn erstaunlicherweise etwas sympathischer und erklärt, warum Magnus offenbar nichts von Dorians und meiner Vorgeschichte weiß.

»Mein Beileid«, entgegne ich automatisch.

»Dann hast du meinen Dad noch nicht richtig kennengelernt. Manchmal glaube ich, Dorian ist der Gute von beiden.« Und nach diesen Worten geschieht etwas, mit dem wir beide sicherlich nie gerechnet hätten: Magnus lächelt – und ich erwidere es. Trotz Dämmerung scheint sich der Himmel hinter ihm plötzlich etwas aufzuhellen.

Seine Mundwinkel heben sich weiter, als er etwas in seiner hinteren Hosentasche sucht und es mit triumphierender Miene herauszieht.

»Willst du auch?«, fragt er und holt noch ein Feuerzeug hervor.

»Ist das ein Joint?« Ich klinge empörter als beabsichtigt, was mir die Röte in die Ohren treibt. Im Halbdunklen sieht er es hoffentlich nicht, mein Tonfall entlockt ihm trotzdem ein Grinsen.

»Eine normale Zigarette ist es zumindest nicht.«

»Hast du keine Angst, erwischt zu werden?«

»Wäre doch eine witzige Schlagzeile. *Sohn des Bürgermeisters mit Sohn der politischen Konkurrenz beim Kiffen auf Spendenauktion erwischt.*«

»Du meinst, weil sie das mit dem Kotzen schon nicht schreiben durften?«, erwidere ich und verkneife mir ein Lachen. Ich bewege mich auf dünnem Eis, das ist mir klar. Magnus hingegen greift das Thema auf seine Art auf.

»Da haben wir echt ein paar witzige Schlagzeilen verpasst. *Magnus Vaughn findet die Wiederkandidatur seines Vaters zum Kotzen.*«

Ich denke kurz nach und spiele das Spiel einfach mit: *»Bei der Verkündung seiner Wiederkandidatur fiel Adrian Vaughns Sohn alles aus dem Gesicht.«*

»Adrian Vaughn – ist sein Wahlprogramm wirklich so übel?«

Unten auf der Straße sind quietschende Autoreifen zu hören, die mich lange genug ablenken, dass mir nichts mehr einfällt. Schließlich schmunzle ich einfach nur und sage: »Du bist also hier draußen, um in Ruhe zu kiffen.«

»Ehrlich gesagt wollte ich bei dem ganzen Zirkus mal allein sein«, meint Magnus und lässt seinen Blick wieder über die Häuserreihen schweifen. Leiser fügt er hinzu: »Dabei ist man im Grunde genommen ja irgendwie immer allein.«

Ich habe keine Möglichkeit, darauf zu reagieren, da sich hinter mir die Tür einen Spalt öffnet und Avery ihren Kopf nach draußen schiebt.

»Hier bist du«, sagt sie und atmet sichtlich erleichtert auf. »Deine Mom hat sich schon Sorgen gemacht.« Mit verwirrend viel Sympathie blicke ich zu Magnus und finde es ziemlich schade, nicht herauszufinden, wie unser Gespräch weitergegangen wäre. Woanders werden wir es sicherlich nicht fortsetzen.

Avery betrachtet mich mit skeptischer Miene und ich bemerke aus dem Augenwinkel, wie Magnus mit einer flinken Handbewegung den Joint und das Feuerzeug in seine Hosentasche zurückschiebt. Bevor sie sich ihm zuwenden kann, packe ich Avery am Arm und begleite sie die Treppe hinunter. Magnus Vaughn hier oben beim Kiffen zu erwischen, hätte ihr viel Futter gegeben. Aus mir bislang unerklärlichen Gründen fühlt es sich aber richtig an, sie davon abgehalten zu haben.

High sein

Magnus

»Du musst mehr auf deine linke Schulter achten«, erklärt mir der Coach am Montagnachmittag, als ich aus dem Schwimmbecken klettere. Triefend nass bleibe ich vor ihm stehen und bekomme kaum mit, was er danach noch sagt. Ich verfolge mit den Augen die Tropfen, die meine Arme und Beine entlang rinnen, bis sie am Boden zusammenfließen.

»... Talentscout wird dann ...« Jetzt hebe ich doch den Kopf und starre den Coach an.

»Was?«, unterbreche ich ihn.

»Diese Woche kommt ein Talentscout«, wiederholt er und blickt mehrmals an mir vorbei, um das Training der anderen Teammitglieder zu beobachten. »He! Ihr sollt die Bahn bis zum Ende schwimmen!«

»Aber das Semester hat doch gerade erst angefangen.« Meine nasse Haut lässt mich frösteln.

»Er will sich nur mal umschauen. Trotzdem solltet ihr euch anstrengen. Er merkt sich Talente.«

Geistesabwesend laufe ich in Richtung Duschen. Ein Talentscout hat sich bestimmt mit unseren bisherigen Erfolgen beschäftigt. Er wird sich über meine Zeit am anderen College informiert haben.

Mit jedem Schritt werden meine Füße schwerer und die Luft wird knapper. Der bloße Gedanke daran, dass ich Fragen zu meinem ehemaligen Schwimmteam beantworten muss, schnürt mir die Brust zu. Scheiße, was mache ich jetzt? Ich kann unmöglich in dieser Woche mit einem Talentscout sprechen. Ich weiß ja nicht mal, ob ich jemals mit einem reden will.

Instinktiv werde ich langsamer und sehe zum Coach zurück. Er hockt am Beckenrand und macht mit den Armen kreisende Bewegungen, um sie einem Teamkollegen im Wasser zu zeigen. Dabei brüllt er ihn an, als würde sein Leben davon abhängen.

Das Gefühl teilen wir gerade, denn was ich als Nächstes tue, dient nur zum Überleben. Ich drehe mich um, konzentriere mich auf die unbändige Wut in meinem Bauch und habe den Coach mit ein paar Schritten erreicht.

»Scheiße, nein«, wispere ich, dann beuge ich mich nach vorn und stoße ihn mit den Händen ins Wasser.

***

Eine Viertelstunde später, nach viel Gebrüll des Coachs und betretenem Schweigen meinerseits, sitze ich vor dem Büro der Dekanin. Bislang kenne ich sie nur von meinem Begrüßungsgespräch, bei dem mein Dad ihr erzählt hat, wie viel er dieses Jahr in die Renovierung des Institutsgebäudes investieren will. Für Dad ist so gut wie jeder Termin in Wilbur Peaks eine kleine Wahlkampfveranstaltung.

Nach zehn Minuten, in denen Mrs. Ortiz immer noch telefoniert, erhebe ich mich von meinem Stuhl und fange an, vor ihrer Tür auf- und abzugehen. Ich bin so in meine Gedanken vertieft, dass ich erst mit Verzögerung bemerke, wie eine weitere Person vor ihrem Büro stehen bleibt. Mein Herz rutscht mindestens eine Etage tiefer, als ich Daniel erkenne. Seit unserem unerwarteten Gespräch auf der Spendenauktion bin ich ihm aus dem Weg gegangen. Ihn so unvermittelt nun hier zu treffen, macht mich im ersten Moment sprachlos. Und das ist bei mir ja eher eine Seltenheit.

Daniel zeigt auf die geschlossene Bürotür.

»Ich habe einen Termin bei Dekanin Ortiz«, erklärt er.

»Du hast also auch was verbockt?«

»Eigentlich bin ich jede Woche hier.«

»Dann habe ich wohl einiges aufzuholen.« Mir entfährt ein undefinierbarer Laut, der ein Lachen sein könnte, wenn das Gefühl dabei nicht so bitter wäre. Abrupt lasse ich mich auf einen der Stühle plumpsen und verschränke die Arme vor dem Oberkörper. Daniel versteht zum Glück, dass ich nicht in der Stimmung bin, mit ihm zu reden. Er lässt einen Stuhl zwischen uns frei und sagt nichts mehr.

Einige Minuten schweigen wir und ich lasse meine Hände in meinen Schoß fallen, um sie unruhig zu kneten. Ohne ihn anzusehen, spüre ich Daniels fragenden Blick, der mir wider Erwarten durch Mark und Bein geht. Ich weiß gar nicht, wann mich das letzte Mal jemand so aufmerksam betrachtet hat.

»Alles okay bei dir?«, will er mit gedämpfter Stimme wissen, obwohl ich ihm mehrmals deutlich gemacht habe, dass ich am liebsten möglichst viel Abstand zwischen uns habe.

»Du musst nicht nett zu mir sein«, gebe ich brummend zurück und halte meine Hände fest ineinander verschränkt, um das Zittern zu unterdrücken. Von meinen Haaren tropft immer mal etwas Wasser auf meine Jeans, Daniel lässt es unkommentiert.

»Ich will mir nur die Zeit vertreiben«, sagt er stattdessen. »Diese Termine gehören nicht zu meinen Wochen-Highlights.«

Ich lehne mich wieder auf meinem Stuhl zurück und schaukle dann mit dem Oberkörper hin und her. Es ist schwer zu glauben, dass sich meine Nervosität nicht auf Daniel überträgt. Ich blicke etwas zu lange zu ihm und bemerke, wie angestrengt er auf den gepunkteten Fliesenboden unter unseren Füßen starrt.

Ich lasse meine Schultern etwas locker und den Seufzer frei, der schon seit Minuten in meiner Kehle hängt.

»Ich bin hier, weil ich den Coach beim Schwimmtraining ins Wasser gestoßen habe«, erzähle ich mit leicht brüchiger Stimme.

Ich kann Daniel kaum verübeln, dass ihn mein Geständnis kurz zum Zögern bringt.

»Klingt nicht danach, als würdest du das Schwimmtraining mögen.«

»Es liegt nicht am Schwimmen. Es liegt eher an ... was anderem.« Ich stoße die Worte in einem Ton hervor, der hoffentlich deutlich macht, dass ich nicht näher darüber reden möchte. Tatsächlich kommt die Botschaft bei Daniel an, denn es kehrt wieder Stille zwischen uns ein. Eine Stille, die mich schier zu erdrücken scheint, sodass ich es kaum aushalten kann und am liebsten davonlaufen möchte. Was allerdings dazu führen würde, dass ich weit vor Ende des Schwimmtrainings zuhause wäre und dann dort Erklärungen liefern müsste, die ich nicht geben will. Zwickmühle.

Daniel kann das Schweigen zwischen uns wohl genauso wenig ertragen wie ich, denn schließlich bricht er es doch.

»Ich habe gehört, du wurdest schon in der Schulzeit von vielen als der Michael Phelps von Wilbur Peaks gehandelt«, meint er.

»Schön für sie«, brumme ich.

»Du musst nicht schwimmen, wenn du nicht willst.«

Ich fange wieder an, nervös meine Hände zu kneten, bis es mich nicht mehr auf meinem Stuhl hält. In mir hat sich schon wieder so viel Wut angestaut, dass es sich anfühlt, als würde ich gleich platzen. Ich weiß gar nicht, wohin mit meinem Zorn, bis ich bemerke, dass Daniel durch meine ruckartige Bewegung zusammengezuckt ist.

Konfus blicke ich zu ihm und habe plötzlich das Gefühl, ihm eine Antwort schuldig zu sein.

»Das verstehst du nicht«, erwidere ich und kann meinen Groll kaum unterdrücken. »Es kann nicht jeder so sein, wie er will. Deine Mom hat dir vielleicht beigebracht, dass man mit guten Argumenten alles erreichen kann. In der Realität ist das völliger Bullshit.«

Ein Geräusch hinter mir lässt diesmal mich zusammenfahren. Mrs. Ortiz hat offenbar endlich ihr Telefonat beendet und schwungvoll ihre Tür geöffnet. Interessiert blickt sie von mir zu Daniel und wieder zurück.

»Ach, wie schön«, meint sie und wackelt vergnügt mit dem Kopf. »Die politische Konkurrenz ist also auch schon eingetroffen.«

»Nicht witzig«, grummele ich.

»Ich finde es witzig«, erwidert sie. »Eigentlich müssten wir ein gemeinsames Foto machen. Die Söhne der Wahlgegner gemeinsam vor meinem Büro – das erlebt man nicht alle Tage.«

Ich hätte zwar gern gewusst, weshalb Daniel jede Woche bei der Dekanin sitzt, er lässt mir aber den Vortritt. Mrs. Ortiz schließt die Tür hinter mir und lotst mich auf einen Sessel vor ihrem Schreibtisch. Ich sinke so tief ein, dass ich kaum noch über die Tischkante sehen kann. Nur schwerfällig kämpfe ich mich nach oben.

Mrs. Ortiz betrachtet mich vielsagend und trommelt mit ihren Fingern auf dem Tisch. Als ich schon das große Donnerwetter erwarte, wird der Ausdruck in ihren Augen weicher. Sie lächelt so wohlwollend, dass ich noch misstrauischer werde.

»Was genau hat dich zornig gemacht? Hat der Coach irgendwas gesagt, das dich …?«

»Nein, das war es nicht«, falle ich ihr ins Wort und sinke im Sessel direkt wieder tiefer.

Sie nickt langsam und greift nach ein paar Flyern, die sie über den Tisch schiebt.

»Also«, beginnt sie, »unser College hat eine große Auswahl an Wahlkursen. Sieh sie dir doch mal in Ruhe an.«

»Ich will schwimmen«, entgegne ich und höre mich verunsicherter an, als mir lieb ist. »Ich wusste nicht, dass es der Coach am Beckenrand ist. Ich dachte, es wäre ein Kommilitone und wollte ihm nur einen kleinen Streich spielen. So läuft das unter Männern, wissen Sie?«

Mrs. Ortiz' Kopf bewegt sich weiterhin bedächtig auf und ab und sie kauft mir die Erklärung anscheinend ab.

»Der Coach schließt dich den Rest der Woche vom Training aus«, sagt sie. Meine Verunsicherung schlägt in Erleichterung um, was sie mit einem nachdenklichen Gesichtsausdruck bemerkt. »Das macht dich nicht so unglücklich, wie es sollte, oder?«

»Doch, ziemlich«, lüge ich. »Das wird mir eine Lehre sein, meinen Kommilitonen keine Streiche zu spielen. Sie sagen es doch niemandem, oder?«

»Wenn du mir versprichst, dass es einen Vorfall wie diesen nie wieder geben wird.«

»Für alle Studierenden kann ich nicht sprechen«, entgegne ich und sie versteht meinen Scherz nicht. »Aber ich kann mich in Zukunft beherrschen.«

»In Ordnung«, sagt sie und hält mir erneut die Flyer mit den Kursangeboten hin. »Ich sage nichts, wenn du dir ein paar davon mitnimmst und sie dir tatsächlich anschaust.«

***

Am Abend stehe ich zuhause lange vor dem Alkoholregal im Keller und rätsele, welche Flasche am wertvollsten ist. Das System meines Vaters ist kaum nachzuvollziehen. Ich greife einfach nach der Whiskeyflasche, die mit der dicksten Staubschicht überzogen ist. Dabei wirbele ich so viel Staub auf, dass ich einen starken Hustenreiz unterdrücken muss.

Erst im Garten atme ich auf, verfluche unsere lange Auffahrt und beeile mich dann, zu Gabe rüberzulaufen. Er wartet auf der anderen Straßenseite am Gartentor auf mich.

»Da bist du ja endlich«, meint er. »Die anderen fragen schon, wo wir bleiben.«

»Sorry, war ein langer Tag.« Ich reiche ihm die Whiskeyflasche, um sie endlich loszuwerden. »Aber er endet gut.«

Gabes Freunde sitzen schon am Lagerfeuer, als wir etwa zehn Minuten später bei ihnen ankommen. Einige sind aus dem Basketballteam, andere kenne ich noch aus der Highschool. Die ersten Bande schließen wir schon, indem Gabe mein Diebesgut umherreicht.

»Sieht teuer aus«, meint ein schwarzhaariges Mädchen, als sie die Flasche in Richtung Feuer hält, um das Etikett lesen zu können.

»Oh, gib her«, sagt der Typ neben ihr und nimmt ihr die Flasche ab. »Das ist meine liebste Geschmacksrichtung.«

»Mein Dad hat den ganzen Keller voll davon«, erzähle ich und wir lassen uns auf freien Plätzen in ihrer Nähe nieder. »Ich hoffe, ich habe eine erwischt, die er niemals öffnen wollte, damit sie besonders viel wert ist.«

Der Kerl mustert mich etwas länger, ehe er grinst. »Es muss so schwer sein, Magnus Vaughn zu sein. Mit all dem Luxus.« Der zynische Spott in seiner Stimme lässt erneut etwas in mir brodeln, aber diesmal kämpfe ich es nieder.

Niemand muss mich in der gesamten Runde vorstellen, trotz meiner zweijährigen Abwesenheit bin ich immer noch stadtbekannt. Mein Dad hat mich oft genug vor die Kamera gezerrt, damit auch bloß alle die Entwicklung vom Kind zum jungen Mann miterleben durften. Ihn hat es nie interessiert, ob Dorian und ich das gut finden – für ihn zählt nur, sich in der Öffentlichkeit als der nahbare, familiäre Politiker zu präsentieren.

»Es ist wahnsinnig schwer«, entgegne ich nicht minder sarkastisch und erobere mir die Flasche zurück, um sie zu öffnen und die Bitterkeit in meiner Kehle runterspülen zu können. »Auf den Luxus!« Ich proste den anderen zu und nehme einen kräftigen Schluck, der mir beinahe die Kehle wegätzt. »Scheiße, ist das Zeug widerlich.« Hustend reiche ich die Flasche an Gabe weiter, der sie nach dem Trinken ebenfalls keuchend an den Nächsten übergibt.

Mit steigendem Alkoholpegel wird der Abend wie vorausgesagt besser. Irgendwann denke ich gar nicht mehr daran, was es bedeutet, in dieser Stadt ein Vaughn zu sein. Die Gruppe um das Lagerfeuer hat sich inzwischen erweitert und es haben sich überall auf dem Wiesenstück kleinere Grüppchen gebildet. Irgendwer hat Cracker und Marshmallows mitgebracht und Gabe und ich liefern uns ein kleines Wettessen mit S'mores, bis meine Zähne völlig verklebt sind.

»Wenn es nicht der Alkohol ist, sterben wir an einem Zuckerschock«, meint er und wischt die Schokoladenreste von seinen Händen an seiner Hose ab.

Ziemlich betrunken und eindeutig überzuckert lehne ich mich gegen einen der Baumstümpfe hinter uns. Ich beobachte den Funkenflug des Feuers, in das gerade jemand neues Holz geworfen hat. Gabe ist dazu übergegangen, sich mit ein paar Basketballkollegen einen kleinen Ball zuzuwerfen, der mehrmals fast im Feuer landet.

Einen Moment lang fühle ich mich wie einer von ihnen. Als könnte ich einer von vielen sein. Ich ziehe mein Smartphone aus der Hosentasche und knipse ein Foto vom Lagerfeuer. Aus Gewohnheit lade ich es online auf meinen sozialen Kanälen hoch und habe schon nach den ersten Minuten unzählige Likes. Ich ziehe die Beine an, lege das Smartphone auf meinen Knien ab und scrolle durch die Kommentare. Die meisten stammen von Freunden von meinem alten College.

Ich mache den Fehler und klicke auf ein paar Namen, um mich auf den neusten Stand zu bringen. Schnell macht sich Ernüchterung in mir breit und ich vergesse die gute Stimmung um mich herum. Was habe ich erwartet? Während ich mich über den Sommer bei Tante Bridget an der Küste verkrochen habe und nicht zum Semesterbeginn zurückgekehrt bin, ist das Leben weitergegangen. Ich war es ja, der Nachrichten unbeantwortet gelassen und ignoriert hat. Der bewusst keinen Kontakt mehr halten wollte.

Frustriert stoße ich Luft durch die Nase aus und nehme dankbar wahr, dass irgendwer Weed mitgebracht hat. Mein Nebenmann zündet einen Joint an und will ihn rauchen, doch ich klaue ihn aus seiner Hand und nehme einen kräftigen Zug.

»He«, protestiert er.

»Sorry, Mann, aber ich brauch das gerade dringender.« Erst nach zwei weiteren Zügen gebe ich ihm den Joint zurück und lehne mich wieder gegen den Baumstumpf.

Eine Weile hänge ich einfach nur meinen Gedanken nach und bin froh, als das Denken schwerfälliger wird und das Schwindelgefühl die letzten Erinnerungen an das vergangene Schuljahr vertreibt. Leicht benommen sehe ich mich um. Hat sich die Gruppe inzwischen verdoppelt? Vielleicht liegt das aber auch am Weed.

Mit einiger Verzögerung – ich muss sie wirklich lange angestarrt haben – bemerke ich endlich, wie intensiv mich die Dunkelhaarige betrachtet, der wir direkt zu Anfang des Abends begegnet sind. Ihr vielsagendes Lächeln macht mir sofort weiche Knie, aber aus einem anderen Grund, als sie wahrscheinlich annimmt. Hilfesuchend blicke ich mich nach Gabe um und finde ihn nicht auf Anhieb. Stattdessen bleiben meine Augen etwas länger am Hinterkopf eines blonden Typen hängen. Erleichtert stoße ich die Luft durch den Mund aus, als er sich umdreht und ich erkenne, dass er nicht der ist, für den ich ihn kurzzeitig gehalten habe.

Jetzt entdecke ich Gabe, der gerade ein Video von seinen Freunden macht, wie sie leere Coladosen auf ihren Händen stapeln und balancieren. Ich wende mich wieder dem Mädchen zu, das mich noch immer nicht aus den Augen lässt, und muss unweigerlich erneut an Daniel denken. Bei der Erinnerung an unser Gespräch bei der Spendenauktion wird mir ganz anders. Sofort greife ich wieder nach dem Joint, mein Nebenmann scheint sich damit abgefunden zu haben, mit mir teilen zu müssen.

Ich nehme gerade einen kräftigen Zug, als plötzlich Unruhe um uns herum ausbricht. Der Rauschzustand sorgt dafür, dass ich die Ereignisse erst verspätet einordnen kann. So richtig begreife ich es nicht mal, als Gabe mich grob an den Schultern packt und nach oben zerrt.

»Shit, das sind die Cops«, höre ich irgendwen neben uns sagen, es werden die wichtigsten Sachen gepackt und dann beeilen sich alle, möglichst schnell wegzukommen. Seltsamerweise bin ich so geistesgegenwärtig, dass ich den Joint noch ins Lagerfeuer werfe. Dann komme ich stolpernd auf die Füße, schnappe mir meine Jacke und renne Gabe hinterher.

Berühmt sein

Magnus

Als Kind war ich mal so wütend auf meine Mom, weil sie lieber das Essen für Gäste vorbereiten als mit mir Zeit verbringen wollte, dass ich mit ihrem wertvollen Porzellan Weitwurfübungen gemacht habe. Seitdem hat sie mich nie wieder derart enttäuscht und vorwurfsvoll angesehen – bis zum heutigen Tag.

Ich sitze am Esstisch und zupfe an der Tischdecke, damit meine Finger beschäftigt sind. Keine Ahnung, wie ich vergessen konnte, wer mein Dad in dieser Stadt ist, aber natürlich hat er prompt von allem erfahren. Gerade läuft er unruhig vor mir auf und ab, während Mom mich mit dieser maßlosen Enttäuschung ansieht.

»Unverantwortlich!«, ruft Dad und ich fixiere den Serviettenhalter auf dem Tisch, um nicht vom Stuhl zu kippen. Bei unserer Flucht vorhin ist mir erst klargeworden, wie betrunken ich bin. Trotz meines Zustandes weiß ich, dass es keine gute Idee wäre, ihm erneut auf die Füße zu kotzen.

»Den Beweis, dass du dort warst, hast du ja sogar selbst geliefert«, wütet Dad weiter. »Hunter hat's mir schon gezeigt.«

Schnell setze ich mich auf und bereue sofort die ruckartige Bewegung.

»Hunter kontrolliert meine Social-Media-Accounts?«, frage ich, obwohl ich es mir hätte denken können. Dads PR-Manager kontrolliert alles, damit er jeden möglichen Skandal schon im Keim ersticken kann.

»Aus gutem Grund!«, erwidert Dad aufgebracht. »Wir haben ein Drogen-Problem in dieser Stadt und der Sohn des Bürgermeisters trifft sich mit polizeibekannten Dealern.«

»Ich kannte nicht alle, die da waren«, protestiere ich. »Ich wusste nicht, wer sie sind.«

»Und genau aus diesem Grund hättest du es umso mehr hinterfragen müssen! Du kannst es nicht mal leugnen. Du bist auf mehreren Videos zu sehen.« Oh Mist. Ich glaube, es war sogar Gabe, der gefilmt hat. Aber wer sollte es ihm verübeln? Er ist schließlich nicht der Sohn des Bürgermeisters. Er hatte einen coolen Abend, ohne direkt in der Lokalpresse zu landen.

»Das hier ist Wilbur Peaks«, erinnert mich Dad. »Du bist nicht mehr auf einem College am anderen Ende des Staates.«

»Ich weiß«, brumme ich. »Aber du vergisst offenbar, dass ich in den zwei Jahren älter geworden bin und du mich nicht mehr wie ein kleines Kind behandeln kannst.«

»Das muss ich ja, wenn du in der Zeit kein Stück vernünftiger geworden bist, wie du seit deiner Rückkehr schon zur Genüge bewiesen hast.«

»Adrian. Magnus«, mischt sich Mom jetzt mit besorgter Miene ein. »Diese Diskussion führt doch zu nichts ...«

»Ich beende diese Diskussion jetzt auch«, unterbreche ich sie gereizt und torkle kurz ein Stück zur Seite.

»Mom, du hast recht. Mit Dad zu streiten, führt zu nichts. Er wird nie verstehen, wie es ist, sein Sohn zu sein.«

Vor meinem ersten Collegesemester hätte ich seine Reaktion und meine Strafe abgewartet, doch heute mache ich mich auf den Weg in mein Zimmer, ohne seine Tirade abzuwarten.

»Magnus!«, ruft Dad mir wütend nach, aber ich bin nicht bereit, in diesem Zustand mit ihm weiterzusprechen. Ich kann weder ändern, dass ich momentan abhängig von seinem Geld bin, noch, dass ich in seiner Schuld stehe, weil er etwas für mich getan hat, von dem nicht mal Mom oder Dorian wissen. Doch ich will ihm und mir selbst beweisen, dass er immerhin einen Teil seiner Macht in den vergangenen zwei Jahren über mich verloren hat.

***

Am nächsten Morgen komme ich an der Schwimmhalle vorbei und habe sofort das Gefühl, dass mein Brustkorb enger wird. Angestrengt massiere ich mit einer Hand mein Brustbein und versuche, ruhig weiter zu atmen. Das gelingt mir nur so lange, bis mir der Chlorgeruch in die Nase kriecht. Plötzlich dröhnt es in meinen Ohren, vor mir tanzen schwarze Punkte durch die Luft. Instinktiv weite ich den Kragen meines Pullovers mit den Fingern.

Ich bin zwar für den Rest der Woche vom Schwimmtraining ausgeschlossen, aber die Frage nach dem Danach überfordert mich. Auf einmal kommen mir Daniels Worte bei unserem Gespräch vor Mrs. Ortiz' Büro in den Sinn. *Du musst nicht schwimmen, wenn du nicht willst.*

Und wenn es so einfach ist? Es ist nicht einfach, das war es nie. Trotzdem muss mir keiner sagen, dass ich so nicht weitermachen kann. Dass ich mich nicht jedes Mal, wenn ich an der Schwimmhalle vorbeilaufe, am Treppengeländer festklammern und hoffen kann, dass niemand mitbekommt, was in mir los ist.

Nach meinem ermüdenden Tag in der Uni komme ich erneut an der Schwimmhalle vorbei. Diesmal krame ich in meiner Tasche nach den Flyern, die mir Mrs. Ortiz mitgegeben hat. Das Lauftraining hört sich gar nicht übel an und hält mich immerhin fit, falls ich irgendwann doch wieder zum Schwimmen zurückkehren will.

Als ich schließlich zuhause ankomme, höre ich schon im Flur die aufgebrachte Stimme meines Dads, der wohl in seinem Arbeitszimmer am Telefon mit jemandem diskutiert. Bei dieser Tonlage können es nur Owen oder Hunter sein. Ich schließe leise die Haustür und lausche.

»Es ist mir egal, dass sie auf dem Gelände eines Kindergartens Bäume gepflanzt hat«, sagt er. »Die Wähler werden begreifen müssen, dass Nora Atkins keine ernstzunehmende Gegnerin ist. Da kann sie so viele Kindergärten und Schulen besuchen, wie sie will.«

Natürlich regt sich Dad mal wieder über seine Konkurrenz auf. Was er wohl denken würde, wenn er wüsste, dass ich neulich ein annähernd normales Gespräch mit dem Sohn der Feindin geführt habe? Schon die Vorstellung bereitet mir verbotenerweise Freude.

»Ja, natürlich habe ich die Dokumente gelesen«, meint Dad nun und der plötzliche Themenwechsel verwirrt mich. Obwohl ich zur Treppe schleiche, schaffe ich es nicht, unbemerkt an der offenen Bürotür vorbeizulaufen.

»Magnus«, meint er und hält das Mikrofon seines Smartphones zu. »Hunter will nachher noch mit dir sprechen.«

»Klar«, murmele ich, auch wenn er sich längst wieder seinem Gesprächspartner am Telefon widmet.

In meinem Zimmer sitze ich lange auf meinem Bett und überlege mehrmals, heimlich etwas Alkoholisches aus dem Keller nach oben zu schmuggeln. Mir ist zwar danach, aber ich sollte meinem Magen mal eine Auszeit gönnen. Zur Ablenkung tauche ich deshalb in der digitalen Welt ab, was sich als noch miesere Wahl herausstellt.

Wie eigentlich zu erwarten war, ist das Internet voll mit Artikeln über meinen Abend. Standbildaufnahmen der Videos, in denen ich im Hintergrund einen Joint rauche, sind übertitelt mit Schlagzeilen wie

Sohn des Bürgermeisters fast verhaftet
Party eskaliert mit Polizeieinsatz: Adrian Vaughns Sohn mitschuldig?

oder
Familien-Drama beim Bürgermeister? Vaughns Sohn beim Drogenkonsum erwischt

Letztlich sind mir die Schlagzeilen egal, nur eine Überschrift lese ich immer und immer wieder:

Skandal-Sohn zurück in Wilbur Peaks: Hat Adrian Vaughn seinen Sohn noch immer nicht im Griff?

Ich muss zugeben, dass Dad mich nicht nur wegen der guten Schwimmförderung vor zwei Jahren auf ein weit entferntes College geschickt hat. Es gab während meiner Schulzeit einige Entscheidungen, die ich heute so nicht mehr treffen würde. Nach meinem Umzug wurde es sehr ruhig um mich – man könnte sagen, die Presse hat mich vorübergehend vergessen. Ansonsten hätte Dad mich auch nicht nach Wilbur Peaks zurückkehren lassen.

Und zwischen all den negativen Kommentaren begreife ich kaum, dass Gabe mir geschrieben hat:

Mann, tut mir so leid. Ich hab das Video schon gelöscht.

Das Video zu löschen, bringt nicht viel. Dafür haben es schon zu viele Leute gesehen und gesichert. Ich bin nicht sauer auf ihn, er wusste ja nicht, was er tut. Wenn er beim Kiffen erwischt wird, halten ihm seine Eltern einen Vortrag, weil er ebenfalls noch zuhause wohnt – bei mir ist es gefühlt die ganze Stadt.

Wütend starre ich die letzte Schlagzeile an. Natürlich interessiert es eine Menge Leute, ob Adrian Vaughn die Anliegen dieser Stadt vertreten kann, wenn er nicht mal seinen Sohn unter Kontrolle hält. Als wäre ich ein unerzogener Hund, der nicht gehorcht. Dass ich inzwischen erwachsen bin, ist den meisten wohl egal.

Mit neuem Zorn im Bauch schließe ich die Online-Zeitung und öffne die sozialen Netzwerke, auf denen es munter weitergeht. Mein Foto vom Lagerfeuer hat über

40 Kommentare, in denen sich überwiegend Personen, die ich nicht mal kenne, darüber beschweren, was für ein schlechtes Vorbild ich sei.

Nachdem ich mir einige Profile angeschaut habe, tippe ich schnell ein paar zornige Antworten, die ich unter den Kommentaren veröffentliche. Irgendwann werden meine Finger müde vom Tippen und ich werfe mein Smartphone aufs Bett. Dabei stoße ich einen frustrierten Laut aus und trete gegen meinen Schreibtischstuhl, was ein scharfes Stechen durch meinen Fuß jagt und mir mehrere Flüche entlockt.

Als der Schmerz endlich abklingt, sitze ich weiterhin auf der Bettkante und weiß nicht, wohin mit mir. Erst ärgere ich mich über die Kommentare und Artikel, dann bin ich wieder mal sauer auf mich selbst, weil es mich überhaupt beschäftigt. Erneut greife ich nach meinem Smartphone und lediglich die Tatsache, dass es an meiner Zimmertür klopft, hält mich von weiteren Antworten ab. Es ist wie angekündigt Dads PR-Manager Hunter.

»Kann ich mit dir reden, Magnus?«, fragt er.

»Klar«, murmele ich niedergeschlagen. »Komm einfach rein.«

»Mir wäre es lieber, wenn wir uns unten gemeinsam an einen Tisch setzen.«

Ich mustere Hunter länger als gewöhnlich. Er hat sich während meiner Abwesenheit kaum verändert. Nur die Haare sind etwas mehr ergraut. Doch er überschreitet weiterhin keine Grenzen und die Türschwelle zu meinem Zimmer ist offenbar eine davon. Dads persönlicher Assistent Owen wirkt in seinen Anzügen immer, als müsste er noch hineinwachsen. Hunter, der seit Jahren Dads Wahlkampagnen leitet, trägt die maßgeschneiderten Anzüge aus voller Überzeugung.

Protest ist bei ihm sinnlos, das habe ich schon früh gelernt. Er hat zwar weniger Durchsetzungskraft als mein Dad, aber er weiß, wie er meinen Vater beeinflussen muss, um an sein Ziel zu gelangen. Als meine Mom mal richtig sauer auf meinen Dad war, hat sie ihm vorgeworfen, sie sei eigentlich mit Hunter und Owen verheiratet. Denn Hunter bestimmt Dads Haltung, Owen seinen Terminkalender und Moms Geschenke.

»Gib mir fünf Minuten«, sage ich nun und Hunter schließt nickend die Zimmertür. Ich brauche eigentlich keine fünf Minuten – die reichen eh nicht, um damit klarzukommen, wer ich in Wilbur Peaks bin. Es gibt mir jedoch das Gefühl, dass nicht die Angestellten meines Dads, sondern ich selbst noch die Kontrolle über mein Leben habe.

Ermattet komme ich im Erdgeschoss an und lasse mich am großen Esstisch nieder. Hunter sitzt mir gegenüber und schiebt seinen Laptop auf meine Tischseite. Darauf sind meine Online-Profile geöffnet. Er hat alles so vorbereitet, als wolle er eine Präsentation halten.

»Du weißt sicherlich, warum dein Dad möchte, dass ich mit dir rede«, erklärt Hunter so ruhig und sachlich wie immer.

»Weil ich Scheiße gebaut habe«, erwidere ich so ungeschönt wie immer. »Mal wieder.«

Hunter schweigt einige Sekunden, als hätte er nicht eingeplant, dass sein Zuhörer dermaßen ehrlich ist.

»So könnte man es auch ausdrücken«, meint er schließlich und lächelt kurz, ohne dass es seine Augen erreicht. »Hör mal, Magnus. Dein Dad macht seit über sieben Jahren einen verdammt guten Job in dieser Stadt. Dieses Jahr – nur unter uns gesprochen – wird das nicht ausreichen. Nora Atkins' Kandidatur wird so positiv aufgenommen, dass wir eine Einheit bilden müssen.«

»Eine Einheit«, wiederhole ich genervt.

»Ja. Du kannst in der Öffentlichkeit nicht gegen deinen Vater arbeiten. Alles, was du verbockst, fällt auf ihn zurück. Wir können nicht mehr ändern, dass du Fehler gemacht hast. Wir müssen allerdings für den richtigen Umgang damit sorgen. Wir geben uns täglich viel Mühe, das Image deines Dads skandalfrei zu halten.«

Wenn er noch einmal *wir* sagt, schwöre ich, dass ich ihm unter dem Tisch gegen sein Schienbein trete.

»Schon klar«, murre ich und starre meine Profile auf seinem Computer an. Ich weiß selbst nicht mehr, wer dieser Typ auf den vielen Fotos ist. Mein Leben vor dem Sommer ist plötzlich meilenweit entfernt.

»Dann verstehst du ja auch, dass wir das unterbinden müssen«, fährt Hunter fort. »Wir legen deine Social-Media-Profile für eine Weile lahm.«

Jetzt blicke ich ihn direkt an und weiß gar nicht, für welche Emotion aus Wut, Empörung und Überforderung ich mich zuerst entscheiden soll.

»Das geht nicht!«, protestiere ich. »Das ist mein Leben! Hier!« Ich zeige verzweifelt auf seinen Laptop. »Die Fotos vom Strand mit Tante Bridget! Die Ausflüge mit meinen Freunden! Die witzigen Momentaufnahmen!«

»Es wird ja nicht für immer sein«, entgegnet Hunter. Falls ihn das Gespräch irgendwie aufwühlt, kann er es gut verbergen. Er hat die Hände auf dem Tisch gefaltet und den Rücken so gerade, dass er sich nicht mal anlehnen muss. Er wirkt wie ein Lehrer, der mit mir über meine schlechten Noten sprechen muss.

»Das kann auch nur jemand sagen, der über vierzig ist«, gebe ich grummelnd von mir und lasse mich gegen die Stuhllehne fallen. Der dumpfe Aufprall presst mir geräuschvoll die Luft aus der Lunge.

»Ich bin achtunddreißig«, meint Hunter. »Und die Alternative wäre, dass ich dir dein Smartphone komplett wegnehme.«

»Ich ... Du kannst doch nicht ...« Jetzt gewinnt eindeutig die Überforderung und ich raufe mir mit beiden Händen die Haare. Dann stoße ich Luft durch meine Nase aus. »Scheiße, Mann, ich bin einundzwanzig. Das kannst du nicht bringen. Das darfst du gar nicht.«

»Will ich auch nicht. Ich will nur, dass du begreifst, wie du mit deinem Handeln im Internet deinem Vater schadest. Eurer ganzen Familie.«

»Ich wette, mit Dorian musstest du dieses Gespräch nie führen.« Grimmig ziehe ich die Augenbrauen zusammen und verschränke schützend die Arme vor dem Oberkörper.

»Das nicht, aber glaub mir, da gab es schon andere Gespräche. Über Frauen, die heimlich über Nacht geblieben sind, oder Freunde, die unerlaubterweise das Auto deines Dads gefahren haben«, erzählt Hunter und beinahe scheint es, als würde ihm das ein Lächeln entlocken. »Ohne Führerschein ist das bei dir ja zum Glück nicht zu befürchten und eine Frau hast du auch noch nicht mit nach Hause gebracht. Oder gibt es eine Freundin an deinem vorherigen College?«

»Nein«, brumme ich und bin mir nicht sicher, was genau dazu führt, dass ich meine ablehnende Körperhaltung mit einem Seufzen aufgebe. Vielleicht, dass er meinen Bruder erwähnt und ich mich nicht mehr ganz wie das schwarze Schaf der Familie fühle. Oder das Thema mit der Freundin, das ein ganz seltsames Gefühl in meinem Magen hinterlässt.

»Okay«, sage ich schließlich nicht ohne zynischen Unterton. »Dann existiert Magnus Vaughn ab sofort nicht mehr im Internet, bis Dad wieder sicher auf seinem Thron sitzt.«

Auch wenn ich Hunter etwas anderes glauben lasse, beschließe ich in diesem Moment, dass ich meinen Vater nicht ungestraft damit davonkommen lassen werde.

Neu sein

Daniel

Am Nachmittag bin ich recht gut drauf, was Paige natürlich nicht entgeht. Sie begleitet mich heute nach Hause, weil wir gemeinsam eine Vorlesung nachbereiten wollen und in ihrer WG keine Ruhe dafür gefunden hätten. Sie überholt mich auf dem Gehsteig und läuft rückwärts vor mir weiter.

»Ich mag diesen Ausdruck in deinem Gesicht«, meint sie und zeigt mehrmals auf mich.

»Was für ein Ausdruck?«, frage ich und versuche, ihr nicht auf die Füße zu treten.

»Na, dieses unbeschwerte Lächeln«, erklärt sie. »Das habe ich nicht mehr bei dir gesehen, seit deine Mom ihre Kandidatur verkündet hat.«

»Es ist ja auch sehr stressig zuhause.«

»Und was macht dir dann heute so gute Laune? War irgendwas im Kunstkurs, das du mir erzählen willst?«

»Paige«, raune ich ihr erschrocken zu und packe sie noch rechtzeitig an den Schultern, bevor sie rückwärts direkt gegen eine Laterne gelaufen wäre.

»Ist das ein Ja?«

»Ja, ich bin neuerdings total verknallt in meine Kunstdozentin«, ziehe ich sie auf. »Wie du letztes Jahr in Mr. ...«

»He!«, unterbricht sie mich flüsternd und sieht sich erst mal prüfend um, ob uns jemand gehört hat. »Das darf nie jemand erfahren.«

»Wird's auch nicht. Wenn du endlich akzeptierst, dass ich einfach nur so gute Laune habe.« In Wahrheit muss ich schon den ganzen Tag an mein Gespräch mit Magnus auf dem Dach denken und wie ich mich danach gefühlt habe.

»Na gut«, gibt sie nach. »Ich hätte dir eh nicht geglaubt, dass du plötzlich auf Frauen stehst.« Sie streckt mir die Zunge heraus, als wären wir wieder Kinder.

Während wir unseren Vorgarten mit den hohen Sträuchern und Bäumen durchqueren, denke ich über den Grund für meine gute Laune nach. Und je mehr ich darüber nachdenke, umso wärmer wird mir, bis sogar meine Fingerspitzen kribbeln.

»An wen oder was hast du gerade gedacht?«, will Paige amüsiert wissen, als wir die Veranda erreicht haben und ich meinen Schlüssel aus der Hosentasche ziehe.

»An nichts«, erwidere ich sofort und mir fällt fast der Schlüssel aus der Hand.

»Dane«, meint Paige im Jammerton. »Deine Wangen glühen. Du bist so ein schlechter Lügner.«

»Und du bist viel zu neugierig.« Nachdem ich die Tür geöffnet habe, pieke ich ihr mit meinem Schlüssel in die Rippen.

»He, lass das! Ich bin doch kitzelig!«, quiekt sie und springt zur Seite, wo sie fast mit meiner Mom zusammenstößt. »Oh, hi, Nora. Dein Sohn quält mich.«

Mom bemerkt sie erst mit Verzögerung, weil sie die Post auf der Kommode durchsieht.

»Rechnung, Rechnung und … ah, darauf habe ich gewartet«, murmelt sie und fischt einen Brief aus der Masse heraus. »Hallo, ihr beiden. Bestellt euch was beim Lieferservice, wenn ihr nichts gegessen habt.«

Paige dreht sich schwungvoll um und blickt mich vorwurfsvoll an.

»Hätte ich das gewusst, hätte ich mir den komischen Auflauf in der Cafeteria heute gespart.«

»Musst du noch mal ins Büro, Mom?«, frage ich und sehe sie besorgt an. Die Schatten unter ihren Augen werden mit jedem Tag dunkler. Wie gewohnt lächelt sie es weg.

»Ja, ich war heute wohl zu unaufmerksam. Ich habe versehentlich eine falsche E-Mail an einen wichtigen Mandanten verschickt und es eben erst auf dem Weg hierher bemerkt. Ich muss den Schaden begrenzen.« Sie seufzt, ehe sie Paige kurz an der Schulter tätschelt und das Haus verlässt.

»Wenn ich eine Mom wie du hätte, wäre ich auch noch nicht ausgezogen«, meint Paige hinterher und holt sich ein Glas aus dem Küchenschrank.

»Das sagst du nur, weil ich unsere Essensbestellung mit ihrer Karte bezahlen kann«, scherze ich. In Wahrheit wohne ich mit zwanzig noch zuhause, weil ich Mom nicht allein lassen will. Und weil *ich* nicht allein sein will, mir aber nicht vorstellen kann, in einer Wohngemeinschaft mit anderen Studierenden zu leben. Mom kennt mich und meine Eigenarten, die andere schnell missverstehen können. Paige hingegen konnte nicht schnell genug von zuhause ausziehen, das Verhältnis zu ihren Eltern ist seit Jahren angespannt.

Für sie war es die richtige Entscheidung, so früh auszuziehen. Dank ihrer beiden Nebenjobs, zum einen in einem Café und zum anderen bei einem Nachhilfeinstitut, kann sie sich ein kleines Zimmer in einer WG leisten und war nie glücklicher.

»Durchschaut«, sagt Paige kichernd und öffnet die *Schublade des Grauens*, wie Mom und ich sie zum Spaß nennen, weil sie von Lieferdienst-Flyern fast überquillt.

***

Ich glaube, die Essensbestellung war keine gute Idee. Paige ist zumindest am nächsten Tag nicht in einer gemeinsamen Vorlesung und schreibt mir, dass sie krank im Bett liegt.

Ich tippe noch am Smartphone, als der Dozent im Seminar Themen für Gruppenpräsentationen verteilt. Instinktiv rutsche ich auf meinem Stuhl etwas tiefer und möchte am liebsten vollständig unter dem Tisch verschwinden. Referate waren schon in der Highschool mein Endgegner. Mir darüber bewusst zu sein, dass mich alle anstarren, treibt mir jedes Mal die Röte in die Wangen.

Ich atme flach, während der Dozent die Referatsthemen vorliest. Die meisten davon klingen unbeschreiblich langweilig. Deshalb richte ich mich auf meinem Stuhl wieder auf und warte mit bebendem Herzen darauf, dass er die Themen zur Wahl freigibt.

Schon beim zweiten Referatsthema melde ich mich und habe sogar Erfolg. Er schreibt meinen Namen auf und sucht meinen Vortragspartner. Gerade als ich ihm sagen will, dass ich am liebsten allein arbeite, nimmt er jemanden aus der vorderen Sitzreihe dran.

»Ah, Magnus Vaughn«, sagt er und notiert sich den Namen.

»Ich sitze schon zum zweiten Mal in seinem Kurs und meinen Namen kennt er immer noch nicht«, sagt eine Kommilitonin etwas zu laut zu ihrer Sitznachbarin.

»Über dich berichten sie ja auch nicht in den Schlagzeilen«, entgegnet ihre Sitznachbarin amüsiert.

Ich kann nicht anders, als mich zur Seite zu drehen. Ehrlich gesagt habe ich erwartet, dass Magnus mit einem frechen Spruch auf ihre Aussage reagiert, doch er bleibt stumm. Unser Dozent ermahnt die beiden lediglich zur Ruhe und geht dann zum nächsten Thema über.

Mein Blick bleibt dennoch länger an Magnus hängen. Er hat sich zu mir umgedreht und nickt mir zu, als hätte das irgendwas zu bedeuten. Als hätte er absichtlich ... aber nein, dieser Gedanke ist völlig konfus. Schließlich hat er oft genug mehr als deutlich zum Ausdruck gebracht, wie wenig er mit mir zu tun haben will.

Verbunden sein

Magnus

Nach dem Seminar fange ich Daniel im Gang ab, um keine weitere Zeit für meinen Plan zu verlieren. Nachdem Dad Hunter auf mich angesetzt hat, soll mein Dad merken, dass auch seine Taten nicht ohne Konsequenzen bleiben.

»Wir sollten uns noch in dieser Woche treffen, um an unserem Referat zu arbeiten«, sage ich und bin mir unsicher, ob es eine dumme Idee ist. Wird Daniel nicht durchschauen, warum ich auf einmal so nett zu ihm bin? Doch er scheint meinen inneren Zwiespalt nicht zu bemerken.

»Ja, das sollten wir wohl«, meint er. »Heute und morgen habe ich keine Zeit, höchstens am Wochenende. Die Bibliothek hat wegen des Wasserrohrbruchs aber in dieser Woche zu.«

»Kein Problem«, erwidere ich rasch und kann nicht verhindern, dass meine Hände vor Aufregung zu schwitzen anfangen, weil sich alles so gut in meinen Plan einfügt. »Du kannst zu meiner Familie kommen. Da haben wir unsere Ruhe. Mein Bruder ist am Samstag mit Freunden unterwegs und meine Eltern sind auch nicht da.«

»Du wohnst also wie ich noch zuhause«, stellt er fest.

»Naheliegend, wenn das College gut mit dem Fahrrad von dort zu erreichen ist und man kein Geld für eine eigene Bleibe hat.« Ich versuche, mir nicht anmerken zu lassen, dass mich sein Zögern in die nächsten Zweifel stürzt. »Und, na ja, du hättest die Chance, das Haus des Bürgermeisters zu sehen.«

»Wow, genau das wollte ich schon immer mal.« Sein Sarkasmus ist kaum zu überhören, bevor er zustimmt.

***

Am Samstag fährt Dorian tatsächlich früh los, Mom macht ihren langen Wocheneinkauf und Dad hat irgendwelche Termine. Pünktlich um zehn Uhr morgens klingelt Daniel an unserer Tür. Ich versuche, mich nicht zu offensichtlich zu freuen, weil mein Plan aufgegangen ist, als ich ihn durchs Esszimmer führe. Ich habe im Wohnzimmer alles für unser Treffen vorbereitet.

»Euer Haus ist ... echt groß«, meint Daniel und legt den Kopf in den Nacken, um an die hohe Zimmerdecke mit dem Stuckbesatz zu blicken.

»Wurde im 19. Jahrhundert erbaut. Glaube ich«, erkläre ich und deute auf das Sofa, damit er Platz nimmt. Ich habe auf dem Tisch Notizzettel, Stifte, eine Menge Schokolade, zwei Flaschen Cola und einen Laptop verteilt.

»Unser Haus ist erst zwanzig Jahre alt und der Wasserhahn in der Küche tropft andauernd«, meint Daniel. »Früher hat Dad das immer repariert, aber der lebt seit der Scheidung nicht mehr in Wilbur Peaks.« Jetzt sieht er das Sofa etwas ratlos an. »Darf ich mich echt hinsetzen? Das wirkt alles wie ...«

»... im Museum?«, schlage ich amüsiert vor und lasse mich aufs Sofa plumpsen. »Über das Kompliment würde sich meine Mom bestimmt freuen.«

Endlich lässt er sich auf dem Sofa nieder und fängt an, seinen Laptop aus dem Rucksack zu kramen. Obwohl ich wenig Lust darauf habe, arbeiten wir eine Weile an unserem Referat. Zuerst gliedern wir das Thema und verteilen dann Rechercheaufgaben. So viel bereite ich normalerweise nie für Vorträge vor. Ich bin eher der spontane Typ – Daniel hingegen arbeitet sich mit höchster Konzentration ins Thema ein.

Ein paar Mal erwische ich mich dabei, wie ich ihn länger von der Seite betrachte. Er ist viel zu groß fürs Sofa, macht aber keinerlei Anstalten, sich umsetzen zu wollen. Stattdessen beugt er sich nach vorn und versucht, auf seiner Tastatur auf dem niedrigen Tisch zu tippen.

Mir fällt zum ersten Mal auf, dass sein blondes Haar von ein paar dunkleren Strähnen durchzogen ist. Dadurch wirkt es wie von der Sonne geküsst. Der Kerl, der sich sicherlich am liebsten drinnen hinter seinem Laptop versteckt, sieht nach einem Strandtypen aus, wie ich sie mir von Tante Bridgets Terrasse gern angesehen habe. Vielleicht nicht so trainiert, aber Konkurrenz könnte Daniel ihnen schon machen.

Dabei rattert mir ein Satz von Hunter immer wieder durch den Kopf. *Du kannst in der Öffentlichkeit nicht gegen deinen Vater arbeiten.* In der Öffentlichkeit nicht, aber es gibt Mittel und Wege, ihm zu zeigen, dass ich nicht wie ein beschissener Hund auf sein Wort höre und brav Sitz und Platz mache, wenn er es verlangt.

Nervös überprüfe ich die Uhrzeit. Wir arbeiten schon fast drei Stunden an diesem dämlichen Referat. Mom ist doch sonst nicht so lange im Supermarkt unterwegs. Und was ist mit Dad? Als ich Owen gebeten habe, mir seine Termine für heute zu schicken, stand nichts für den Vormittag im Planer. Dad müsste längst wieder zuhause sein.

Ich bin wirklich gespannt auf ihre Gesichtsausdrücke, wenn sie den Sohn von Nora Atkins in unserem Wohnzimmer sitzen sehen. Dad wird rasend vor Wut sein, weil er glaubt, ich würde mich mit dem Feind verbünden.

Als könnte Daniel meine Gedanken lesen, wirft er ebenfalls einen Blick auf die Uhr.

»Oh, schon nach eins«, stellt er fest und klappt seinen Computer zu. »Ich sollte mal nach Hause fahren.«

»Nein«, entgegne ich rasch und setze mich abrupt auf. »Ich meine, wir sind doch gar nicht fertig.«

»Es ist nicht mehr viel und den Rest kann jeder allein machen«, erklärt er. »Ich schicke dir meine Notizen per Mail.«

Mit einem Anflug von Panik kann ich nur dabei zusehen, wie er seine Sachen in seinen Rucksack räumt und vom Sofa aufsteht. Erneut wandert mein Blick zur Uhr. Mom oder Dad – oder am besten beide – müssten jede Minute nach Hause kommen. Ich muss meinen unerfreulichen Gast nur etwas länger hierbehalten, damit sie ihn treffen.

Als ich Daniel durchs Esszimmer in Richtung Flur folge, presse ich hervor: »Willst du mein Zimmer sehen?«

Er wird langsamer, was meinen Herzschlag etwas normalisiert, und wendet sich mir zu.

»Warum sollte ich dein ...?«

»Ich meinte, da ist es weniger steril als hier«, falle ich ihm ins Wort. »Wir könnten eine Pause machen und dann noch ein, zwei Stunden weiterarbeiten. Ich will das Referat heute fertig haben.« Um ihn vom Bleiben zu überzeugen, muss ich weitergehen, als ich eigentlich beabsichtigt hatte.

Meine verkniffene Mimik, hinter der ich meine Panik verbergen will, ist ihm wohl Beweis genug, dass ich es ernst meine. Vielleicht befürchtet er, dass ich meinen Teil des Referats nicht fertigmache, wenn wir es heute nicht beenden. So unwahrscheinlich ist das tatsächlich nicht, aber das muss er nicht wissen.

Er sieht abermals auf seine Armbanduhr. »Meine Mom hat mich gebeten, dass ich sie zu einem Gitarrenkonzert im Altersheim begleite. Eigentlich will ich gar nicht dahin. Sie wird bestimmt verstehen, dass wir länger an unserem Vortrag arbeiten mussten.«

»Sie weiß, dass du hier bist?«

»Ich habe ihr nur gesagt, dass ich zu einem Kommilitonen fahre.«

»Ah«, mache ich, da ich nicht weiß, was ich erwartet habe. Mir hätte klar sein müssen, dass Daniel nicht so durchtrieben ist wie ich. Im Grunde genommen ist er wahrscheinlich sogar ziemlich in Ordnung. Für meinen Plan tut das aber nichts zur Sache.

Endlich begleitet er mich die Treppe hoch.

»Deiner Mutter ist schon klar, dass es nicht so viel bringt, Wähler von sich zu überzeugen, die bis zur Wahl eventuell schon verstorben sind?«, frage ich, um das Gespräch auf dem Weg nach oben am Laufen zu halten.

»Ach, verflucht«, erwidert er. »Ich sollte doch dorthin fahren und ihr sagen, dass sie ihre Strategie ändern muss.«

Ich werfe ihm einen Blick über meine Schulter zu. Er sieht völlig ernst aus.

»Jetzt machst du dich über mich lustig.«

»Du hast damit angefangen.« Ein Schmunzeln fegt über sein Gesicht, das mich ebenfalls grinsen lässt.

»Hier wären wir also«, sage ich schließlich und bleibe vor meiner geschlossenen Zimmertür stehen.

»Schicke Tür. Ist die auch aus dem 19. Jahrhundert?«

»Die ist höchstens zehn Jahre alt, nachdem ich sie als Kind mal mit Filzstiften bemalt habe.«

»Verständlich, dass sie das Kunstwerk des fünfjährigen Magnus Vaughn direkt abmontieren und in ein Museum bringen mussten«, entgegnet Daniel und blinzelnd sehe ich ihn an. Der Kerl bringt mich beinahe schon wieder zum Lachen. Räuspernd wende ich mein Gesicht von ihm ab und öffne meine Zimmertür.

Die Türschwelle nicht allein zu übertreten, fühlt sich irgendwie komisch an. Ehrlich gesagt war noch nie jemand außer meiner Familie in meinem Zimmer. Ich hatte in Wilbur Peaks nie viele Freunde, habe die meisten auf Abstand gehalten. Gabe wohnt so nah, dass wir während der Schulzeit immer bei ihm waren, weil seine Eltern deutlich entspannter sind als meine.

Ansonsten spielt sich das Leben relativ viel draußen ab. Es gibt Parks mit Pavillons und Grillplätzen und Sitzbänken. Wilbur Peaks ist groß und voller Orte, an denen man sich mit Leuten treffen kann. In mein Zimmer habe ich nie jemanden eingeladen, nur Dorian bringt immer mal wen mit. Zum Glück liegt sein Zimmer aber am anderen Ende des langen, schmalen Flurs. An guten Tagen muss ich ihm nicht mal begegnen, da wir zwei Badezimmer im oberen Stockwerk haben.

Im Studierendenwohnheim war es normal, sich ein Zimmer mit irgendwem zu teilen. Bei meinem Mitbewohner und mir hingen andauernd andere ab. Doch hier ... Auf einmal fühle ich mich wie ein Fremder in dem Haus, in dem ich aufgewachsen bin. Es fühlt sich ein bisschen so an, als würde ich mich vor Daniel nackt machen. In meinem Zimmer hat sich seit der Middle School nichts verändert. Zum ersten Mal ist mir das echt unangenehm.

»Ich weiß, es sieht aus wie das Zimmer eines Zwölfjährigen«, erkläre ich direkt. »Ich muss zu meiner Verteidigung sagen, dass ich zwei Jahre weg war. Und davor war es mir irgendwie nie wichtig.«

»Nein, es ist cool«, meint Daniel, nachdem er sich umgesehen hat. Auf meinem Schreibtisch entdeckt er etwas, das er in die Hand nimmt und anhebt. »Ich habe zuhause bestimmt auch noch irgendwo eine Dinosaurier-Figur. In einer Kiste im Keller oder so.«

Mit ärgerlicher Miene nehme ich ihm die Plastikfigur ab.

»He, Vorsicht. Das Teil hat mir mein bester Freund im Kindergarten geschenkt.«

Daniel wirkt ehrlich bestürzt und ich drehe den Dinosaurier ein paar Mal in der Hand, bevor ich ihn in den Papierkorb neben dem Schreibtisch fallen lasse. Daniels Gesichtsausdruck bringt mich zum Lachen.

»Du hättest dein Gesicht gerade sehen müssen. Das Ding hat meine Mom bestimmt beim Aufräumen unter irgendeinem Schrank gefunden und hier hingelegt.«

»Das war also deine Rache für meinen Scherz auf der Treppe«, stellt er fest und als ich schon glaube, er würde es mir übelnehmen, lacht er mit mir. Es ist ein so ehrliches Lachen, dass sich kurzzeitig ein stechender Schmerz durch meinen Magen frisst.

Daniel in meinem Zimmer stehen zu sehen, macht meine List plötzlich zu real. Links die Kommode mit den bunten Schubladen, hinten die Plakate von Bands, die ich gar nicht mehr höre, und unter unseren Füßen der abgewetzte Teppich in Form eines Footballs. Die Gardinen haben am Saum kleine Brandlöcher, nachdem ich mal eine Packung Zigaretten nach Hause geschmuggelt habe. Auf der Fensterbank steht eine Pflanze, die seit Jahren vertrocknet ist, da ich sie nie gegossen habe. Über dem Bett hängen unzählige Medaillen von den vielen Schwimmwettkämpfen, die ich gewonnen habe.

Zum ersten Mal fällt mir auf, wie bunt und durcheinander meine Einrichtung ist. Mom wollte das Zimmer schon so oft renovieren lassen, es war bislang immer Sperrzone. Sie traut sich nur hier herein, um einmal pro Woche staubzusaugen und die Wäsche einzusammeln. An diese Regeln hat sie sich auch während meiner Abwesenheit gehalten.

Mein Zimmer erzählt dadurch so viel über mich, was nicht mal Gabe weiß.

»Mir wird jetzt erst klar, dass mir meine Eltern früher alles gekauft haben, was ich haben wollte«, sage ich, nachdem unser Lachen verklungen ist.

»Ich erkenne schon auf den ersten Blick genügend Zeug, das meine Mom mir niemals gekauft hätte«, erwidert Daniel amüsiert. »Bei den meisten Sachen hätte sie mir einen Vortrag über die schlechten Arbeitsbedingungen im Land der Herstellung oder die weiten Transportwege gehalten.«

»Deine Mom klingt wie eine Spielverderberin.«

»Nein, sie ist eigentlich ziemlich in Ordnung.« Ein kurzes Lächeln huscht über sein Gesicht. »Wenn man sie richtig kennt, meine ich. Sie ist immer so bemüht, alles korrekt zu machen.«

»Da haben unsere Mütter wohl was gemeinsam.«

»Wer hätte das gedacht.« Diesmal bleibt das Lächeln länger in Daniels Gesicht und ich erwidere es mit einer Ehrlichkeit, die ich heute nicht für möglich gehalten hätte. Auf eine kaum nachvollziehbare Weise verbindet uns das.

Meine unerwartete Sympathie für ihn lenkt mich lange genug ab, sodass ich erst viel zu spät realisiere, dass vor dem Haus Stimmen zu hören sind. Vor Schreck zucke ich leicht zusammen und trete fast den Papierkorb um. Ich packe Daniel grob am Arm und schiebe ihn in Richtung Tür.

»Vielleicht solltest du jetzt doch gehen«, raune ich ihm zu und lotse ihn durch den Flur und die Treppe hinunter. Ich weiß noch nicht genau, wie ich ihn unbemerkt aus unserem Haus schleusen kann. Ich weiß nur, dass ich meinen Plan nicht mehr durchziehen kann. Ich bin nicht so berechnend und egozentrisch wie mein Vater. Dass ich das zwischenzeitlich vergessen habe, um ihn mit seinen eigenen Waffen zu schlagen, macht mich zu einem Menschen, den ich nicht leiden kann. Und wenigstens eine Person in diesem Haus sollte ich doch mögen.

Die Stimmen im Vorgarten werden lauter und ich zerre Daniel an den Schultern durchs Esszimmer bis ins Wohnzimmer. Dort drücke ich ihm seine Sachen in die Hände und schiebe ihn vor mir her in Richtung Küche.

»Geht es zur Haustür nicht dort entlang?«

»Der Weg durch den Garten zur Straße ist kürzer.« Gehetzt blicke ich immer wieder hinter mich. Mein Dad darf Daniel hier nicht begegnen. Unser ewig andauernder Streit geht nur uns beide was an, ich kann Daniel nicht hineinziehen, auch wenn er Nora Atkins' Sohn ist.

Ich will schon aufatmen, weil wir die Küche mit der Hintertür erreicht haben, als ich vor der Kaffeemaschine Hunter entdecke.

»Heilige Scheiße«, stoße ich keuchend hervor. »Hunter, was tust du denn hier?«

»Die neue Kaffeemaschine testen«, erklärt er, als wäre das völlig selbstverständlich. Während er die Tasse unter die tropfende Maschine hält, wandert sein interessierter Blick zu meinem Besucher.

»Daniel Atkins, richtig?«, will er wissen und ich habe das Gefühl, mein Geist verlässt meinen Körper. Das ist fast so schlimm, als wenn mein Dad uns begegnet wäre.

Daniel scheint den Ernst der Lage aber gar nicht zu verstehen. Oder er ignoriert ihn.

»Miller-Atkins«, verbessert er Hunter und dass er sich das traut, macht ihn direkt noch sympathischer. »Die Zeit muss sein. Für meinen Dad.«

»Verzeihung«, entgegnet Hunter mit einer Verlegenheit, die ich von ihm gar nicht kenne. »Ist er tot?«

»Nein, er hat nur diesen dämlichen Doppelnamen zu verantworten«, antwortet Daniel mit einer Ernsthaftigkeit, die in Zusammenhang mit Hunters irritiertem Blick wirklich urkomisch ist. Ich erlaube mir allerdings nicht, darüber zu lachen, sondern bugsiere Daniel nach draußen.

Gemeinsam laufen wir durch den Garten und mit jedem Schritt, den wir uns vom Haus entfernen, scheint ihm klarer zu werden, warum wir diesen Weg nehmen. Obwohl er es nicht ausspricht, erkenne ich es in seinem Blick.

»Wenn du über den Zaun dort hinten steigst und den Baum umrundest, kommst du zur Straße«, erkläre ich ihm und bin völlig außer Atem.

»Okay«, meint Daniel nur und ich kann nicht erkennen, ob es wirklich in Ordnung für ihn ist oder er nur die komische Stimmung zwischen uns überspielen will. Dass mich das auf einmal beschäftigt, ist äußerst verwirrend.

»Ich schicke dir meine Notizen dann wie vereinbart per Mail«, ergänzt er.

»Klar. Ich werde bestimmt den ganzen Tag nichts anderes mehr tun, als darauf zu warten«, scherze ich und begreife schnell, dass er den Witz nicht verstanden hat, da ich mich zu abgehetzt anhöre. »Ich wollte sagen: Es war irgendwie nett. Also bis auf die Sache mit der Gruppenarbeit.«

Damit er nicht mehr reagieren muss, entferne ich mich zügig von ihm und winke ihm nur noch zum Abschied über meine Schulter zu. Schwer atmend komme ich wieder in der Küche an, wo Hunter am Fenster steht und an seinem Kaffee nippt.

Einen Moment lang beobachten wir beide, wie Daniel über den Zaun steigt und hinter einer der großen Buchen verschwindet. Was ich zu ihm gesagt habe, war nicht mal gelogen. Ich fand den Tag wirklich nett und das ist irgendwie schwer zu begreifen.

Erst nachdem er sich nicht mehr in unserem Sichtfeld befindet, nehme ich Hunters Anwesenheit wieder wahr.

»Ich habe nichts gesehen oder gehört. Wenn dein Vater erfährt, dass du den Feind eingeladen hast, sind die letzten Schlagzeilen dein geringstes Problem.«

»Wir brauchten einen Ort, um in Ruhe an einer Präsentation zu arbeiten.«

»Und das konntet ihr nicht woanders?«

»Wir sollten uns also lieber an einem öffentlichen Ort treffen, wo man uns gemeinsam fotografieren könnte?«, frage ich und streiche mit der Hand durch die Luft, als wollte ich etwas schreiben. »*Die Söhne der politischen Gegner – etwa befreundet? Bahnt sich hier das nächste Drama um den Vaughn-Sprössling an?*«

Hunters Lippen verziehen sich zu einem dünnen Strich, während er sich meine Worte durch den Kopf gehen lässt. Dann hebt er einen Mundwinkel leicht an.

»Touché«, flüstert er, trinkt den letzten Schluck Kaffee und stellt die Tasse ins Spülbecken. Im Wohnzimmer ist die Stimme meines Dads zu hören, der Hunter sucht.

»Die Pflicht ruft«, meint er und ich bin mir nicht sicher, ob er mir zugezwinkert hat. In Gedanken bin ich bei meiner erfundenen Schlagzeile, die sich gar nicht mehr so erschreckend anhört.

Okay sein

Daniel

Nachdem ich mich aus dem Garten der Vaughns geschlichen habe, bin ich zu Fuß nach Hause gelaufen. Ich habe einen Umweg genommen, um Zeit zum Nachdenken zu haben. In den letzten Minuten meines Besuchs hat Magnus Vaughn bewiesen, dass er das Arschloch ist, für das ich ihn seit unserer ersten Begegnung gehalten habe. Er hat sich nur für die Zusammenarbeit im Seminar gemeldet, damit er seinen Vater verärgern kann. Dass er nicht gut auf ihn zu sprechen ist, versteht man schnell.

Und doch kann ich nicht begreifen, warum er seinen Plan abgebrochen hat. Ich war da, ich war dumm genug, ihm die plötzliche Nettigkeit abzukaufen. Warum hat er seinem Dad nicht vorgespielt, er würde sich mit dem Feind gut verstehen? Was hat ihn davon abgehalten?

Bevor ich mir diese Fragen beantworten kann, bin ich zuhause angekommen. Ich drifte immer wieder mit den Gedanken ab, während ich mir ein Stück Lasagne aus dem Tiefkühler in die Mikrowelle schiebe und es hinterher vor dem Fernseher in meinen Mund schaufele.

Mom kommt erst abends nach Hause. Ich bin inzwischen in eine liegende Position auf dem Sofa gewechselt und setze mich auf, als sie zur Tür hereinkommt. Sie hängt noch mit einem Arm im Mantel fest und streicht mir mit der freien Hand übers Haar, wie sie es seit meiner Kindheit tut.

»Hast du genügend geschlafen und gegessen?«, fragt sie und gähnt dabei.

»Hast *du* genügend geschlafen und gegessen?«

Mom hatte in den vergangenen Jahren oft lange Arbeitstage. Ich habe gelernt, damit umzugehen, wie müde und abgeschlagen sie dann aussieht. Aber heute bereitet es mir Sorgen, wie erschöpft sie wirkt. Sie braucht mehrere Versuche, bis sie es aus ihrem Ärmel schafft und die Schuhe ausgezogen hat.

»Verflucht sei der Erfinder der Pumps«, murmelt sie und stützt sich mit der Hand am Türrahmen ab, damit sie nacheinander ihre Füße massieren kann. Wahrscheinlich kommt jeden Tag ein neues Pflaster hinzu.

»Er dreht sich bestimmt im Grabe um, wenn er das hört«, sage ich.

»Wer ist gestorben?«, fragt Mom und gähnt wieder. »Tut mir leid, Liebling, ich glaube, ich habe dir gerade nicht richtig zugehört. Ich musste vorhin noch kurz ins Büro.« Leider muss sie seit ein paar Wochen sehr häufig noch mal *kurz* ins Büro. Ich wusste, dass es nicht leicht für sie wird, neben ihrem Job als Anwältin für ein so wichtiges Amt zu kandidieren, aber ich hätte nicht gedacht, wie schnell es ihr sämtliche Energie entzieht.

Sie will gerade in die Küche schlurfen, als ihr doch noch etwas einfällt.

»Wie war deine heutige Sitzung bei Mrs. Ortiz? Ach nein, die war gestern, oder?«

»Vorgestern«, berichtige ich sie, damit sie ihr Zeitgefühl nicht verliert. »Mom, muss ich weiterhin zu diesen Treffen mit Mrs. Ortiz gehen?«

»Du hast gesagt, es ist leichter für dich, mit jemand anderem über alles zu sprechen als mit mir.«

»Ja, das war's auch. Aber mir geht's gut. Ehrlich, Mom.«

Jetzt lehnt sie sich mit dem Rücken gegen den Türrahmen und betrachtet mich länger. Ich merke, dass sie nicht überzeugt ist.

»Mom«, sage ich deshalb mit mehr Nachdruck und schiebe die Füße unter die Wolldecke auf dem Sofa. »Das ist fast ein Jahr her. Ich bin okay.«

Sie scheint mir zwar weiterhin nicht vollständig zu glauben, doch sie ist zu müde, um weiter darüber zu diskutieren.

»Ich rufe Mrs. Ortiz direkt am Montag an und sage ihr, dass du die Treffen nicht mehr brauchst.«

»Danke.«

Sie stößt sich mit der Schulter vom Türrahmen ab und läuft zu mir. Als sie einen Arm um mich legt und mich kurz an sich drückt, fällt sie vor Erschöpfung fast aufs Sofa. Ich gebe ihr einen kleinen Schubs, bis sie wieder auf die Füße kommt.

»Ich gehe ins Bett«, flüstert sie. »Ich bin hundemüde. Oder vielleicht esse ich vorher was. Ich weiß gar nicht, ob ich diesen Schritt übersprungen habe.«

»Wenn du dich nicht mehr daran erinnerst, ist das sehr wahrscheinlich.«

Sie läuft schlurfend in die Küche und ruft mir von dort aus zu: »Habe ich gestern gekocht?«

»Nein, aber es ist noch was im Tiefkühler!«

Ich höre sie bis ins Wohnzimmer seufzen.

»Es geht doch nichts über die vierte Tiefkühl-Pizza in einer Woche.«

Ich weiß ja, dass Mom es ist, doch manchmal frage ich mich, wer momentan der reifere Erwachsene von uns beiden ist.

***

Die nächsten Tage bin ich damit beschäftigt, Magnus bestmöglich zu ignorieren. Ich halte mich an unsere Abmachung und schicke ihm meine Notizen. Er hingegen antwortet nicht mal, überraschend ist das nicht. Was auch immer ich kurzzeitig in ihm gesehen habe, es ist offenbar nicht mehr da.

Am Freitag kann ich ihm nicht länger aus dem Weg gehen, wir sind mit unserem Referat dran. Mir ist speiübel und meine Beine fühlen sich butterweich an. Wenn Rockstars sich so fühlen, bevor sie auf die Bühne gehen, will ich keiner sein.

Magnus sieht mich nicht mal an, während wir uns nebeneinander vor dem Kurs positionieren. Meine Hände sind so nassgeschwitzt, dass sie schon Flecken auf meinem Notizzettel hinterlassen. Ich will sie nicht an meiner Kleidung abwischen, weil dann alle sehen, wie nervös ich bin. Meine Aufregung verringert sich kaum, als mir klar wird, dass Magnus die viele Aufmerksamkeit überhaupt nichts ausmacht.

Vor Publikum ist er wie ausgetauscht. Der grimmige Kerl ist auf einmal so charmant, dass die Mädchen im Kurs während seines Vortrags förmlich an seinen Lippen hängen. Und ich würde mich selbst belügen, wenn ich mir nicht eingestehe, dass es mir genauso geht. Das Rednertalent hat er bestimmt von seinem Vater geerbt.

Ich hingegen habe nichts von meiner Mom, wenn es um ein selbstsicheres Auftreten vor Zuschauern geht. Ich habe sie noch nie im Gerichtssaal erlebt, aber Dad hat mal erzählt, dass sie sich für ihre Mandanten einsetzt, als ginge es um ihr eigenes Leben. Das Gefühl habe ich gerade tatsächlich auch, denn Magnus hat seinen Teil des Vortrags beendet.

»Genug von mir«, meint er lächelnd. »Daniel macht jetzt weiter.«

Auf einmal sind alle Augenpaare auf mich gerichtet. Auch wenn ich meinen Teil eigentlich oft genug geübt habe, komme ich in diesem Moment nicht gegen meine Angst an. Da alle warten, öffnen sich meine Lippen von allein.

»Also im ... im Jahr ... also ...«, bringe ich stotternd heraus und stelle entsetzt fest, dass mich der Schweiß ein paar meiner Notizen gekostet hat. »1952 oder 1955«, versuche ich, meine Schrift zu rekonstruieren. Ich hätte die Notizen, die ich für Magnus abgetippt habe, für den Vortrag ausdrucken sollen. Doch ich Idiot hielt es für eine gute Idee, sie abzuschreiben, damit ich sie mir besser einpräge und freier sprechen kann.

Vom freien Sprechen bin ich meilenweit entfernt. Meine eigene Unfähigkeit, einfach meinen Referatsteil vorzutragen, lässt meine Körpertemperatur ins gefühlt Unermessliche ansteigen. Im Raum fühlt es sich jetzt wie Hochsommer an, auf meinen Händen haben sich Flecken gebildet. Ich kann spüren, wie rot mein Gesicht geworden ist, meine Ohren würden bestimmt im Dunklen leuchten.

Unerwartet räuspert sich Magnus neben mir und kramt seine zusammengefalteten Zettel wieder aus seiner Hosentasche.

»Oh, sorry«, meint er. »Das war eigentlich auch noch mein Teil. Also im Jahr 1952 wurde das Gesetz geändert, das ...« Aus den Augenwinkeln erkenne ich, dass er meine Notizen ausgedruckt hat. Kaum zu glauben, aber Magnus Vaughn ist gerade mein Lebensretter. Dass er improvisiert und meinen Teil ebenfalls vorträgt, gibt mir endlich die Chance, mich zu beruhigen.

Ich atme mehrmals tief durch die Nase ein und aus, bis ich spüre, dass sich meine Ohren abkühlen. Die Hauptaufmerksamkeit liegt jetzt auf Magnus – er präsentiert meinen Referatsteil weniger flüssig als seinen, aber genauso charmant.

Am Ende folgt verhaltener Applaus und unser Dozent betrachtet uns mit Skepsis.

»Vielen Dank für den sehr informativen Vortrag«, meint er und kratzt sich am kahlen Kopf. »Euer Redeanteil hätte eigentlich fair verteilt sein müssen.«

Magnus lacht kurz. »Glauben Sie mir, Daniel hat bei der Vorbereitung viel mehr gelesen. So war es also fair.« Er wartet nicht auf die Reaktion unseres Dozenten, sondern läuft zu seinem Stuhl zurück. Mit zittrigen Knien stakse ich zu meinem Platz und stelle erleichtert fest, dass die nächste Referatsgruppe nach vorn gerufen wird.

***

Am Nachmittag fühle ich mich wie nach einem Marathonlauf. Ich will eigentlich nur nach Hause, doch auf dem Parkplatz werde ich langsamer. Es ist offenbar mal wieder ein Bus ausgefallen, sodass die Studierenden, die ohne eigenes Auto weite Heimwege auf sich nehmen müssen, immer noch an der Haltestelle stehen. Die Vorstellung, mich in den vollen Bus zu quetschen, stresst mich direkt.

Unentschlossen bleibe ich auf dem Parkplatz stehen und werde prompt angehupt. Ich weiche mehrere Meter zur Seite aus und stoße fast mit jemandem zusammen.

»Tut mir leid«, murmele ich und schultere meinen Rucksack neu. »Hab dich nicht gesehen.«

Erst jetzt fällt mir auf, dass ich den Typen kenne. Über tausend Studierende und ausgerechnet Magnus Vaughn läuft mir andauernd über den Weg. Diesen Gedanken hat er wohl auch gerade, so interpretiere ich sein Schmunzeln zumindest.

»Bist du okay?«

»Glaub schon.«

»Hey, Magnus!«, ruft jemand vom Parkplatz und wir drehen uns beide der Stimme zu. Ein paar aus dem Basketballteam stehen mit mehreren Studentinnen bei den Autos.

»Sorry, ich muss los«, meint Magnus und deutet auf den großgewachsenen Typen.

Ich habe mich noch nicht entschieden, ob ich meinen Heimweg zu Fuß antrete, da kehrt Magnus noch einmal zu mir zurück.

»Ein paar Kommilitonen wollen in ihre WG fahren und das Wochenende einläuten«, erklärt er. »Wenn du möchtest, kannst du mitkommen.«

Es passt überhaupt nicht zu mir, dass ich zögere und nicht direkt ablehne.

»Ich komme mit«, höre ich mich unerwartet sagen und Magnus und ich sind gleichermaßen überrascht. Bevor ich es mir anders überlegen kann, begleite ich ihn zu seinen Freunden. Mir entgehen nicht die prüfenden Blicke, aber die befürchteten Kommentare bleiben aus.

»Leute, das ist Daniel«, stellt Magnus mich der Gruppe vor.

»Ehrlich gesagt nennt mich kaum jemand so«, werfe ich ein, als ich meinen ganzen Mut zusammengenommen habe.

»Und wie wirst du dann genannt?«, fragt einer aus der Gruppe. »Blondie? Goldlöckchen?« Die beiden Frauen neben ihm kichern.

»Dane«, sage ich.

»Hi, Dane«, meint der Kerl, den Magnus vorhin Gabe genannt hat und der tatsächlich noch größer ist als ich. Er hält mir kurz die Hand hin, damit ich einschlage. »Ich bin Gabe. Ich glaube, wir sind in diesem Semester gemeinsam beim Lauftraining, oder?« Ach ja, das Lauftraining. Ein Einfall von Avery, den ich furchtbar, Mom aber umso besser fand, bis beide mich dazu überredet haben.

»Kann sein«, erwidere ich, wenngleich ich natürlich weiß, dass er recht hat. Typen wie er übersehen mich eigentlich beim Sport. Außerdem ist das Laufteam wirklich groß. Es ist quasi ein Ding der Unmöglichkeit, dass er mich kennt.

Die anderen mustern mich etwas zu lang und da wird mir wieder klar, dass ich seit der Kandidatur meiner Mom an Bekanntheit gewonnen habe. Und ausgerechnet der Sohn des Gegenkandidaten lädt mich zu ihrer Gruppe ein. Man sollte sich mit seinem Feind gut stellen oder wie sagt man?

Die nächste Viertelstunde verbringe ich also zwischen zwei breitschultrigen Kerlen, die sich andauernd über mich hinweg Videos auf ihren Smartphones zeigen. Ein paar Mal knocken mich fast ihre Ellbogen aus und meine Schienbeine sind nach der Fahrt sicherlich grün und blau. Ich bin froh, als ich von der Rückbank ins Freie klettern kann.

Ich folge den anderen ins Gebäude, als sie zielstrebig die Treppe hochsteigen und eine Wohnung mit mehreren Zimmern betreten. Ich weiß gar nicht, wann ich überhaupt schon mal mit einer so großen Gruppe unterwegs war. Oder zuletzt in einer WG zu Besuch, in der weder Paige noch Wesley wohnen.

Ich suche mir einen Platz am Ende eines Bettes, um mich nicht entscheiden zu müssen, welcher Gruppe ich mich anschließe. Während sich ein Typ dafür verantwortlich fühlt, Bierflaschen unter die Leute zu bringen, läuft Gabe mit einer Kiste umher, in der schon mehrere Smartphones liegen. Auch mir hält er sie hin.

»Smartphone her. Seinetwegen«, meint er und deutet auf Magnus, der an einem Bier nippt. »Ist wahrscheinlich auch in deinem Interesse.«

Nachdem mein Smartphone in der Kiste gelandet ist, sammelt er weitere ein, damit niemand auf die Idee kommt, Fotos oder Videos aufzunehmen.

Mein Blick gleitet wieder zu Magnus, den ich noch nie so entspannt erlebt habe. Auch ich fühle mich direkt wohler, als ich mir sicher sein kann, dass meine Mom sowie die Öffentlichkeit nicht davon erfahren. Vielleicht verstehe ich jetzt etwas besser, was es bedeutet, Magnus Vaughn zu sein.

Ich sitze bestimmt eine halbe Stunde auf dem fremden Bett und beobachte die Dynamik der Anwesenden, die zusammen lachen und sich teilweise zur Musik bewegen. Irgendwie ist diese spontane Party klischeehaft und zugleich interessant anzusehen. So fällt immerhin niemandem auf, dass ich nicht so recht weiß, wie ich ein Gespräch anfangen soll. Am liebsten würde ich mein Skizzenbuch herausholen und ein paar Momente eingefangen, die Anwesenheit der anderen hält mich davon ab.

Irgendwann sinkt Magnus neben mir auf die Bettkante und hält mir den Joint hin, den er schon auf der Spendenauktion mit mir teilen wollte. Er ist angezündet, aber er will mir den ersten Zug überlassen.

»Diesmal keine Assistenten, die uns davon abhalten könnten«, scherzt er. »Oder willst du nicht?«

Er reicht mir das Ding mit einer solchen Selbstverständlichkeit, dass ich den Moment verpasse, es abzulehnen. Ich habe noch nie geraucht, vor allem nicht irgendwelche Rauschmittel, und hatte es aus guten Gründen auch nicht vor. Da muss ich wieder an das verpatzte Referat denken und drücke den Joint fester zwischen den Fingern, bis etwas Asche auf meine Hose rieselt. Der Dane, den ich bislang kannte, wäre nicht mitgefahren und würde garantiert keine Drogen konsumieren, weil das absolut falsch ist.

Der Zwiespalt hält mich einige Sekunden gefangen, bis ich schließlich den Kopf schüttele und Magnus den Joint hinhalte, ohne einen Zug genommen zu haben.

Magnus verzieht den Mund zu einem Lächeln und ich kann im ersten Moment nicht einschätzen, ob es spöttisch gemeint ist. Er zuckt mit den Schultern und nimmt mir den Joint wieder ab.

»Danke übrigens«, sage ich mit gedämpfter Stimme. »Für vorhin.«

»Wir hatten eh noch einen Platz im Auto frei.«

»Das meine ich nicht und das weißt du.«

»Kein Problem«, meint er sichtlich amüsiert. Ich bin es gewohnt, wenn andere mir sagen, dass ich an mir arbeiten muss oder mich nicht so anstellen soll – Magnus tut nichts von beidem. Er hält den Joint in die Höhe, als würde er mir damit zuprosten, und raunt mir zu: »Auf die Scheiße, die wir nicht loswerden.«

Nachdenklich beobachte ich, dass er sich ebenfalls gegen das Rauchen entscheidet und den Joint in eine leere Bierflasche fallen lässt.

»Du bist nicht wie Dorian«, sage ich und Magnus wirkt überrascht, bevor ein Grinsen über seine Lippen huscht.

»Vielen Dank. Ich gebe mir große Mühe.«

»Dein Bruder war ...«, fange ich an, kann mich aber noch rechtzeitig bremsen.

»Was war mein Bruder?«

»Recht unsympathisch bislang«, rette ich meine Aussage und bringe Magnus zum Lachen. Ich könnte mich daran gewöhnen, ihn so unbeschwert zu sehen. Sogar ich fühle mich gerade okay, wie ich es meiner Mom vor Kurzem beteuert habe.

»Ja, das klingt nach meinem Bruder.« Magnus rutscht auf dem Bett weiter nach hinten, lehnt sich gegen die Wand und streckt die Beine aus, als wollte er länger neben mir sitzen bleiben. Und ich habe überhaupt nichts dagegen.

Befreundet sein

Magnus

»Shit, das ist übel«, meint Gabe am Montagmorgen, als wir durchs Institutsgebäude laufen. »Auf dem Video sieht man, wie er die Treppe herunterstürzt. Der spielt mindestens ein paar Wochen kein Basketball mehr.«

»Welches Video?«

»Hast du am Wochenende überhaupt mal auf dein Smartphone geguckt?« Fassungslos schüttelt er den Kopf.

»Hab's nach unserem Treffen am Freitag wohl verloren.« Ich massiere mir mit einer Hand den Nacken und gebe ein Schnaufen von mir. »Ich bin deswegen ziemlich in Panik. Ich wollte es meinem Dad noch nicht sagen. Wenn jemand mein Telefon findet, bin ich so was von am Arsch. Ich meine, ich habe nicht gerade darauf geachtet, über was ich in Nachrichten rede.«

»Dafür müsste es der Finder ja erstmal entsperren.«

»Das schafft sogar ein untrainierter Affe«, erwidere ich. »Ich kann mir keine Codes merken, also habe ich das einfachste Muster genutzt.«

»Sag mir nicht, dass der Finder einfach nur drüber streichen muss, um den Bildschirm zu entsperren.«

»Möglicherweise.« Ich ziehe das Wort besonders in die Länge und Gabe schlägt sich mit der flachen Hand gegen die Stirn.

»Wie dämlich kann man eigentlich sein?«

»*Du* hast die Telefone doch eingesammelt. Irgendwer muss es eingesteckt haben.«

»Ich wollte bloß verhindern, dass du wieder in den Schlagzeilen landest und nicht nur deine sozialen Profile, sondern womöglich deine ganze Identität löschen musst.«

»Das wäre wahrscheinlich besser für das Image meines Dads«, maule ich.

»Ich versuche nachher mal herauszufinden, wer dein Smartphone fälschlicherweise eingesteckt hat.«

»Okay, danke.« Kopflos drehe ich mich um und lasse Gabe zurück, weil mich die Sorge um mein verlorenes Smartphone vollends im Griff hat.

Dieses Telefon ist eine tickende Zeitbombe. Sollte es auf irgendeine unerklärliche Weise zu mir zurückfinden, muss ich unbedingt eine Menge Nachrichten und meinen Internetverlauf löschen.

Ich bin spät dran und will in den Kursraum eilen, als ich Dane vor der Tür erkenne. Er scheint auf jemanden gewartet zu haben und seinem Blick nach zu urteilen bin ich es.

»Hi«, stoße ich abgehetzt hervor.

»Guten Morgen«, entgegnet er und reicht mir überraschenderweise sein Smartphone. Mein Hirn braucht verdammt lange, bis es realisiert, dass das nicht sein Telefon ist.

»*Du* hattest mein Smartphone?« Erleichtert schnappe ich nach Luft und tippe auf den Bildschirm, doch es ist ausgeschaltet. Mit bebendem Herzen schalte ich es ein und es ploppen direkt mehrere neue Nachrichten auf. Alle ungeöffnet, alles unberührt.

»Es hat sogar noch Akku«, stelle ich fest.

»Ich hab's Freitag direkt ausgemacht, als es mir aufgefallen ist«, erklärt Daniel und kurz bin ich in Versuchung, ihn vor Dankbarkeit zu umarmen. Dann fällt mir auf, dass das Smartphone am Wochenende gar nicht in Sicherheit, sondern in der größtmöglichen Gefahr war.

»Du hast gar nicht ...?«, beginne ich verwirrt und klicke ein paar Spam-Mails weg. »Ich meine, du hättest mir echt Probleme einhandeln können. Das hätte deine Mom bestimmt gefreut.«

»Es hätte Avery gefreut«, widerspricht er mir und lächelt zögernd, bevor er mir die Hand hinhält. »Gib mal kurz her.« Wie paralysiert lasse ich mir das entsperrte Smartphone wegnehmen und beobachte, dass er im Adressbuch einen neuen Kontakt anlegt und eine Nummer einspeichert.

»Ich mache das ganze Theater noch nicht so lange mit wie du, aber falls du mal mit wem reden willst, der die Scheiße versteht.« Er gibt mir mein Smartphone zurück. Einige Sekunden bin ich nur dazu fähig, es anzustarren. Er hat seine Nummer nur mit dem Buchstaben D eingespeichert.

Mein Mund öffnet sich, bevor ich überhaupt weiß, was ich sagen soll. *Ob* ich etwas sagen soll. Die Entscheidung wird mir abgenommen, denn unser Dozent kommt an uns vorbei und drückt Daniel einen Stapel Zettel in die Hand.

»Ich verspäte mich«, erklärt er. »Verteilt schon mal die Lektüre.«

Nickend wendet sich Dane von mir ab und betritt den Raum, während ich noch einen Moment im Flur stehen bleibe. Wenn die Umstände anders wären, wenn wir in einem total abgedrehten Paralleluniversum leben würden, könnten Daniel Miller-Atkins und ich womöglich sogar befreundet sein.

***

Als ich abends nach Hause komme, laufe ich prompt meiner Mutter über den Weg.

»Du warst ja beim Friseur«, stellt sie fest und auf ihren ansonsten so verkniffenen Lippen deutet sich ein Lächeln an. »Du solltest häufiger zum Friseur gehen. Man erkennt endlich wieder einen richtigen Menschen.«

Ich versuche zu lächeln. Wir geben uns ja beide Mühe, ich wäre ansonsten nicht freiwillig zum Friseur gegangen. Ich mochte die etwas längeren Haare, sie haben meinem Gesicht mehr Charakter gegeben.

»In zehn Minuten gibt es Abendessen. Dein Bruder isst woanders, aber dein Vater wird da sein«, erzählt sie gut gelaunt. »Du hast also noch Zeit, dich umzuziehen.« Ich verstehe zwar nie, warum man nicht mit den Klamotten vom Tag beim Abendessen sitzen kann, hinterfrage es heute aber nicht.

In meinem Zimmer suche ich mir einen möglichst faltenfreien Pullover und eine Jeans ohne Löcher heraus und kämme mir im Bad noch einmal die Haare. Der Friseur hat so viel Haargel benutzt, dass sie wie festzementiert sind.

Mom ist weiterhin beschwingt, als ich auf die Minute pünktlich im Esszimmer erscheine und ihr helfe, die Schüsseln auf den Tisch zu stellen.

»Vorsicht, heiß«, meint sie und reicht mir die Kanne mit der Bratensoße. Mir ist eigentlich nicht nach Fleisch, den Sonntagsbraten gibt es hier auch an jedem anderen Wochentag.

»Riecht richtig gut, Mom«, sage ich trotzdem und lasse mich am Tisch nieder. Sie freut sich über meine netten Worte. Zugegebenermaßen bin ich nur selten so freundlich und heute Abend ist es nur aus strategischen Gründen. Bei wichtigen Anliegen geht es vor allem darum, Verbündete auf seiner Seite zu haben. Das hat Dad mir zumindest beigebracht.

Als dieser zu uns stößt, ist die Stimmung sofort angespannt. Ich versuche, es mir nicht anmerken zu lassen, und reiche ihm den Teller mit den Kartoffeln.

»Die Stadtratssitzung war heute ausnahmsweise mal rechtzeitig vorbei«, sagt er und schon beim zweiten Wort schalten meine Ohren auf Durchzug. Die Stadtpolitik interessiert mich herzlich wenig. Ich muss meine eigene Politik vorantreiben.

Eine Weile essen wir schweigend und ich habe keine Ahnung, wie ich das Thema anfangen soll. Deshalb sehe ich meine Mutter an und erkläre wie aus dem Nichts: »Da ich jetzt in Wilbur Peaks zurück bin, habe ich entschieden, endlich meinen Führerschein zu machen.«

Dad räuspert sich, weil er sich fast an einem Stück Braten verschluckt hat.

»Das halte ich für keine gute Idee.«

Innerhalb weniger Sekunden ist meine Laune an ihrem Tiefpunkt angelangt. Das schafft nur Adrian Vaughn.

»Warum nicht?« Ich lasse meine Gabel klirrend neben meinen Teller fallen und starre ihn fassungslos an. Ich kenne niemanden, dem man so lange verboten hat, selbstständig Auto zu fahren. In meiner Teenagerzeit musste ich mich an die Regeln meines Vaters halten, am College mit einem Wohnheimzimmer auf dem Campus brauchte ich keinen Führerschein, aber in Wilbur Peaks fehlt mir diese Unabhängigkeit. Und Dad macht mir heute Abend sehr deutlich, dass ich viel abhängiger von ihm bin, als ich es gern wäre.

»Glaub mir, es gibt genügend Gründe dafür, warum das eine deiner schlechtesten Ideen ist.« Er zerschneidet das butterzarte Stück Fleisch auf seinem Teller mit mehr Druck, als nötig wäre.

»Nenn mir einen.«

In Dads Gesicht arbeitet es und er überlegt wohl, ob er meine Provokation übergehen soll. Dann legt er sorgsam sein Besteck beiseite, faltet die Hände über seinem Teller und betrachtet mich ausgiebig.

»Ich nenne dir drei«, sagt er. »Du könntest betrunken Auto fahren. Du könntest stoned Auto fahren. Du könntest das Auto einfach zu Schrott fahren, weil dir gerade danach ist.«

»Ich habe euch nicht um eure Erlaubnis gebeten«, sage ich durch zusammengebissene Zähne. »Ich wollte euch bloß darüber in Kenntnis setzen, damit ihr es von mir erfahrt.«

»Verstehe«, meint Dad. »Ich vermute, du hattest dabei aber den Hintergedanken, dir später mein Auto zu leihen. Oder wolltest du dir von deinen Ersparnissen ein eigenes Auto kaufen?«

Die Frage bedarf keiner Antwort, denn alle Anwesenden wissen, dass mein Sparkonto wie leergefegt ist und es schwierig werden dürfte, überhaupt den Führerschein zu bezahlen, geschweige denn ein eigenes Auto. Leider sind Dad und ich seit meiner Kindheit gut darin, den jeweils anderen zu provozieren. Und Mom entscheidet sich wie so oft für die Taktik, einfach das Thema zu wechseln.

»Möchte noch jemand ein Stück Braten?«, fragt sie. »Im Supermarkt ist mir heute übrigens etwas Kurioses passiert. Ich wollte ...«

»Dorian leiht sich andauernd dein Auto, um seine neuen Freundinnen abzuholen«, falle ich ihr ins Wort, ohne sie dabei anzusehen. Mein Blick ist nur auf Dad gerichtet.

»Dorian kam auch nicht mit fünfzehn auf die Idee, sich allein das Fahren beizubringen. Du hattest verdammt viel Glück, dass ein Baum deine Irrfahrt bereits in unserem Garten beendet hat.«

»Ich bin damals nur allein ins Auto gestiegen, weil du mich an diesem Tag zum bestimmt zehnten Mal versetzt hast«, entgegne ich mit einem Zorn, der meiner Wut als Fünfzehnjähriger sehr ähnelt. Nach meinem Unfall musste nicht nur Dads Auto repariert, sondern auch der Baum gefällt werden. Ich bin nicht stolz darauf, was ich getan habe, aber wie lange will er mich noch dafür büßen lassen?

Als mich die negativen Gefühle zu übermannen drohen, erhebe ich mich von meinem Stuhl.

»Ich brauche frische Luft«, sage ich und verlasse mit schnellen Schritten das Esszimmer. Erst im Garten atme ich tief durch und laufe auf und ab. Ich raufe mir die frisch frisierten Haare, während ich versuche, meine Gedanken zu sortieren. Letztlich hat Dad mir wieder aufgezeigt, wie abhängig ich hier von seinem Wohlwollen bin. Was bringt mir ein Führerschein ohne Auto? Und wovon soll ich ihn bezahlen? Er wird ihn mir nicht sponsern und ein Nebenjob wird auch bloß zu neuen Diskussionen führen. Ich weiß auch gar nicht, woher ich die Zeit dafür nehmen soll. Von der Peinlichkeit, als Adrian Vaughns Sohn jobben zu müssen, mal ganz abgesehen.

Frustriert lasse ich die Arme sinken. Ich hätte ahnen können, dass mein Plan an Dads Dickkopf scheitert. Als ich merke, wie viel Kraft mich die Wut auf ihn kostet, ziehe ich mein Smartphone aus meiner Hosentasche. Aus Gewohnheit will ich zur Ablenkung ein paar Apps öffnen, bis mir einfällt, dass ich die meisten davon in Anwesenheit von Hunter löschen musste.

»Und jetzt?«, frage ich in die Stille und niemand antwortet. Ich gehe also meine Kontakte im Adressbuch durch und mein Finger bleibt bei Gabes Namen hängen. Ein paar Namen darüber ist eine neue Nummer nur unter dem Buchstaben D eingespeichert.

Zögernd hängt mein Daumen über dem Adressbuch. Sofort muss ich daran denken, was Daniel gesagt hat. *Falls du mal mit wem reden willst.*

Der Buchstabe könnte jeder sein, niemand wird nachvollziehen können, dass ich dem Feind schreibe, oder?

Verbotenerweise öffne ich ein neues Chatfenster und tippe eine Nachricht.

Magnus (20:48):
Das hier ist ein Safe Space.
Was auch immer wir schreiben, muss unter Verschluss bleiben.

Mein Herz schlägt viel zu schnell, als ich auf *Senden* klicke und meine Nachricht hinterher durchlese. Mit noch schnellerem Puls bemerke ich die drei Punkte, die anzeigen, dass mein Gesprächspartner zu tippen angefangen hat.

Daniel (20:51):
Dann brauchen wir Codenamen, oder nicht?

Erleichtert atme ich auf, weil ein kleiner Teil von mir gedacht hat, er könnte eine falsche Nummer eingespeichert haben, um mich zu verarschen.

Magnus (20:53):
Das ist meine leichteste Übung.

Ich sehe mich im Garten um und suche nach etwas, das mich inspiriert. Mein Blick streift das akkurat gepflegte Blumenbeet. Inmitten der Blumen steht eine kleine, steinerne Mädchenstatue, die Alice aus Moms Lieblingsbuch *Alice im Wunderland* darstellt. Sie hat mir daraus als Kind oft vorgelesen.

Magnus (20:54):
Heute beim Abendessen hätte der Herzkönig den Grinsekater am liebsten geköpft.

Daniel (20:56):
Womit hat der Grinsekater Seine Majestät denn verärgert?

Magnus (20:57):
Er kam auf die dumme Idee, sich sein Auto leihen zu wollen, weil der Grinsekater kein Geld für ein eigenes hat.

Daniel (20:58):
Mir hat das weiße Kaninchen ein Auto finanziert, damit ich unabhängiger bin und es noch besser von Termin zu Termin eilen kann.

Schmunzelnd lese ich Danes Antwort, weil er die Anspielungen direkt verstanden und aufgegriffen hat. Ich überlege gerade, was ich erwidern kann, damit das Gespräch nicht abbricht, als er schon weitertippt.

Daniel (21:00):
Ist das seine Reaktion auf die Schlagzeilen über dich?

Magnus (21:01):
Offiziell bestimmt, aber eigentlich braucht er keine Gründe.

Auf einmal zögere ich. Kurzzeitig hatte ich vergessen, mit wem ich schreibe. Daniel ist immer noch der Sohn von Nora Atkins. Das wird sich nicht ändern. Ich sollte nicht mit ihm reden, als würden wir uns gerade anfreunden.

Als sich mein Smartphone wieder meldet und eine neue Nachricht eingetroffen ist, wird mir klar, dass es dafür zu spät ist.

Daniel (21:03):
Hier war am Freitag ziemlich die Hölle los.
Ich bin vorerst in Ungnade gefallen, weil ich bei einer spontanen Party war, anstatt meine Mom zu einem Termin zu begleiten.

Ich lese seine Nachricht mehrmals und empfinde dabei schon wieder ein schlechtes Gewissen, was mir völlig neu ist. Dann verstummen sämtliche Zweifel, weil er so ehrlich zu mir ist, obwohl es sehr viel mehr Gründe gibt, es nicht zu sein.

Magnus (21:06):
Tut mir leid.

Ich weiß gar nicht, wann ich mich das letzte Mal bei jemandem entschuldigt habe. Und wann ich es so ernst gemeint habe. Mein Dad steht schon seit einer gefühlten Ewigkeit in der Öffentlichkeit. Ich erinnere mich kaum noch daran, wie es vorher war. Ich habe mich recht schnell daran gewöhnt, dass meine unüberlegten Entscheidungen Konsequenzen haben – mit einigen komme ich besser, mit anderen schlechter klar. Doch für Dane ist das alles neu.

Mein Herz klopft schneller, während ich auf mein Smartphone starre und auf seine Antwort warte. Er tippt zwischendurch mal, unterbricht sich dann und lässt sich echt lange Zeit.

Daniel (21:11):
Dich trifft ja keine Schuld.
Ich hätte meinen Kalender im Blick behalten müssen.
Aber es tat gut, mal einen Nachmittag nicht ich sein zu müssen.

Die Worte treffen mich mehr, als ich zulassen will. Ich bin so vieles inzwischen gewohnt, vor allem, dass ich meistens Schuld habe. Oder mir selbst die Schuld gebe.

»Scheiße«, murmele ich und kann den Blick nicht von seiner Nachricht abwenden. Dabei sind es eigentlich nur ein paar schwarze Symbole auf weißem Untergrund.

Mein Daumen schwebt über der Tastatur. Ich könnte das Gespräch beenden, aber vielleicht will ich das gar nicht. Trotzdem muss ich irgendwie das Thema wechseln. Ich habe garantiert nicht vor, mich jetzt vor ihm auszuziehen. Im übertragenen Sinne natürlich.

Magnus (21:15):
Haha.
Sogar du lernst noch, wie das Spiel namens Wahlkampf funktioniert.

Ich schicke die Nachricht ab, während ich ins Haus zurückkehre und mich nach oben in mein Zimmer schleiche. Als ich mich auf mein Bett fallen lasse und die Nachricht erneut lese, wird mir klar, wie spöttisch sie klingt.

»Fuck«, murmele ich und verdecke mein Gesicht mit einer Hand. Ich war so krampfhaft darum bemüht, das Gespräch aufrechtzuerhalten und nicht komisch werden zu lassen, dass es verdammt komisch geworden ist.

Vorsichtig hebe ich die Finger an und schiele auf mein Smartphone. Daniel tippt, er tippt weiter und hört plötzlich auf. Eilig greife ich nach meinem Telefon und starre den Chat an. Warum schreibt er nicht mehr?

Kurzerhand übernehme ich wieder den Part und tippe so schnell, dass meine Daumen schmerzen. Vielleicht komme ich doch nur mit ein bisschen mehr Ehrlichkeit weiter.

Magnus (21:20):
Na gut, wir haben jetzt wohl bewiesen, dass ich doch nicht so talentiert bin, wenn es ums Reden geht.
Sorry, ich wusste nicht, was ich dazu sagen sollte.
Der Wahlkampf gehört für mich in dieser Stadt quasi zur Normalität.
Aber du bist eindeutig nicht Magnus Vaughn.

Daniel (21:21):
Ich bin eindeutig nicht Magnus Vaughn.

Ich starre mehrere Sekunden lang das lachende Emoji hinter seiner Nachricht an.

Magnus (21:22):
Ich habe offenbar ein Talent darin, alles zu versauen.

Erst unsere erste Begegnung auf der Veranstaltung, dann die am College, unseren Chat gerade und jetzt halte ich mich nicht mal an unsere Regel mit den Codenamen.

Daniel (21:24):
Da du die Regel aufgestellt hast, ist es bestimmt in Ordnung, wenn du sie brichst.
Obwohl dir wahrscheinlich ziemlich egal ist, wer die Regeln aufstellt.

Magnus (21:25):
Korrekt.
Und Daniel Atkins hält sich immer an alle Regeln?

Daniel (21:27):
Bitte Daniel Miller-Atkins, damit wir beide am Arsch sind, wenn jemand unsere Smartphones hackt oder klaut.

Magnus (21:27):
Keine Sorge, ich habe direkt meinen Code geändert, als ich es wiederhatte.
Er besteht jetzt aus Zahlen.

Daniel (21:28):
Wow. Ich bin beeindruckt.
Ist es 1234?

Magnus (21:28):
Nein?
Für wie naiv hältst du mich?

Daniel (21:29):
Es ist also dein Geburtstag.

Magnus (21:29):
Shit.
Du bist ein Genie.

Daniel (21:30):
Hast du je daran gezweifelt?
Im Seminar bin ich immer nur so still, damit es bloß niemand bemerkt.

Ein Poltern im Flur lässt mich das erste Mal seit einer Weile von meinem Smartphone aufblicken. Es rumst erneut auf der Treppe, danach bleibt es still.

Magnus (21:34):
Ich glaube, es ist gerade irgendwer im Treppenhaus abgestürzt.

Daniel (21:35):
Willst du nicht nachsehen?

Magnus (21:37):
Nö.
Im Zweifel ist es nur mein Dad, der mal wieder wütend seine Schuhe gegen die Wand geworfen hat.

Daniel (21:42):
Verständlich.
Designer-Schuhe machen mich auch immer so zornig.
Viel schlimmer finde ich aber Luxusuhren.

Und teure Autos.
Wir haben den ganzen Keller voll damit und ich weiß gar nicht mehr, wohin mit dem ganzen Kram.

Magnus (21:46):
Wie gut, dass ich auf eine komplette Hausführung verzichtet habe, als du hier warst.
Du hättest alles kaputtgeschlagen.

Diesmal rumpelt es vor meiner Zimmertür und ich nutze die Ablenkung, um mir ein paar Mal in die Wangen zu kneifen. Mir tun die Gesichtsmuskeln schon vom vielen Schmunzeln weh.

Ich will gerade noch eine Nachricht an Dane schicken, als jemand vor meiner Tür kichert. Jetzt stehe ich doch auf und öffne schwungvoll meine Zimmertür. Im Flur stehen zwei Frauen, wahrscheinlich so alt wie ich, und blicken mich mit großen Augen an.

»Mädels, ich meinte rechts oben im Flur«, höre ich Dorians Stimme von der Treppe. »Links wohnt doch der Grinch.«

Sie kichern wieder, als er mit einer Flasche Champagner in unserem Sichtfeld auftaucht. Genervt verdrehe ich die Augen und schlage geräuschvoll meine Zimmertür zu. Eilig suche ich nach meinem Smartphone und muss lächeln, weil ich schon eine neue Nachricht von Dane habe.

Daniel (21:47):
Keine Sorge, ich stehle nur Kunstwerke.

Magnus (21:50):
Da muss ich dich enttäuschen.
Meine Mom liebt ihre Wände kahl und weiß.
Im Garten könntest du mehr Erfolg mit hässlichen Statuen haben.

Wieder scheppert es im Flur, wahrscheinlich ist ein Glas klirrend zu Boden gefallen. Seufzend klettere ich weiter aufs Bett.

Magnus (21:51):
Mein Bruder genießt hier Narrenfreiheit, seit ich wieder da bin.
Er hatte letzte Woche drei verschiedene Frauen da, eben waren sie sogar zu zweit.

Daniel (21:52):
Dann hast du die Poltergeister also identifiziert.

Magnus (21:53):
Ja, weil sie versehentlich vor meinem Zimmer standen.
Neulich bin ich auf meiner Hausseite im Bad einer Frau in Unterwäsche begegnet.

Diesmal lässt sich Daniel länger Zeit mit seiner Antwort. Stirnrunzelnd lese ich meinen Text. Gabe oder meine anderen Freunde hätten sicherlich gefragt, ob sie gut aussah oder für sich sprechende Emojis geschickt. Das ist nun mal der Humor, den man normalerweise in diesem Alter hat, oder nicht? Aber Dane ist irgendwie meistens nicht der, den ich erwarte. Und ich weiß noch nicht, ob mich das beunruhigt oder neugierig macht.

Daniel (22:01):
Auf deiner Hausseite?
Ich habe offenbar nur einen Bruchteil eures Hauses gesehen.
Wenn du mir eine Führung gegeben hättest, hätten wir das Referat wahrscheinlich vergessen können.

Magnus (22:03):
Wäre kein großer Verlust gewesen.
Ehrlich gesagt lernt man das meiste über Geschichte und Politik ja eh aus Serien.

Daniel (22:04):
Hast du schon die neue Staffel The Crown gesehen?

Magnus (22:05):
Gesehen? Ich habe sie inhaliert!

Daniel (22:05):
Und was sagst du dazu?

Magnus (22:06):
Hast du noch genügend Zeit?

Daniel (22:06):
Ansonsten hätte ich nicht gefragt.

Ich lasse mich tiefer in meine Kissen sinken und fange an, eine längere Nachricht zu tippen, auf die noch eine Menge von ihm und mir folgen.

Eifersüchtig sein

Magnus

Am nächsten Tag schlafe ich in der Wirtschaftsvorlesung fast ein. Bei den Themen ist das zwar nicht verwunderlich, aber heute liegt es definitiv an meinem Schlafmangel. Dane und ich haben bis fast zwei Uhr miteinander geschrieben. Von Serien sind wir irgendwann bei Filmen gelandet, dann bei Büchern – auch wenn ich überwiegend nur die Verfilmungen kannte und er mich immer wieder überzeugen wollte, das Buch zu lesen – und schließlich bei allen möglichen Themen.

Wie ein Zombie schleiche ich nach der ersten Veranstaltung durch die Korridore und hole mir in der Cafeteria einen Kaffee. Ich trinke in letzter Zeit zu viel Koffein und die Wirkung lässt zu wünschen übrig, doch der Wille war da. Erst nach der Mittagspause werde ich beim Lauftraining, das ich anstelle des Schwimmtrainings inzwischen besuche, etwas wacher.

»Ihr lahmen Kröten!«, krakeelt der Lauftrainer gerade über den ganzen Sportplatz. »Da rennt ja meine Grandma schneller und die ist zweiundneunzig und sitzt im Rollstuhl!«

»Halleluja«, meint Gabe neben mir, als wir beim Laufen unser Tempo erhöhen. »Da nimmt jemand den anstehenden Gesundheitstag aber viel zu ernst.«

»Niemand aus unserem Team wird wirklich gut abschneiden«, erwidere ich und presse mir eine Hand auf die Seite.

»Und du gibst das Schwimmen für diese traurige Truppe auf?«

»Ich gebe es nicht auf, ich pausiere es nur. Wovon meine Familie übrigens nichts wissen darf. Ich brauche mal eine ... Auszeit.«

»Könnte ich vom Basketballtraining auch manchmal gebrauchen«, meint Gabe und deutet dann mit dem Kopf nach hinten. »Solange wir besser sind als die hintersten drei.« Ich mache den Fehler, der Bewegung mit den Augen zu folgen. Vorletzter ist aktuell Dane, der mit den roten Flecken im Gesicht nicht mehr sehr fit aussieht.

»Wie ist er so?«, will Gabe auf einmal wissen.

»Wer?«, frage ich, obwohl ich genau weiß, wen er meint.

»Na, Dane. Meinst du, seine Mutter hat gute Chancen gegen deinen Dad?«

»Mir doch egal«, brumme ich und weiß selbst nicht genau, warum es mich auf einmal so wütend macht, dass mein Freund die beiden erwähnt hat. Vielleicht, weil ich mir dann eingestehen muss, dass es echt seltsam ist, Dane wiederzusehen, nachdem wir bis spät in die Nacht miteinander geschrieben haben. Seine Art zu schreiben, seine viel genutzten Emojis, der subtile Sarkasmus zwischen den Zeilen – all das war mir schon nach kurzer Zeit vertraut. Ihn aber auf dem Campus zu sehen und auch noch mit Gabe über ihn zu sprechen, macht mir klar, dass wir eigentlich zwei Fremde sind. Oder sein sollten.

»Du hast ihn doch neulich eingeladen, weil du gegen deinen Vater rebellieren wolltest, oder nicht?«, hakt Gabe nach und ich wünsche mir etwas mehr von seinem Desinteresse in Bezug auf den Job meines Dads zurück. Bei diesem Wahlkampf bleibt aber wohl nicht mal unsere Freundschaft unbeeinflusst.

»Kann schon sein. Lief nicht so ganz nach Plan.« Wäre Dane ein Typ wie mein Bruder, wäre es mir deutlich leichter gefallen, ihn auszunutzen. Nur leider steht Dorian offiziell auf derselben Seite wie ich und der gute Kerl auf der falschen.

»Übrigens«, meint Gabe nun und wir werden langsamer, als sich unser Trainer endlich mal wegdreht, »sollst du deiner Mom von meiner Mom ausrichten, dass sie wieder beim Kuchenverkauf hilft. Und sie verteilt gern am Wochenende Flyer und Ansteckpins.«

»Da wird sich mein Dad freuen«, entgegne ich und füge murmelnd hinzu: »Lang lebe der König.«

Erneut drehe ich mich zu Daniel um. Er läuft inzwischen so weit hinten, dass ich ihn nicht mehr sehen kann. Vielleicht ist das auch besser so, denn in Sportklamotten sieht er verboten gut aus.

***

Nach dem Debattierclub am Nachmittag ist mein Wortspeicher eigentlich leer. Zuhause werfe ich erschöpft meine Schuhe vor die Treppe, ziehe meinen Rucksack auf den Stufen nach oben hinter mir her und lasse mich erschöpft auf mein Bett fallen. Es liegt nicht am Lauftraining, dass ich so ausgelaugt bin. Das tägliche Schwimmtraining hat mir nie was ausgemacht, es war wie ein Ausgleich zum normalen Alltag. Das Laufen ersetzt es nicht, mir fehlt, wie ich mich im Wasser fühle.

Automatisch ziehe ich mein Smartphone aus der Hosentasche und tippe eine Nachricht an Dane, was sich schon viel zu gewohnt anfühlt.

Magnus (18:04):
Warum muss man zu allem immer eine Meinung haben?
Und über alles diskutieren?
Das ist echt ermüdend.

Ich schäle mich langsam aus meiner Jeans und bin zu faul, meine Jogginghose zu holen, obwohl sie über dem Schreibtischstuhl hängt. Heute Morgen habe ich sie auf den Boden geworfen, aber Mom ist mal wieder passiert. Als ich weg war, hat sie sich wohl in mein Zimmer getraut, die Unterlagen auf dem Schreibtisch in gleichmäßige Türmchen verwandelt, die Wäsche sortiert und die Fenster geputzt. Dabei mochte ich die feine Schmutzschicht auf dem Glas, solange sie Sonnenlicht abgehalten hat. Ich brauche dringend eine eigene Wohnung oder ein Zimmer im Wohnheim, aber als ich dort angefragt habe, waren alle Plätze belegt. Und da ist ja noch die Sache mit dem Geld ... Bis ich einen Nebenjob und mein erstes Gehalt habe, vergehen auch Wochen. Falls mich überhaupt jemand einstellt.

Ich drehe mich gerade auf den Bauch, damit mich die niedrigstehende Sonne nicht mehr blendet, als mein Smartphone wider Erwarten einen Laut von sich gibt.

Daniel (18:10):
Der Debattierclub?
Paige war letztes Semester insgesamt drei Mal da, bevor sie lieber in den Fotografie-Kurs gewechselt ist.

Wer ist Paige? Ohne es verhindern zu können, schlägt mein Herz schneller. Sie muss die Rothaarige sein, die ich schon häufiger auf dem Campus bei ihm gesehen habe. Wenn ich jetzt länger darüber nachdenke, wirken sie immer sehr vertraut.

Mein Daumen hängt über der Tastatur, unschlüssig, was ich tippen soll. Sind sie zu vertraut? Ich meine, sind sie mehr als Freunde?

Am liebsten möchte ich genau das fragen, aber ein seltsames Gefühl in meinem Bauch hält mich davon ab. Das Gefühl hatte ich das letzte Mal, als ein Kollege aus meinem alten Schwimmteam meine Bestzeit geschlagen hat. Bin ich etwa eifersüchtig?

Schnaubend tippe ich eine Antwort an Dane und ignoriere die innere Stimme, die mich anscheinend überhaupt nicht kennt.

Magnus (18:17):
Meine Wahlkurse sind Nicht-Wahlkurse.
Mein Dad hat sie an meinem vorherigen College und auch hier liebevoll für mich ausgesucht.
Er hatte meinen Lebenslauf schon geplant, bevor ich auf der Welt war.

Daniel (18:20):
Meine Mom ist Chaos pur.
Ich weiß nicht, wie sie ohne die Hilfe von Avery überlebt hat.

Magnus (18:22):
Wir sollten alle Assistenten ein paar Tage in den Urlaub schicken.

Daniel (18:22):
Das wäre ein spannendes Experiment.
Ein Nachmittag im Wellness-Hotel würde bestimmt schon reichen.
Das strapaziert unsere Geldbeutel genug.

Magnus (18:24):
Das bekommen wir irgendwie über die Stadt abgerechnet.
Macht mein Dad auch immer.

Daniel (18:25):
Das habe ich jetzt überlesen.

Magnus (18:25):
Ja, bitte.

Auch wenn er mich nicht hören kann, lache ich so laut, wie ich es schon seit gefühlten Wochen nicht mehr getan habe. Und fast im selben Atemzug frage ich mich, ob Dane auch gerade lacht.

Daniel (18:26):
Ich weiß, ich bin spät dran, aber ich wollte heute mal mit Bridgerton anfangen.
Kennst du die Serie schon?

Magnus (18:27):
Nein.
Warte, dann mache ich auch die erste Folge an.
Wenn du online bleibst, falls ich Redebedarf habe.

Ich nehme mein Tablet vom Nachttisch und suche die Serie heraus. Schon beim Titelbild rümpfe ich die Nase.

Magnus (18:29):
Ist das dein Ernst?

Daniel (18:29):
Wir ziehen das jetzt gemeinsam durch.

Es folgen drei lachende Emojis und nicht zum ersten Mal wünsche ich mir, ihn tatsächlich lachen zu hören. Einen Moment lang bleibe ich ruhig und lasse ihn ungestört die Serie gucken. Das liegt aber nur daran, dass ich seinen Namen, das große D, über dem Chat anstarre und mich frage, warum er diese Serie nicht mit Paige guckt. Oder ist sie gerade bei ihm?

Die nächste Stunde ist gefüllt mit schrecklich übertriebener Mode, viel dramatischer Musik und pathetischen Reden. Zwischendurch tauschen Dane und ich uns über alle möglichen Szenen aus, bis meine Daumengelenke schmerzen und die erste Folge vorbei ist.

Daniel (19:28):
Na gut, ich muss zugeben, dass diese Songs wahrscheinlich nicht im 19. Jahrhundert gespielt wurden.

Magnus (19:30):
Du findest nur die Musikauswahl unrealistisch?

Daniel (19:31):
Wir müssen ja nicht weiterschauen, wenn du sie nicht magst.

Magnus (19:31):
Bist du wahnsinnig?
Ich will jede einzelne Folge sehen, bis die Staffel durch ist.
Selbst wenn es die ganze Nacht dauern sollte.
Bist du dabei?

Daniel (19:32):
Bin so was von dabei.

***

Es war eine echt miese Idee, bis in die Nacht die erste Staffel von *Bridgerton* zu gucken. Bei einzelnen Szenen wurde es im Chat zwischen Dane und mir ziemlich ruhig, bei anderen haben wir uns umso mehr ausgetauscht. Irgendwann, zwischen der fünften und sechsten Folge, glaube ich, bin ich fast über dem Tablet eingeschlafen, stets mit dem Smartphone in der Hand, als sei sie neuerdings damit verwachsen. Und immer, wenn ich dachte, Dane wäre der Erste, der einschläft, hat er doch geantwortet, was mich direkt wieder geweckt hat.

»O Mann«, meint Gabe, als ich mich neben ihm gegen die Wand lehne. »Hast du heute mal in den Spiegel geschaut? Wie willst du die Zwischenprüfungen bestehen, wenn du fast im Stehen einschläfst?«

»Zwischenprüfung?«, echoe ich und reiße die Augen so weit auf, wie es mein müder Zustand zulässt.

Gabe lacht. »Du hättest dein Gesicht sehen müssen.«

»Das kannst du doch nicht mit mir machen, Alter!« Ich boxe ihm gegen den Arm.

»Bitte schön«, entgegnet er amüsiert. »Jetzt bist du immerhin wach.« Ich höre Gabe nicht weiter zu, als auf der anderen Seite des Gangs eine rothaarige junge Frau stehen bleibt. Ich habe sie bislang nie richtig beachtet. Jetzt wird mir klar, dass sie Paige sein muss. Sie geht fast in einem viel zu weiten T-Shirt unter – kein Wunder, dass ich sie übersehen habe. Wen ich allerdings nicht übersehen könnte, ist der Blondschopf, der nach ihr den Gang betritt und sich beim Getränkeautomaten mit ihr unterhält.

Wenn es nicht so laut um uns herum wäre, könnte ich ihr Gespräch belauschen. In den vergangenen beiden Tagen – und Nächten – habe ich so viel mit Daniel geredet – geschrieben – und doch erinnere ich mich kaum an seine Stimme. In unserem gemeinsamen Seminar meldet er sich nie zu Wort.

Vor vier Wochen hätte ich viel dafür gegeben, Nora Atkins' Sohn überhaupt nicht zu begegnen. Heute hingegen fixiere ich ihn mit dem Blick und versuche, Lippen zu lesen. Worüber er und Paige wohl reden? Ein paar Worte erkenne ich, aber sie ergeben ohne Zusammenhang keinerlei Sinn. Verflucht, ich müsste näher zu ihnen, damit ich mehr herausfinden kann.

Paige kämpft inzwischen mit dem Getränkeautomaten. Dane verschränkt die Arme vor dem Oberkörper und lehnt sich mit der Schulter gegen die Wand. So entspannt wie im Gespräch mit Paige habe ich ihn noch nicht erlebt. Und je länger ich die beiden beobachte, umso klarer wird mir, warum das so ist. Keiner außer mir beachtet sie, alle laufen an ihnen vorbei oder sind nur auf ihre eigenen Gruppen fokussiert. Dane ist für sie quasi unsichtbar – für mich ist er das nicht mehr.

Ich kann meine Aufmerksamkeit kaum von ihm abwenden, als er den Kopf leicht nach hinten neigt und lacht. Dabei fallen ein paar der vorderen blonden Haarsträhnen nach hinten und geben den Blick auf sein Gesicht frei. In meinem Kopf verknüpfen sich unsere Gespräche mit diesem Anblick und verschmelzen zu einem Ganzen, von dem ich noch nicht weiß, was ich davon halten soll.

Ich verfolge die Muskeln an seinem langen Hals hinunter bis zum Kragen seines Jeanshemds. Weiter über das weiße T-Shirt bis zum Hosenbund. Dann über seine schmalen Unterarme und die Hände mit den langen Fingern. Mein Blick gleitet wieder zurück zu seiner Hose, über die Oberschenkel und Jeansnähte und jede verdammte Wölbung.

Ich zucke heftig zusammen, als Gabe mich am Arm berührt. Blinzelnd wende ich mich ihm zu und spüre, wie sich mein Kehlkopf schmerzhaft beim Schlucken bewegt. Er hat mich keine Sekunde zu früh in die Realität zurückgeholt, denn das warme Gefühl in meiner

Brust fing gerade an, sich einen Weg direkt in meine Hose zu suchen. Heilige Scheiße.

»Wenn du Dane weiterhin so anstarrst, erzählt man sich bald, dass du auf ihn stehst«, raunt Gabe mir amüsiert zu.

»Was?«, frage ich eilig und zwinge mich, an etwas anderes zu denken.

»Na, so habe ich ja nicht mal meine Kommilitonin Sarah angesehen, und in die war ich letztes Jahr echt verknallt.«

»Ich bin nicht ...«

»Schon gut«, unterbricht er mich lachend. »Ich wollte ja nur verhindern, dass irgendwer denkt, du seist schwul.«

Das Wort trifft mich so unvorbereitet, dass meine Knie kurz weich werden. Zum Glück sind die Schließfächer direkt hinter mir und ich sinke mit dem Rücken dagegen. Ach ja, da war ja was. In Wilbur Peaks weiß niemand über meine sexuelle Orientierung Bescheid. Und mit einem so konservativen Vater wie Adrian Vaughn soll das auch so bleiben. So lautet zumindest mein Plan, seit ich als Teenager begriffen habe, dass es in meinem Lieblingsfilm nicht die schönen Schauspielerinnen, sondern die Schauspieler sind, die mein Herz höherschlagen lassen. Und irgendwann auch ganz andere körperliche Reaktionen ausgelöst haben.

»Und das wäre so schlimm?«, frage ich mit matter Stimme. Gabe und ich waren früher so gute Freunde, sind es vielleicht immer noch, und doch kennt er eines meiner größten Geheimnisse nicht.

»Nein, natürlich nicht. Ich dachte nur, du willst nicht noch mehr im Mittelpunkt stehen. Du kannst es ja so schon kaum ab, dass sie über dich reden, wenn dein Dad Interviews gibt oder sie die ganze Stadt mit seinem Gesicht plakatieren.«

»Und ich kann nicht einfach so länger einen Typen ansehen?«

»Na ja, das ist doch irgendwie schräg, einen geouteten Typen so lange abzuchecken, oder nicht?«

»Wie?«

»Du wusstest nicht, dass Daniel schwul ist?«

»Ist das eine Info, die allgemein bekannt sein sollte?«

»Ich dachte, irgendwer hätte es mal erwähnt, nachdem du ihn neulich eingeladen hast«, entgegnet Gabe und bei ihm hört sich das alles so an, als sei es keine große Sache. »Vor ein paar Monaten wurden er und Nathan erwischt, wie sie rumgemacht haben.«

»Nathan ist auch schwul?« Der Name sagt mir sogar was, weil er im Debattierclub ein ziemlicher Star ist. Er hat immer eine Meinung zu allem, genaue Zukunftspläne und versteht was von Politik. Kurzum: Er ist das genaue Gegenteil von mir und anscheinend Daniels Typ. In meiner Brust steigt wieder dieses Gefühl auf, das ich gestern schon bei der Erwähnung von Paige hatte.

»Das dachten alle«, meint Gabe nun und lacht verhaltener. »Aber dann war er ziemlich schnell mit Sarah zusammen. Und ich nicht mehr in sie verknallt.«

»Vielleicht ist er bi«, sage ich mit matter Stimme und meine damit nicht nur Nathan, sondern auch Daniel. Was auch immer auf ihn zutrifft, ändert jedoch nichts an der neuen Art und Weise, mit der ich ihn jetzt sehe. Ich drehe mich langsam zur Seite und wage erneut einen Blick auf ihn und Paige, die mich offenbar gar nicht bemerken. Er legt gerade einen Arm um sie, während sie Slalom durch die Grüppchen im Gang laufen. Sie wirken wie langjährige Freunde – zumindest hoffe ich, dass sie es sind.

Ich sehe ihnen nach und kann nicht verhindern, wie schnell mein Herz plötzlich schlägt, weil das Unerreichbare erreichbar geworden ist. Dabei habe ich mir schon vor Jahren verboten, in Wilbur Peaks so zu fühlen.

Im Grunde genommen hat sich nichts verändert und doch ist jetzt alles anders.

Nervös sein

Daniel

Da ich früher als sonst den Campus verlasse, fahre ich nicht direkt nach Hause, sondern schaue noch in Moms Büro vorbei. Ich treffe mal wieder auf neue Gesichter, die mich interessiert mustern, was mich sofort nervös macht.

»Willst du auch helfen?«, fragt jemand.

»Ich bin eigentlich nur ...«, fange ich leise an, kann mir in dem Gewusel aber kein Gehör verschaffen. Das Wahlkampf-Team meiner Mom wird wöchentlich größer, die meisten freiwilligen Helfer kenne ich überhaupt nicht mehr. Nicht zum ersten Mal frage ich mich, ob Vaughns Team auch so gestresst ist oder ob er der festen Überzeugung ist, dass er gewinnt.

»Wir brauchen jede helfende Hand«, ergänzt ein Typ, geschätzt so alt wie mein Dad, und drückt mir einen Karton mit Flyern in die Hand. Erst als Avery mich erkennt und mir aufgeregt winkt, werde ich den Karton los.

»Gut, dass du da bist, Dane«, sagt sie und das sind eigentlich keine Worte, die mich verleiten, lange dazubleiben.

»Wo brennt's denn?«, frage ich trotzdem aus Höflichkeit.

»Hoffentlich nirgendwo«, meint Avery mit einem halb hysterischen Lachen. »Du kannst beim Telefondienst mithelfen. Schnapp dir da hinten einfach ein Telefon und ruf die Nummern auf der Liste an, um interessierte Bürger über das Wahlprogramm aufzuklären.«

»Ehrlich gesagt wollte ich Mom nur ihr Portemonnaie vorbeibringen. Sie hat's heute Morgen zuhause vergessen.« Meine Hände zittern leicht, als ich besagte Geldbörse aus meinem Rucksack krame. Ich bin weder vor Publikum noch am Telefon ein besonders guter Redner.

»Ich habe noch eine Menge für die Uni zu tun«, erkläre ich und drücke Avery das Portemonnaie in die Hand. Hilfesuchend sehe ich mich nach Mom um, kann sie in dem Durcheinander aus Kartons, Plakaten und Wahlkampfhelfern aber nicht entdecken. »Ist das jetzt immer so voll hier?«

»Was? Oh nein, heute kamen besonders viele Freiwillige her, weil wir einen Aufruf auf Social Media gemacht haben.«

»Gute Idee. Ich muss trotzdem mal los.« Als ich mich rückwärts von ihr entferne, stolpere ich beinahe über meine eigenen Füße.

»Soll dich jemand fahren?«

»Nein, ihr braucht hier alle Kräfte vereint. Ich nehme den Bus.«

Endlich verlasse ich das Bürogebäude und erreiche erst nach mehreren Minuten die Bushaltestelle. Wilbur Peaks ist mit seinen über dreihunderttausend Einwohnern eine relativ große Stadt und doch fährt nicht an jeder Ecke ein Bus. Ich muss auch noch fast zwanzig Minuten warten, bis der richtige Bus kommt.

Nicht zum ersten Mal heute öffne ich zur Ablenkung den Chat mit Magnus. Unsere letzten Nachrichten stammen aus den frühen Morgenstunden, als wir uns beide bei der letzten *Bridgerton*-Folge kaum noch wachhalten konnten. Vielleicht war es ein Fehler, gemeinsam mit ihm eine Serie zu gucken. So viele Nachrichten mit ihm auszutauschen.

Dennoch kann ich mich nicht davon abhalten, heute den ersten Schritt zu machen und ihm wieder zu schreiben.

Daniel (19:13):
Hi.
Hast du das Staffelende gut verkraftet?
Ich habe dich heute gar nicht an der Uni gesehen.

Ich sende die Nachricht erst zuhause ab und verstecke das Smartphone hinterher unter einem Sofakissen. Höchstens eine halbe Minute später nehme ich es wieder zur Hand und so geht es ein paar Mal hin und her. Nach etwa zehn Minuten hat meine Nachricht zwei Haken und mein Herzschlag explodiert in meiner Brust, weil Magnus tatsächlich online ist.

Minutenlang starre ich mein Smartphone an. Online, offline, online, wieder offline. Als er schließlich erneut online ist, beginnt er zu tippen. Mein Puls dröhnt in meinen Ohren, ich kann mich auf nichts anderes als die drei Punkte konzentrieren. Dann sind sie plötzlich weg, eine Antwort hat er mir nicht geschickt.

Obwohl ich minutenlang warte, geht er nicht mehr online. Da wird mir klar, dass wir keine Verbündeten sind. Wir sind auch keine Freunde. Wir sind irgendwas dazwischen, das mich beim bloßen Gedanken daran nervös macht. Ich hoffe zumindest, dass wir irgendwas dazwischen sind, denn *nichts* zu sein, würde mich mehr enttäuschen, als ich bislang dachte.

Geheim sein

Daniel

Die nächsten Tage sind mit Vorlesungen, Seminaren und Vorbereitungen für Wahlkampfveranstaltungen gefüllt. Am Freitagabend bin ich dann so erschöpft, dass ich nichts dagegen habe, als Paige unsere Verabredung absagt. Ihre Mitbewohner feiern wohl spontan eine Party und zu behaupten, dass ich nicht gern auf Partys gehe, ist die Untertreibung des Jahrhunderts. Allein deshalb wundere ich mich nach wie vor über mich selbst, dass ich Magnus Einladung neulich so spontan gefolgt bin.

Ich wünsche ihr zumindest viel Spaß und schließe unseren Chat, bevor meine letzte Nachricht an Magnus wieder meine Aufmerksamkeit auf sich zieht. Ich starre die unbeantwortete Frage sicherlich fünf Minuten an.

Schließlich komme ich zu dem Entschluss, dass ich Magnus Vaughn besser aus meinem Leben streiche, bevor mein Herz ernsthaft darin verwickelt ist. Als ich den Chat jedoch wieder öffne und erkenne, dass er online ist und zu tippen begonnen hat, macht mir mein Herz einen Strich durch die Rechnung. Fuck, da ist eindeutig mehr als nur der Wunsch, mit ihm befreundet zu sein, was absolut dämlich ist. Ich habe eindeutig zu oft daran gedacht, wie er als Schwimmer nur in Badehose aussieht. Vielleicht habe ich gestern Abend auch nach Bildern von seinen Schwimmwettkämpfen recherchiert und mir dann vorgestellt, wie er wohl ohne die Badehose aussieht.

Diesmal landet tatsächlich eine Nachricht von Magnus bei mir. Während ich sie lese, ist er schon offline.

Magnus (18:52):
Hey.
Ich musste wahrscheinlich noch die Offenbarung am Ende der ersten Staffel verarbeiten, bis ich wieder zur Uni gehen konnte.

Daniel (18:55):
Hast du nicht vorher schon die ganzen Anzeichen bemerkt?

Er liest die Nachricht direkt, was mir eine gewisse Genugtuung gibt und mich zugleich mehr aufwühlt.

Magnus (18:56):
Dann habe ich sie gekonnt ignoriert.

Das lachende Emoji hinterlässt bei mir das Gefühl, als lägen nicht Tage zwischen heute und unserem letzten Gespräch. Als könnten wir einfach da anknüpfen, wo wir unterbrochen worden sind. Nur leider glaube ich, dass irgendwas in der Zwischenzeit gewesen ist, das ihn davon abgehalten hat, mir zu antworten. Und dass es womöglich mit dem Gefühl zusammenhängt, das jede neue Nachricht von ihm in mir auslöst.

Da ich jedoch nicht verlieren will, was wir gerade begonnen haben, entscheide ich mich, es vorerst nicht zu thematisieren. Mit ihm zu schreiben, lenkt mich schon nach wenigen Minuten von meinem Tag ab. Vielleicht können wir nur auf diese Art miteinander kommunizieren. Vielleicht ist es das, was wir sind. Was wir nur sein können. Ein Geheimnis.

Ich greife das Serien-Thema dankbar auf und in der nächsten halben Stunde führen wir eine Diskussion über Ungereimtheiten, die wir irgendwann mit unser beider Müdigkeit erklären können.

Magnus (19:28):
Ich habe das Gefühl, wir haben beide einen Filmriss, ohne einen einzigen Tropfen Alkohol getrunken zu haben.

Daniel (19:28):
Zwei Tage Schlafentzug genügen da bestimmt.

Magnus (19:30):
Darüber habe ich mal eine Studie gelesen.

Die nächste Diskussion bricht los, bis er besagte Studie online heraussucht und feststellen muss, dass er die Ergebnisse völlig falsch in Erinnerung hatte. Eine Weile kommunizieren wir über Bilder aus dem Internet, dann über Emojis und schließlich schreiben wir immer längere Nachrichten, bis ich kurz davor bin, kapitulieren zu müssen.

Daniel (20:41):
Meine Daumen werden schon taub vom Tippen.

Magnus tippt, sendet die Nachricht jedoch nicht ab. Stattdessen scheint er den Chat verlassen zu haben. Erstmals blicke ich von meinem Smartphone auf und bin überrascht, dass es draußen schon dunkel geworden ist. Ich richte meine Kissen neu auf und sehe aus dem Dachfenster in den wolkenfreien Himmel. Da vibriert plötzlich mein Smartphone und vor Schreck fällt es mir fast aus der Hand. Auf dem Display wird Magnus' Name – streng genommen der Buchstabe M, unter dem ich seine Nummer eingespeichert habe – angezeigt. Er hat keine neue Nachricht geschickt, sondern ruft mich an.

Zuerst kann ich seine Nummer nur wie paralysiert anstarren, dann nehme ich den Anruf aufgeregt an. Atemlos presse ich mir das Telefon ans Ohr und brauche einen Moment, bis ich Luft bekomme.

»Sag mir nicht«, flüstere ich, »dass das einer dieser berühmt-berüchtigten Hosentaschenanrufe ist.«

Der erste Laut, den ich auf der anderen Seite höre, ist ein kehliges Lachen, das mir einen wohligen Schauer den Rücken entlang schickt.

»Also meine Hosentasche ist äußerst unkommunikativ und hat noch nie jemanden angerufen«, erwidert Magnus. »Zumindest nicht mit meinem Wissen.«

»Da bin ich aber froh«, erwidere ich und presse mir eine Hand auf die Brust, um meinen Herzschlag unter Kontrolle zu halten. »Es ist immer gut, das geheime Leben seiner Hosentasche zu kennen.«

»Stimme dir voll und ganz zu.«

Es wird ruhig und ich weiß wieder, warum ich bislang Chatten dem Telefonieren vorgezogen habe.

Meine Freunde rufen mich nie an, nur Paige manchmal, wenn sie mir schnell etwas sagen will und eine direkte Antwort braucht. Dann redet sie so viel, dass ich kaum etwas sagen muss. Mit Magnus scheint das nicht zu klappen, ihm gegenüber will ich zumindest nicht still sein. In meinem Kopf sind so viele Worte, aber sie finden ihren Weg nicht zu ihm.

»Hast du ...«

»Ich ...«, fängt Magnus schier zeitgleich an und wir stoppen beide. »Sorry, ich wollte dich nicht unterbrechen.«

Ich beiße mir auf die Zunge und atme vorsichtig durch die Nase aus. Bis vor zehn Minuten haben wir noch ohne Unterlass miteinander geschrieben. Warum muss es jetzt so komisch sein?

»War nicht wichtig«, entgegne ich.

»Dann ich zuerst«, meint Magnus und es fällt ihm offenbar auch schwer, einen geeigneten Anfang zu finden. »Ich wollte nur sagen, dass ich hoffe, es geht deinen Daumen gut.«

»Meinen Daumen?«

»Ja, du meintest doch, sie sind schon taub.«

»Oh, ach so, ja.« Ich bin froh, dass er nicht sehen kann, wie rot meine Wangen werden. Wieder tritt Stille ein und ich blicke in den Sternenhimmel über mir.

»Das ist irgendwie komisch, oder?« Ich lache verhalten und muss mich zu jedem Wort zwingen. Zu schweigen fällt mir stets leichter. »Ich meine, wir haben so viel miteinander geschrieben und doch seit einer Woche nicht richtig gesprochen.«

»Ja, es ist komisch«, erwidert Magnus und sein leises Lachen gibt mir eine Sicherheit, die mir in den Minuten davor gefehlt hat. »Soll ich wieder auflegen und wir schreiben weiter?« Ich bin erleichtert, dass er das Gespräch nicht vollständig abbrechen möchte, will das hier aber auch nicht versauen.

»Nein, nein«, antworte ich eilig. »Ist doch mal ganz nett, außerhalb der Uni zu reden.«

»Okay«, meint Magnus und lacht wieder. »Ich drücke mich eh vor der Vorbereitung des nächsten Debattiertreffens.«

»Worum geht's denn?« Ich will eigentlich ungern über die Uni reden, doch das Thema kommt mir gerade wie ein rettender Anker vor.

»Welchen Einfluss Astrologen auf unsere Gesellschaft haben.«

»Oh, das ist spannend.«

Magnus zögert. »Das klang gar nicht ironisch oder doch?«

»Nein, ich finde Sterne wirklich interessant. Also die echten. Nicht ihre Deutungen«, beteuere ich und rutsche tiefer auf meinem Bett, damit ich einen besseren Blick aus dem großen Dachfenster werfen kann. Ich habe mich schon so daran gewöhnt, dass mir erst jetzt klar wird, wie besonders das eigentlich ist.

»Ich kann durch das Fenster über meinem Bett in den Himmel sehen«, erkläre ich.

»Du hast ein Fenster direkt über deinem Bett? Und guckst dir die Sterne an? Wow, etwas Spannenderes habe ich ja noch nie gehört.« Mit jedem Wort muss er mehr lachen.

»Du lagst wohl nie im Sommer mit deinem Dad auf einer Wiese und hast dir Sternbilder erklären lassen«, stelle ich amüsiert fest.

»Hilfe, nein. Mein Dad ist Adrian Vaughn.« Magnus lacht noch lauter. »Wenn der sich im Anzug auf eine Wiese legt, mache ich mir ernsthaft Sorgen um seinen geistigen Zustand.«

»Dann holen wir das jetzt nach. Also das mit den Sternbildern.«

»Du liest mir aber nicht gleich mein Horoskop vor, oder?«

»Wie? Du willst nicht erfahren, welcher Planet über deine Zukunft entscheidet?«, frage ich schmunzelnd. »Wir können ja erst mal mit was Leichtem anfangen.«

»Warte mal. Ich glaube, ich muss mich besser vorbereiten.«

»Du holst jetzt aber nicht Stift und Zettel, hoffe ich.«

»Moment. Ich muss kurz klettern.«

»Du musst was?« Mit einer Mischung aus Verwirrung und Belustigung lausche ich in die Stille, bis Magnus sein Mikrofon wieder einschaltet und schnauft.

»Halleluja, ich hatte vergessen, wie hoch das ist.«

»Wo genau bist du?«

»Auf dem Dach«, erwidert er, als sei das nicht vollkommen abwegig. »Neben meinem Fenster ist ein kleiner Dachvorsprung. Ich hab mich früher häufiger versteckt, wenn Mom mich gesucht hat. War länger nicht mehr hier. Und es ist kälter als gedacht heute. Ich hätte an eine Decke denken sollen.«

»Ist das nicht ... gefährlich?«

»Man sollte zumindest keine Höhenangst haben. Das sollten meine Eltern nie erfahren, aber ich bin als Kind mal fast hinuntergestürzt, weil sich ein Dachziegel gelöst hat.«

»Ich wäre ganz froh, wenn ich heute nicht der letzte Mensch bin, mit dem du in deinem Leben gesprochen hast.«

»Das wäre mir zumindest lieber, als wenn es mein Bruder oder mein Statistikprofessor wäre.«

»Danke, dass ich auf der Skala noch vor Mr. Cordhose komme.«

»Dann trägt er wirklich immer Cordhosen? Hab mich schon gefragt, ob das nur mir aufgefallen ist.«

»Dafür ist er berühmt«, erwidere ich und kneife die Augen etwas zusammen, damit ich am Himmel Muster erkenne. »Also, wir fangen mal mit was Leichtem an. Wenn du zum Horizont und dann etwas höher siehst, kannst du vielleicht den Großen Wagen erkennen.«

»Davon habe ich immerhin schon gehört.«

»Es ist nur ein Teilsternbild, weil die Sterne zum Großen Bären gehören.«

»Ein Wagen, der Teil eines Bären ist«, wiederholt Magnus. »Na klar. Das Kreisförmige könnte eher ein Donut sein.«

»Sieh doch mal genauer hin. Darüber sind sechs Sterne fast in einer Reihe. Das Sternbild Eidechse. Nördliche Hemisphäre.«

»Eine Eidechse am Himmel? Ich finde, das wirkt wie Spaghetti.«

»Siehst du auch in dieselbe Richtung wie ich?«

»Keine Ahnung, ich habe ausnahmsweise meinen Kompass vergessen. Moment. Ich setz mich kurz um.« Es raschelt und Magnus schnauft angestrengt, bevor er weiterspricht. »Da hat es doch tatsächlich mal etwas gebracht, meiner Mom zuzuhören, wenn sie darüber klagt, auf welche Seite des Hauses die Pflanzen besser wachsen.«

Lachend versuche ich, weitere Sternbilder zu entdecken.

»Ich glaube, Herkules sieht man heute nicht.«

»Das denkst du dir jetzt alles aus.«

»Teste es doch beim nächsten Treffen des Debattierclubs.«

»Wenn ich denen erkläre, dass ich nachts die Sternbilder Donut und Spaghetti ausfindig gemacht und gedeutet habe, denken die sofort, ich hab was eingeworfen.« Magnus lacht so glucksend, dass er sich verschluckt und husten muss.

»Oder sie fragen dich, ob du Hunger hast«, sage ich.

»Also die Sterne neben der Spaghetti und dem Donut sehen wie ein Tänzer aus.«

»Du meinst den Schwan?« Ich grinse in mich hinein, während Magnus munter weiterrät, die kuriosesten Sternbilder erkennt und mir die passenden Geschichten dazu erzählt. Unterbrochen wird er nur von meinen Nachfragen, unser beider Lachen oder wenn mir noch was Besseres einfällt. Manchmal halte ich es aber auch zurück, um seinen Redefluss nicht zu unterbrechen. Seiner Stimme zu lauschen, gibt mir ein wohliges Gefühl, das ich noch nicht so recht einordnen kann.

Ich bin so auf unser Telefonat fokussiert und habe mich im Bett schon mehrmals umpositioniert, dass mir nicht direkt auffällt, als Mom nach Hause kommt. Erst, als ich sie im Treppenhaus höre, blicke ich prüfend zu meiner Zimmertür. Sofort spreche ich leiser und mache mich jederzeit dafür bereit, das Smartphone beiseitezulegen.

Doch sie klopft nicht an meine Zimmertür, sondern verschwindet direkt im Bad und schaltet die Dusche an. Sie muss mal wieder einen verdammt langen Tag gehabt haben. Erschrocken stelle ich fest, dass die Uhr über meinem Schreibtisch bald Mitternacht anzeigt. Wie ist das denn passiert?

Als könnte Magnus meine Gedanken lesen, gähnt er hörbar.

»Ich werde morgen echt müde sein.« Er flüstert inzwischen auch. »Dabei musste ich meiner Mutter versprechen, sie zu einer Wohltätigkeitsveranstaltung zu begleiten. Irgendein Kuchenverkauf. Na ja, mit genügend Kaffee geht das schon.«

»Ich bleibe wohl müde«, sage ich gähnend. »Ich trinke nie Kaffee.«

»Dann solltest du morgen früh damit anfangen.«

»Wenn ich morgens Kaffee trinke, bin ich die ganze Nacht wach.«

»Dagegen hätte ich nichts«, meint Magnus. »Du kannst mich ja anrufen.« Klang das gerade doppeldeutig oder bilde ich mir das nur ein? Ich zwicke mir ein paar Mal in den Arm, um die Gedanken schnell wieder loszuwerden.

»Damit ich mit dir Argumente für den Debattierclub sammle?«

»Immer im Dienste der Wissenschaft.« Es raschelt auf der anderen Seite und er stöhnt genervt auf. »Jetzt geht's mir wie deinen Daumen vorhin. Meine Beine sind eingeschlafen. Dabei wollte ich nur wieder nach drinnen klettern und ins Bett umziehen.«

Die Vorstellung, dass er sich ebenfalls ins Bett legt, fühlt sich unerwartet intim an. Außerdem hat Mom gerade die Dusche ausgestellt.

»Ich glaube, ich sollte mal schlafen gehen«, sage ich zu Magnus, obwohl ich stundenlang mit ihm weiterreden könnte. »Ich fahre morgen früh zu meinem Dad.«

»Wohnt er weit weg?«

»Anderthalb Stunden Autofahrt. Ich hätte heute schon fahren können, aber ich wollte ihm und seiner Freundin etwas Zweisamkeit gönnen.«

Mein Dad hat seit ein paar Jahren eine neue Freundin, Leah. Da sie nicht zusammenleben, besucht sie ihn wie ich regelmäßig in seinem Haus. Ich fahre so häufig hin, wie ich es geht, auch wenn ich die langen Autofahrten hasse.

»Gut für mich«, meint Magnus und unweigerlich schlägt mein Herz höher. »Ich meine für meine Debattierkünste.« Es raschelt wieder und sein Mikrofon ist ein paar Sekunden aus. »So, ich wärme mich jetzt unter der Bettdecke auf.«

Ich würde wirklich gern bei ihm liegen, aber das kann ich ihm so natürlich nicht sagen. Den Fehler, so etwas vor einem Typen, der offensichtlich kein Interesse an mir haben kann, zu äußern, mache ich kein zweites Mal. Trotzdem erlaube ich mir den Gedanken, ihm näher zu sein, als es das Telefonieren zulässt. Als es die Rivalität seines Dads und meiner Mom zulässt.

»Dann schlaf gut«, sage ich mit erhöhtem Puls und drücke meinen Hinterkopf weiter ins Kissen.

»Schlaf gut«, meint Magnus. »Ich habe ...« Doch ich lasse ihn nicht ausreden, weil es leise an meiner Zimmertür klopft. Ich schaffe es gerade noch, aufzulegen und das Smartphone neben mir auf den Nachttisch zu legen, bevor Mom die Tür einen Spalt öffnet und den Kopf hindurchsteckt.

»Ich wollte nur kurz fragen, wann du morgen früh zu deinem Dad fährst«, meint sie mit matter Stimme.

»Erst um zehn«, erwidere ich und setze mich ruckartig im Bett auf. Wenn sie nicht so müde wäre, wäre Mom sicherlich längst aufgefallen, dass ich mich anders verhalte. Ich habe nur selten Geheimnisse vor ihr und dieses Geheimnis darf sie unter keinen Umständen herausfinden. Ich habe das Gefühl, bei etwas Verbotenem erwischt worden zu sein.

»Dann können wir ja gemeinsam frühstücken.« Sie strahlt freudig und mein schlechtes Gewissen wächst weiter. »Gute Nacht.«

»Nacht, Mom«, sage ich und bleibe mindestens noch eine Minute sitzen, nachdem sie die Tür geschlossen hat. Mit zitternden Händen greife ich nach meinem Telefon, das mir in der Eile fast vom Nachttisch fällt.

Daniel (00:04):
Sorry, meine Mom kam rein.

Magnus (00:05):
Dachte ich mir schon. Schlaf gut.

Daniel (00:05):
Schlaf gut.

Und in dieser Nacht schlafe ich völlig unvorhergesehen ungewohnt ruhig und ziemlich gut.

***

Am Samstag nutzen mein Dad und ich das gute Wetter und ich begleite ihn zum Angeln. Wir fangen zwar keinen einzigen Fisch, aber Dad sieht am Abend trotzdem überaus zufrieden aus. In Wahrheit genießt er es, mit Gummistiefeln im Wasser zu stehen und in mir einen Zuhörer gefunden zu haben, dem er eine Menge über die Natur erzählen kann.

Leah sieht weniger begeistert aus, als er ihr von einem Insekt berichtet, das er wohl seit Jahren nicht mehr am See gesehen hat.

»Dann saß es einfach auf Danes Jacke. Kaum zu fassen, oder?«

»Ja, kaum zu fassen«, wiederholt Leah und zwinkert mir kurz zu. »Ich gieße uns Tee auf. Ihr müsst doch durchgefroren sein.«

»So kalt ist es gar nicht. Ihr Frauen friert immer so schnell«, protestiert Dad. Ich höre ihm kaum zu. Ich hatte mein Smartphone den ganzen Tag nicht mit, der Empfang am See ist katastrophal. Nun setzt mein Herzschlag kurz aus, als ich mehrere neue Nachrichten von Magnus sehe.

Magnus (13:19):
Hi, bist du schon bei deinem Dad angekommen?
Der Kuchenbasar ist furchtbar langweilig.

Magnus (14:05):
Ich habe schon drei Tassen Kaffee intus und springe gleich

über die Tische, wenn Mom noch ein einziges Mal irgendwem erklärt, dass die Kuchen an unserem Stand alle gluten- und zuckerfrei sind.
Ach, was.
Deshalb will auch keiner ein Stück bei uns kaufen.

Magnus (15:40):
Als Mom mit einer Freundin geredet hat, habe ich mir schnell vier Stücke Kuchen in den Mund geschoben.
Mein Magen hasst mich jetzt schon, aber immerhin können wir so früher weg.

Magnus (16:01):
Sieben Stücke.
Ruf die Ambulanz, falls ich mich nicht mehr melde.

Magnus (17:39):
Ich lebe noch.
Bin aber bestimmt zehn Pfund schwerer.

Magnus (18:15):
Sorry für die vielen Nachrichten.
War dein Tag besser?

Während ich die Nachrichten lese, wird mein Schmunzeln immer breiter und ich blende alles andere aus. Erst mit Verzögerung bemerke ich, dass Leah mich länger mustert.

»Soll ich dir den Tee nachher nach oben bringen?«, schlägt sie vor und ich nicke einverstanden. Ich schäle mich aus Jacke und Gummistiefeln und tippe auf dem Weg die Treppe hoch eine Nachricht an Magnus. Im

Gästezimmer, dessen einzige Gäste ich und manchmal eine entfernte Großtante sind, lese ich sie unschlüssig durch und schicke sie dann doch nicht ab. Mein Puls erhöht sich wieder, als Magnus online geht.

»Jetzt oder nie«, wispere ich, wähle seine Nummer im Adressbuch aus und rufe ihn an. Ich wippe unruhig von einem Fuß auf den anderen, bis er rangeht.

»Oh, die Hosentasche«, meint er lachend.

»Nein, tatsächlich Absicht«, versichere ich ihm und muss mir auf die Unterlippe beißen, damit ich nicht zu sehr lächle. »Ich dachte mir, ich schone meine Daumen und erzähle dir persönlich von meinem Tag. Wenn du Zeit hast.«

»Ich liege eh nur faul im Bett und versuche, nicht zu explodieren. Kuchenstück acht und neun waren dann doch zu viel.«

»Neun?«, echoe ich und kann mir das Lachen nicht verkneifen. »Hier gab's heute nur Sandwiches. Ich habe meinen Dad zum Angeln begleitet.«

»Kannst du nicht etwas Mitleid mit mir haben? Musst du mich direkt übertreffen?«, fragt er amüsiert.

»So schlimm war's gar nicht«, erwidere ich lachend. »Ich mag die Ruhe in der Natur. Es ist so ganz anders als Wilbur Peaks.«

»Hier gibt es auch ruhige Orte.«

»Aber es sind fast immer Menschen da.«

»Na gut«, gibt Magnus belustigt nach. »Habt ihr irgendwas gefangen?«

»Nein«, sage ich. »Aber ...« Und dann beginnen wir wie gestern über völlig belanglose Themen zu reden, die die Zeit wie im Fluge vergehen lassen. Irgendwann klopft Leah an die Tür und stellt mir ein Tablett mit Tee und

Keksen hin. Eine Angewohnheit, die sie bestimmt von ihrer britischen Mutter hat.

»Ich brauche mal kurz eine Toilettenpause«, sage ich dann zu Magnus, als es schon nach zehn ist. »Ich ruf dich in fünf Minuten zurück, okay?«

Anschließend tapse ich durch den Flur zum Bad, das besetzt ist. Ich lehne mich gegen die Wand, bis Leah die Badezimmertür öffnet und mir in ihrem fast knielangen Nachthemd und mit ihren zerzausten grauen Locken gegenübersteht. Die ersten Male hat mich das echt verstört, aber nach fast zwei Jahren ist das Bild recht vertraut.

»Ach, du bist ja noch da«, meint sie mit einem vielsagenden Schmunzeln. »Wir haben dich heute Abend kaum gesehen.«

»Tut mir leid, ich telefoniere gerade mit einem Freund.« Ich weiß nicht, was sich ungewohnter anfühlt: dass ich ihn als einen Freund bezeichne oder dass ich vor jemandem darüber sprechen kann. Weder meine Mom noch Paige oder Wes dürfen davon erfahren – hier hingegen, so viele Meilen von zuhause entfernt, gelten andere Regeln.

Obwohl ich es zu verbergen versuche, verraten mich wohl meine rosigen Wangen. Leah sieht mich länger an und lächelt.

»Weiß dieser Mann, was du für ihn fühlst?«, will sie wissen, als sie mich an sich vorbei ins Badezimmer lässt.

»Ich hoffe nicht«, flüstere ich.

»Ich verrate es keinem«, raunt Leah mir noch zu, knufft mich kurz und macht sich auf den Weg ins

Schlafzimmer meines Dads. Wie sie bei seinem Schnarchen neben ihm schlafen kann, ist mir ein Rätsel. Ich höre es bis hierhin.

Einen Moment lang sehe ich ihr noch nach und bin ihr auf einmal unglaublich dankbar, dass es für sie immer okay war. Als das mit Nathan vor ein paar Monaten auf unschöne Art endete, bin ich spontan zu meinem Dad gefahren, um Wilbur Peaks für ein paar Tage hinter mir zu lassen.

Mit Dad kann ich gut schweigen, er stellt keine Fragen, wenn er merkt, dass es mir damit besser geht. Leah hat ein Feingefühl für die Zwischentöne. Sie war die Einzige, der ich mich anvertraut habe. Mom wusste zwar vor ihr von meiner sexuellen Orientierung, als es am College eine Weile sehr ungemütlich für mich wurde, doch von der Sache mit Nathan habe ich ihr nie richtig erzählt.

Vorsichtig schließe ich die Tür hinter mir und stütze mich dann am Waschbeckenrand ab. Lange sehe ich mir selbst in die Augen, bemerke meine geröteten Wangen sowie die hektischen Flecken an meinem Hals. Nur der Gedanke daran, Magnus gleich anzurufen und mit ihm weiterzureden, wirbelt alles in mir durcheinander. Damit steht außer Frage, dass das zwischen uns für mich inzwischen mehr ist, als es sein dürfte.

Verwirrt sein

Magnus

Ich kann mir kaum etwas vorstellen, das ich weniger gern an einem Sonntagabend machen würde, als bei einem Abendessen mit Gästen meines Dads zu sitzen. Mom steht schon seit heute Morgen in der Küche. Ich bin ihr lieber aus dem Weg gegangen und habe nur geholfen, wenn sie mir durchs ganze Haus was zugerufen hat. Da mich Warten immer nervös macht, läuft der Film *Selbst ist die Braut* auf meinem Fernseher.

Dorian klopft nicht mal an, bevor er schwungvoll meine Tür öffnet und mich angrinst.

»Erwischt«, raunt er mir zu. Da ich das noch von früher kenne und er mich noch nie bei irgendetwas Unanständigem erwischt hat, gähne ich nur.

»Der Witz wird langweilig.«

»Irgendwann habe ich mal Glück.«

»Das wünsche ich dir sehr für dein Leben«, erwidere ich genervt. »Sind die Gäste da?«

Er bejaht meine Frage und bleibt vor meinem Fernseher stehen. An das ungeschriebene Gesetz, dass niemand in meiner Anwesenheit meine Türschwelle übertritt, hält Dorian Vaughn sich natürlich nicht. Wenn ich einfach so in sein Zimmer platzen würde, würde er sicherlich Dad davon überzeugen, dass er mich des

Landes verweisen muss. Was und wen ich da alles sehen könnte, will ich mir auch gar nicht ausmalen.

»Dass du diesen Film noch nicht auswendig kennst«, meint Dorian. »Wir mussten den Film so oft schauen. Ich glaube, da warst du erst zehn oder elf. Ich dachte anfangs, du stehst auf Sandra Bullock, aber in Wahrheit hast du Ryan Gosling so sehr angehimmelt, weil du unbedingt wie er sein wolltest. Intelligent, gutaussehend, erfolgreich. Jetzt sieh dich an. Nichts davon ist eingetreten.«

»Erstens ist das Ryan Reynolds«, erkläre ich meinem Bruder überfreundlich. »Und zweitens bist du ein Idiot, Dorian. Erwachsen und doch kein bisschen reifer.«

»Danke, gleichfalls«, entgegnet er in einem Lachen und deutet auf meinen Kleiderschrank. »Mom sagt, du sollst dich noch umziehen.«

»Ich trage doch schon ein Hemd.«

»Ein blaues. Sie hat den Dresscode noch mal an ihre Deko angepasst. Er lautet nun grün.«

»Grün«, wiederhole ich und wir sehen uns so verständnislos an, dass wir beide lachen müssen. Mit ihrem Anspruch, stets perfekt zu sein, schafft Mom es immerhin, dass Dorian und ich uns kurzzeitig verbunden fühlen. Das hält jedoch keine Minute an, bis er Ryan Reynolds nachäfft und ich ihm den Mittelfinger zeige, damit er endlich mein Zimmer verlässt. Ich würde ja sagen, die Zeit ohne ihn war die schönste meines Lebens, doch leider bin ich der Zweitgeborene. Immerhin hatte ich während meiner ersten Jahre am College Ruhe vor ihm.

Als ich mein Hemd tausche, schweift mein Blick immer wieder zum Fernseher. Je mehr ich darüber nachdenke, umso mehr verstehe ich, dass ich damals nicht wie Ryan Reynolds sein wollte, sondern ihn aus anderen Gründen angehimmelt habe. Wie konnte ich vergessen, wie *attraktiv* er ist? Ich glaube, einer der ersten Typen am College, mit denen ich was hatte, sah ihm ähnlich.

»Magnus!«, ruft Mom die Treppe hoch und ich zucke erschrocken zusammen. Mein vorheriger Gedanke fühlt sich auf einmal viel zu verboten in diesem Haus an. Ertappt schalte ich den Fernseher aus und beeile mich, die Treppe hinunterzulaufen. Unten fällt mir rechtzeitig auf, dass ich die Knopfleiste wieder mal schief geschlossen habe.

Die Gäste, irgendwelche namhaften Personen der Stadt, sind nur zum Essen da. Sie sagen Mom bestimmt zehn Mal, wie gut es schmeckt, und verwickeln Dorian in ein Gespräch über seine Pläne nach dem College. Erstmals bin ich wirklich froh, dass er sich vor Dad immer so aufspielt.

Am Ende des Abends bin ich mir schließlich sicher, dass der Besuch politischer Natur war, weil Hunter in der Küche steht. Mom wurde aus Nettigkeit nach dem Rezept für ihren Auflauf gefragt und ich habe mich freiwillig gemeldet, das Geschirr zur Spüle zu bringen. Hunter muss das Haus schon vor einer ganzen Weile durch die Hintertür betreten haben, er besitzt natürlich einen Schlüssel.

Mom wusste offenbar darüber Bescheid, denn es wartete ein Teller mit einer Portion Auflauf auf ihn. Manchmal frage ich mich, ob er überhaupt eine eigene

Familie hat. Er stellt den Teller mit einer solchen Selbstverständlichkeit in die Mikrowelle, als würde er hier wohnen.

Während ich die schweren Teller ins Spülbecken räume, mustert er mich kritisch von Kopf bis Fuß. Normalerweise ignoriere ich das, heute erwidere ich seinen Blick herausfordernd.

»Du magst mich nicht sonderlich, oder?«

Er hebt die Augenbrauen und unterdrückt augenscheinlich ein Grinsen. »Das ist nichts Persönliches. Deine Unberechenbarkeit macht dich zu einem Risikofaktor.«

»Danke, das Kompliment war doch nicht nötig.«

Kopfschüttelnd wendet er sich von mir ab und überprüft, wie lange die Mikrowelle noch braucht.

»Weißt du«, meint er dann. »Du hattest schon als Teenager die Fähigkeit, jeden mit ein paar Worten fast in den Wahnsinn zu treiben.«

Ich lehne mich mit dem Rücken gegen das Spülbecken und verschränke die Arme vor dem Oberkörper.

»Jetzt hör aber auf, mir so zu schmeicheln.«

»Du könntest mal in die Politik gehen, weißt du das?«

»Das fasse ich jetzt als Beleidigung auf.«

An Sonntagen macht Hunter offenbar eine Ausnahme und es tritt die Seltenheit des Jahres ein: Er lacht.

»Sei froh, dass du die guten Gene deiner Mom geerbt hast«, meint er zwinkernd. »Man verzeiht einem hübschen Gesicht vieles.«

Meine Aufmerksamkeit wird auf die Stimmen im Nebenraum gelenkt und Hunter nutzt die Zeit, um sein Essen aus der Mikrowelle zu nehmen und mir den Rücken zuzudrehen. Ich hingegen kehre ins Esszimmer zurück.

***

Nach der gestrigen Nacht, die eindeutig zu kurz war, schlafe ich an diesem Abend schnell ein. Der Schlaf ist allerdings wenig erholsam, ich wache weit vor Sonnenaufgang schweißgebadet auf. Binnen weniger Sekunden bin ich hellwach, klettere aus meinem Bett und schäle mich aus der feuchten Kleidung. Mit zitternden Beinen befördere ich sie in Richtung Tür und ziehe mir eine Jogginghose und den nächstbesten Hoodie an. Meine Knie schlottern und ich wickle mich gegen die Kälte in eine Wolldecke ein. Das enge Gefühl in meiner Brust geht dennoch nicht weg.

Mein Herz wummert so heftig, dass ich das Beben bis in die Finger- und Fußspitzen spüre. Mit jedem Atemzug wird mein Brustkorb kleiner. Ich kralle mich in meinem Pullover fest, versuche, irgendwie die Kontrolle über die Panik zurückzuerlangen. Tagelang war sie fort, nun trifft sie mich unvorbereiteter als je zuvor.

Hilfesuchend greife ich nach meinem Smartphone und schalte den Bildschirm ein. Das Licht blendet zuerst und ich begreife nur mit Verzögerung, dass es kurz vor vier ist. Ein stechender Schmerz zieht durch meine Brust und ich presse mir wieder eine Hand aufs Herz. *Fuck.* Wenn ich Nächte wie diese nicht schon kennen würde, könnte ich schwören, gleich zu ersticken.

Die Luft im Zimmer ist plötzlich viel zu dünn. Geistesgegenwärtig reiße ich das Fenster auf und strecke den

Kopf in die kühle Nachtluft, doch es genügt nicht. Deshalb steige ich aufs Fensterbrett und klettere auf den kleinen Dachvorsprung nach draußen. Obwohl ich inzwischen mehr schwitze als friere, wickle ich mich weiter in die Wolldecke ein. Der Blick in den sternenklaren Himmel hilft mir, mich zu beruhigen. Seltsamerweise ist das Erste, was mir einfällt, nach Sternbildern zu suchen.

Ich glaube, ein paar hellere Sterne zu erkennen, und es lenkt mich lange genug ab, bis sich meine Atmung und mein Herzschlag verlangsamen. Jetzt blicke ich erneut auf mein Smartphone und schalte den Flugmodus aus. Direkt beschleunigt sich mein Puls wieder, aber diesmal aus einem anderen Grund. Ich habe eine neue Nachricht von Dane, er muss sie geschickt haben, als ich schon geschlafen habe.

Daniel (23:05):
Bin gut zuhause angekommen.

Mein Hirn benötigt eine Weile, bis ich die Nachricht einordnen kann. Er war zwei Tage bei seinem Dad und ich habe ihn gefragt, ob er mir Bescheid gibt, wenn er wieder in Wilbur Peaks ist. Erst jetzt wird mir bewusst, wie vertraut sich diese Nachricht anfühlt. Wie verboten intim.

Sofort muss ich an meinen Dad denken und was er davon halten würde. Oder Mom und Dorian. Hunter und Owen. Ich habe das Gefühl, es war ein anderer Mensch, der Daniel am Anfang ausnutzen wollte. Ein

Magnus, der von Selbsthass, Wut und Erwartungen gelenkt wurde. Jetzt ist es die Panik, die mich leitet, und der Wunsch nach etwas Echtem.

Der Gedanke trifft mich so plötzlich, dass ich wieder um Luft ringe. Ich öffne den Chat mit Dane und erst als ich eine neue Nachricht an ihn tippe, beruhige ich mich.

Magnus (04:13):
Ich glaube, ich habe ein neues Sternbild entdeckt: die große Pizza.

Ich starre unseren Chat minutenlang an, als könnte ich so mitten in der Nacht eine Nachricht von ihm heraufbeschwören. Dabei muss ich mir eingestehen, wie sehr ich mir eine wünsche. Wie gern ich jetzt sein Lachen hören möchte. Seufzend stecke ich das Smartphone in die Tasche meiner Jogginghose. Einen Moment lasse ich die Sterne auf mich wirken.

Unerwartet vibriert das Smartphone in meiner Hosentasche und stürzt fast in die Tiefe, weil ich es so schnell herausziehe.

»Scheiße«, murmele ich, habe mich von meinem Schreck aber schnell erholt, da die Nachricht von Dane stammt.

Daniel (04:17):
Das glaube ich erst, wenn ich es sehe.

Schmunzelnd mache ich ein Foto vom Himmel und sende es an ihn. Er ist sogar noch online, was meinen Puls sofort wieder höher treibt.

Magnus (04:18):
Na, siehst du es?

Es vergeht keine Minute, da ruft Dane mich an.

»Ich sehe da gar nichts«, sagt er lachend und der Klang hat eine zugleich beruhigende wie aufwühlende Wirkung auf mich.

»Doch!«, protestiere ich und es ist, als hätten wir nach unserem vorherigen Telefonat nie aufgelegt. »Das musst du doch sehen! Die drei, vier, nein, warte, fünf Sterne bilden einen Kreis, das ist der Rand. Und die Sterne dazwischen sind die Salamischeiben.«

»Du solltest nicht hungrig zu Bett gehen«, erwidert Dane amüsiert.

»Glaub mir, es gab genügend zum Abendessen. Siehst du das Sternbild wirklich nicht?«

»Hm«, macht er nachdenklich. »Ja, vielleicht erkenne ich was. Aber ich glaube, es ist der Donut. Der ist doch ein Teil davon, oder?«

»Ja, genau«, erwidere ich und lächle in mich hinein. Unter den Sternen zu sitzen, während er ebenfalls in den Himmel schaut, ist ein bisschen so, als würden wir beieinandersitzen. Als wäre ich nicht immer so einsam in diesem Haus.

»Schade, dass es diese Sternbilder nicht wirklich gibt.«

»Denkst du. Im Zweifel hat sie nur noch niemand außer uns entdeckt.«

»So lange sind das wohl unsere Sterne.« Sein leises Lachen lullt mich direkt ein. Was macht er nur mit mir? Ein paar Telefonate und ich weiß nicht mehr, wer ich war, bevor ich mit Daniel bei dieser Eröffnungsfeier zusammengestoßen bin.

Ich muss schleunigst das Thema wechseln. Leider fällt mir nichts Besseres ein, als ihn zu fragen: »Warum bist du überhaupt noch wach?«

»Ich bin zu spät bei meinem Dad los und musste im Dunkeln fahren. Danach bin ich ehrlich gesagt so voller Adrenalin, dass ich nie gut schlafen kann. Ich fahre nicht sonderlich gern Auto.« Diesmal lacht er mit mehr Nervosität, was mich ebenfalls verunsichert. Das ist ein Gefühl, das ich normalerweise nicht gut kenne.

»Warum sitzt *du* nachts um halb fünf auf dem Dach?«, will diesmal er wissen und ich weiß schon, dass ich lügen werde, bevor ich den Mund geöffnet habe.

»Mal wieder zu viel gegessen«, entgegne ich. »Ich konnte nicht mehr liegen.« Ich mache eine kaum merkliche Pause. »Kann ich dich noch was fragen?«

»Hast du wieder ein neues Sternbild entdeckt?«

»Nein. Ich wollte nur fragen ... Also ich habe mich gefragt ...« Verflucht, das kann doch nicht so schwer sein. Ich atme tief durch die Nase und wickle mich enger in die Wolldecke. »Was war eigentlich mit Nathan?«

»Nathan?« Dane wiederholt irritiert den Namen, als würde er ihn zum ersten Mal hören. Dass es so nicht ist und ich darüber Bescheid weiß, kann ich jetzt nicht mehr zurücknehmen.

»Gabe hat's mir erzählt.« Ich stoße hörbar Luft durch die Nase aus. »Also eigentlich hat er fast gar nichts erzählt. Ich weiß nur, dass du und Nathan ... na ja, und dann war er wohl mit Sarah zusammen. Ich bin mit ihm im Debattierclub. Ich habe mich nur gefragt, was jemand wie du an jemandem wie ihm findet. Er ist ein arrogantes Arschloch.«

Auf der anderen Seite ist es so still geworden, dass ich mir nicht sicher bin, ob Dane noch da ist.

»Weiß nicht«, meint er dann und ich bin froh, dass er nicht aufgelegt hat. »Das ging irgendwie damals recht schnell mit uns. Das war, nachdem meine Mom mit Mrs. Ortiz' Hilfe dafür gesorgt hat, dass der alte Dekan zurücktreten musste. Du hast ihn ja nie kennengelernt, aber der Typ war ein schmieriger Geldsack.«

»Klingt nach meinem Dad«, werfe ich ein, um die Situation aufzulockern, doch meine Stimme klingt viel zu ernst.

»Nein, viel schlimmer«, erwidert Dane. »Er hat Gelder veruntreut und ... ach, kompliziertes Thema. Meine Mom war danach zumindest eine Art Heldin am Institut. Das hat mir viel Aufmerksamkeit eingebracht.«

»Und Nathan wurde auf dich aufmerksam«, schlussfolgere ich, da es mir falsch vorkommt, ihn nicht auch meine Stimme zwischendurch hören zu lassen. Ein Teil dieses, für ihn wahrscheinlich schwierigen, Themas zu bleiben.

»Ja«, murmelt Dane und schweigt ein paar quälend lange Sekunden. »Ich habe mich plötzlich so beachtet und bewundert gefühlt. Wir haben uns nur ein paar Mal getroffen, aber für mich war das wohl mehr als für ihn. Wir haben uns nie öffentlich verabredet, eigentlich waren wir ja nie wirklich zusammen. Deshalb wollte er mich immer hinter der Sporthalle treffen. Ein paar Idioten haben uns irgendwann fotografiert und die Fotos überall herumgeschickt.«

»O Shit«, flüstere ich und werde schon bei der Erzählung wütend auf diese Typen, auch wenn ich sie wahrscheinlich gar nicht kenne.

»Ich erinnere mich noch gut, wie ich bemerkt habe, dass Nathan genauso überrascht davon war wie ich. Doch er hat hinterher so getan, als hätte er von den Fotos gewusst und nur mitgespielt, damit sie mich wieder dorthin zurückschicken können, wo ich laut ihnen hingehöre.« Einen Moment schweigen wir beide, das Stechen in meiner Brust hat wieder zugenommen. »Er war dann innerhalb weniger Tage mit Sarah zusammen und hat jedem lautstark verkündet, dass er hetero ist und mich nur verarscht hat. Das war der Beweis, dass er nicht schwul ist, aber ich war unfreiwillig vor der gesamten Uni geoutet.«

»Fuck«, erwidere ich, weil jedes andere Wort zu wenig Aussagekraft gehabt hätte. Wenn er wüsste, wie gut ich ihn verstehe. Wie beschissen ähnlich wir uns sind.

»Du hattest also recht, dass er ein Arschloch ist«, schließt Dane seine Erzählung. »Nur habe ich das leider erst viel zu spät begriffen.«

»Ich ...«, fange ich mit brüchiger Stimme an und räuspere mich. »Ich würde ihn so gern dafür ...«

»Schon okay«, unterbricht Dane mich, obwohl es unausgesprochen zwischen uns steht, dass es das sicherlich nicht ist. Ich hätte so gern gewusst, wer diese Fotos gemacht und anschließend verbreitet hat, aber ich kann trotz unserer räumlichen Entfernung spüren, wie ihn dieser Vorfall noch belastet. Ich habe meine Antworten, mehr darf ich nicht verlangen.

»Also zurück zur Pizza«, sage ich, um das Thema zu wechseln. »Du siehst sie echt nicht? Sehen wir auch in dieselbe Himmelsrichtung?«

Ihn wieder lachen zu hören, verringert das Druckgefühl in meinem Brustkorb.

»Nein, aber ich glaube, ich habe gerade den Kaktus erkannt«, entgegnet er und dann reden wir, wie wir es schon die letzten Tage getan haben.

Irgendwann werde ich schläfrig und die Sonne geht schon fast auf, aber ich will nicht auflegen. Ich will noch nicht in mein echtes Leben zurückkehren. Und doch macht mein Herz einen kleinen Sprung, weil ich weiß, dass wir montags im selben Kurs sitzen.

***

Wir sitzen wider Erwarten am nächsten Tag nicht gemeinsam in einem Kurs, weil ich auf dem Weg zum College meine E-Mails checke und direkt wieder umkehre. Der Schwimmcoach hat mich per E-Mail zu einem Gespräch gebeten, weil ich das Schwimm- durch das Lauftraining in meinem Stundenplan ersetzt habe. Da mich schon der Gedanke an ein Einzelgespräch mit dem Coach panisch werden lässt, entscheide ich, das College erst mal zu meiden und Schlaf nachzuholen. Also denke ich mir eine Ausrede für den Coach aus, damit mein Vater nichts erfährt, und kehre erst am übernächsten Tag auf den Campus zurück. In den Kursen funktioniere ich irgendwie, zumindest bis zum Lauftraining, wo ich das erste Mal seit unserem Telefonat Dane wiedersehe.

»Es werden keine Pausen gemacht und keine Kaffeekränzchen gehalten«, ermahnt uns der Trainer, nachdem er uns die Strecke zur Vorbereitung auf den stadtweiten Gesundheitstag erklärt hat. »Also, noch Fragen?«

Ein Kommilitone meldet sich so energisch, dass er ihn nicht ignorieren kann.

»Was ist, wenn wir zwischendurch mal müssen?«

»Das ist ein Wald«, erwidert er und unterdrückt offenbar ein Seufzen. »Ihr werdet wohl einen ungestörten Ort finden.«

»Wir sind doch keine Höhlenmenschen«, jammert eine Studentin neben mir und Gabe zieht mich am Arm schon mit sich, damit wir uns von der Gruppe entfernen. Ich verrenke mir fast den Hals, als ich Ausschau nach Dane halte und seinen Blondschopf nur von hinten erkenne. Gabe zerrt mich unerbittlich mit sich.

Ich gebe mir tatsächlich Mühe, bin mit dem Kopf aber nicht bei der Sache. Andauernd stolpere ich über hervorstehende Baumwurzeln, bleibe mit den Armen an Ästen hängen oder wähle die falsche Strecke. Gabe ist irgendwann so genervt, dass er sich von mir als Laufpartner trennt und zu einer anderen Gruppe aufschließt. Ich bin zwar in den letzten Jahren Sportler durch und durch gewesen, meine Kondition hat das Schwimmen aber kaum verbessert. Ohne das Training wird es sogar jeden Tag schlechter, Sport außerhalb des Wassers war nie meine Stärke.

Einige Läufer überholen mich, woran ich selbst nicht ganz unschuldig bin. Ich täusche einen Wadenkrampf vor und lasse mich humpelnd zurückfallen. Ein Student wird langsamer und will mich stützen, ich schüttele den Kopf und gebe ihm per Geste zu verstehen, dass er weiterlaufen soll. Ich lehne mich gegen einen Baum und warte in dieser Position, bis die meisten an mir vorbeigerannt sind.

Weit vom Rest der Gruppe abgeschlagen schließen die Letzten endlich auf. Unter ihnen ist auch Daniel, der das Tempo wohl direkt angepasst hat, um die Strecke durchzuhalten. Ich massiere meine Wade und richte den Blick auf den Waldboden, bis er meine Pausenstätte fast erreicht hat. Ehe er mich entdeckt, laufe ich wieder los.

Verflucht, wo bleibt er denn? Ich hätte schwören können, er würde mich überholen. Stattdessen werde ich nun langsamer und drehe mich um. Weil ich mit den Gedanken ganz woanders bin, bleibe ich in der Bewegung mit dem Fuß an einer kleinen Erhöhung im Boden hängen und stolpere rückwärts. Ich schaffe es noch, mich zur Seite zu drehen, bevor mich zwei Arme auffangen.

Es braucht mehrere Schrecksekunden, bis ich begreife, dass Daniel mich doch schon eingeholt hat. Während meines Sturzes ist er zu mir gehechtet, hat die Arme unter meine geschoben und mich vor Schlimmerem bewahrt. Jetzt hänge ich kraftlos vor ihm, die Wange und das Ohr an seine Brust gepresst. Mein eigener donnernder Herzschlag wird vom Klang seines Herzens übertönt. Trotz der sportlichen Anstrengung riecht sein T-Shirt nach Waschpulver, und ihm plötzlich so nah zu sein, fühlt sich weniger falsch an als es wahrscheinlich sollte. Einen Moment tue ich so, als bräuchte ich seine stützenden Arme, damit ich seinem Herzschlag lauschen kann.

»Geht's dir gut?«, raunt Dane mir zu und ist ebenso außer Atem wie ich. Ihn direkt über meinem Kopf so angestrengt atmen zu hören, bringt mich auf äußerst unanständige Gedanken, die ich eigentlich nicht haben dürfte. Was macht dieser Typ nur mit mir? Ich dachte, es läge an unseren vielen Nachrichten und Telefonaten, aber auch seine echte Nähe verwirrt mich mehr denn je. So etwas habe ich noch nie gefühlt. Das macht es deutlich komplizierter als sonst, mein wahres Ich hier in Wilbur Peaks zu verbergen.

Erschrocken über meine eigenen Gedanken, rappele ich mich auf und stolpere ein Stück rückwärts, kann mich diesmal aber auf den Beinen halten.

»Ja, nur ein Wadenkrampf«, erwidere ich und schnappe nach Luft. Da er offenbar befürchtet hat, ich würde erneut fallen, hat er einen Schritt in meine Richtung gemacht. Jetzt stehen wir uns zwar nicht mehr so nah wie zuvor gegenüber, doch immer noch nah genug, um seine Anwesenheit wie ein leichtes Prickeln auf meiner Haut zu spüren. Einen wirklich langen Atemzug scanne ich ihn mit den Augen: die schwarzen Sportschuhe, die nackten Knie, die blaue kurze Sporthose, das weiße T-Shirt. Dann ein weiterer Blick, diesmal mit trockener Kehle und einer Sehnsucht, die ich zuvor noch nie in dieser Intensität gespürt habe, indem ich jemanden einfach nur ansehe.

In meinem Kopf verschmilzt der Mensch, dessen Stimme ich inzwischen so gut kenne, mit dem Bild des Mannes, der mir gegenübersteht. Diesmal gleitet mein Blick über die Konturen seines Körpers, die schmalen

Schultern, die hervortretenden Muskeln der angespannten Unterarme sowie die drei Muttermale an seinem Hals, die ein eigenes Muster bilden und mich an einen Sternenhimmel erinnern. An *unsere* Sterne.

Schwer atmend sehe ich ihm ins Gesicht, komme aber nicht weit, weil seine Lippen meine volle Aufmerksamkeit für sich beanspruchen. Ein Ziehen wandert durch meine Brust und presst mir die restliche Luft aus der Lunge. Noch nie in meinem Leben habe ich etwas so gewollt, obwohl es die dümmste Entscheidung ist, die ich treffen kann.

»Hast du dir wehgetan?«, will Dane nun mit sichtlicher Verunsicherung wissen. Ich kann meinen Blick dabei nicht von den Bewegungen seiner Lippen abwenden. Es dauert einen Moment, bis ich seine Frage begriffen habe. Beinahe antworte ich ihm, dass ich auf den Kopf gefallen sein muss. Anders kann ich mir nämlich nicht erklären, was ich als Nächstes mache.

Rasch habe ich überprüft, ob wir allein sind, und mit einem Schritt die Lücke zwischen uns geschlossen. Weil ich die Spannung, die mich schon seit Tagen beim Gedanken an ihn wachhält, nicht mehr aushalten kann, überlasse ich meinem Körper die Kontrolle. Meine Hände umfassen sein Gesicht und ziehen ihn zu mir, damit ich meine Lippen auf seine drücken kann. Der Kuss ist allerdings so schnell vorbei, wie er angefangen hat, da Dane mich mit den Händen von sich stößt.

Taumelnd komme ich zum Stillstand und kann mich in der Flut aus Gefühlen, die plötzlich über mir hereinbricht, für keines entscheiden: Verlangen, Erlösung, Scham, Verwirrung.

»Scheiße, was soll das?«, keucht Dane und ringt wie ich um Luft.

»Ich dachte ... also, du bist doch schwul«, presse ich hervor und fühle mich mit jedem Wort erbärmlicher. Wann genau zwischen dem vorgetäuschten Wadenkrampf und meinem ungeplanten Sturz habe ich entschieden, ein solcher Idiot zu sein?

»Du dachtest, du kannst mich einfach küssen, weil ich schwul bin?«

»Nein, ich wollte nur ...«, stammele ich und raufe mir die Haare. »Fuck, tut mir leid. Ich wollte nicht, dass du das denkst.«

»Was soll ich dann denken?« Seine Wangen sind vor Aufregung gerötet und sein Brustkorb hebt und senkt sich unruhig. Ich muss mich zwingen, ihn nicht anzusehen, um die nächste egoistische Handlung zu verhindern.

»Ich weiß nicht. Ich ... Ich bin nur so verwirrt.«

Als ich den Blick doch hebe, um das letzte bisschen Würde zu bewahren, starren wir einander atemlos an. Das Vogelgezwitscher, der sanfte Wind zwischen den Bäumen, das Rascheln der Blätter – all das zählt in diesem Moment nicht mehr. Stattdessen liegt mein gesamter Fokus auf Dane und mir wird klar, dass ich die Entscheidung, ihn zu küssen, schon vor Tagen getroffen habe. Nur den genauen Zeitpunkt kannte ich noch nicht.

Ich will nicht bereuen, was ich getan habe, auch wenn ich mich irgendwann, sobald ich das Schamgefühl überwunden habe, bei ihm entschuldigen muss. Heute fehlen mir die Worte dafür und das ist vielleicht auch besser so. In ein paar Tagen, mit etwas mehr Abstand, fällt es mir sicherlich leichter, wieder den Magnus zu mimen, der ich in dieser Stadt sein muss. Um meine Fehlinterpretation der Situation nicht noch unangenehmer zu machen, will ich mich zum Weiterlaufen umdrehen.

Völlig unerwartet holt Dane mich allerdings ein und hält mich an den Schultern fest. Er ist ein paar Zentimeter größer als ich, auch wenn er die Angewohnheit zu haben scheint, sich instinktiv kleiner zu machen. Mit aussetzendem Herzschlag beobachte ich, wie diesmal er den Abstand zwischen uns überwindet … und mich küsst.

Zuerst bin ich maßlos überfordert von dem Gefühlsfeuerwerk, das seine Lippen auf meinen auslösen. Ich vergesse direkt, wo oben und unten ist, wo er anfängt und wo ich aufhöre. Er küsst mich mit einem Verlangen, das einen Hunger in mir hervorruft, der nur durch eines gestillt werden kann. Deshalb kralle ich mich mit den Händen in seinem T-Shirt fest und ziehe ihn näher zu mir.

Meine Haut reagiert überempfindlich, als er eine Hand an meinen Hinterkopf legt und die andere meinen Hals nach oben bis zu meiner Wange wandern lässt. Bevor ich es aufhalten kann, verlässt ein leises Stöhnen meinen Mund. Das scheint Dane anzuspornen, denn er greift noch fester in meine Haare und küsst mich so begierig, dass mir schwindlig wird. Seine Zunge teilt meine Lippen und findet endlich einen Weg in meinen Mund, wo sie meine Zunge umspielt, als hätten wir das schon öfter getan. Ihn zu küssen, ist vertraut und so aufregend zugleich, dass ich binnen kürzester Zeit vollkommen in Flammen stehe.

Obwohl mir gerade alles andere außer ihm egal ist, können wir beide die herannahenden Geräusche nicht ignorieren. Dane lässt mich abrupt los und kurz darauf löse auch ich meine Hände von seinem T-Shirt, damit wir uns voneinander entfernen können.

Dennoch sehen wir einander wieder schwer atmend an. Zum ersten Mal bin ich wirklich sprachlos. Seine Augen leuchten dunkel auf, laden dazu ein, ihm erneut so nah zu sein. Nur die Gefahr, dass wir entdeckt werden könnten, hält mich von weitaus dümmeren Entscheidungen ab. Auf seiner Brust ist noch die Stelle im Stoff zu erkennen, an der ich ihn zu mir gezogen habe.

Wir haben uns keine drei Sekunden zu früh voneinander getrennt, bevor uns ein paar andere Kommilitonen überholen. Sie laufen offenbar schon die zweite Runde, während wir nicht mal die erste abgeschlossen haben. Die Anwesenheit der anderen katapultiert mich augenblicklich in die Realität zurück und ich schnappe ein letztes Mal nach Luft, als ich begreife, dass wir beinahe erwischt worden wären.

Dann drehe ich mich um und schließe mich einer Gruppe an, ohne noch einmal mit Dane geredet oder ihn überhaupt angesehen zu haben. Ich bin nach wie vor verwirrt und doch ist jetzt alles klarer. Offenbar bin ich in seiner Nähe nicht so stark, wie ich gehofft hatte.

Ungeduldig sein

Daniel

Ich glaube, ich weiß nicht mal mehr, wie man meinen Namen buchstabiert. Na gut, mein kompletter Name ist auch ziemlich lang, aber selbst meinen Vornamen könnte ich gerade niemandem nennen. Meine Gedanken sind verworrener denn je. Schon die Erinnerung an meinen Kuss mit Magnus bringt mich zum Schwitzen, weil ich das Gefühl habe, alle auf dem Campus starren mich an und können meine unanständigen Gedanken hören.

Auf dem Rückweg vom Lauftraining kontrolliere ich andauernd mein Smartphone, doch bislang hat er mir weder geschrieben noch mich angerufen. Aber was erwarte ich denn? Sein Dad und meine Mom sind politische Gegner, die völlig andere Werte vertreten. Daran wird sich in den nächsten Monaten nichts ändern.

Trotzdem kann ich wenigstens vor mir selbst nicht leugnen, dass der Kuss mit Magnus Vaughn weltverändernd war. Meine Welt zumindest wird jetzt nicht mehr dieselbe sein. Wie könnte sie auch? Dass er mich geküsst hat, kam vollkommen unerwartet. Ich konnte nicht anders, als ihn von mir zu stoßen. Das hätte ich bei jedem getan, der meine unsichtbare Grenze der erträglichen Distanz zu anderen Menschen überschreitet. Eigentlich lasse ich Nähe nur von ausgewählten Personen, denen ich genug vertraue, zu. Das mit Nathan, dem ich zu schnell vertraut habe, hat mich noch vorsichtiger werden lassen.

Nachdem ich zuhause angekommen bin, hole ich mehrmals tief Luft. Im Haus umschließt mich Stille. Sofort bin ich mit den Gedanken wieder bei meinem Kuss mit Magnus.

Als würde mich eine höhere Macht lenken, fällt mein Blick auf das Foto von Mom und mir auf der Kommode im Flur. Bilde ich mir das nur ein oder sieht Foto-Mom mich gerade besonders vorwurfsvoll an? Obwohl sie davon nie erfahren darf und sicherlich erst in ein paar Stunden nach Hause kommt, höre ich sie in meinem Kopf mit mir sprechen: ›*Daniel Miller-Atkins, in dieser Stadt leben so viele Menschen und du verknallst dich ausgerechnet in den Sohn von Adrian Vaughn?!*‹

Zuerst überflutet mich die mögliche Enttäuschung, dann die Gewissheit, die mir diese Worte gebracht haben. Die mir unser Kuss gebracht hat. Mit geschlossenen Augen kommt es mir vor, als würde ich die Situation beim Lauftraining erneut erleben. Ich spüre Magnus' Lippen auf meinen, seine weichen Haare an meinen Fingern, die leicht raue Haut seiner Wangen unter meiner Hand. Ich hätte ihn nicht küssen dürfen, aber verdammt, ich habe in diesem Moment nichts mehr gewollt als das.

»Was habe ich nur getan?«, wispere ich und habe plötzlich eine Scheißangst. Nicht vor Moms Reaktion, sondern davor, wie ich mich fühle, wenn Magnus mir jetzt nie wieder schreibt. Wenn wir nie wieder telefonieren. Wenn ich etwas verliere, das ich doch gar nicht haben dürfte – das ich eigentlich gar nicht habe, weil niemand davon weiß.

Ohne dass ich es beabsichtigt habe, muss ich an die Sache mit Nathan denken. Als ich die Augen wieder öffne, drehe ich das eingerahmte Foto von Mom und mir um.

***

Zur Ablenkung war ich noch bei Paige, weil sie Wes und mich spontan in ihre WG zum Kochen eingeladen hat. Ich bin erst nach neun zuhause und trotzdem kommt Mom nach mir zur Tür herein. Sie umarmt mich kurz auf dem Sofa, stopft sich ein trockenes Brötchen in den Mund und verschwindet nuschelnd an ihrem Schreibtisch. Vor Jahren hat sie selbst mal die Regel aufgestellt, dass sie zuhause nicht arbeiten wird. Es war ihr sogar so ernst, dass sie aus ihrem Arbeits- ein Näh- und Lesezimmer gemacht hat. Schon nach wenigen Tagen fing sie an, sich Arbeit mitzunehmen und immer mehr auf der Küchentheke auszubreiten, bis wir morgens keinen Platz mehr fürs Frühstück hatten. Danach ist sie mit ihren Sachen zwischen die Nähmaschine und Bücherregale in ihr ehemaliges Arbeitszimmer zurückgezogen.

Da ich den Abend wohl allein auf dem Sofa verbringe, habe ich wieder genügend Zeit, auf mein Smartphone zu schauen. Ein paar Mal bin ich in Versuchung, Magnus zu schreiben oder ihn direkt anzurufen. Wir können uns doch jetzt nicht einfach ignorieren. Ich bin nur leider wirklich mies darin, den ersten Schritt zu machen. Ob er es inzwischen schon bereut und sich deshalb nicht meldet? Auch wenn es schwer ist, geduldig zu bleiben, bewahren mich die ausbleibenden Nachrichten immerhin davor, etwas herauszufinden, das ich vielleicht gar nicht wissen will.

Es läuft bestimmt schon die zehnte Werbepause und ich schalte frustriert den Fernseher aus. Draußen hat es zu regnen begonnen und ich will nur noch ins Bett. Bevor ich mein Zimmer erreiche, mache ich einen Abstecher ins Badezimmer. Danach stehe ich sicherlich zwei Minuten vor meiner geschlossenen Tür, ehe ich ins Erdgeschoss zurückkehre und vorsichtig Moms Bürotür öffne. An ihrem Schreibtisch sitzt sie nicht mehr, stattdessen ist sie in dem großen Lesesessel über ihrem Laptop eingeschlafen.

Auf Zehenspitzen schleiche ich ins Zimmer und klappe behutsam ihren Computer zu. Ich stelle ihn auf ihren Schreibtisch, schiebe ihr ein Kissen hinter den Kopf und lege eine Decke über ihre Beine. Sie ist so erschöpft, dass sie nicht mal mitbekommt, wie ich im Türrahmen stehen bleibe und sie mustere. Sie ist schon länger nicht mehr hier eingeschlafen. Sie zu wecken, wäre ein fataler Fehler. Entweder würde sie dann weiterarbeiten oder stundenlang im Bett wach liegen. Das Gedankenkarussell, das sich immer in den unpassendsten Momenten am schnellsten dreht, habe ich nämlich von Mom geerbt.

Ich unterdrücke ein Seufzen, um sie nicht zu stören. Ich würde so gern über so vieles mit ihr reden, doch es kommt mir vor, als würden seit ihrer Kandidatur die Gräben zwischen uns von Tag zu Tag tiefer werden.

Früher konnte ich mit Mom über alles sprechen. Heute habe ich ein so großes Geheimnis vor ihr, dass ich nicht mal weiß, wie ich jemals anfangen sollte.

›*Mom, lustiger Zufall. Ich schreibe und telefoniere schon länger heimlich mit Adrian Vaughns Sohn und habe mich versehentlich in ihn verliebt, aber mach dir keine Sorgen. Wahrscheinlich meldet er sich eh nie wieder bei mir.*‹ Schon allein die Worte in Gedanken zu formulieren, schmerzt mehr, als ich mir eingestehen will. Und es tut noch heftiger weh, als mir klar wird, dass ich ihr das niemals so sagen kann.

Seit Wochen, nein, eigentlich schon seit Monaten, wenn man die viele Vorbereitungszeit mit einberechnet, bauen Avery, Mom und ihr Team das Feindbild Adrian Vaughn auf. Unser amtierender Bürgermeister war mir stets egal, seine konservativen Aussagen habe ich einfach ignoriert. Aber jetzt betrifft mich dieser Wahlkampf mehr als gewollt.

Also verbleiben all die ungesagten Worte bei mir, ich schalte das Licht aus und schließe leise die Tür hinter mir. Im Flur fällt mir auf, dass ich das Smartphone auf dem Sofa liegen gelassen habe. Ich hätte es vergessen, wenn es nicht just in diesem Augenblick laut vibriert hätte. Um keine Nachricht von Magnus zu verpassen, habe ich die Lautstärke extra erhöht. Sofort hechte ich zum Sofa und greife nach meinem Telefon. Erst setzt mein Herzschlag aus, dann beginnt mein Puls zu rasen, als ich den Absender der neuen Nachricht erkenne.

Magnus (22:39):
Schläft deine Mom schon?

Mit einer Mischung aus Erleichterung und Verwirrung lese ich die Worte mehrmals. Die Verunsicherung ist noch da, doch ich bin froh, endlich ein Lebenszeichen von ihm zu bekommen. Ob er mit mir telefonieren will? Während ich mich in Richtung Treppe bewege, tippe ich schnell eine Antwort an ihn.

Daniel (22:40):
Ja. Warum?

Magnus (22:40):
Kannst du rauskommen?

Abrupt halte ich auf der untersten Treppenstufe inne und schließe kurz die Augen, weil mir schwindlig wird. Ich fühle mich kaum fähig, seine Frage zu verstehen. Die Aufregung des Tages steckt mir tief in den Knochen und ich brauche mehrere Sekunden, bis die Bewegung in meinen Körper zurückkommt. Ich mache einen Schritt rückwärts, lege mein Smartphone auf der Kommode im Flur ab und drehe mich schließlich um. Mein polternder Herzschlag hält mich davon ab, irgendeinen klaren Gedanken formulieren zu können.

Ich nehme meinen Schlüssel vom Haken an der Wand, lasse ihn in meine Hosentasche gleiten und öffne die Haustür. Sofort schlägt mir kühle, feuchte Luft entgegen. Mit schweren Füßen betrete ich die Veranda, der einzige trockene Ort hier draußen.

Im Vorgarten entdecke ich im Schutz der alten Weide eine dunkle Silhouette, deren Körpergröße und Statur mir inzwischen vertraut ist. Erst nagt die Angst nur an mir, doch mit jedem Schritt, den ich mich Magnus nähere, bekomme ich mehr Gewissheit. Er ist offenbar hier, um mir etwas mitzuteilen, das er mir nicht am Telefon sagen kann oder will. Ihm muss bei diesem Kuss klargeworden sein, dass wir nur Freunde sein können. Oder nicht mal das.

Als ich vor ihm stehen bleibe, haben mich die Selbstzweifel beinahe komplett zerfressen. Wenn ich mit meiner Vermutung richtig liege, wird er mir gleich das Herz brechen. Ich würde so gern glauben, dass er im Schutz der Dunkelheit nur selbst hergekommen ist, damit wir ungestört miteinander sprechen können. Doch das ist Magnus Vaughn, ein persönliches Gespräch schützt ihn nur davor, dass Nachrichten gegen ihn verwendet werden.

»Hi«, sage ich und verschränke schützend die Arme vor dem Oberkörper. Kurz werfe ich einen Blick über meine Schulter und überprüfe, ob ich die Haustür geschlossen habe.

»Hey«, erwidert er und sieht so elend aus, wie ich mich fühle. Die Scham, ihm so naiv vertraut zu haben, obwohl er mich zu Beginn unserer Bekanntschaft von sich gestoßen und dann versucht hat, mich auszunutzen, lähmt mich. Viel zermürbender ist jedoch die Furcht, dass alles, was wir in den letzten Wochen gehabt haben, plötzlich vorbei ist. Auch wenn es besser wäre, ist es nicht das, was mein Herz insgeheim will.

Magnus muss schon einige Minuten in unserem Vorgarten stehen. Die Straßenlaterne spendet nur spärlich Licht, die Weide kaum einen Regenschutz. Sein Besuch muss ungeplant gewesen sein, er trägt trotz des Wetters nicht mal eine Jacke. Seine Kleidung ist fast bis auf die

Haut durchnässt und wenn wir uns hier noch länger schweigend gegenüberstehen, wird es mir gleich genauso gehen.

»Es ist echt spät«, sage ich schließlich, weil Magnus nicht den Anschein erweckt, das Unausweichliche beginnen zu können. »Warum bist du bei diesem Regen noch unterwegs?«

»Ich ...«, beginnt er und räuspert sich, ehe er weitersprechen kann. »Ich konnte nicht schlafen. Ich weiß nicht, ob ich jemals wieder schlafen kann.«

Mein Blick bleibt an einem Regentropfen hängen, der von seiner Stirn über seine Schläfe rinnt, über seine Unterlippe tanzt und sich an seinem Kinn mit weiteren Tropfen sammelt, bis sie in die Tiefe stürzen. Auch wenn meine eigene zunehmend nassere Kleidung meine Arme und Beine beschwert, ist es nicht der Regen, der mich bewegungsunfähig macht.

»Wa...Warum nicht?«, bringe ich stotternd heraus, die Kälte lässt meine Unterlippe zittern und meine Stimme weinerlicher klingen, als sie sollte.

Magnus ist der Erste von uns beiden, der sich bewegt, indem er sich mit dem Handrücken den Regen aus dem Gesicht wischt. Seine Hand wandert bis in seine nassen Haare, wo er sie einige Sekunden ruhen lässt. Seufzend lässt er den Arm sinken. Es fällt ihm sichtlich schwer, die richtigen Worte zu finden.

»Schon okay«, flüstere ich nun, damit wir uns beide nicht länger selbst quälen müssen. Wenn es hier und jetzt vorbei sein muss, bevor es überhaupt richtig angefangen hat, wird nie jemand außer uns davon erfahren. Wie ich mein gebrochenes Herz vor Mom und meinen Freunden verbergen soll, weiß ich jetzt zwar noch nicht, aber ich will gerade nur, dass es vorübergeht. Und doch will ich nicht, dass er wieder aus meinem Leben verschwindet. Mit ihm fühlt sich alles so viel leichter an. Aufregender.

»Ich hätte dich nicht küssen dürfen«, meint Magnus und die erste Anspannung fällt von mir ab, da er endlich einen Anfang gefunden hat. »Ich meine, das hat mich echt verwirrt.«

»Okay«, wispere ich, um die Abfuhr nicht nur still über mich ergehen zu lassen. Ich bin gut darin, zu schweigen, aber bei ihm wollte ich das nie.

»Und dann hast *du* mich geküsst«, fährt er fort und der Gedanke daran bringt meine vor Kälte fast tauben Finger zum Kribbeln. »Und ohne diesen Kuss oder unsere Gespräche, unsere gemeinsam getrennten Nächte unterm Sternenhimmel«, kurz deutet sich ein Lächeln auf seinen Lippen an, das ich kaum begreife, »hätte ich nicht herausgefunden, was ich eigentlich will. Und dass ich erst wieder Ruhe finde, wenn ich es dir gesagt habe. Ich weiß nicht, wohin das führt, aber ich bin mir inzwischen ziemlich sicher, dass ich dich noch mal küssen will. Also wenn du das auch willst.«

Eine gefühlte Ewigkeit kann ich ihn nur anstarren, seine Worte dringen kaum zu mir durch.

»Dane?« Unsicherheit blitzt in seinen Augen auf.

»Was?«, frage ich und bin mir nicht sicher, ob ich seine Nachfrage oder seine Worte davor meine. Ich kann nicht so ganz verstehen, was er mir eben offenbart hat.

»Verflucht noch mal«, raunt Magnus. »Zuhause habe ich mir das irgendwie alles leichter vorgestellt. Aber in einer solchen Situation bin ich offenbar ein mieserer

Redner als gedacht.« Er lacht kurz mit heiserer Stimme und findet meinen Blick. Seine Augen leuchten tiefdunkel und halten mich gefangen, während mein Herz durch meinen Brustkorb stolpert.

»Es tut mir so leid, dass ich heute Mittag weggelaufen bin und nach dem Training so schnell weg war. Und dass ich ein ignoranter Arsch war«, flüstert er und streicht sich mit einer schnellen Handbewegung die nassen Haarsträhnen aus der Stirn. »Ich mag dich echt, Daniel Miller-Atkins, auch wenn ich weiß, wie unpassend das ist. Ich meine, unsere Eltern werden wahrscheinlich nie friedlich zusammen an einem Tisch sitzen und für die Presse wäre das ein Skandal, der tagelang die Zeitungen füllen würde. Aber ich schaffe es nicht mehr, mich andauernd selbst zu belügen, dass zwischen uns nichts ist.«

»Ich mag dich auch«, wispere ich für uns beide völlig unerwartet, als mir bewusst wird, dass er aus einem ganz anderen Grund hier ist, als ich angenommen hatte. Und dass ich ihn auch unbedingt noch einmal küssen will.

Um ihn endlich davon abzuhalten, sich im strömenden Regen weiter um Kopf und Kragen zu reden, packe ich ihn an seinem Pullover und ziehe ihn zu mir. Da ist nicht weniger Sehnsucht und Verlangen als heute Mittag, doch diesmal weiß ich, dass er das hier genauso will wie ich.

Also küsse ich ihn, obwohl das eine verdammt miese Idee ist. Ich küsse Magnus Vaughn, als würde er mich vor dem Ertrinken retten. Als würden auf der ganzen Welt nur wir beide existieren. Als würden uns nicht ganze Welten trennen.

Der Regen rinnt an unseren Wangen herab und vermischt sich mit den ausgehungerten Küssen. Erst ein schwerer Tropfen, der von der Weide genau zwischen uns fällt, bringt uns keuchend auseinander.

Der Regen ist noch stärker geworden, deshalb packe ich Magnus an den Händen und führe ihn bis auf die Veranda. Anstatt mich loszulassen, zieht diesmal er mich näher zu sich und meine Stirn trifft seine. Einen Moment lehnen wir uns beide an, halten unsere Hände fest, geben einander Halt. Mit geschlossenen Augen lausche ich Magnus' Atem, der sich im Einklang mit meinem langsam beruhigt.

Ich muss mir zwar große Mühe geben, nicht wegen der Kälte in der nassen Kleidung zu zittern, aber ich will diesen Moment noch nicht beenden. Magnus scheint es ähnlich zu gehen, er drückt seine Stirn stärker gegen meine und streicht vorsichtig mit den Daumen über meine Handgelenke.

»Und was machen wir jetzt?«, flüstert er. In seiner rauen Stimme klingt die Verzweiflung mit, die auch mein Herz bleischwer macht. Dass er ›wir‹ gesagt hat und sein Zittern nicht länger unterdrücken kann, verleiht mir jedoch den Mut für die nächsten Worte.

»Erst mal reingehen«, schlage ich vor, »damit du nicht erfrierst.«

Verliebt sein

Magnus

Auf dem Weg hierher habe ich mir mehrfach ausgemalt, wie ich Daniel mehr oder weniger romantisch meine Gefühle gestehe und er mich hoffentlich wieder küsst. Der Kuss ist zum Glück eingetreten und halleluja, er war noch besser als heute Mittag beim Lauftraining. Aber das mit dem Regen, der Kälte und der Dunkelheit hatte ich irgendwie nicht eingeplant, als ich mich vorhin spontan aus dem Haus geschlichen habe. Ich hätte daran denken können, dass wir Anfang Oktober haben.

Jetzt kann ich kaum verbergen, wie sehr ich friere. Mit klappernden Zähnen folge ich Dane ins Haus, wir streifen uns die Schuhe von den Füßen, aber ich nehme meine hinterher in die Hand, um keine Spuren zu hinterlassen. Mein rasender Pulsschlag und die Stille lassen alle Geräusche um uns herum noch lauter klingen. Vorsichtig legt Dane seinen Schlüssel auf einer kleinen Kommode ab und sieht prüfend zu einer Tür neben der Küche. ›*Meine Mom*‹, formt er dabei mit den Lippen und ich verstehe es direkt. Offenbar befindet sich dort ihr Arbeitszimmer und sie ist – wie es meinem Dad auch häufiger passiert – dort eingeschlafen.

Auf Zehenspitzen schleichen wir die Treppe hoch, ich versuche, möglichst viele Eindrücke aufzunehmen. Der leicht verwilderte Vorgarten mit der alten Weide und den großen Büschen sowie der Eingang mit der Holzveranda haben dem Haus schon beim ersten Blick Gemütlichkeit verliehen. Drinnen verstärken das schmale Treppenhaus, die kleinen Zimmer und die vielen Bilder an den Wänden diesen Eindruck. Schon nach kurzer Zeit kann ich mir gut vorstellen, dass dieses Haus ein Zuhause ist – ganz anders als das bestimmt fünfmal so große Haus meiner Familie.

»Du musst aus den nassen Klamotten raus«, flüstert Dane und deutet im Obergeschoss aufs Badezimmer. Die blauen Fliesen hätte meine Mom eigenhändig abgeschlagen und die Pflanzen auf der Fensterbank durch pflegeleichte Trockenblumen ersetzt. Doch mir gefällt, dass es hier nicht wie beim Luxusdesigner aussieht, sondern nach echtem Leben.

Ich kann das Zittern kaum unterdrücken und lasse mich deshalb ins Badezimmer führen, wo Dane mir ein Handtuch reicht. Er selbst verschwindet mit meinen Schuhen im Zimmer gegenüber und kommt mit trockenen Klamotten für uns beide wieder.

»Wir hängen deine auf die Heizung in meinem Zimmer«, meint er. »Dann sollte alles schnell trocken sein.« Ich verkneife mir, zu sagen, dass es gar nicht so schnell trocknen muss. Das würde nämlich bedeuten, dass ich wieder nach Hause laufen kann. Hergekommen bin ich mit dem Bus – Danes Adresse herauszufinden war ziemlich leicht. Nachdem meine Eltern schon ins Bett gegangen sind, habe ich ein paar von Dads Unterlagen durchwühlt. Natürlich hat er solche Informationen seiner Kontrahentin.

Mir wird ganz anders, als mir klar wird, dass uns jemand gesehen haben könnte.

»Meinst du«, beginne ich mit schwacher Stimme und räuspere mich leise, während ich mich aus meinem nassen Pullover schäle, »uns hat jemand beobachtet?« Ich bemerke, wie Daniel meinen nackten Oberkörper etwas länger mustert. Als ich mich endlich völlig von dem nassen Stoff befreit habe, treffen sich unsere Blicke – verhaken sich ineinander. Daniel schluckt. Blinzelt.

»Gegenüber wohnen fast nur alte Leute, die sicherlich schon schlafen«, erwidert er und wirkt dennoch genauso angespannt wie ich. Er wendet mir den Rücken zu und nimmt sich selbst ein Handtuch für seine Haare.

Meine Jeans ist zwar vollkommen durchnässt, doch mein Pullover war lang genug, um meine Boxershorts zu schützen. Die Jogginghose und das T-Shirt von Dane sind mir etwas zu lang, trotzdem bin ich froh über die trockene Kleidung. Als Dane sich umzieht, komme ich nicht umhin, ganz unauffällig einen Blick auf seinen Hintern zu werfen. Er trägt deutlich engere Boxershorts als ich, was den Anblick umso besser macht. Das so offen zu denken, macht alles leichter und zugleich komplizierter denn je.

Als hätte er gerade dasselbe gedacht, dreht sich Dane etwas unschlüssig zu mir. Sein Blick bleibt an meinen Haaren hängen.

»Du hast da noch ...«, fängt er an und fischt mir ein nasses Blatt vom Kopf.

»Ich hätte mich wohl nicht stundenlang in einem Busch vor eurem Haus verstecken sollen«, flüstere ich.

»Du hast was getan?«

»Nur ein Scherz«, erwidere ich amüsiert und obwohl er den Witz verstanden hat, weicht die Anspannung kaum aus seiner Miene. Stattdessen tritt nun ein besorgter Ausdruck in seine Augen, mit dem mich noch nie jemand angesehen hat. Meine Knie werden weich und ich stütze mich am Waschbeckenrand ab, weil ich mit dem liebevollen Blick kaum umzugehen weiß. Aus erstem Reflex will ich wieder abhauen, da ich die Aufmerksamkeit nicht gewohnt bin, doch ein Wunsch ist noch stärker und hält mich hier: Ich will Dane unbedingt wieder küssen.

»Du zitterst ja immer noch«, stellt er fest. Ob es an der Kälte oder seiner Nähe liegt, kann ich inzwischen nicht mehr sagen. Also umklammere ich meinen Wäschehaufen und folge ihm aus dem Bad in sein Zimmer. Er nimmt mir die nasse Kleidung direkt ab und verteilt sie neben seiner und meinen Schuhen auf der Heizung. Ich hingegen bin direkt fasziniert von seinem Zimmer, das so viel mehr die jetzige Persönlichkeit des Bewohners ausstrahlt, als das bei meinem der Fall ist.

An den Wänden hängen unzählige Bleistiftzeichnungen von verschiedenen Motiven: Tiere, Häuser, Blumen, Bäume oder ganze Landschaften. Ich hatte ja keine Ahnung, wie talentiert Dane ist.

»Du zeichnest keine Menschen«, sage ich, um mir nicht anmerken zu lassen, dass mich sein künstlerisches Talent einschüchtert. Dane wirft mir einen Blick über seine Schulter zu.

»Nein.«

»Warum nicht?«

»Ich habe Angst, ihnen nicht gerecht zu werden.«

»Die ist völlig unbegründet. Sieh dir nur an, wie *gut* diese Bilder sind.« Ich deute auf die Zeichnung eines Sees mit Wiese und Bäumen. Dane hat allein mit Bleistift geschafft, es so wirken zu lassen, als würde sich das Licht auf dem Wasser brechen und der sanfte Wind durch die Bäume streifen. »Das ist nicht in Wilbur Peaks, richtig?«

Er folgt meiner Aufmerksamkeit und stellt sich neben mich.

»Nein, das ist der See bei meinem Dad.«

»Wo ihr neulich angeln wart?«

Er nickt kaum merklich und betrachtet mich wieder mit dieser Fürsorglichkeit, die mich überfordert. Dann zeigt er aufs Bett. »Willst du dich unter die Decke legen?«

Zögernd sehe ich ebenfalls dorthin und die Unsicherheit kehrt zurück. Bei ihm und bei mir. Einer von uns muss sie überwinden, also erwidere ich flüsternd: »Nur, wenn du dich dazulegst.«

Ich nehme ihm nicht übel, dass er nicht direkt zustimmt. Ihn kostet das sicherlich mehr Überwindung als mich, er hält Menschen eher von sich fern. Umso wertvoller ist es deshalb, dass ich aufs Bett klettere und er ebenfalls unter die Decke kriecht.

Einen Moment liegen wir schweigend nebeneinander, sehen aus dem großen Dachfenster, das uns heute leider keine Sterne zeigt, und lauschen dem plätschernden Regen. Dane hat sogar noch untertrieben, als er den Ausblick beschrieben hat. Der Himmel ist wolkenverhangen und doch kann ich erahnen, wie atemberaubend die Sicht sein muss.

Ich bin so überwältigt von dem Moment, endlich dort zu sein, wo er während unserer Telefonate immer lag, dass ich unter der Bettdecke nach seiner Hand greife und sie leicht drücke. Dabei drehe ich mich auf die Seite.

»So langsam friere ich nicht mehr.«

»Das ist gut«, entgegnet Dane und lächelt kurz, bevor der sorgenerfüllte Ausdruck in seine Augen zurückkehrt. »Fällt deinen Eltern nicht auf, dass du weg bist?«

»Hab mich rausgeschlichen«, erkläre ich flüsternd. »Dad muss morgen früh raus. Sie bemerken nicht, wenn ich noch nicht aufgestanden bin. Er hat Schlaftabletten genommen und ich wette, Mom auch, damit sie bei seinem Schnarchen schlafen kann.«

»Klingt nach meinem Dad.« Er hebt amüsiert einen Mundwinkel, wird dann jedoch wieder ernst. »Das heißt, du bleibst hier?«

»Wenn ich darf.«

»Ansonsten hätte ich nicht gefragt.« Diesmal erhalte ich ein ehrliches Lächeln. »Wir müssen es nur morgen früh irgendwie schaffen, dass meine Mom nichts bemerkt.«

»Im Rausschleichen bin ich Profi.« Ich lache leise und merke, dass Daniel sich zunehmend entspannt. Jetzt dreht er sich ebenfalls auf die Seite. Obwohl sich unsere Nasenspitzen fast berühren, bewegt er sich keinen Zentimeter. Ich schließe die Augen und lausche in die Stille, kann seinen Atem auf meinen Lippen und die

Spannung zwischen uns spüren. Ohne Regen ist es deutlich angenehmer, wenn auch weniger filmreif.

Dann schließe ich endlich die Lücke und küsse ihn. Lecke ihm die letzten Regentropfen und all die Zweifel von den Lippen. Taste mit den Händen nach seiner Brust, um seinen Herzschlag zu fühlen.

Die Zurückhaltung, die uns nur Minuten zuvor gehemmt hat, vergessen wir schnell. Ich will Dane keine Chance für neue Zweifel geben, meine Küsse werden drängender. Als ich ihm meine Zunge in den Mund schiebe, entfährt ihm ein leises Keuchen, das mich fast um den Verstand bringt.

Ich habe in den vergangenen zwei Jahren eine Menge Typen geküsst, meistens betrunken, aber mit niemandem hat es sich von Anfang an so perfekt angefühlt. Dane und ich finden schnell den passenden Rhythmus und unsere Küsse fachen eine Lust in mir an, die ich in dieser Intensität bislang nicht kannte.

Ihm scheint es ähnlich zu gehen, dennoch greift er nach meinen Handgelenken und schiebt mich ein Stück von sich weg.

»Können wir das langsamer angehen?«, raunt er und wir ringen beide um Luft. Ich schaffe nur ein Nicken, da ich innerlich in Flammen stehe. Einige Sekunden sind wir beide wie erstarrt, bis Dane leise hinzufügt: »Aufhören müssen wir aber nicht.«

Das lasse ich mir kein zweites Mal sagen. Diesmal sind die Küsse vorsichtiger, schwindelerregend langsam und sanft. Dane beginnt, an meiner Unterlippe zu saugen, während ich meine Hände in seinen Haaren vergrabe. Verdammt, fühlt sich das gut an. Zu gut.

»Time-out«, raune ich atemlos und löse mich abrupt von ihm. »Wir brauchen ganz dringend ein Time-out.« Und wie dringend merke ich, als meine Erektion schmerzhaft in meiner Hose pocht. Ich hoffe, ich habe mich rechtzeitig zurückgezogen, bevor er es bemerkt hat. Langsam angehen ist das sicherlich nicht.

Als wollte der Himmel mir helfen, hat er sich in den vergangenen Minuten tatsächlich aufgeklart. Der Regen hat aufgehört und die zurückgezogenen Wolken geben nun doch noch den Blick auf das Sternenzelt frei.

»Wow«, murmele ich.

»Ja, oder?«, erwidert Dane und ich bin mir ziemlich sicher, dass wir beide nicht nur den Ausblick meinen. Das wird ihm wohl auch gerade klar, denn er dreht wie ich den Kopf zur Seite und wir grinsen uns an.

»Ehrlich gesagt«, wispert er, »wollte ich dich schon ziemlich lange hier liegen haben.«

»Das trifft sich gut«, entgegne ich mit unaufhaltsam schneller schlagendem Herzen. »Ich habe mir das nämlich auch ziemlich oft vorgestellt.«

***

Der nächste Morgen beginnt früher als sonst. Dane und ich haben mit dem weitergemacht, was wir schon die Abende davor getan haben. Wir haben stundenlang geredet, doch diesmal haben wir einander mehrmals unterbrochen, indem wir rumgemacht haben. Es war schwer, sich zurückzuhalten, obwohl ich am liebsten jeden Zentimeter seines Körpers erkundet hätte. Aber es war auch schön, als wir fast heiser vom vielen Reden geworden sind, er sich zur Seite gedreht hat und ich die Arme um ihn gelegt habe.

Wir haben höchstens drei Stunden geschlafen, als sein Wecker klingelt. Er hat ihn auf eine halbe Stunde früher als sonst gestellt, damit seine Mutter noch nicht aufgestanden ist. Den Geräuschen nach zu urteilen ist sie irgendwann in der Nacht vom Erdgeschoss in ihr Schlafzimmer umgezogen. Dane hat dabei wie gebannt zu seiner Zimmertür gestarrt und ich war jederzeit bereit, mich notfalls vom Bett zu rollen und darunter zu verstecken. Es kam jedoch nicht zum Äußersten.

So küsse ich ihn am Morgen ein letztes Mal und schleiche durchs Haus, um einen der ersten Busse zu erwischen. Ich schaffe es sogar, schon zuhause zu sein, als meine Mom aufsteht. Im Flur begegnet sie mir noch.

»Du bist ja schon wach«, stellt sie verwirrt fest und sofort schlägt mein verräterisches Herz schneller.

»Äh, ja«, antworte ich konfus, erinnere mich aber schnell an meine zurechtgelegte Ausrede. »Ich konnte nicht mehr schlafen und bin etwas spazieren gegangen.«

»Das war eine gute Idee, um wach zu werden. Nachdem der gestrige Tag so verregnet war, ist der heutige Tag schon besser.«

»Ja, er ist großartig«, entgegne ich, und während sie ein Gähnen unterdrückt, ist es bei mir ein Lächeln.

»Ich koche deinem Vater mal Kaffee, bevor er gleich aufsteht.« Sie deutet neben sich zur Treppe und ich nutze die Chance, um ins Badezimmer zu fliehen. Dort stehe ich besonders lange unter der Dusche und muss bei der Erinnerung an den gestrigen Abend immer wieder schmunzeln. Ich sollte eigentlich völlig übermüdet sein, stattdessen fühle ich mich hellwach.

***

Heute macht es mir nicht mal etwas aus, mit meinem lahmenden Fahrrad zu fahren. Ich bin nur froh, dass Owen mich nicht herumkutschiert. Oder Hunter. Dem wäre sicherlich direkt aufgefallen, dass etwas anders ist.

Mit einem aufgeregten Flattern im Bauch betrete ich den Hörsaal und hasse diesen Ort nicht so sehr wie an anderen Tagen. Ich bin trotzdem unter den Ersten, die den Saal verlassen, und bleibe im Korridor neben einem Wasserspender stehen. Unruhig wippe ich von einem Fuß auf den anderen.

Mir rutscht das Herz bis in die Hose, als ich in einer Gruppe Studierender, die einen anderen Raum verlassen, endlich Dane entdecke. Mein Plan geht auf, denn er bemerkt mich und wird langsamer. Paige redet ohne Unterlass und scheint es gar nicht mitzubekommen. Nach meinem intensiven Blick steigt ihm eine leichte Röte in die Wangen, was mich auf eine vollkommen unerwartete Art und Weise anturnt. Schnell richte ich meine Aufmerksamkeit auf den Wasserspender und tue so, als wolle ich etwas trinken.

»Geh schon mal vor«, höre ich da Dane besonders laut zu Paige sagen. »Ich habe was in meinem Auto auf dem Parkplatz auf der Westseite vergessen und hole es noch schnell.«

»Kannst du das nicht später holen?«

»Nein, dann vergesse ich es bestimmt«, erwidert er rasch. »Such uns im Hörsaal Plätze weit hinten aus, dann fällt es nicht auf, wenn ich zu spät da bin.«

Ob sie zustimmt, höre ich nicht mehr, da ich den Hinweis längst verstanden habe. Ich stoße mich mit der Hüfte vom Wasserspender ab, schultere meinen Rucksack und setze mich in Bewegung.

Auf dem Weg zum Parkplatz kommen mir die Gänge noch länger vor und ich kann kaum an etwas anderes denken, als Dane gleich wieder nah zu sein. Wir haben uns erst vor wenigen Stunden getrennt und doch fühlt es sich wie eine kleine Ewigkeit an.

Ich kenne sein Auto nicht, warte also hinter einem großen Pick-up, damit mich niemand erwischt. Ich muss nicht lange mit eingezogenem Kopf in unbequemer Position verharren, bis ich Danes Blondschopf in der Nähe erkenne. Ich hätte mir ja denken können, dass ihm eines der kleinsten Autos gehört, ein silbernes, das kaum auffällt.

Es ist wirklich amüsant, wie tief er sich ducken muss, um mit seiner Körpergröße einsteigen zu können. Ich gebe ihm einen kleinen Vorsprung, sehe mich ein letztes Mal um und husche dann zu seinem Auto.

»Hi«, raune ich ihm grinsend zu, während ich mich auf den Beifahrersitz fallen lasse und die Tür hinter mir schließe.

Wir halten uns nicht weiter mit Begrüßungen auf, als ich meinen Rucksack auf die Rückbank werfe und Dane hinterher am Kragen packe, damit ich ihn endlich küssen kann. Obwohl wir uns in der Nacht so viel geküsst haben, dass sich meine Lippen immer noch wund anfühlen, kann ich nicht genug davon bekommen. Jeder Kuss jagt kleine Stromstöße durch meinen Körper und schon nach kurzer Zeit habe ich alles um uns herum vergessen. Ich könnte nicht mal mehr sagen, welches Automodell Dane fährt oder wie spät es ist. Es interessiert mich gerade auch überhaupt nicht.

Ich lege die Hände an seinen Hinterkopf und presse meine Lippen noch gieriger auf seine. Als seine Zunge meinen Mund erobert, entfährt mir ein heiseres Stöhnen. Dane schlingt daraufhin die Arme um meinen Oberkörper und zieht mich näher zu sich. Ich will den Abstand zwischen uns verringern und irgendwie zu ihm klettern, betätige dabei aber versehentlich die Hupe.

»Oh fuck«, raune ich erschrocken, nachdem wir beide zusammengezuckt und anschließend in unseren Bewegungen erstarrt sind. Meine Erregung lässt mich nicht mehr klar denken und doch steige ich schnell auf den Beifahrersitz zurück, ziehe den Kopf ein und verstecke mich im Fußraum.

Danes Brustkorb hebt und senkt sich genauso unruhig wie meiner, während er sich durch die Fenster auf dem Parkplatz umsieht. Wenn uns irgendwer hätte entdecken wollen, wäre ihm das sicherlich gelungen. Ich bin zwar ein Stück kleiner als Dane, aber in den Fußraum passe ich trotzdem nicht, egal wie sehr ich den Kopf einziehe. Trotz der Vorsicht, die ihm ins Gesicht geschrieben steht, belustigt ihn mein Anblick, bis er das Lachen nicht mehr zurückhalten kann.

»Lachst du mich etwa aus?«, raune ich mit gespieltem Ärger, den er mir direkt abkauft. Er verstummt und seine Wangen färben sich rot, was ich inzwischen so charmant finde, dass ich ihn am liebsten sofort wieder küssen würde.

»Nein, ich …«, fängt er an, doch mein lautes Lachen unterbricht ihn.

»Nur ein Witz«, versichere ich ihm und greife nach seiner Hand, weil ich die plötzliche Distanz zwischen uns nicht zulassen will. Auf seinen vom Küssen geröteten Lippen bildet sich ein Schmunzeln.

»Ich glaube, niemand hat uns bemerkt«, sagt er schließlich und zieht mich am Arm aus meinem Versteck. Ich stoße mir den Kopf an der Decke und lache hinterher wieder.

»Das nächste Mal suchen wir uns einen bequemeren Ort«, entgegne ich, obwohl mir der Ort eigentlich egal ist, solange er bei mir ist.

***

Am Donnerstag gelingt es uns, tatsächlich ein geeigneteres Versteck zu finden. Wir nutzen die Frühstückspause, um uns dort auf unsere eigene Art auszutauschen. Beim Lauftraining finde ich schnell eine Ausrede, um mich vom Sportplatz entfernen zu können. Da ich ausgerechnet neben Dane mit dem Fuß umgeknickt bin und er laut unseres Trainers *›eh nie ein guter Läufer wird‹*, soll er mich ins Gebäude begleiten.

Drinnen ist mein Fußgelenk wie auf wundersame Weise wieder gesund, ich packe Dane an der Hand und ziehe ihn mit mir. Auf der Toilette ist gerade niemand und ich bugsiere ihn in die nächstbeste Kabine.

»Ich bin froh, dass aus dir kein Profiläufer wird«, raune ich zwischen unseren Küssen.

»Ach ja?«, wispert Dane und ich lasse ihm kaum Zeit, zu Atem zu kommen, bevor ich seinen Mund gierig mit meinem verschließe.

»Ich stehe ehrlich gesagt auf das Nerdige.«

»Das Nerdige«, wiederholt er amüsiert und zwickt mich mit Daumen und Zeigefinger in die Seite. Kichernd schiebe ich ihn von mir weg, obwohl er mich eigentlich wieder küssen wollte.

»Psst«, mache ich plötzlich, als ich das Quietschen von Türscharnieren höre, was nur bedeuten kann, dass jemand die Toilettenräume betreten hat.

Sofort steige ich auf den Toilettensitz, damit niemand zwei Paar Füße unter der Lücke der Kabinentür erkennt. Dane muss mich stützen, um zu verhindern, dass ich mit dem Fuß in die Kloschüssel trete. Wir haben große Mühe, als wir den Typen in unserer Nähe pinkeln hören, nicht in lautes Gelächter auszubrechen. Nachdem er endlich verschwunden ist, machen wir dort weiter, wo wir unterbrochen worden sind.

***

Am Wochenende freue ich mich zum ersten Mal auf eine Veranstaltung, weil Dane auch dabei sein wird. Ich kann ihn schon sehen, als wir den Veranstaltungsort erreichen, aber Mom erteilt mir direkt Aufträge, als sei ich Dads persönlicher Assistent. Owen, der für diesen Job eigentlich Geld bekommt, hat wohl seit einer Woche die Grippe und von meiner Mutter am Telefon persönlich ein Besuchsverbot erteilt bekommen, damit Dad an diesem wichtigen Event teilnehmen kann.

»Dein Vater braucht stilles Wasser«, erklärt sie mir.

»Mom, ich glaube, da steht bereits ein Glas mit Wasser.«

»Ich kann von hier sehen, dass es Kohlensäure enthält. Wir brauchen nun wirklich keine Aufnahme von deinem rülpsenden Vater, nachdem du dir etwas ähnliches schon geleistet hast.« Einen Moment lang starre ich sie an und verkneife mir ein Lachen. Ich kenne niemanden, der verklemmter ist als Mom und dann haut sie manchmal solche Sprüche raus.

»Na, geh schon«, drängelt sie. »Und pack drei Stück Traubenzucker aus und positioniere sie neben dem Glas.« Es ist sehr verlockend, jetzt zu salutieren, so viel Humor besitzt sie dann aber doch nicht.

Während ich die Aufgaben wie aufgetragen ausführe und kurz überlege, nach neuem Wasser mit besonders viel Kohlensäure zu fragen, füllt sich der Saal mit mehr Zuschauern und Pressevertretern. Kurz erhasche ich einen Blick auf Dane, der im hinteren Teil neben seiner Mom steht. In ihrem Hosenanzug wirkt sie jedes Mal, als würde sie gleich in einen Gerichtssaal stürmen und filmreif »Einspruch, Euer Ehren!« rufen.

Nachdem ich alles vorbereitet habe, fallen meiner Mutter weitere Aufgaben ein. Ich glaube, sie will mich immer noch für die Aktion bei der Eröffnungsfeier strafen, denn Dorian kann ungestört im Publikum sitzen und mit seiner Sitznachbarin flirten.

Ich hätte lieber woanders gesessen, muss mich aber neben ihm niederlassen. Mom steht wie ein Groupie vorn bei der Bühne, auf der nun Dad und Nora Atkins angekommen sind. Zwischen ihnen steht die Moderatorin, die durch den Mittag führen wird. Ich hatte in dieser Woche eigentlich genügend Debatten in Uniseminaren, diese wird allerdings live im Lokalfernsehen übertragen.

Beide Kandidaten stehen dort, als würden sie gleich in den Wahlkampf um das Präsidentenamt ziehen. Dad richtet ein letztes Mal seine Krawatte, Nora Atkins ihren Blazer, bis die Moderatorin das Publikum im Saal und zuhause vor den Bildschirmen begrüßt. Sie steigen recht schnell in die Diskussion über verschiedene vorgegebene Themen ein, ab und zu nicken einige Zuschauer zustimmend oder ein empörtes Raunen geht durch die Reihen.

Mir hingegen ist vollkommen egal, worüber die beiden auf der Bühne diskutieren. Ich habe nur Augen für den blonden Typen neben derselben. Immer wieder sehe ich zu ihm, bis er meinen Blick endlich erwidert. Sein schüchternes Lächeln löst sofort ein warmes Gefühl in meinem Bauch aus. Ein Kribbeln wandert durch meine Arme und bringt meine Finger zum Zittern. Ich kann nur noch daran denken, wie es ist, ihn zu küssen, ihm nah zu sein, stundenlang mit ihm zu reden. *Fuck.* Fühlt sich das so an, wenn man bis über beide Ohren in jemanden verliebt ist?

Das Gefühl trifft mich so plötzlich und doch gibt es mir unendlich viel Sicherheit. Wie gern ich ihn jetzt hier neben mir sitzen haben würde. Stattdessen ist dort mein Bruder, der mich etwas länger von der Seite mustert. Sofort richte ich meinen Blick auf unseren Dad, der gerade über Vorschläge zur nachhaltigen Stadtentwicklung spricht.

»Mann, du siehst echt blass aus«, flüstert Dorian. »Du musst gleich nicht wieder kotzen, oder? Meine Schuhe sind erst zwei Wochen alt.«

»Haha«, maule ich. »Wie witzig, Dorian.«

»Dafür sind große Brüder da.«

Ich öffne schon den Mund, um etwas zu erwidern, als eine Frau vor mir den Zeigefinger auf ihre Lippen legt und mir zu verstehen gibt, dass ich besser meine Klappe halten soll. Keine Sekunde zu früh, denn plötzlich ändert sich der Umgangston auf der Bühne. Ich begreife zuerst gar nicht warum.

»Dann verneinen Sie das also, Mr. Vaughn?«

»Sie sind doch ein studierter Mensch, Ms. Atkins. Für so dumm habe ich Sie nicht gehalten«, sagt Dad und ein Raunen wandert durch die Menge. Hat er das eben wirklich gesagt? Ich blicke sofort besorgt zu Dane, dessen Miene ebenso angespannt wie meine wirkt.

»Mr. Vaughn«, erwidert Nora Atkins mit scharfem Tonfall und dreht sich weiter in seine Richtung. »Ich verbitte mir, dass Sie derart persönlich werden.«

»Oh, jetzt wird's unschön«, raunt Dorian mir schadenfroh zu. Mein Blick wandert zu Dane, der die Arme vor dem Oberkörper verschränkt hält und zu seiner Mom sieht. Dabei hätte ich gerade alles dafür gegeben, in seine blauen Augen zu blicken, um ihm ohne Worte zu zeigen, dass mein Dad ein Arsch ist.

»Das muss ich aber, um Ihre falschen Versprechungen zu entlarven«, fährt er fort und beginnt daraufhin einen Schlagabtausch mit seiner Kontrahentin, der beweist, dass mein Dad alles, nur kein Gentleman ist. Und dass seiner Gegnerin nicht die Argumente ausgehen. Es gelingt ihr sogar, die Diskussion von der persönlichen

Ebene immer wieder auf die sachliche zu führen. Mein Dad bewirkt allerdings das Gegenteil.

»Und damit zeigen Sie, was für ein schlechtes Vorbild Sie für Ihren Sohn sind«, meint er, als sie ihm den Ball wieder zugespielt hat. »Obwohl man ja eh hinterfragen sollte, inwieweit eine alleinerziehende, berufstätige Mutter je ein Vorbild für einen jungen Mann sein kann.«

»Mr. Vaughn!«, meint Nora Atkins daraufhin mit lauter Stimme und einige im Publikum tuscheln sofort. Nun wird es auch der Moderatorin zu bunt. Sie tritt auf die Bühne und unterbricht die Diskussion.

»Wie die Zeit eilt«, sagt sie und lacht gekünstelt. »Wir haben noch so viele Themen. Wir würden noch gern wissen, was Sie beide zum Thema *bezahlbarer Wohnraum* beizutragen haben.«

Nora Atkins räuspert sich, bevor sie nickt – mein Dad kann sein triumphierendes Lächeln kaum verbergen und richtet seine Krawatte, als hätten sie eigentlich mit ihren Fäusten gekämpft. Ein bisschen fühlt es sich auch so an.

Unsicher sein

Daniel

Zuhause ist die Stimmung noch angespannt. Mom hat sich den restlichen Tag nach der Debatte freigenommen. Ich fühle mich ziemlich erschöpft, will sie aber nicht allein lassen. Sie sitzt auf einem Hocker an der Kücheninsel und stützt ihren Kopf mit den Händen ab.

»Er hat das alles nur gesagt, um dich zu verunsichern.« Ich nehme mir ein Glas und fülle es mit Wasser. »Mom, du glaubst das doch nicht etwa, oder?«

»Natürlich nicht«, erwidert sie, allerdings mit weniger Enthusiasmus als sonst. Das fällt ihr kurze Zeit später selbst auf und sie setzt sich aufrechter hin. »Das war sicherlich nur ein Vorgeschmack. Vaughn und sein Team werden tiefer graben. Das wird unschön.«

Ihre Stimmlage verrät, dass es ihr nicht mehr nur um die persönlichen Angriffe Vaughns geht. Die festgefahrenen Ansichten anderer zu widerlegen, spornt meine Mom umso mehr an. Ich kann es, wie zu Beginn jedes neuen Falls, in ihren Augen sehen.

»Mach dir keine Sorgen, Liebling«, sagt sie schließlich. »Ich bin bereit dafür.«

Vielleicht bin ich das aber nicht und bin es nie gewesen, denke ich mir und behalte es doch für mich, weil ich Mom an diesem Tag nicht zusätzlich beunruhigen will.

***

Am Montag findet der groß angekündigte Gesundheitstag statt. Überall hängen Plakate und es wurden vereinzelt Stände auf dem Campus aufgebaut, an denen Gruppen über verschiedene Angebote informieren. Der Fokus der Veranstaltung liegt auf dem großen Lauf, bei dem Spenden gesammelt werden sollen. Paige hat sich mir zuliebe spontan dafür eingetragen, bereut es aber schon, als wir uns in Sportkleidung treffen.

»Ich habe noch nie so viele nackte Knie und Knöchel auf einmal gesehen«, meint sie naserümpfend.

Zahlreiche Studierende haben sich an diesem Morgen auf dem Sportplatz versammelt. Ein paar konnten sich vor dem Laufen drücken, indem sie über andere Sportarten berichten. Ich entdecke einige Basketballer an einem Stand und halte automatisch Ausschau nach Gabe, bei dem sich meistens auch Magnus aufhält.

»Probiert nicht die grünen Smoothies«, meint eine Studentin zu uns, die, glaube ich, mit Paige befreundet ist. »Die schmecken, wie sie aussehen.«

»Danke für den Tipp«, erwidert Paige und stupst mir ein paar Mal mit der Hand gegen den Oberarm. »He, wie wäre es, wenn wir Dorian und seiner Clique welche davon bringen?« Sie deutet zum Zaun, der den Sportplatz vom restlichen Campus abgrenzt. Magnus' Bruder Dorian und seine Freunde klettern ein Stück am Zaun hoch und rütteln wie Affen im Käfig an den Gitterstäben, während sie lachen.

»Wir müssen uns unbedingt dafür einsetzen, dass die Höschen nächstes Jahr noch knapper werden«, meint einer von ihnen und lacht lauter, als er bemerkt, wie unwohl sich Paige unter seinen Blicken fühlt.

Ich würde sie so gern in Schutz nehmen, aber mir fehlt der Mut. Das Gelächter ruft eine Erinnerung in mir hervor, von der ich eigentlich dachte, ich hätte sie tief genug in mir begraben, als ich zu Mom meinte, ich sei okay. Paige kennt mich zu lange, um nicht die Veränderung in meiner Stimmung zu bemerken. Sofort greift sie nach meiner Hand und drückt sie sanft. Die vertraute Geste entgeht Dorian natürlich nicht.

»Falls es dir noch niemand gesagt hat, muss ich dich enttäuschen«, meint er zu ihr. »Sich in Daniel zu verknallen, ist sinnlos, solange du keinen Schwanz hast. Das weiß hier doch eigentlich jeder.«

Seine Worte sorgen dafür, dass ich innerlich weiter schrumpfe. Paige hingegen lässt meine Hand los und strafft ihre Schultern, bevor sie sich dem Zaun und damit Dorian nähert. Die umstehenden Studierenden haben sich längst entfernt und beobachten das Ganze aus sicherer Entfernung.

»Und du beweist gerade jedem, dass du offenbar keinen hast«, fährt sie ihn an. Bis vor ein paar Monaten hätte sie die Konfrontation mit ihm auch gemieden, doch die Sache mit Nathan und wie es geendet hat, hat ihre Zündschnur deutlich kürzer werden lassen. Wir haben nie richtig darüber geredet, ich konnte es nicht. Erst heute wird mir bewusst, dass ich nicht der Einzige gewesen bin, der das aufarbeiten musste.

Dorians selbstgefälliges Grinsen ist unumstößlich, als er von ihr zu mir sieht und sich schon über seine nächsten Worte freut, bevor er sie überhaupt ausgesprochen hat.

»Ich habe gehört, du kennst dich gut mit Geschichte aus und hältst fantastische Referate, Daniel. Erklär deiner Freundin doch mal, was man früher mit Rothaarigen wie ihr gemacht hat.«

Seine Freunde lachen wieder und einer jault wie ein Wolf, als sie am Zaun rütteln. Da macht Paige einen Satz nach vorn und greift ebenfalls nach den Gitterstäben, um von unserer Seite daran zu rütteln. Mit Genugtuung bemerke ich, dass Dorian und zwei seiner Freunde leicht zurückzucken.

»Wie die Affen im Zoo«, meint Paige und unerwartet spuckt sie durch den Zaun in Dorians Richtung. Sein Nebenmann erwischt rechtzeitig seinen Oberarm und zerrt ihn zur Seite.

Ich bin selbst starr vor Schreck und zugleich fühle ich mich schuldig, weil Paige ohne mich niemals in diese Situation geraten wäre. Viel erschreckender ist jedoch, dass Dorian seinem Vater immer ähnlicher wird. Nachdem ich neuerdings eine Menge mit Adrian Vaughn zu tun habe, fällt mir erstmals auf, wie auch er in die Rolle schlüpft, die sein Vater spielt. Obwohl ihn Paige nicht getroffen hat, wischt er mit den Händen über seinen Pullover und lächelt sie mit einer Überheblichkeit an, für die ich ihm am liebsten eine reinhauen würde. Und ich hasse mich selbst am meisten, weil mich ihr Spott lähmt.

»Ich hoffe, du kannst schnell laufen«, sagt Dorian zu Paige und deutet mit dem Kopf auf den Sportplatz. »Vielleicht starten wir ja bald eine Hexenjagd.«

Paige rüttelt ein letztes Mal an den Gitterstäben und endlich entfernen sich Dorian und seine Freunde vom Zaun. Das liegt allerdings nicht an Paiges Drohgebärde, sondern an einem Professor, der sich uns mit schnellen Schritten nähert.

»He, was soll das?«, fragt er, doch sein Zorn gilt nicht Dorians Trupp, sondern Paige. »Du!« Er zeigt auf sie. »Komm mit. Du begleitest mich.« Offenbar hat er bloß den Teil der Auseinandersetzung mitbekommen, der Paige in ein schlechtes Licht rückt.

»Tut mir so leid«, raune ich ihr zu, als sie an mir vorbeiläuft. Sie schüttelt eilig den Kopf und ihre Hand streift kurz meine.

»Entschuldige dich nie wieder für etwas, was diese Idioten gesagt haben«, flüstert sie. »Immerhin verpasse ich so den dämlichen Lauf.« Sie überspielt ihre eigene Unsicherheit mit einem Lächeln und begleitet dann den Professor vom Sportplatz.

Mir ist plötzlich speiübel. Wenn ich mich nicht schleunigst bewege, tragen mich meine Knie vermutlich nicht mehr. Also drehe ich mich um, senke den Kopf, um die neugierigen Blicke der Umstehenden zu ignorieren, und steuere auf die Stände auf der Wiese zu. Diesmal steht tatsächlich Gabe bei den Basketballern und unterhält sich mit ihnen. Ich habe eine solche Wut im Bauch, dass ich ihn ignoriere und kaum realisiere, wer sonst noch dort steht.

Alles, woran ich denken kann, ist, wie verdammt feige ich bin. Nachdem Paige mich verteidigt hat, hätte ich auch für sie einstehen müssen. Ich will mich nicht so schwach und machtlos fühlen, wie ich mich am Wochenende bei dieser Debatte zwischen Mom und Vaughn gefühlt habe. Dabei geht es nicht darum, es nicht zu wollen, sondern es nicht zu können. Und dieses Gefühl lässt mich hilfloser als alles andere zurück.

Frustriert sein

Magnus

Ich habe keine Ahnung, was mit Dane los ist, aber sein Gesichtsausdruck bereitet mir sofort Bauchschmerzen. Er muss mich gesehen haben, als er am Infostand der Basketballer vorbeigekommen ist. Ich habe mich demonstrativ neben Gabe positioniert und hätte ihm sogar ein Bein stellen können, doch Daniel ist einfach an mir vorbeigestürmt.

»Bin gleich wieder da«, sage ich zu Gabe, der es kaum mitbekommt, während er mit seinen Freunden Witze über die Aufwärmübungen einiger Läufer macht. Ich hatte schon vorher keine Lust auf den Gesundheitstag, jetzt hat sich meine Aufmerksamkeit vollständig verlagert.

Es ist ziemlich schwer, jemandem zu folgen, ohne dass andere es bemerken. Also werde ich zwischendurch langsamer und tue so, als würde ich mich für die Informationen an den Ständen interessieren. Der letzte Stand auf der Wiese irritiert mich ein wenig, er stellt den Schachclub vor. Ich nehme mir einen Flyer, ohne ihn mir überhaupt anzusehen. Mein Blick verfolgt stattdessen Dane, der sich zielstrebig der Sporthalle nähert.

»Du könntest vielleicht denken, dass Schach gar kein Sport ist«, beginnt ein Typ und ich drücke ihm den Flyer wieder in die Hand.

»Ja, ja«, murmele ich und remple ihn leicht an, als ich möglichst schnell an ihm vorbei will. Ich darf Dane nicht aus dem Blick verlieren. Ich habe gedacht, dass er die Sporthalle betritt. Stattdessen sieht er sich um, ob ihn jemand beobachtet, und schiebt sich seitlich zwischen Mauer und Gebüsch am Gebäude vorbei.

Mein Herz pocht inzwischen so laut, dass ich alle anderen Geräusche nur noch gedämpft wahrnehme. Ich will nicht daran denken, doch sofort schaltet sich mein Kopfkino ein. Bis vor ein paar Monaten hat er sich hinter der Sporthalle mit Nathan getroffen. Und wenn er sich wieder mit jemandem trifft? Das Misstrauen frisst sich durch meinen Kopf, ich schnappe nach Luft und balle die Hände zu Fäusten.

Die Wut macht mir deutlich, dass Dane und ich nie darüber geredet haben, was das zwischen uns ist. Ich meine, es ist nicht zu leugnen, dass wir aufeinander stehen, aber dadurch sind wir ja nicht automatisch zusammen, oder? Und das alles ist noch frisch.

Mit einem unguten Gefühl im Magen quetsche ich mich ebenfalls am dichten Gebüsch vorbei und schramme mir den Arm leicht an der Mauer auf. Ich spüre den Schmerz gar nicht, ich suche hektisch hinter der Sporthalle nach Dane und wem auch immer, mit dem er sich hier verabredet hat. Ich finde ihn schnell vor der fensterlosen Mauer und ein paar Bäumen. Er ist allein, hat mir den Rücken zugewandt und seine Schultern beben, was nur eines bedeuten kann: Er weint.

Wie erstarrt bleibe ich stehen. Scheiße, wie konnte ich nur eine einzige Sekunde daran denken, dass er sich mit irgendwem hier trifft? Ich fühle mich auf einmal so schuldig und elend, wie ich es wahrscheinlich verdient habe. Dann mache ich einen Schritt nach vorn und das Rascheln von Blättern, die ich mit dem Arm streife, lässt Daniel aufschrecken.

Er wendet mir den Kopf zu und wischt sich die Tränen aus dem Gesicht. Der Anblick seiner geröteten Augen versetzt meinem Herz einen Stich.

»Hey, bist du ...? Hast du ...?«, fange ich stotternd an, bevor ich schlucke und mich zwinge, einen vernünftigen Satz herauszubringen. »Bist du okay?«

»Ja«, entgegnet er schnell. Zu schnell. Die Pause, in der er Luft holt, hinterlässt wieder ein Ziehen in meinem Bauch. »Es war mir zu voll auf dem Sportplatz. Ich brauchte kurz Zeit für mich.«

Wir wissen beide, dass er nicht die Wahrheit sagt, und trotzdem nicke ich, als würde ich ihm die Lüge glauben.

»Was mein Dad gesagt hat ...«, fange ich nun an.

»Es wird noch so vieles gesagt werden«, unterbricht er mich mit einem Ärger, den ich von ihm in dieser Art nicht kenne. »Wir können uns nicht andauernd für ihre Aussagen entschuldigen, meinst du nicht auch?«

»Dann nur für die besonders schlimmen«, erwidere ich mit einem schwachen Lächeln, während ich am liebsten irgendwas kaputtschlagen würde. Ich hasse Dad noch mehr dafür, dass die Debatte am Wochenende das mit Dane gemacht hat.

»Deal«, meint er und ich kenne die Nuancen seiner Stimme inzwischen gut genug, um zu wissen, dass er sich nicht wegen der Worte meiner Eltern so fühlt. Es muss irgendwas an diesem Morgen geschehen sein, das ich nicht mitbekommen habe. Jetzt richtet sich der Hass auf mich selbst, weil ich nicht bei ihm war. Weil ich es nicht sein konnte. Auf einmal fühle ich mich an diesem Ort, an dem sich Dane mit Nathan getroffen hat, noch mieser.

»Wenn dich irgendwer schlecht behandelt hat …«, sage ich und deute hinter mich, wo ich den Sportplatz vermute, »… kannst du mir das sagen. Ich weiß, dass du vieles lieber mit dir selbst ausmachst, aber du musst das nicht vor mir verbergen.« Weil seine Miene weiterhin verschlossen bleibt, füge ich mit weicherer Stimme hinzu: »Ich meine, so sollte es doch sein, wenn man zusammen ist.«

Nun verändert sich etwas in seinem Gesicht, seine Augen hellen sich auf.

»Wir sind zusammen?«, fragt er.

»Natürlich sind wir das.« Ich klinge etwas ärgerlich – nicht seinetwegen, sondern weil ich ihm das schon vor ein paar Tagen hätte sagen sollen. Endlich überwinde ich den Abstand zwischen uns, greife nach seinen Armen und ziehe ihn zu mir, um ihn zu küssen.

Seine Lippen schmecken leicht salzig und ich wische ihm mit den Händen die letzten Tränen von den Wangen, bevor ich die Finger in seine Haare gleiten lasse. Unsere Küsse vermischen sich mit Schuld und Sühne. Ich hätte ihn schon am Wochenende heimlich treffen und ihm die Zweifel nehmen müssen.

Vorsichtig löse ich meine Lippen von seinen und lehne meine Stirn gegen seine, während ich seine Hände nicht loslasse.

»Ich meine das ernst«, flüstere ich mit geschlossenen Augen. »Wenn irgendwer ein Problem mit dir hat, hat er das zukünftig auch mit mir.«

Sein heiseres Lachen verschafft mir eine Gänsehaut.

»Sag das unserem Lauftrainer«, meint Dane schließlich und wir richten uns wieder auf. »Mir ist aufgefallen, dass ich bestimmt als Letzter im Ziel sein werde und sie irgendwann genervt die Veranstaltung abbrechen werden, bevor ich es zur Ziellinie geschafft habe.«

Ich lache mit ihm, obwohl unausgesprochen zwischen uns steht, dass er gelogen hat, um die Stimmung aufzulockern und seinen Schmerz zu verbergen. Ich wüsste so gern, woher der stammt, aber ich kann ihn nicht dazu drängen, mit mir darüber zu reden. Also spiele ich mit und boxe ihm mit der Faust gegen den Arm.

»Wo bleibt dein Sportsgeist?«

»So was ist nicht in meiner DNA.«

»Weißt du was?« Ich grinse und ziehe ihn an der Hand mit mir, damit wir wenigstens das Stück, bis wir uns wieder trennen müssen, gemeinsam zurücklegen können. »Ich täusche einfach einen Wadenkrampf vor und lasse dich notfalls vor mir ins Ziel laufen.«

»Ach, hast du damit Erfahrung?«

»Möglicherweise«, entgegne ich und mein Herz tanzt, als ich ihn lächeln sehe.

***

An den nächsten beiden Tagen gelingt es Dane und mir nicht, uns heimlich auf dem Campus zu treffen. Am

Donnerstag bin ich es so leid, dass wir uns bei ihm verabreden. Seine Mutter ist wohl abends auf einer Veranstaltung und ich will mich rechtzeitig rausschleichen, bevor sie zurückkehrt. Meinen Eltern erzähle ich irgendeine Ausrede, im Zweifel deckt Gabe mich, wenn ich ihm erzähle, dass ich mal Ruhe vor ihnen brauchte.

Doch der Plan tritt nie ein, da Dane mir eine Nachricht schreibt, ehe ich mich auf den Weg machen kann.

Daniel (19:02):
Wir können uns nicht bei mir treffen.
Heute hat jemand draußen Überwachungskameras installiert.
Avery hat erzählt, dass Nachbarn wohl gesehen haben, wie neulich eine dunkel gekleidete Person durch unseren Garten geschlichen ist.

»O Shit«, murmele ich, weil ja *ich* diese Person gewesen bin.

Magnus (19:04):
Haben sie irgendeinen Verdacht?

Daniel (19:05):
Nein, keine Sorge.
Avery denkt, dass es jemand gewesen ist, der Mom Angst machen wollte.
Die letzte Wähler-Sprechstunde lief wohl nicht so gut.
Ein Typ war total empört, weil sie meinte, dass sie die Radwege verbreitern lassen will.
Er hat ihr gedroht, dass er ihr Auto demoliert, wenn er es sieht.

Magnus (19:07):
Wir sollten ihm als Dankeschön einen Präsentkorb schicken.
Was nicht heißen soll, dass er nicht ein Idiot ist.
Ich hoffe, du und deine Mom fühlt euch jetzt nicht unsicher.

Daniel (19:10):
Nein, ich weiß ja, wer die dunkle Gestalt in unserem Garten war.
Nur Mom kann ich es nicht sagen. Und das ist schwer.
Vor ein paar Jahren wurde uns mal mehrere Wochen lang ein Polizist zur Seite gestellt, weil sie einen heiklen Fall bearbeitet hat.

Magnus (19:12):
Meinem Dad wurde auch schon häufiger gedroht, aber Polizeischutz brauchte er zum Glück noch nie.

Daniel (19:13):
Telefonieren wir heute Abend trotzdem?

Magnus (19:13):
Klar.

Seine Erzählung stimmt mich nachdenklich. Als ich mich in ihren Garten geschlichen habe, war mir nur wichtig, dass mich niemand sieht. Es ging mir nur um mich – ich habe zu keinem Zeitpunkt daran gedacht, was mein Versteckspiel für Dane und seine Mom bedeuten könnte. Das schlechte Gewissen plagt mich in letzter Zeit wirklich häufig. Bis vor einigen Wochen wusste ich gar nicht, dass ich ein so aktives Gewissen habe.

Frustriert starre ich auf mein Smartphone. Ich hätte Daniel heute so gern gesehen, ihn berührt, ihn geküsst. Wenigstens seine Stimme muss ich hören. Als ich gerade überlege, ob wir uns irgendwo anders heimlich treffen könnten, klopft es an meiner Zimmertür.

»Mom will, dass wir ihr in der Küche helfen«, meint Dorian und sieht sich in meinem Zimmer um, als würde er nach etwas suchen, mit dem er mich bei Dad anschwärzen kann. Außer einem neuen Haufen Schmutzwäsche und dem Chaos auf meinem Schreibtisch findet er allerdings nichts, was ihn offenbar sehr enttäuscht.

Ich habe eigentlich keine Lust, Mom in der Küche zu helfen. Ich klettere trotzdem aus meinem Bett und tippe eine Nachricht an Dane, dass ich ihn später anrufe. Dorian bemerkt wohl meinen veränderten Gesichtsausdruck und will mir das Telefon aus der Hand klauen.

»Hey«, maule ich ihn an, weiche zur Seite aus und krache mit der Schulter gegen die Wand. »Finger weg von meinem Telefon.«

»Sag bloß, mein kleiner Bruder hat Geheimnisse«, scherzt er und ich verziehe das Gesicht zu einer Grimasse.

»Hat dir eigentlich schon mal jemand gesagt, dass du nicht witzig bist?« Ich verstaue mein Smartphone sicher in meiner Hosentasche und mache mich auf den Weg die Treppe hinunter. In Gedanken bin ich schon wieder bei Dane und der Sache mit den Überwachungskameras. Wie können wir uns dann überhaupt noch wirklich ungestört sehen? In ein Café können wir uns ja nicht gemeinsam setzen, die dunklen Ecken auf dem Campus gehen uns so langsam aus und hier ist sicherlich auch kein geeigneter Ort dafür.

Das wird mir überaus deutlich gemacht, als Dorian meine Unachtsamkeit ausnutzt, mich auf der Treppe überholt und mir dabei das Smartphone aus der Tasche zieht.

»Was soll das, Mann?«, frage ich verärgert und will mein Telefon zurückerobern, aber er hält mich mit einer Hand von sich fern und beginnt mit der anderen, den Bildschirm zu entsperren. Jetzt bin ich mehr als froh, dass ich inzwischen regelmäßig meinen Code ändere.

Dennoch schlägt mein Herz unweigerlich schneller, weil ich trotz der Entfernung sehen kann, dass eine neue Nachricht angekommen ist. Der Inhalt wird nicht angezeigt, nur der Absender und die Uhrzeit.

»Wer ist D?«, will Dorian wissen. »Gibt es etwa noch ein anderes D außer mir in deinem Leben?« Er lässt mich endlich los und legt sich theatralisch die Hand auf die Brust. »Du brichst mir das Herz, kleiner Bruder.«

»Du hast echt ein Problem mit deinem Ego«, entgegne ich und kann ihm mein Smartphone abnehmen. Eilig schalte ich den Bildschirm aus und springe die letzten Treppenstufen hinunter.

In der Küche atme ich noch schwer und Mom sieht verwundert von der Ente auf, die sie gerade mit allerlei Gemüse füllt. Hätte ich gewusst, wobei ich helfen soll, hätte ich mein Zimmer nicht verlassen.

Dorian taucht neben mir auf und legt einen Arm um meine Schultern, bevor er mir mit der Hand durch die Haare wuschelt.

»Der Kleine wird endlich erwachsen«, meint Dorian lachend, als ich mich aus seiner Umklammerung befreie. »Ist sie hübsch? Stellst du sie bald Mom und Dad vor?«

»Scheiße, Dorian«, keuche ich.

»Magnus«, meint Mom und zieht verärgert ihre nachgemalten Augenbrauen zusammen. »In diesem Haus wird nicht geflucht.«

»Zier dich doch nicht so«, meint Dorian amüsiert und schnappt sich ein Messer, um Kartoffeln zu schälen. »Wird ja mal Zeit, dass du eine Frau mit nach Hause bringst. Irgendwann machen wir uns ernsthafte Sorgen.«

»Geh in irgendein Bad und verlieb dich in dein eigenes Spiegelbild«, sage ich zu meinem arroganten Bruder und sehne mich in die Zeit zurück, als es Dad noch akzeptiert hat, wenn wir solche Auseinandersetzungen körperlich ausgetragen haben.

Als ich später in mein Zimmer zurückkehre, fühle ich mich so ausgelaugt, als hätten wir tatsächlich miteinander gerangelt. Ich greife sofort nach meinem Smartphone und verfasse eine Nachricht an Dane.

Magnus (20:34):
Sorry, ich kann heute nicht anrufen.
Mein Bruder schöpft ansonsten Verdacht.

Es dauert verdammt lange, bis Dane antwortet. Ich schicke ihm noch drei Nachrichten hinterher, in denen ich ihm versichere, dass Dorian nichts ahnt.

Daniel (20:48):
Nicht schlimm. Meine Mom kommt wahrscheinlich eh früher als gedacht nach Hause.

Magnus (20:50):
Telefonieren wir am Wochenende?

Daniel (20:51):
Ich habe meinem Dad versprochen, ihn von Samstag auf Sonntag zu besuchen.
Ich kann nicht wieder die ganze Zeit am Telefon sein.
So kennt er mich nicht. Er wird bestimmt Mom danach fragen.

Ich stoße einen genervten Laut aus und lasse mein Telefon aufs Bett fallen. Wenn es nach mir ginge, wäre ich direkt zu ihm gefahren. Das hätte den Tag gerettet. Dass wir so etwas nicht selbst entscheiden können, frustriert mich immer mehr. Wir sind schließlich erwachsen und trotzdem kuschen wir vor unseren Eltern, um ein Desaster zu verhindern. Nicht zum ersten Mal denke ich darüber nach, mir eine eigene Wohnung oder zumindest ein WG-Zimmer zu suchen. Aber von welchem Geld bezahle ich das? Dad würde dafür sorgen, dass ich nirgendwo ein Zimmer finde. Und schon gar keinen Nebenjob, der mir ein Leben außerhalb seines Wirkungskreises finanziert.

Mein Smartphone kündigt eine neue Nachricht an und ich schnappe es mir so schnell, dass ich fast vom Bett stürze.

Daniel (20:55):
Willst du mitkommen?

Magnus (20:56):
Zu deinem Dad?

Daniel (20:56):
Ja. Ihm macht das bestimmt nichts aus.
Ich sage ihm einfach, dass du ein Freund bist, der mal aus der Stadt raus muss.
Im Zweifel erzähle ich ihm, dass du ein großer Angelfan bist.
Dann musst du dir zwar einen Vortrag über die richtigen Köder anhören, aber wir sind sicher.

Magnus (20:59):
Das klingt gut.
Außer natürlich das Angeln.
Ich lasse mir eine Ausrede für meine Eltern einfallen.

Frei sein

Magnus

Es war leichter als gedacht, meine Eltern auszutricksen. Ich musste ihnen nur erzählen, dass ein Freund von meinem alten College am Samstag Geburtstag feiert und ich ihn deshalb für eine Nacht besuchen will. Normalerweise hätte Dad wissen müssen, dass ich niemals wieder einen Fuß in dieses College setzen will, aber mir kommt zugute, dass er sich über ein neues Interview von Nora Atkins in der aktuellen Tageszeitung aufregt.

Also packe ich am Freitag ein paar Sachen in eine Reisetasche und stehe am Samstagmorgen an der Bushaltestelle. Ich fahre vier Stationen, bis ich aussteige, da ich niemals vorhatte, bis zum Bahnhof zu reisen. Stattdessen warte ich auf ein silbernes Auto, das knapp zehn Minuten später an der Haltestelle hält.

»Hi«, sage ich grinsend zu Dane und er lächelt mich kurz zur Begrüßung an, bevor er sich auf den Straßenverkehr konzentriert. Da ich selbst keinen Führerschein habe, bin ich es gewohnt, Beifahrer zu sein, aber noch nie habe ich gesehen, dass jemand so verkrampft am Steuer sitzt. Daniels Hände umklammern das Lenkrad, als wäre es ein Rettungsring. Er sitzt so aufrecht, dass er nicht mal annähernd die Rückenlehne berührt.

Ich wusste ja, dass er Autofahren nicht mag, doch schon nach wenigen Meilen empfinde ich Danes Unsicherheit als völlig unbegründet. Mein Bruder fährt deutlich schlechter Auto, er beschäftigt sich eher mit dem Radio oder seinem Smartphone. Mit ihm fahre ich nur mit, wenn es keine andere Möglichkeit gibt.

»Wie lang brauchen wir?«, frage ich, obwohl ich nicht weiß, ob Dane beim Autofahren reden will.

»Etwa anderthalb Stunden«, erwidert er, ohne den Blick auch nur einen Moment von der Straße zu heben. So aufmerksam und konzentriert bin ich ja nicht mal, wenn ich eine Prüfung schreibe.

»Okay«, sage ich und lehne mich zurück. Ich halte die Stille höchstens fünf Minuten aus, bis ich das Radio einschalten will. Danes panische Kopfbewegung lässt mich zurückzucken.

»Sorry«, murmele ich. »Wusste nicht, dass das Radio tabu ist.«

»Ich …«, beginnt Dane und unterbricht sich mit einem Seufzen. »Ich versuche nur, uns nicht umzubringen.«

»Dann fahr bloß nie mit meinem Bruder. Da lernt man echte Todesangst kennen.«

Wider Erwarten lacht Daniel und seine Hände entspannen sich etwas. Also fange ich an, ihm mehr zu erzählen, und beobachte mit Genugtuung, dass sich auch seine Schultern absenken.

»Einmal ist er an einer Kreuzung versehentlich rückwärts gefahren und hat drei Mülltonnen erwischt. Wenn Dad das wüsste, würde er ihm sicherlich nicht mehr sein Auto leihen«, meine ich. »Mir leiht Dad sein Auto zumindest nicht mehr, nachdem ich mir als Fünfzehnjähriger eigenständig Fahrstunden geben wollte, weil er nie Zeit dazu hatte. Ging nicht so gut aus. Und ohne Auto brauche ich auch erst mal keinen Führerschein.« Ich lache trotz des bitteren Beigeschmacks, den das Thema für mich hat. »Hey, *du* könntest mir doch Fahrstunden geben.«

Dane sieht kurz zu mir, bevor sein Blick wieder an der Straße klebt. »Guter Witz. Ich habe sicherlich andere, bessere Qualitäten.«

»Ja, die hast du«, erwidere ich grinsend. »War auch bloß Spaß.« Ich sehe aus dem Fenster, da wir die nächste Stadt erreicht haben. »Hey, ich wusste gar nicht, dass dort jetzt ein Kino ist.«

»Ja, seit einem halben Jahr«, meint Dane. »Paige, Wes und ich waren im Sommer ein paar Mal da, weil sie Filme zeigen, die in Wilbur Peaks nicht laufen.«

»Welche denn?«, frage ich interessiert und deute auf einen Radfahrer, der Schlangenlinien fährt. Dass er nicht der Einzige ist, der alles im Blick haben muss, gibt Dane offenbar Sicherheit und etwas Ruhe, um mir tatsächlich von den Filmen zu erzählen.

Nach den geschätzten anderthalb Stunden erreichen wir eine Ortschaft mit kleinen Häusern und großen Gärten. Doch die letzte Zivilisation lassen wir auch noch hinter uns und Dane bringt uns durch tiefe Wälder zu einem Holzhaus inmitten der Natur.

Einen richtigen Parkplatz gibt es nicht, wir stellen uns einfach irgendwo auf ein Stück Schotterweg und holen unsere Taschen aus dem Kofferraum. Das Haus versetzt mich sofort in Urlaubsstimmung und erinnert mich an Tante Bridgets Haus, obwohl die Küste meilenweit entfernt ist.

»Niemand da?«, frage ich, dabei war ich schon gespannt, Danes Dad und dessen Freundin kennenzulernen. Auf der Fahrt hierher hat Dane mir von ihnen erzählt.

In der Küche liegt ein Zettel, den er rasch liest.

»Sie sind einkaufen und holen danach noch neues Brennholz bei einem Freund meines Dads«, erklärt er.

»Willst du auf sie warten?«

»Nein, der wohnt recht weit weg. Die Wege sind hier eh sehr viel weiter.« Er schnappt sich einen Stift aus einer Schublade. »Ich hinterlasse ihnen einfach eine Nachricht, dass wir schon mal angeln gehen.«

»Wir tun was?« Trotz meines Lachens bleibt Dane ernst.

»Wie? Du hast keine Gummistiefel dabei? Du kannst dir welche von meinem Vater leihen.«

Die Gummistiefel bleiben glücklicherweise zuhause. Nachdem wir unsere Taschen in das kleine Gästezimmer gebracht haben, verlassen wir das Haus schon wieder. Ich verbringe die Nacht hier offiziell auf einer Matratze, die schon bereitliegt. Dane hat seinen Vater gestern über seine Begleitung informiert und sicherlich nicht meinen Nachnamen erwähnt, ansonsten hätte ich bestimmt die Türschwelle nicht übertreten dürfen. Inoffiziell wird diese zweite Matratze aber unberührt bleiben.

Ich weiß noch nicht, was Dane vorhat, als er seinen Rucksack und zwei Wolldecken, die auf einem Schaukelstuhl auf der Veranda liegen, mitnimmt und mich auffordert, ihn zu begleiten. Wir brauchen höchstens fünf Minuten, bis ich den See von der Zeichnung an seiner Zimmerwand wiedererkenne. Dane breitet eine der

Decken auf einem kleinen freien Stück zwischen den Bäumen aus, lässt sich darauf nieder und legt die zweite Decke über seine Beine.

Für einen Tag Mitte Oktober ist es heute relativ warm. Als ich die Weiten des Sees sehe, kann ich nicht anders, als nach meinen Schuhen auch meinen Pullover und die Hose auszuziehen.

»Was machst du?«, fragt Dane und versucht seine plötzliche Verunsicherung mit einem Lachen zu überspielen.

»Wonach sieht's denn aus?«, gebe ich lachend zurück und werde auch die Socken los.

»Ist es nicht viel zu kalt zum Baden?« Er sieht mich verständnislos an – ich ihn noch viel verständnisloser.

»Du bist mit einem Schwimmer zusammen. Dir muss doch klar sein, dass ich diesen See einweihen muss.«

Dane schüttelt schmunzelnd den Kopf, als ich nur in Boxershorts vor ihm stehe und vor Kälte zittere. Mir wird direkt wärmer, als er mich von Kopf bis Fuß betrachtet und dabei nicht verbirgt, woran er gerade denkt.

Ich fange an, laut bis drei zu zählen, damit mich der Mut nicht verlässt. Bereits bei zwei renne ich zum Ufer und schließlich ins Wasser. Das ist zwar nicht das Meer, aber dieser Ort hat etwas Magisches.

Das Wasser ist noch kälter als gedacht und doch tauche ich direkt unter. Ich schwimme ein paar Runden und genieße das Gefühl der Freiheit, das mir das Schwimmen immer gegeben hat. Aber fuck, ist das kalt. Doch ich will Dane nicht recht geben. Während ich mich auf dem Rücken treiben lasse, sehe ich immer wieder neugierig zu ihm. Er hat sich inzwischen bis zum Hals in die Wolldecke eingewickelt, die Beine angezogen und sein Skizzenbuch aus seinem Rucksack geholt.

Als ich das nächste Mal auftauche, entgeht mir nicht der Blick, mit dem er mich verfolgt. Ich wüsste zu gern, was er zeichnet. Also schwimme ich wieder zum Ufer und steige aus dem Wasser. Ich hinterlasse eine nasse Spur aus Tropfen, bis ich mir meine Klamotten überziehe und Dane mich zu sich unter die Wolldecke lässt.

»War es kalt?«, fragt er grinsend.

»Nein, gar nicht«, entgegne ich bibbernd und nutze die Chance, mich unter der Decke näher an seine Seite zu schmiegen und auf seinen Zeichenblock zu schauen. »Wenn ich nicht wüsste, dass du keine Menschen zeichnest, hätte ich jetzt geraten, dass es eine Aktzeichnung wird.«

»Das hättest du wohl gern«, murmelt er und präsentiert mir seine Zeichnungen. Er hat ein paar Skizzen eines morschen Baumstumpfs in unserer Nähe gemacht, auf dem er eine Libelle entdeckt hat.

Dane verstaut sein Zeichenbuch in seinem Rucksack und wir wechseln unter der Wolldecke in eine waagerechte Position. Eine Weile liegen wir schweigend nebeneinander und lauschen den Geräuschen der Natur.

»Ich hatte vergessen, wie gut es ist, in der Natur schwimmen zu gehen. Ich habe den Sommer bei Tante Bridget verbracht, sie wohnt an der Küste, aber das ist nicht dasselbe.« Ich spreche besonders leise, um das Vogelgezwitscher nicht zu unterbrechen.

»Ich war noch nie am Meer«, meint Dane und dreht das Gesicht in meine Richtung. »Ich war ehrlich gesagt noch nie weiter weg als hier.«

»Bridget hat bestimmt nichts dagegen, wenn du mich im Sommer zu ihr begleitest.«

Einen Moment lächeln wir uns an und denken wahrscheinlich dasselbe. Ich habe es gesagt, als wäre mein Dad nicht Adrian Vaughn und seine Mom nicht Nora Atkins und wir könnten tatsächlich beide den Sommer an der Küste verbringen. Eine wunderbare kleine Ewigkeit lasse ich den Gedanken zu.

Dane richtet seinen Blick wieder gen Himmel und seufzt leise.

»Ich brauche die Ruhe manchmal, um meine Batterien wieder zu füllen.« Mit geschlossenen Augen atmet er ein paar Mal tief durch und fügt wispernd hinzu: »Wegen meiner Hochsensibilität.«

»Hat das dein Therapeut gesagt?« Als er wieder zu mir sieht, muss ich schmunzeln.

»Das ist keine Diagnose«, erwidert er lächelnd. »Das haben viele Menschen, mal mehr, mal weniger ausgeprägt.« Als Reaktion auf meinen verwirrten Blick muss er lachen. »Wehe, du fragst jetzt, ob ich schneller als du bei traurigen Filmen weine.«

»Verschwinde aus meinem Kopf«, raune ich ihm amüsiert zu und greife nach seiner Hand, um ihm noch näher zu sein.

»Wie erkläre ich das nur?« Er schweigt ein paar Sekunden. »Ich nehme meine Umgebung wahrscheinlich intensiver wahr als die meisten. Wenn es viele Eindrücke – Gerüche, Licht, Geräusche oder andere Reize – gibt, erschöpft mich das schnell und wird mir zu viel.«

»Jetzt gerade auch?«, flüstere ich und streiche behutsam mit dem Daumen über seinen Handrücken. Er dreht sich auf die Seite und schüttelt langsam den Kopf.

»Meine Welt ist immer zu laut. Wenn ich bei dir bin, ist sie plötzlich ganz leise«, wispert er und ein paar Atemzüge bin ich nur dazu fähig, ihn anzustarren. Ich erinnere mich nicht daran, dass jemals jemand etwas Vergleichbares zu mir gesagt hat. Himmel, wie viel mir diese Worte bedeuten.

Weil ich nicht weiß, wie ich richtig darauf antworten soll, setze ich mich abrupt auf und reagiere so, wie man es von mir erwarten würde.

»Du kannst mir auch anders sagen, dass meine Gesellschaft echt langweilig ist.« Während ich lache, richtet sich Dane ebenfalls auf und schubst mich an den Schultern zur Seite, was mich lauter lachen lässt.

»Du bist ein Idiot, Magnus Vaughn«, meint er schmunzelnd und ich lasse mich wieder auf den Rücken fallen. Dabei umfasse ich seine Arme und ziehe ihn mit mir.

»Aber immerhin kein Langweiler«, erwidere ich und mein Puls erhöht sich, als sich Dane grinsend über mich beugt. Er stützt sich mit den Händen neben meinem Kopf ab und streicht mit seiner Nase vorsichtig über meine. Als ich seinen Atem auf meinen Lippen spüre, wandert ein Ziehen durch meinen Unterleib. Ich habe ihn eindeutig zu lange nicht mehr geküsst. Also hebe ich den Kopf und presse meinen Mund gierig auf seinen. Solange er mich küsst, muss ich an nichts anderes als das perfekte Zusammenspiel unserer Lippen denken.

Während Dane mich beinahe zur Besinnungslosigkeit küsst, lege ich meine Hände an seine Hüften. Ich wölbe mich ihm entgegen und drücke meine Erektion gegen seine Hose. Als ich darunter fühle, dass es ihm genauso geht, entlockt mir das ein Stöhnen. Ich lege meine Hände an seinen Hintern und Dane unterbricht unsere Küsse nur kurz, um zu keuchen. Danach zählen wieder nur sein Mund auf meinem, seine Zunge an meiner und seine Härte, die sich an meiner reibt.

Wir fachen uns gegenseitig weiter an, unter der Wolldecke ist es ziemlich heiß und jeder Zentimeter Kleidung fühlt sich auf einmal zu viel an. Also lasse ich meine Hände unter seinen Pullover wandern und streiche über seinen Rücken. Seine nackte Haut unter meinen Fingern zu spüren, bringt mich fast um den Verstand. Auch wenn das keine neue Erfahrung für mich ist, ist doch etwas neu: Es war vorher nie von Bedeutung.

Bei ihm ist es anders. Ich habe so viele Gefühle in mir, dass ich schier zerplatzen könnte. Jeder Kuss lässt die Unsicherheiten zwischen uns weiter verstummen, bis auch Dane seine Hände unter meinen Pullover schiebt. Seine Finger tanzen über mein wild klopfendes Herz, während meine Erektion stärker pocht. Bevor wir entschieden haben, wie es weitergeht, unterbricht ein lautes Vibrieren unsere atemlosen Küsse.

Ich wünsche mir, dass er weitermacht, kann aber verstehen, dass er innehält und von mir klettert. Mit zitternden Händen kramt er in seinem Rucksack, bis er sein Smartphone gefunden hat. Er liest die neue Nachricht und lässt sich neben mir auf den Rücken sinken.

»Mein Dad und Leah sind zurück«, flüstert er und wir wissen beide, dass die Zweisamkeit damit ein jähes Ende gefunden hat.

***

Als wir zum Haus zurückkehren, kann ich immer noch nicht glauben, was da vorhin fast zwischen ihm und mir passiert ist. Nur der Gedanke daran jagt mir Stromstöße durch den Körper und ich muss schnell an etwas anderes denken. Also betrachte ich besonders ausgiebig den ausgestopften Fisch über dem Kühlschrank und begrüße anschließend Danes Dad und seine Freundin.

»Ich bin Nicholas. Schön, dich kennenzulernen«, meint sein Dad, ein grauhaariger, vollbärtiger Typ in einem karierten Hemd, der perfekt in die alte Holzhütte passt. »Seit ich aus Wilbur Peaks weggezogen bin, lerne ich nicht mehr so viele Freunde meines Sohnes kennen.« Er blickt mit gerunzelter Stirn aus dem Fenster. »Entschuldigt mich, aber ich sollte das Brennholz in den Schuppen bringen. Es könnte heute noch gewittern.«

»Brauchst du Hilfe?«, fragt die Frau mit den struppigen Locken, die sich vorhin als Leah vorgestellt hat.

»Sollen wir dir helfen, Dad?«, schlägt Dane vor.

»Nein, nein, helft lieber Leah in der Küche. Sie kam vorhin beim Einkaufen auf die Idee, heute Waffeln zu backen.«

»Waffeln?«, schnappe ich auf. Ich helfe nicht gern in der Küche, aber heute mache ich mal eine Ausnahme. Ich will nämlich keine Minute von Dane getrennt sein und er hat gar kein Problem damit, Leah mit den Vorbereitungen für den Teig zu helfen.

»Hat dein Dad überhaupt ein Waffeleisen?«, fragt Leah irgendwann.

»Ich glaube, nur so ein uraltes«, erwidert Dane amüsiert und beide fangen an, in den Schränken und Schubladen zu suchen. Dabei übersehen sie die ganze Zeit, dass an der Wand eine eiserne Form hängt. Ich verschränke die Arme vor dem Oberkörper und beobachte sie eine Weile, bis ich das Lachen nicht länger zurückhalten kann.

Beide blicken mich gleichermaßen verdutzt an und ich deute zur Wand.

»Das ist vermutlich nicht nur Deko«, sage ich und Danes Lächeln sorgt dafür, dass mir direkt wärmer wird.

»Dann hoffen wir mal, dass es nicht regnet und wir nachher ein Lagerfeuer draußen machen können«, meint Leah und klettert auf einen Stuhl, um das Waffeleisen zu holen.

Es regnet nur kurz und das Gewitter zieht auch schnell vorüber. Deshalb schichten wir Brennholz im Garten auf und bereiten alles für ein gemütliches Lagerfeuer vor. Wir sitzen auf Kissen und Leah versucht, Waffeln im Feuer zu braten. Dabei kippt sie beinahe mehr Teig ins Feuer als in die Form, sodass Nicholas und ich ihr helfen. Dane kümmert sich um genügend Wolldecken, damit wir nicht frieren.

Die Waffeln werden nicht perfekt, doch sie schmecken großartig. Meine Mom hätte sicherlich einen kleinen Nervenzusammenbruch erlitten, weil nichts nach Plan verläuft. Leah überspielt alles mit einem sympathischen Lachen und erzählt dabei Geschichten von ihren eigenen Kindern. Sie ist ein so herzlicher Mensch und Danes Dad hinter seiner mürrischen Art auch, dass es mir fast leidtut, seinen Sohn bei seinem letzten Besuch mit unseren Telefonaten so lange von ihnen ferngehalten zu haben.

Dieses Lagerfeuer ist nicht mit meinem Abend mit Gabe und unseren Bekannten, der mit Polizeieinsatz endete, zu vergleichen. Nichts ist hiermit gleichzusetzen. Als es dunkel wird, rückt Dane auf seinem Kissen etwas näher zu mir. Sein Vater ist gerade nach drinnen verschwunden, um ins Bett zu gehen, und Leah blickt in den klaren Sternenhimmel.

Dane nutzt ihre Ablenkung und greift nach meiner Hand. Lächelnd lasse ich es zu, aber will mich zurückziehen, als Leah ihre Aufmerksamkeit wieder auf uns richtet. Doch er hält meine Hand weiterhin fest und streicht mit dem Daumen über meine Finger, was mir eine unvergleichliche Ruhe gibt. Eine Ruhe, die ich so noch nie in meinem Leben empfunden habe.

Leah reibt ihre Hände aneinander und wärmt sie am prasselnden Feuer, während sie leicht lächelt. Da wird mir bewusst, dass sie es weiß. Und dass das okay ist. Also lehne ich mich gegen Daniels Schulter und vergrabe mein Gesicht in seiner Halsbeuge.

»Ich lasse euch auch mal allein«, meint Leah schließlich und erhebt sich von ihrem Sitzplatz. »Denkt dran, das Feuer nachher zu löschen.«

***

Nachdem ich mich am Sonntagmorgen von Nicholas und Leah verabschiedet habe und wirklich hoffe, wie sie es sagen, bald wieder herkommen zu können, steige ich neben Dane ins Auto. Erst als mein Hintern den Beifahrersitz berührt, realisiere ich, dass wir in unsere normalen Leben zurückkehren müssen. Zuhause muss ich wieder mit der Lüge leben. So frei wie hier kann ich mich dort niemals fühlen.

Mit jeder Meile, die wir uns Wilbur Peaks nähern, verschlechtert sich meine Laune. Obwohl er sich aufs Autofahren konzentrieren muss, bemerkt Dane es.

»Deine Eltern wissen nicht, dass du schwul bist, oder?«, fragt er, ohne vorwurfsvoll zu klingen. Nachdem ich ihn hinter der Sporthalle weinen gesehen habe, musste ich so oft daran denken, dass ich nicht wie Nathan sein will. Das hat Daniel nicht verdient.

»Ich hatte bislang nicht die Gelegenheit, es ihnen zu sagen«, entgegne ich und atme hörbar durch die Nase ein. »Mein Dad hat in der Vergangenheit so viele streng konservative Aussagen getroffen. Ich habe als Jugendlicher zwar offen gegen ihn rebelliert, aber diese Grenze konnte ich nicht überschreiten. Ich wollte nicht, dass er versucht, es mir auszureden, weil er es nur für eine Laune hält.«

»Und wenn es für deinen Dad okay wäre?«

»Das glaube ich nicht.«

»Und ich glaube, du gibst deinen Eltern nicht mal die Chance, dich richtig kennenzulernen.«

»Ja, vielleicht«, erwidere ich nachdenklich und die restliche Fahrt wird es sehr still im Auto.

***

Für den Schein bin ich wieder drei Stationen mit dem Bus gefahren und laufe den restlichen Weg von der

Haltestelle bis zu unserem Haus zu Fuß. Das Haus kommt mir auf einmal noch größer und ungemütlicher vor. Warum sind die Wände so kahl und perfekt weiß? Warum sehen die Möbel aus, als könnte man sie jederzeit zum Neupreis verkaufen? Ein Haus, in dem gelebt wird, sollte so nicht aussehen.

Ich war seit zwei Tagen nicht am Smartphone und schalte es nur ein, um Dane zu schreiben, dass ich zuhause angekommen bin. Es werden sofort Nachrichten von drei Personen angezeigt. Mit zwei von ihnen hatte ich seit Wochen keinen Kontakt. Es sind Bekannte, die mir den Link zu einem Artikel geschickt haben. Hätte ich noch meine Social-Media-Profile, hätten mich sicherlich eine Menge Leute verlinkt.

Die dritte Nachricht stammt von Gabe, der mir ebenfalls diesen Artikel weitergeleitet hat und dazu schreibt: *Da hat dein Dad aber mal was rausgehauen.*

Ich schaffe es bis zur Treppe, wo ich auf die unterste Stufe sinke und den Link anklicke. Als Antwort auf Nora Atkins' Interview am Freitag hat Dad offenbar auch ein langes Interview gegeben. In einer Frage geht es um ein Ereignis vor ein paar Tagen, bei dem zwei Frauen von einem Typen körperlich angegangen wurden, weil sie in der Öffentlichkeit Händchen gehalten haben. Ich verfolge die Lokalnachrichten kaum noch und bin geschockt, von dem Ereignis zu erfahren – und noch geschockter von Dads Behauptung, dass die beiden Frauen es mit ihrem Verhalten selbst provoziert hätten.

Obwohl ich es nur lese, kann ich förmlich hören, wie herablassend Dad die Antwort gegeben hat. Während meiner Lektüre balle ich die freie Hand zur Faust und atme schwer. Wie gern würde ich meinem homophoben Vater sagen, dass sein eigener Sohn alles ist, was er verachtet.

Der Wunsch fühlt sich mehrere Sekunden übermächtig an, bis ich wieder zur Besinnung komme und mein Smartphone wegstecke. Mom steht am oberen Treppenende und sieht überrascht zu mir.

»Du bist ja pünktlich zurück«, stellt sie fest, als hätte sie nicht damit gerechnet. Dabei weiß sie gar nicht, was für ein guter Sohn ich bin. Wie ich mich selbst verleugne, damit der Arsch, den sie geheiratet hat, bald seinen dritten Wahlsieg feiern kann und mich danach hoffentlich in Ruhe lässt. Dass ich mich wie ein Gefangener in diesem Haus fühle und nur darauf warte, endlich frei zu sein.

»Wie war die Geburtstagsfeier?«, will Mom wissen, nachdem sie das Erdgeschoss erreicht hat. Sie hebt die Hand, doch ich weiche aus, bevor sie mich am Arm berühren kann.

»Ganz nett«, brumme ich, schultere meine Tasche und steige die Treppe hoch.

»Du kannst ja nachher beim Essen mehr darüber erzählen«, meint sie.

Garantiert nicht. Wenn ich etwas mit Sicherheit weiß, dann ist es, dass keiner von ihnen von meinem Wochenende erfahren wird.

Ungestört sein

Daniel

Ich war nie ein großer Fan von Halloween-Partys. Im Allgemeinen nicht von Partys. Doch Magnus hat mich zu Gabes Geburtstagsfeier eingeladen und ich will nicht absagen, nachdem wir uns ein paar Tage kaum gesehen haben. Mom erkläre ich, dass ich zu Wes fahre, und sie wünscht mir einen schönen Abend.

»Nimm das Auto«, sagt sie noch. »Damit wäre mir wohler nach der Sache mit der Drohung bei der Wähler-Sprechstunde.«

»Du meinst, damit der Idiot mein Auto direkt demolieren kann?«, frage ich, um die Situation aufzulockern. Immerhin versteht sie meinen Scherz und kneift mich in den Oberarm.

»Ich meine das ernst, Daniel.«

»Ich auch.«

»Scherzkeks. Komm nicht zu spät nach Hause, ja?«

»Ja, Ma'am.« Ich salutiere lachend und mache mich auf den Weg zu meinem Auto. Das kurze Stück von unserer Veranda bis zum Parkplatz reicht aus, um mich in ein Nervenbündel zu verwandeln. Vor Mom wollte ich es nicht zeigen, jetzt macht mich die Vorstellung einer Party ziemlich nervös. Es wird dort laut, stickig und voller Menschen sein – alles, was ich normalerweise meide.

Dann denke ich an Magnus und unser Wochenende bei meinem Dad. Es fühlte sich so vertraut an, mit ihm am See zu liegen. Mein Gott, ich hätte ihm stundenlang dabei zusehen können, wie er mit diesem athletischen Körper im Wasser war. Wenn er noch am Schwimmtraining teilnehmen würde, hätte ich mich in Zukunft ein paar Mal in die Halle geschlichen, um ihn heimlich beim Schwimmen zu beobachten. Es interessiert mich zwar, warum er das Schwimmtraining pausiert und stattdessen in diesem Semester beim Lauftraining mitmacht, aber er redet nicht darüber und ich wäre der Letzte, der ihn dazu drängt. Wobei ich mich nicht beschweren möchte, beim Lauftraining macht er nämlich auch eine gute Figur und ich kann ihn dort häufiger sehen.

Doch der Tag am See ... Die Erinnerung an unsere Küsse unter freiem Himmel schickt ein angenehmes Gefühl durch meine Arme und Beine, bis es sich in meiner Körpermitte sammelt. Ich starte den Motor und bin erstmals froh, dass ich mich aufs Autofahren konzentrieren muss. Es war peinlich genug, nicht zu wissen, wie wir weitermachen sollen, als seine Hände am See unter meinen Pullover gewandert sind.

Mit Nathan und mir war es nie so ernst – es fand ein Ende, bevor es jemals mehr werden konnte. Mit Magnus fühlt es sich nach mehr an, seit wir die ersten Textnachrichten ausgetauscht haben. Mir ist es immer noch unangenehm, daran zu denken, wie dankbar ich war, als uns mein Smartphone an diesem Mittag am

See unterbrochen hat. Es ist nicht so, dass ich nicht gewollt habe, dass es mehr zwischen uns wird. Ich weiß nur nicht wie und will nicht, dass es komisch wird.

Ich habe schon wieder so viel über das Wochenende nachgedacht, dass mir die Autofahrt heute extrem kurz und stressfreier vorkommt. Ich parke direkt in der Wohnstraße, in der auch das Haus der Vaughns steht. Der Zaun ist allerdings so hoch und der Vorgarten so groß, dass man ihr Haus nur irgendwo weit hinten erahnen kann.

Auf dem Weg sind mir schon einige Kindergruppen in Kostümen entgegengekommen. Das Haus von Gabes Familie ist mit Kürbissen und ein paar Spinnweben geschmückt. Ich vermute, dass seine Eltern nicht da sind. Und das Haus der Vaughns ist weit genug entfernt, um sicherzustellen, dass dort niemand etwas mitbekommt.

Ich schicke Magnus rasch eine Nachricht, damit er weiß, dass ich da bin. Nur zögernd betätige ich die Klingel, schließlich kenne ich hier kaum jemanden näher. Mir öffnet eine junge Frau die Tür und mustert mich von Kopf bis Fuß, bevor sie mir Platz macht und mich eintreten lässt. Da ich mir nicht sicher war, ob es sich um eine Verkleidungsparty handelt, bin ich lieber in Alltagskleidung hergekommen. Die Blamage, als Einziger kostümiert sein, würde ich nicht überstehen.

Zu meiner Erleichterung ist etwa die Hälfte der Anwesenden verkleidet, einige kreativer als andere. Und ich stehe nicht lange allein im großen Wohnzimmer, da mich welche aus dem Basketballteam erkennen. Ich erinnere mich vom Picknick vor ein paar Wochen an sie. Ein Typ hält mir die Faust hin, damit ich mit meiner dagegen schlagen kann, der andere will mir seinen Joint reichen.

»Nein, danke«, lehne ich ab und halte Ausschau nach Magnus. Etwa die Hälfte der Gäste tanzt zwischen Sofa und Küche, die andere Hälfte steht im Raum verteilt und trinkt aus Plastikbechern oder raucht. Wenn ich so eine Party zuhause veranstalten würde, würde meine Mom hinterher verlangen, dass ich das gesamte Haus renoviere. Und ich wette, den Zigarettengeruch bekommt man trotzdem nicht aus den Tapeten und Teppichen.

»Keine Sorge, wir haben alle Rauchmelder abgenommen«, erklärt mir der Typ.

»Ich will trotzdem nicht rauchen«, entgegne ich und werde unruhig, weil ich Magnus nirgendwo entdecke.

»Du willst nicht oder du traust dich nicht?«, fragt er und nimmt selbst einen langen Zug, bevor er den Rauch in meine Richtung ausstößt. Sein Nebenmann fängt an zu lachen und ich fühle mich sofort unwohler.

»Lass es einfach, Mann«, meint auf einmal jemand neben mir und ich wende mich rasch Magnus zu, der mir sofort mehr Sicherheit gibt.

»Sei doch nicht so ein Spießer, Mag. Oder färbt dein Vater schon auf dich ab?«

»Halt dein Maul, Brian.« Unerwartet macht Magnus einen Schritt nach vorn, packt ihn kurz an den Schultern und stößt ihn dann von sich weg. Der Kerl namens Brian stolpert ein Stück rückwärts und ein Raunen wandert durch die Umstehenden, das fast komplett von der lauten Musik verschluckt wird. Ehe ich begriffen habe, was geschieht, ist Magnus im Flur verschwunden.

Brians Kumpel hilft diesem auf die Beine, als ich schon aus dem Wohnzimmer eile. Ich suche im Flur, in der Küche und im Esszimmer nach Magnus, finde ihn aber nicht. Panik steigt in mir auf. Ist er etwa gegangen und hat mich zurückgelassen? Da fällt mein Blick auf die Treppe, die ich mit eiligen Schritten erklimme.

Oben ist es ruhiger, nur Magnus sitzt auf dem Boden und lehnt sitzend gegen eine geschlossene Zimmertür. Als er mich erkennt, tritt ein Ausdruck in seine Augen, der mich seinen Schmerz fühlen lässt.

»Hey«, flüstere ich und gehe neben ihm in die Hocke.

»Hi«, murmelt er.

»Bist du sehr betrunken?«, will ich wissen und versuche, es nicht wie einen Vorwurf klingen zu lassen. Ich hätte früher hier sein können, wollte aber nicht als einer der Ersten aufschlagen, wenn Magnus noch nicht da ist. Er hatte wohl denselben Gedanken, nur andersherum, was mich zum Lächeln bringt.

»Ich bin schon länger hier. Wollte nicht, dass du allein bist. Hab aber bestimmt seit einer Stunde nichts getrunken.«

»Also schon fast wieder nüchtern«, erwidere ich schmunzelnd.

»Immer noch betrunken genug, um diesem Wichser eine reinzuhauen, wenn er dir noch mal dumm kommt«, wispert er und ich bin mir noch nicht sicher, ob ich das heiß oder komplett hirnrissig finden soll. Ich entscheide mich für Ersteres, als Magnus nach meiner Hand greift und mir einen Kuss auf meine Fingerknöchel drückt.

»Hast du neulich das Interview von meinem Dad gelesen?«, will er nun wissen.

»Welches der vielen?«

»Du weißt, welches ich meine.« Ein schiefes Lächeln erobert seine Lippen, bevor er wieder ernst wird. »Nachdem wir am See waren. Ich wollte bisher nicht darüber reden, aber als Brian dich gerade so angegangen ist, musste ich wieder daran denken. Mein Dad ist ein homophobes Arschloch. Entschuldige.«

Natürlich weiß ich, welches Interview er meint. Avery war an dem Sonntag noch da, um es Mom und mir vorzulesen. Sie hat daraufhin direkt ein Treffen mit der queeren Community von Wilbur Peaks in Moms Terminkalender geschoben. Sie hat zeitnah möglichst öffentlichkeitswirksam auf einer Veranstaltung ausgeholfen und Avery hat der Presse genaue Anweisungen gegeben, damit Mom wie die Gute in diesem Spiel aussieht.

Ich will sauer auf Magnus' Dad sein, doch ich kann es nicht. Seine Ansichten haben mich nicht überrascht und trotzdem hätten sie mich verärgert, wenn ich dann nicht auch sauer auf meine Mom hätte sein müssen. Sie und Avery haben meine sexuelle Orientierung für ihren Wahlkampf genutzt – wenn sie beide nicht darüber Bescheid wüssten, hätte Mom sich niemals so an dieser Aussage in Vaughns Interview festgebissen. Es gab so viele andere Aussagen, die sie mit deutlich weniger emotional aufgeladenen Argumenten hätte widerlegen können.

Obwohl mein Gesichtsausdruck ernster geworden ist, mache ich mir gerade eher Sorgen um Magnus.

»Musst du dich übergeben?«, frage ich und suche mit den Augen nach einem Eimer oder einem passenden Ersatz. Bis auf den Blumenkübel neben der Treppe finde ich auf die Schnelle nichts. Magnus hingegen kennt sich in diesem Haus gut genug aus. Er schiebt sich mit dem Rücken an der Tür nach oben, greift nach meiner Hand und zieht mich in den Raum am Ende des langen Flurs. Hinter der schmalen Tür hätte ich niemals ein Badezimmer – schon gar nicht ein so geräumiges mit großer Wanne – vermutet. Das ist wahrscheinlich auch der Grund, weshalb niemand außer uns hier oben ist.

Magnus schließt die Tür hinter uns ab und mir wird klar, dass ihm gar nicht übel war. Er wollte mich nur herlocken. Bevor ich protestieren kann, was ich wahrscheinlich auch gar nicht getan hätte, umfassen seine Hände mein Gesicht und er drängt mich mit seinem Körper nach hinten, bis ich mit dem Rücken zur Wand stehe.

Kurz vor mir hält er inne, gibt mir den Freiraum, den ich brauche, damit ich ihn zuerst küsse. Und ich küsse ihn so heftig, dass uns beiden ein Keuchen über die Lippen kommt. Er presst seinen Körper an meinen und nur die Bewegung seines Beckens genügt, damit ich hart werde. Die schnelle Erregung ist mir sofort peinlich, Magnus gibt mir jedoch gar keine Gelegenheit für Zweifel. Wir küssen uns weiter und drehen uns, bis er mit dem Rücken an der Wand lehnt und ich vor ihm stehe.

Er löst sich leicht von mir und streicht mit seiner Hand an meinem Hals entlang, über meine Brust bis zu meinem Bauchnabel. Schließlich umspielen seine Finger meinen Hosenbund, als wollten sie ankündigen, was für atemraubende Dinge sie tun könnten. Sachte und doch bestimmt schieben sie sich in meine Hose.

Ich komme nicht dagegen an, im ersten Moment zu erstarren, obwohl mein Körper so sehr nach seinen Berührungen verlangt. Natürlich bemerkt Magnus meine Verunsicherung, ich habe ja aufgehört, ihn zu küssen. Seine Hand steckt immer noch unter meinem Hosenbund, unschlüssig, wohin die Reise gehen soll.

»Darf ich …«, fängt er leise an und dass ihn die Situation ebenfalls unsicher macht, hat eine noch erregendere Wirkung auf mich. Nach einem kurzen Räuspern beendet er seine Frage: »… weitermachen?«

Mein Blick wandert im Halbdunkeln kaum merklich zur Badezimmertür, die er vorhin abgeschlossen hat. Unten feiern sie immer noch die Party, keiner kann uns hören und niemand hat sich bislang nach hier oben verirrt. Vielleicht ist das Obergeschoss von Gabe zur Sperrzone erklärt worden und nur Magnus genießt das Privileg, da sie schon so lange befreundet sind. Ungestörter werden wir in nächster Zeit vermutlich nicht mehr sein. Jetzt liegt es nur an mir, endlich mal mutig zu sein.

Magnus bekommt von meinem inneren Zwiespalt nichts mit, meine fehlende Antwort hat er inzwischen als ein Nein interpretiert. Als er gerade seine Hand aus meiner Hose ziehen will, umfasse ich sein Handgelenk.

»So was von weitermachen«, raune ich ihm zu und gebe seiner Hand einen Schubs. Endlich umfassen mich seine Finger und bewegen sich schwindelerregend langsam auf und ab. Als ich keuche, entsteht auf Magnus' Lippen ein Grinsen, das mich fast noch tiefer in den Abgrund reißt.

Meine Knie fühlen sich auf einmal instabil an, ich sacke nach vorn und stütze mich mit einer Hand neben seinem Kopf ab. Die andere Hand lege ich an seine Wange und versuche, mich auf die feinen Bartstoppeln unter meinen Fingern und diesen Moment zu fokussieren. Seine Bewegungen werden schneller und mir entfährt ein Stöhnen.

Mein Blick haftet an seinem Mund, den er leicht geöffnet hat, weil er ebenso angestrengt atmet wie ich. Ohne weiter darüber nachzudenken, streiche ich mit dem Daumen über seine Unterlippe. Unerwartet fängt Magnus an, an meinem Daumen zu knabbern, ihn schließlich mit der Zunge zu umspielen und daran zu saugen. Ihm dabei in die tiefdunklen Augen zu blicken, lässt mich so sehr die Kontrolle verlieren, dass ich bald nur noch Sternchen sehe. Bevor ich realisieren kann, was geschieht, scheint sich die gesamte Spannung der letzten Tage zwischen uns in meinem Inneren zu entladen und führt unaufhaltsam zu einer Explosion.

Magnus' Hand hält mich weiterhin fest, während ich mein Becken gegen seines drücke und mich die Wellen der Erlösung durchströmen. Einige Sekunden bin ich unfähig, einen einzigen klaren Gedanken zu fassen. Magnus leckt meinen Daumen ein letztes Mal ab und zieht seine Hand aus meiner Hose. Nach dem anfänglichen Hochgefühl spüre ich nun die warme Nässe, die mein Bein entlang rinnt. Ich kann nicht verhindern, dass mir Röte in die Ohren steigt.

Magnus lässt es unkommentiert, wischt sich seine Hand ganz ungeniert an seiner Jeans trocken und deutet zur Tür. »Ich hole dir eine frische Boxershorts von Gabe. Fällt ihm eh nicht auf, er vergisst andauernd welche beim Basketballtraining.«

Ich bleibe nicht lange allein, kann eh noch nicht klar denken, bis Magnus mit der versprochenen Unterhose zurückkehrt. Diese weiten Teile trage ich für gewöhnlich zwar nicht, bin aber dankbar dafür. Auch wenn ich das ohne ihn geschafft hätte, lasse ich mir von ihm helfen, erst meine Jeans und schließlich die Unterhose auszuziehen.

Ich hätte mich gern bei ihm revanchiert, doch dafür sollte er bei vollen Sinnen sein. Deshalb lasse ich mir von ihm ein paar Papiertücher und die sauberen Boxershorts reichen und steige hinterher wieder in meine Jeans.

Leicht benebelt und voller Adrenalin verlasse ich etwa zwei Minuten nach ihm das Badezimmer, damit uns niemand gemeinsam auf der Treppe sieht. In der Zeit versuche ich, nicht alles kaputt zu denken und das Schamgefühl zu ignorieren.

Im Erdgeschoss erscheint mir die Musik lauter und die Luft stickiger als vorhin. Sofort fühle ich mich in meiner eigenen Haut nicht mehr wohl und scanne das Wohnzimmer mit Blicken ab. Ich entdecke Magnus an einem Tisch, auf dem sie mehrere Becher aufgestellt haben und wohl ein Trinkspiel veranstalten. Er wirft als Erster einen Tischtennisball und trifft tatsächlich in einen vollen Becher. Sein Team freut sich und eine langbeinige Frau legt dankbar ihren Arm um seine Schultern.

Der Anblick versetzt meinem Herzen einen Stich und doch kann ich es ihm nicht übelnehmen. Wenn mein Dad solche Sachen in einem Zeitungsinterview gesagt hätte, wenn er mich zwingen würde, in dieser Stadt nicht ich selbst sein zu können, würde ich auch vieles dafür tun, um zu vergessen. Und um vor allem nicht öffentlich durchschaut zu werden.

Obwohl wir Minuten zuvor gemeinsam oben im Badezimmer gewesen sind, scheint ihm jetzt nichts wichtiger zu sein, als möglichst schnell betrunken zu werden und nicht mehr er selbst sein zu müssen. Ich würde ihm so gern sagen, dass ich für ihn da sein kann. Aber vielleicht braucht er das gerade nicht.

Also verlasse ich die Party – halb glücklich, halb bekümmert – und laufe zu meinem Auto. Auf dem Weg schicke ich Magnus noch eine Nachricht, dass Mom angeblich gefragt hat, wo ich bin und ich deshalb lieber nach Hause fahre. Wann er sie liest, weiß ich nicht.

Verabredet sein

Magnus

Obwohl ich mit dem schlimmsten Kater seit langem aufwache, weiß ich auch am nächsten Morgen noch, dass ich es verkackt habe. Ich hätte oben im Badezimmer bei Dane bleiben sollen. Ich konnte ihm ansehen, dass er mir auch gern so nah gewesen wäre wie ich ihm. Schon der Gedanke an den Ausdruck in seinen Augen bringt meine Körpermitte zum Pulsieren. Und doch musste ich dieses Badezimmer schnell verlassen.

Eine Vorlesung habe ich ausfallen lassen, ich wollte ausschlafen. Zum Statistikseminar quäle ich mich dann, weil ich nicht noch mehr verpassen kann.

Letztlich wäre es egal gewesen, ob ich im Kurs sitze oder nicht, weil ich unter dem Tisch auf meinem Smartphone tippe und mich nicht auf unseren Dozenten konzentriere. Deutlich wacher und nüchterner habe ich Wichtigeres zu klären.

Magnus (10:25):
Ich hätte dich gestern nach draußen begleiten sollen.
Ich bin ein Idiot.
Das Interview meines Dads hat mich echt beschäftigt.

Obwohl Dane gerade in einem anderen Kurs sitzt, muss ich nicht lange auf seine Nachricht warten und bin wirklich erleichtert, dass er mich nicht ignoriert.

Daniel (10:30):
Habe ich mir schon gedacht.
Das hätte mich auch ziemlich getroffen, wenn mein Dad so etwas gesagt hätte.

Magnus (10:32):
Ich will aber nicht, dass es mich trifft.
Ich will mich so wenig für ihn interessieren wie er sich für mich.
Und ich will nicht, dass du denkst, ich würde das Wochenende und das im Badezimmer irgendwie bereuen.
Das tue ich nämlich ganz und gar nicht.
Eher das Gegenteil.

Daniel (10:35):
Das beruhigt mich.
Mir ist ehrlich gesagt ein bisschen peinlich, was mir gestern passiert ist.

Magnus (10:36):
Keine Sorge.
Du sahst so heiß dabei aus, dass es mir auch fast passiert wäre.
Und dafür hättest du mich nicht mal anfassen müssen.

Ich schaffe es gerade noch, die Nachricht abzuschicken, bevor ich zusammenzucke, weil jemand mit der flachen Hand auf meinen Tisch schlägt. Vor Schreck lasse ich mein Telefon fallen, es purzelt über meine Beine auf den Boden und damit direkt unserem Dozenten vor die Füße. Brian, der schräg hinter mir in diesem Kurs sitzt, kann sein Lachen nur schwer zurückhalten.

»Wie oft habe ich euch gesagt, dass Smartphones in diesem Kurs tabu sind?«, zetert unser Dozent und ich will mein Telefon vom Boden fischen, aber er ist schneller. Die Zeit hat nicht ausgereicht, damit sich der Bildschirm von allein sperrt. Er kann also meinen Chatverlauf mit D lesen.

»Jetzt habe ich genug«, meint er. »Das ist schon das dritte Mal diese Woche, dass ein Student mehr mit seinem Smartphone als mit meinen Aufgaben beschäftigt ist. Wollen wir doch mal sehen, was so viel spannender ist als mein Seminar.«

Binnen kürzester Zeit bin ich vollkommen regungslos und weiß nicht, was geschieht, bis ich die Worte, die er vorliest, erkenne.

»Mir ist ehrlich gesagt ein bisschen peinlich, was mir gestern passiert ist«, liest er Danes letzte Nachricht dem gesamten Kurs vor. Ich balle die Hände unter dem Tisch zu Fäusten und grabe meine Fingernägel tief in meine Handinnenflächen. Den Schmerz nehme ich kaum wahr, die Demütigung überschattet alles.

»Keine Sorge«, trägt er weiter vor und das Getuschel um uns herum macht es noch realer. *»Du sahst so heiß dabei aus, dass ...«* Und hier scheint ihm endlich aufzufallen, wie anzüglich der Chatverlauf ist. Er unterbricht sich mit einem Räuspern, beugt sich über meinen Tisch und raunt mir erbost zu: »Du kannst dein Telefon nach Seminarende bei mir abholen.«

Anschließend nimmt er es mit zu seinem Schreibtisch und legt es dort in die oberste Schublade. Ich bin starr vor Schock, Brian hingegen amüsiert meine Lage ungemein.

»Magnus hat wohl eine heimliche Affäre.«

»Ja, wer ist denn die geheimnisvolle Verehrerin?«, fragt seine Sitznachbarin.

Es gelingt mir, sie nicht zu beachten, obwohl ich am liebsten aus dem Raum stürmen möchte. Ich kann mein Smartphone aber nicht bei Mr. Ich-scheiß-auf-eure-Privatsphäre zurücklassen. Also verharre ich in meiner verkrampften Sitzposition und kann mich den Rest des Kurses noch weniger als vorher konzentrieren. Das Ohnmachtsgefühl wird beinahe übermächtig, bis mich das Seminarende endlich erlöst.

Ich werfe meine Sachen ungeordnet in meinen Rucksack und laufe nach vorn. Als ich mein Telefon in der Hand halte, lässt der Dozent es zuerst nicht los. Ich bin kurz in Versuchung, es ihm einfach aus der Hand zu zerren.

»Mir ist egal, mit wem du anbändelst und was für Nachrichten ihr euch schickt«, sagt er mit einer Arroganz, mit der er meinem Dad Konkurrenz machen könnte. »Aber ich dulde so einen Schmuddelkram nicht in meinem Kurs.« Bei dem abfälligen Wort kommt mir fast die Galle hoch. Sein Glück, dass er mein Smartphone in dieser Sekunde loslässt, sonst könnte ich für nichts mehr garantieren.

Mir ist schwindlig, als ich den Raum verlasse. Meine Lunge schnürt sich zusammen, ich bekomme mit jedem Schritt weniger Luft. Ich will eigentlich nur zur Toilette, um mich zu beruhigen, doch ich komme im

Gang nicht weit. Ausgerechnet mein Bruder und seine Clique fangen mich ab. Der Flurfunk funktioniert offenbar großartig, wenn man mit Brian in einem Kurs sitzt.

»Hab's schon gehört«, meint Dorian und legt einen Arm um meine Schultern. »Mit wem verabredet sich Magnus Vaughn denn zu einem Stelldichein? Etwa mit der geheimnisvollen Frau, deren Name mit D anfängt?«

Ich schaffe es, mich aus seinem Griff zu befreien. Inzwischen übermannt mich das Schwindelgefühl regelrecht, meinem ignoranten Bruder scheint das gar nicht aufzufallen. Er hält lieber Ausschau nach geeigneten Frauen und findet wohl jemanden.

»He, Delia!«, ruft er einer Blondine zu und bei ihrer Haarfarbe bekomme ich es kurz mit der Angst zu tun, sie sei jemand anderes. »Falls du dich heimlich mit meinem kleinen Bruder treffen willst, müsst ihr in Zukunft diskreter sein.«

»Mit wem?«, fragt sie verwirrt.

Ich nutze die Ablenkung und schaffe es zu den Toilettenräumen. Dort stoße ich die Tür zu einer Kabine auf, falle auf die Knie und übergebe mich so lange, bis ich nur noch würgen muss.

Hinterher sinke ich erschöpft mit dem Rücken gegen die Kabinentür und atme tief durch. Der Gestank, der diesem Ort anhaftet, ist mir egal, solange ich weit weg von meinem Bruder und einem weiteren übergriffigen Dozenten bin. Es ruft die Erinnerung an das Erlebnis an meinem alten College hervor. Dabei will ich nicht mehr daran denken. Der Erinnerung keinen Einfluss mehr auf mich geben. Mich nicht mehr so ohnmächtig fühlen.

Am meisten ärgert mich, dass mein Dozent mir die einzige gute Erinnerung an den gestrigen Abend zerstört hat. Ich fand das spontane Treffen im Badezimmer wirklich heiß und hasse mich selbst dafür, dass ich anderen wieder eine solche Macht über mich gebe.

Auf dem Heimweg schiebe ich mein Fahrrad. Meine Beine sind zu schwach und mein Magen zu flau, um fahren zu können. Ich nutze die Zeit, um schweren Herzens die vergangenen Nachrichten von Dane zu löschen und ihn in meinem Adressbuch umzubenennen. Aus dem einzelnen Buchstaben D wird nun der Name eines ehemaligen Bekannten, mit dem ich seit Monaten keinen Kontakt hatte. So falsch sich das auch anfühlt – falls noch einmal jemand mein Telefon in die Hände bekommt, habe ich damit immerhin vorgesorgt.

***

Beim Abendessen mit meinen Eltern bin ich heute noch ruhiger als sonst und stochere in meinem Essen herum, was Mom mit einem Räuspern quittiert.

»Du siehst viel dünner aus«, meint sie und in einem Anflug mütterlicher Fürsorge greift sie über den Tisch nach meiner Hand. »Kannst du es nicht wenigstens mir zuliebe essen?«

Ich wickele eine besonders große Portion Spaghetti um meine Gabel und schiebe sie mir demonstrativ in den Mund.

»So?«, frage ich schmatzend und ernte direkt einen tadelnden Blick, weil ein paar Soßenspritzer auf ihrem Handrücken gelandet sind.

»Adrian, sag deinem Sohn, dass er mehr essen muss, wenn er genügend Energie für das Schwimmtraining aufbringen will.« Hilfesuchend blickt sie zu Dad, der nur mit seinem Smartphone beschäftigt ist. Wenigstens isst mein Bruder auswärts, ich hätte seine Anwesenheit heute nicht ertragen.

»Dann soll er Proteinshakes trinken«, meint Dad, ohne sie oder mich anzusehen.

»Ich stehe doch nicht jeden Tag so lange in der Küche, damit mein Sohn Flüssignahrung zu sich nimmt«, empört sich Mom und ich versenke mehr Essen in meinem Mund, um mich davon abzuhalten, genervt aufzustöhnen.

Da sie bei Dad nicht weiterkommt, widmet Mom ihre volle Aufmerksamkeit mir.

»Am Samstag findet das Gala-Dinner statt«, erzählt sie. »Dort werden Spenden für die Kinderstation des Krankenhauses gesammelt.«

Wenn Dad sich mehr für die Förderung eingesetzt hätte, wären sie sicherlich nicht auf Spenden angewiesen, denke ich mir, behalte es aber für mich. Stattdessen nicke ich, als fände ich es tatsächlich interessant. Ich bin nur froh, dass sie mir keine Fragen zu meinem Tag stellt.

Unweigerlich wandern meine Gedanken zu Dane. Ob er auch dort sein wird? Wahrscheinlich wurde seine Mutter eingeladen. Vielleicht können wir irgendwie gemeinsam Zeit verbringen, ohne dass es jemand bemerkt.

»Rebecca wird auch kommen«, erzählt Mom. »Erinnerst du dich an sie? Ihr habt euch in der Schulzeit ein paar Mal getroffen.«

Ach, Streber-Rebecca. Jetzt erinnere ich mich. Sie hat mir in der Highschool mal Nachhilfe gegeben, weil sie ein Mathegenie ist. Sie geht inzwischen bestimmt auf ein Elite-College.

»Sie ist gerade in der Stadt und ihre Eltern sind auch bei der Spenden-Gala«, fährt Mom fort. »Also dachten wir uns, sie könnten an unserem Tisch sitzen.«

»Klasse«, murmele ich und mein Blick ruht etwas länger auf Dads angestrengter Miene, während er irgendwas auf seinem Smartphone liest und noch weniger Appetit als ich zu haben scheint. Ich würde so gern seine Reaktion herausfinden, wenn ich ihm sagen würde, neben wem ich bei der Veranstaltung lieber säße.

***

Am Samstag, der erste regenfreie Tag seit Novemberbeginn vor ein paar Tagen, warte ich tatsächlich im maßgeschneiderten Anzug am Eingang des großen Hotels, in dem das Dinner stattfindet. Ich weiß, dass Dane heute auch hier sein wird. In letzter Zeit habe ich zwar mit ihm geschrieben, es aber auf allerlei Gründe geschoben, dass wir weder telefonieren noch uns irgendwo heimlich treffen können. Und nicht mal heute können wir uns ungestört unterhalten.

Daniel (18:49):
Wir werden uns ja trotzdem sehen.
Ich bin der Typ im Anzug.

Ich hebe den Blick und sehe mich in der Hotellobby zwischen all den Anzugträgern um. Unweigerlich muss ich schmunzeln. Gerade als ich Dane für den großartigen Tipp danken will, werde ich von der Seite angesprochen.

»Magnus Vaughn«, meint Rebecca, die ich im ersten Moment gar nicht erkannt habe, mit lehrerhafter Stimme. »Gibt's ja nicht.«

»Rebecca«, erwidere ich und mustere sie erstaunt. Sie ist in den zweieinhalb Jahren, die wir uns nicht gesehen haben, schlanker geworden. Ihre langen Haare fallen in Wellen über ihren Rücken und umspielen das dunkelrote Kleid. Ihr Anblick müsste irgendetwas in mir auslösen, doch meine Aufmerksamkeit wird auf die Bar gelenkt, neben der eine blonde Frau in Hosenanzug mit ihrem Sohn steht und ein paar Leute begrüßt.

Ich weiß nicht, was ich erwartet habe, aber Dane wieder in einem Anzug zu sehen, übertrifft jede Vorstellung. Damals auf der Spendenauktion habe ich ihn ja kaum beachtet. Der körperbetonte Schnitt des Hemds und Sakkos zeigt endlich mal die schlanke Figur, die meine Hände unter seinen weiten T-Shirts schon längst ertastet haben. Einen Moment bleibt mir die Luft weg. In mir ist auf einmal eine Sehnsucht, wie ich sie noch nie empfunden habe.

Ich würde gern zu Dane laufen, seine Hand nehmen und bei diesem Dinner an seinem Tisch sitzen. Stattdessen steht Rebecca neben mir und verfolgt aufmerksam meinen Blick.

»Oh, die Gegenkandidatin deines Dads ist ja auch hier«, stellt sie fest und denkt glücklicherweise, dass ich deswegen zur Bar geguckt habe. »Ihr Sohn ist in unserem Alter, oder? Kennst du ihn?«

»Nein«, sage ich – wahrscheinlich zu schnell. Es fällt ihr nicht auf, weil ihre Eltern an uns vorbeikommen und mich begrüßen.

»Begleitet ihr uns?«, fragt ihr Vater und lässt mir keine Möglichkeit zu zögern – was gut so ist, ansonsten würde ich erneut Ausschau nach Dane halten.

Als wir unsere Plätze an einem runden Tisch in der vorderen Saalhälfte einnehmen, weiß ich noch nicht, wie ich den Abend überstehen soll. Dane und seine Mom betreten nur kurz nach uns den Veranstaltungsraum. Avery ist inzwischen bei ihnen und würde mich sicherlich wie ein Wachhund wegbeißen, wenn ich auch nur in ihre Nähe käme.

Leider kommen Dorian und seine Begleitung – eine kleine Blondine mit üppigem Dekolleté an unserem Tisch an und er legt mir die Hände auf die Schultern.

»Schnapp ihn dir, solange er hier ist, Rebecca«, meint er zu meiner Begleitung und lässt sich auf dem Stuhl neben ihr nieder. »Man weiß ja nie, wer noch auf der Warteliste steht.«

»Das ist kein Date«, sagen Rebecca und ich wie aus einem Munde.

»Klar.« Dorian zwinkert mir zu, bevor er seiner Verabredung hilft, ihr Kleid zurechtzurücken. Er fasst ihr dabei so ungeniert an die Brüste, dass ich etwas länger hinstarre. Rebecca weist mich mit einem leisen Räuspern darauf hin, dass das keine gute Idee in Anwesenheit ihrer Eltern ist. Beinahe lache ich auf und sage, dass mich das Dekolleté von Dorians Begleitung herzlich wenig interessiert und ich nur von seiner Schamlosigkeit schockiert bin. Aber dann würde ich vielleicht verraten, dass mich auch der Anblick ihres Ausschnitts ziemlich kalt lässt.

Die Ankunft unserer Eltern hält mich davon ab, auf Dorians spöttische Bemerkung zu reagieren. Mom ist es gelungen, in den Tiefen ihres Schrankes ein Kleid zu finden, das sie noch nie getragen hat. Dabei könnte man meinen, die Blumenmuster gehen ihr bald aus. Die großen Sonnenblumen auf dem hellgrünen Stoff machen mich leicht schwindlig.

»Wie schön sie den Saal geschmückt haben«, meint Mom zu Rebeccas Eltern, die ihr nickend beipflichten.

»Das letzte Mal war ich hier bei einem Kongress«, erwidert Rebeccas Vater. Wenn ich mich richtig erinnere, arbeitet er bei einer Bank. »Es ging um Strategien zur Verbesserung der Kundenbindung und personalisierter Finanzdienstleistungen.«

»Wow, klingt ja spannend«, sage ich schneller, als ich darüber nachgedacht habe. Rebeccas Dad scheint meinen Sarkasmus nicht zu verstehen, er fühlt sich nach meinem Kommentar ermutigt, mir noch mehr über die Veranstaltung zu erzählen.

Halleluja. Das halte ich keine drei Gänge aus.

»Sieh mal«, meint Dorians vollbusige Begleiterin irgendwann zu ihm. »Es gibt sieben Gänge.«

»Ja, aber zwei davon sind nur Zwischengänge.«

»Sieben Gänge?«, schnappe ich auf und weiß jetzt wirklich nicht mehr, wie ich den Abend an diesem Tisch überstehen soll. Mom und Dad sind so in ihr Gespräch mit Rebeccas Eltern vertieft, dass sie meine entsetzte Frage gar nicht mitbekommen haben. Sofort wandert meine Hand an meinen Hemdkragen und ich lockere die Krawatte.

Der Saal kommt mir plötzlich noch voller vor, das Stimmengewirr und die Musik vermischen sich zu einem undurchdringlichen Lärm. Mein Blick wandert über die vielen frisierten Köpfe, als würde ich in der Menge irgendwas suchen. Was oder wen genau, wird mir erst richtig bewusst, als ich auf einem Platz etwa acht Tische entfernt Dane entdecke. Bilde ich mir das nur ein oder wirkt er so verloren, wie ich mich gerade fühle?

Als ich meinen Namen höre, drehe ich den Kopf wieder ruckartig nach vorn.

»Magnus trainiert fast täglich in der Schwimmhalle, um später Profi zu werden«, erzählt Mom Rebeccas Eltern. »Er war deshalb zwei Jahre auf einem College, das ihn in dieser Hinsicht besonders gefördert hat.«

»Und warum bist du dann wieder hier, wenn ich fragen darf?«, mischt sich Rebecca ins Gespräch ein. »Das Wilbur Peaks College zeichnet sich ja nicht gerade durch sein Schwimmteam aus, oder irre ich mich da?«

»Dann ist es an der Zeit, dass ein Vaughn dem Team zu Größe verhilft«, scherzt mein Vater und tischt pünktlich zur Vorspeise allen die Lüge auf, die wir beide schon in- und auswendig kennen. Für seine Wiederkandidatur soll die Familie zusammenhalten, ich habe mich deshalb entschlossen, mein Studium hier zu beenden.

»Rebecca studiert am MIT.«

»Mom, das musst du doch nicht jedem auf die Nase binden«, erwidert sie und ihre geröteten Wangen würden sie fast sympathisch machen, wenn sie mich nicht an jemand anderen erinnern würden.

»Natürlich muss ich das«, widerspricht ihre Mutter ihr lachend. »Du kannst stolz auf deine Leistungen sein.«

Ich führe erneut meine Hand zum Hals und versuche, meinen Kragen zu weiten. Obwohl ich den obersten Knopf schon geöffnet und die Krawatte gelockert habe, strömt mit jedem Atemzug weniger Luft in meine Lunge. Ich räuspere mich ein paar Mal und kippe ein ganzes Glas Wasser auf einmal herunter, aber das Gefühl verschwindet nicht. Das Essen auf meinem Teller ist noch unberührt, Appetit habe ich keinen.

»Geht's dir nicht gut?«, fragt irgendwann Rebecca, deren Stimme sich meilenweit entfernt anhört. Ein Kellner will die Teller von unserem Tisch abräumen, um alles für den nächsten Gang vorzubereiten. Dabei fällt ihm auf, dass ich meine Vorspeise nicht angerührt habe.

»Hat es Ihnen nicht geschmeckt?«, will er wissen. Ich kann ihm nicht antworten. Ich erhebe mich abrupt von meinem Stuhl und werfe ihn beinahe um.

»Entschuldigt, ich verschwinde mal zur Toilette. Hab viel getrunken«, bringe ich hervor, obwohl es äußerst unwahrscheinlich ist, dass das bisschen Wasser schon raus will. Alle am Tisch scheinen es mir zu glauben, vielleicht sind sie aber auch nur froh, mal ungestört über mich reden zu können.

Ich fühle mich wie eine Marionette, die fremdgesteuert im Slalom um die Tische läuft und in einem angemessenen Tempo den Saal verlässt. Dabei würde ich am liebsten rennen und nicht mehr zurückkehren.

Machtlos sein

Daniel

Die Lautstärke im Hotelsaal hat inzwischen einen Pegel erreicht, der mir viel abverlangt. Mom unterhält sich angeregt mit der Leiterin des Stadtmuseums und einer Ärztin des Krankenhauses, für das Spenden gesammelt werden. An unserem Tisch sitzen außer mir nur Frauen – Mom will damit ein Zeichen setzen. Und wenn ich die vielen Blicke, die andauernd auf uns gerichtet sind, richtig interpretiere, ist ihr das gelungen.

Mir ist die Aufmerksamkeit schon nach wenigen Minuten zu viel. Ich habe Mom heute Abend nur aus zwei Gründen begleitet: Erstens, weil ich ihr vor ein paar Monaten versprochen habe, sie bei ihrer Kandidatur zu unterstützen. Und zweitens, weil ich wusste, dass Magnus heute ebenfalls hier sein wird.

Nach Gabes Geburtstagsparty haben wir uns nicht mehr außerhalb der Unikurse gesehen. Ich kann nicht verhindern, zum bestimmt zehnten Mal zum Tisch der Vaughns zu schauen. Magnus sieht so unverschämt gut aus in seinem teuren Anzug. Es lenkt mich eine Weile ab, bis ich wieder Moms Worten über den Ausbau der Kinderkrankenstation zuhöre.

»Es ist wichtig, einen Raum zu schaffen, in dem die Kinder keine Angst haben«, erklärt sie ihrer Sitznachbarin. »Ich erinnere mich gut daran, dass Daniel als Kind Angst vor Dunkelheit hatte und wir deshalb ein Fenster in der Dachschräge über seinem Bett haben einbauen lassen, damit ihm die Sterne und der Mond genügend Licht spenden.«

»Mom«, raune ich ihr empört zu.

»Dafür musst du dich nicht schämen«, meint die Ärztin. »Viele Kinder fürchten sich vor Dunkelheit. Das ist …« Doch was sie danach sagt, höre ich nicht mehr, weil ich mit den Augen verfolge, wie sich Magnus von seinem Sitzplatz erhebt, den Knopf seines Sakkos schließt, hinterher die Tische umrundet und in Richtung Hotellobby läuft.

»Eine interessante Studie«, sagt Mom derweil. »Etwas ähnliches habe ich neulich erst gelesen.«

Ich schaffe es nicht, ihr lange genug zuzuhören, obwohl ich mir große Mühe gebe. Mein Blick wandert unruhig zu Magnus' Platz, der auch nach mehreren Minuten leer bleibt. Ich pfriemle mein Smartphone aus meiner Hosentasche und überprüfe es auf neue Nachrichten, aber seit meinem witzig gemeinten Hinweis, dass ich der Typ im Anzug sein werde, habe ich keine Antwort von ihm erhalten. Dabei hätte ich so gern beobachtet, ob er darüber gelacht hat.

Mit zittrigen Fingern schiebe ich das Gerät zurück in meine Tasche und kann Magnus weiterhin nirgendwo entdecken. Vorsichtig berühre ich unter dem Tisch Moms Bein und sie sieht kurz zu mir. Ich muss ihr Gespräch nicht unterbrechen, ich brauche keine Worte, um ihr mitzuteilen, dass ich eine Pause benötige. Sie nickt kaum merklich, ich entschuldige mich bei den anderen am Tisch und erhebe mich von meinem Stuhl. Schon in meiner Kindheit haben wir diese Art der Kommunikation entwickelt, damit ich ihr unbemerkt übermitteln kann, wenn mir eine Situation zu viel wird.

Dieser Abend war mir von Anfang an zu viel – zu laut, zu voll, zu durcheinander. Mit den Jahren habe ich gelernt, besser damit umzugehen, um solche Dinge für Mom tun zu können, seit Dad sie verlassen hat. Auf gewisse Weise fühle ich mich mehr für sie verantwortlich, als es jemand in meinem Alter wohl sollte. Sie hat so viel gearbeitet, damit ich mein mir bekanntes Leben in dem Haus, in dem ich aufgewachsenen bin, behalten kann. Ich glaube, das ist meine Art, ihr dafür Danke zu sagen, ohne es laut aussprechen zu müssen.

Doch als Magnus nicht in den Saal zurückkehrt, wird mir klar, dass er an diesem Abend mein rettender Anker ist – oder eher war. Ohne ihn treibe ich nur vor mich hin und habe keine Ahnung, wohin ich überhaupt laufe. Erst in der Hotellobby verstehe ich, dass ich instinktiv denselben Weg wie er gegangen bin. Leider begegnet mir Magnus weder im Eingangsbereich noch auf der Herrentoilette. Ich verlasse sogar kurz das Hotel, um auf dem Gehsteig nach ihm zu suchen. Alle Bemühungen sind vergebens, im Saal ist er weiterhin nicht.

Ich betrete erneut die Lobby und wähle nicht den Weg zu den Toiletten, sondern an der Bar vorbei. Ich kenne dieses Hotel nicht, aber in all den Jahren habe ich eine Art Radar für gut geschützte Orte entwickelt. Sofort fühle ich mich zur Auktion vor ein paar Wochen zurückversetzt, als ich Magnus auf dem Dach begegnet bin, weil wir beide einfach nur einen ungestörten Ort gesucht haben.

Dabei ist man im Grunde genommen ja irgendwie immer allein. Diesen Satz von ihm habe ich bis heute nicht vergessen. Es war das erste Mal, dass ich so etwas wie eine Verbindung zu Magnus Vaughn gespürt habe. Zu dem Typen, der mir doch eigentlich so unsympathisch wie sein Vater und sein Bruder war. Jetzt ist er es nicht mehr.

Diesmal entdecke ich Magnus vor einer verschlossenen Tür, auf der in Großbuchstaben *Nur für Personal* zu lesen ist. Um herzukommen, musste ich mich an der Tür zur Küche vorbeischleichen und unzähligen Kellnern mit vollen Tabletts ausweichen. In diesem Gang ist es etwas ruhiger und das Licht nicht so hell. Magnus stützt sich mit einem ausgestreckten Arm an der Wand ab und presst die andere Hand auf seine Brust. An der Stelle, unter der sein Herz schlägt.

Er bemerkt mich nicht, da er die Augen geschlossen hat. Ich bleibe wie versteinert stehen, während ich ihn einen Moment lang nur anstarren kann. Sein Gesichtsausdruck verrät mehr als Worte es jemals könnten. Seine Kiefermuskeln bewegen sich angestrengt, die Lippen hat er zu einem dünnen Strich zusammengekniffen.

Als er die Augen öffnet, liegt so viel Schmerz in seinem Blick, dass mir die Luft wegbleibt. Der Schmerz frisst sich auch durch meinen Körper bis zu meinem Herzen, das für den Bruchteil einer Sekunde aufhört zu schlagen. Als er realisiert, dass ich ihm hierher gefolgt bin, verwandelt sich die Verzweiflung in seinen Augen in Scham.

Dieses Gefühl kenne ich zu gut, weshalb es mich noch mehr schmerzt, dass er sich meinetwegen so fühlt. Endlich kehrt Leben in meinen Körper zurück, ich beuge mich leicht nach vorn, doch Magnus gibt mir per Geste direkt zu verstehen, dass ich mich nicht nähern soll. Mit der freien Hand weitet er den Kragen seines Hemdes und ringt sichtlich um Luft.

Obwohl ich weiß, dass er gerade allein sein will, sträubt sich alles in mir dagegen, ihn zu verlassen. Mein Fuß schiebt sich nach vorn und überwindet die unsichtbare Grenze zwischen uns, bevor der andere Fuß folgt und ich Magnus mit drei Schritten erreicht habe. Ich schlinge die Arme um seinen Oberkörper und drücke ihn an mich. Sein Rücken ist noch zu verkrampft und meine Berührung bringt ihn zum Keuchen, doch ich versuche, ihm Halt zu geben.

Vielleicht sind nur Sekunden, vielleicht ganze Minuten vergangen, bis sich seine Muskeln zu entspannen beginnen und seine Atmung gleichmäßiger wird. Ich halte ihn weiterhin fest, ohne ein Wort zu sagen, auch wenn in meinem Inneren ein Sturm tobt. Schließlich lässt Magnus die Wand los und hält sich dafür an meinem Oberarm fest. Seine Schultern sinken tiefer, nur um wieder zitternd nach oben zu wandern. Er drückt den Kopf an meine Brust, in der mein eigenes Herz ebenso unruhig schlägt, und beginnt zu weinen.

»Ich will doch einfach nur ich sein«, wispert er und holt bebend Luft.

»Ich weiß«, flüstere ich und beiße mir auf die Unterlippe, damit ich selbst die Tränen zurückhalten kann. Sie wären nicht nur Ausdruck von Mitgefühl und Machtlosigkeit, sondern auch von Zorn. Und das kann

Magnus gerade am wenigstens gebrauchen. Also schlucke ich meine Wut auf seinen Dad, meine Mom, ihre dämliche Rivalität und all die äußeren Umstände, die uns voneinander fernhalten, herunter.

»Wir könnten uns davonschleichen«, schlage ich flüsternd vor. »Die Vorspeise war ein Witz. Seien wir mal ehrlich, keiner wird satt von diesen kleinen Häppchen.«

»Sie nennen sie Canapés.«

»Aha, die feine Gesellschaft hat also eigene Bezeichnung für besonders klein geschnittene Sandwiches.«

Magnus' leises Lachen gibt mir sofort ein Gefühl von Geborgenheit. Er löst sich vorsichtig von mir und ich halte ihn länger als nötig an den Schultern fest.

»Es folgen eigentlich noch sechs Gänge«, erklärt er und wischt seine Wangen mit seinen Ärmeln trocken.

»Ernsthaft?«, frage ich empört. »Mir wäre eine Pizza deutlich lieber.«

»Drei Straßen entfernt ist eine gute Pizzeria.«

»Denkst du gerade dasselbe wie ich?«

»Gut möglich«, flüstert er und mein Herz setzt sich wieder zusammen, als sich seine Mundwinkel zu einem Grinsen heben.

***

Zehn Minuten später habe ich mir eine Ausrede für meine Mom einfallen gelassen, Magnus und ich sitzen einige Straßen entfernt auf einer kleinen Mauer und teilen uns eine riesige Pizza mit besonders viel Käse. Eine Weile essen wir mit einer Glückseligkeit, die ich vor einer halben Stunde noch nicht für möglich gehalten habe. Ich überlasse Magnus das letzte Stück Pizza, er hat es heute dringender nötig als ich.

»Wir sind beide ziemlich overdressed«, stellt er fest, als er die Fettflecken auf seiner Anzughose entdeckt.

»Eindeutig.« Ich grinse und würde den Moment mit ihm am liebsten in ein Glas sperren, um ihn für immer zu konservieren. Mit baumelnden Beinen und einem zufriedenen Schmunzeln auf den Lippen wirkt Magnus so entspannt wie seit Tagen nicht.

Ich möchte ihn so gern küssen, will mich ihm heute aber nicht aufdrängen. Dass sein Dad solche homophoben Dinge in der Zeitung gesagt hat, nagt weiterhin merklich an ihm. Wie könnte es das auch nicht? Ich hätte längst erneut mit ihm darüber gesprochen, doch ich weiß schon nach der kurzen Zeit, die wir uns kennen, dass er selbst auf andere zukommt, wenn er bereit dazu ist.

Er lässt seinen Blick über die wenig befahrene Straße und die mit Graffiti besprühten Stromkästen wandern, als er entscheidet, dass er es jetzt wohl ist. Es ist vielleicht der am wenigsten romantische Ort in ganz Wilbur Peaks und trotzdem möchte ich gerade nirgendwo lieber sein.

»Ich wollte nicht, dass du mich so siehst«, meint er mit leiser Stimme und kratzt mit einem Daumennagel über den anderen, während er seinen Blick auf seine Hände richtet.

»Wann hat das angefangen?«, frage ich vorsichtig.

»Weiß nicht genau«, erwidert er. »Vor ein paar Monaten. Zuerst bin ich nur ab und zu nachts aufgewacht und habe schlecht Luft bekommen. Dann kam es häufiger tagsüber und meistens in den unpassendsten Momenten.«

»Auch in der Nacht, in der du mich gegen vier Uhr angerufen hast?«

Er zögert, bevor er zaghaft nickt. »Ja.« In diesem kurzen Wort schwingt erneut so viel Schmerz mit, dass mein eigenes Herz wieder schwer wird. Unweigerlich greife ich nach Magnus' Hand und drücke sie. Die Geste scheint die letzte Grenze zwischen uns zu überwinden.

Er seufzt und fährt sich mit der freien Hand durchs kurze Haar.

»Andauernd zerren alle an mir«, erzählt er. »Ich soll immer nur funktionieren, nie sieht jemand, wie es mir dabei geht. Und ich versuche, es allen recht zu machen und habe dadurch das Gefühl, ich bin nie genug. Ich bin nie ich selbst.«

»Im Moment auch?«, wispere ich und streiche behutsam mit meinem Daumen über seine Hand. Magnus verfolgt die Bewegung mit dem Blick und sein Lächeln lässt mein Herz schneller klopfen.

»Nein. Wenn du da bist, ist dieses Gefühl weg.« Er verflicht seine Finger mit meinen und hebt den Kopf, um meinen Blick zu suchen. Dann dreht er den Kopf wieder nach vorn zur Straße. »Wenn die Panik abnimmt, sehe ich mich oft im Spiegel an und kann mich selbst nicht leiden.«

Ich betrachte ihn lange von der Seite und halte seine Hand noch fester.

»Ich sehe dich«, wispere ich, »und ich kann dich ziemlich gut leiden.«

Es entlockt Magnus wieder ein Lächeln. Er wendet sich mir zu, legt eine Hand an meine Wange und beugt sich zu mir, um mir einen sanften Kuss auf den Mund zu hauchen. Wir hatten schon viele Küsse voller Verlangen, dieser Kuss hingegen zeugt von Vertrauen.

Talentiert sein

Magnus

Als ich am Abend nach Hause komme, kann ich Dads Donnerwetter förmlich riechen. Doch sowohl meine Eltern als auch mein Bruder sind noch nicht angekommen. Also schreibe ich Mom eine kurze Nachricht, dass ich schlimme Magenprobleme hatte und mir ein Taxi nach Hause genommen habe. Meine Ausrede, niemanden anstecken zu wollen, versteht sie sicherlich. Zumindest wünscht sie mir eine gute Besserung und teilt mir mit, dass sie und Dad noch mit ein paar Leuten in eine Bar gegangen sind. So sichert sich Dad also seine Wahl.

Ich bin froh über die Ruhe und zugleich macht es mich unruhig, allein in dem großen Haus zu sein. Hier gibt es zu viel Raum für Gedanken an die Ereignisse des Abends. Im übertragenden Sinn habe ich mich heute vor Dane vollkommen nackt gemacht. Ich habe diese Seite von mir so lange vor allen verborgen, dass ich jetzt nicht weiß, ob ich erleichtert oder voller Sorge bin. Dane sollte nicht wissen, wie kaputt ich bin und doch bin ich auf gewisse Weise froh, dass ich es nicht länger verheimlichen muss.

Als die Gedanken zu laut werden und ich eh nicht schlafen kann, tapse ich die Treppe hinunter bis in die

Küche. Als Kind hat mir ein Glas warme Milch immer beim Einschlafen geholfen. Ich bezweifle zwar, dass es heute noch so ist, aber ein Versuch ist es wert. Da ich zu faul bin, überall das Licht einzuschalten, stelle ich meine Milch im Dunkeln in die Mikrowelle. Kaum habe ich sie angestellt, weiche ich erschrocken zurück, weil jemand an der Hintertür zum Garten rüttelt.

Mir rutscht das Herz bis in die Hose, bevor ich erkenne, dass der vermeintliche Einbrecher einen Schlüssel hat und einfach nur zu blöd ist, die Tür aufzuschließen. Oder zu betrunken. Kurze Zeit darauf betritt Dorian die Küche, schwankend und offenbar nicht zurechnungsfähig. Er bemerkt mich nicht, obwohl ich nur wenige Meter von ihm entfernt stehe und uns lediglich die Kücheninsel trennt. Er muss stockbesoffen sein, so angestrengt wie er versucht, möglichst leise die Tür abzuschließen, und hinterher durch die Küche torkelt.

Ich folge ihm neugierig ein Stück ins nächste Zimmer. Warum zur Hölle ist seine Kleidung klitschnass? Es hat nicht geregnet, oder doch? Er zieht eine nasse Spur hinter sich her und lässt die Schuhe einfach neben die Garderobe fallen, bevor er sie anhebt und seltsamerweise mit nach oben nimmt. Mein Mund öffnet sich, weil ich fragen will, warum er ohne unsere Eltern zurückgekehrt ist, aber da ist er schon auf der Treppe verschwunden.

***

Am nächsten Morgen hat Mom wohl vergessen, mich zu wecken – vielleicht hat sie mich wegen meiner vermeintlichen Magenverstimmung ausschlafen gelassen. Als ich frisch geduscht die Treppe hinuntersteige, erkenne ich jedoch den wahren Grund, weshalb sie es vergessen hat. Am Esstisch sitzen zwei Polizisten in Uniform, die sich Notizen machen.

Mit wild pochendem Herzen nehme ich zuerst an, sie seien meinetwegen da, ohne zu wissen, was ich verbrochen haben könnte. Doch Dad begrüßt mich nur kurz und spricht dann mit ihnen weiter. Verwirrt bleibe ich neben Mom und Dorian, die beide gegen den Türrahmen zum Wohnzimmer lehnen, stehen.

»Nachdem du und Dorian gestern gegangen seid, ist das Auto eures Dads verschwunden«, erklärt sie und ich mustere Dorian etwas länger. Manchmal wundere ich mich, wie wir dieselben Gene haben können. Er kam gestern spät abends sternhagelvoll nach Hause und sieht jetzt wie das blühende Leben aus. Dass er von der Veranstaltung nicht direkt nach Hause gegangen ist, sondern noch einen Abstecher irgendwohin gemacht hat, wo es viel Alkohol gab, haben Mom und Dad wohl nicht erfahren.

»Euer Vater erklärt der Polizei gerade alles«, fährt sie fort. »Das Auto muss gestohlen worden sein.«

»Wissen die im Hotel mehr?«, frage ich.

»Nein, leider nicht.«

»Elizabeth?« Mein Dad winkt Mom zu sich an den Tisch. »Die Herren von der Polizei brauchen auch noch deine Aussage.«

»Ja, natürlich.«

»Und du bist auch mit dem Taxi nach Hause gekommen?«, will ich von Dorian wissen, während wir gemeinsam die Küche betreten und uns gleichzeitig das letzte frische Croissant aus dem Brotkorb nehmen wollen. Ich bin schneller und schnappe es mir mit einem triumphierenden Grinsen.

»Meine Begleitung hat mich nach Hause gebracht«, erklärt er und verzieht den Mund. Das Croissant bleibt nicht lange in meinem Besitz – Dorian klaut es mir aus der Hand und stopft es sich fast vollständig in den Mund.

***

Drei Tage später meldet sich die Polizei wieder bei uns. Sie haben Dads Auto wohl gefunden, es wurde ein paar Meilen entfernt aus einem See gefischt. Dad war sich ziemlich schnell sicher, dass der Dieb es versenkt haben muss, um seine Spuren zu verwischen. Mom hält es für einen möglichen Angriff von Nora Atkins' Befürwortern, die ein Zeichen gegen den Autoverkehr setzen wollten. Nur Dorian ist die ganze Zeit sehr ruhig, was gar nicht zu ihm passt und mir den Beweis dazu liefert, warum er neulich klitschnass und betrunken nach Hause gekommen ist.

Als ich die Chance dazu habe, unseren Eltern zu sagen, wer Dads Auto *gestohlen* hat, behalte ich es jedoch für mich. Dabei hätte Dorian es verdient und er würde mich nicht decken. Was mich zurückhält, ist eine Erinnerung an etwas, das Dane mal zu mir gesagt hat. ›*Du bist nicht wie Dorian.*‹ Und weil ich darauf stolz bin, entscheide ich, dass mein Bruder seine Angelegenheiten selbst klären soll und ich nicht derjenige bin, der ihn verpetzt. Außerdem hat Dad mir deutlich gemacht, dass ich Abstand zu seinem Auto halten soll. Kurz gesagt: Nicht mein Problem.

Worüber ich mich wundere, ist, dass Mom und Dad die nassen Spuren scheinbar nicht aufgefallen sind, die Dorian in der Nacht hinterlassen hat. Gut möglich, dass er trotz Vollrausch noch geistesgegenwärtig genug war, diese verräterischen Indizien zu beseitigen.

***

Heute bin ich mit Gabe verabredet, komme aber im Haus nicht weit. Unten im Flur steht Mom und blickt mich an, als wäre jemand gestorben.

»Magnus, ich denke, wir müssen reden«, meint sie und mein Blick wandert an ihr vorbei ins Esszimmer. Am großen Tisch sitzen nämlich Dad und ein Besucher, der mir das Blut in den Adern gefrieren lässt. Es ist der Coach des Schwimmteams. *Oh fuck.*

Ich erstarre zu einer Statue, nachdem mich Mom ins Esszimmer begleitet hat. Auf dem kurzen Weg bin ich gefühlt tausend Tode gestorben, bis Dad sich umgedreht und bei meinem Anblick von seinem Stuhl erhoben hat. Auch der Coach steht auf, wirkt aber deutlich verunsichert.

»Hallo, Magnus«, sagt er.

»Hattest du einen angenehmen Tag?«, fragt Dad ohne Umschweife und mit einem schneidenden Tonfall. Meine Schultern versteifen sich direkt. Er erwartet keine Antwort.

»Mein Tag war sehr interessant. Auf einer Veranstaltung habe ich zufälligerweise den Coach getroffen.« Dad zeigt mit der Hand auf unseren Gast, als hätte ihn vorher niemand bemerkt. »Ich wollte die Gelegenheit nutzen und mich nach deinen Leistungen erkundigen. Da habe ich erfahren, dass du wohl schon seit Wochen nicht mehr beim Schwimmtraining warst. Du hast sogar das Treffen mit einem Talentscout verpasst.«

Genau genommen ist es überflüssig, mir etwas zu erklären, das ich längst weiß, aber das gehört zu Dads Art der Demütigung. Also nicke ich bloß und hoffe, dass das Gewitter schnell an mir vorbeizieht.

»Du schwimmst nicht mehr?«, mischt sich Mom ein, ehrlich bestürzt, nachdem ich ihr diese wichtige Info verschwiegen habe. »Aber warum denn nicht?«

»Ja, das würde mich auch brennend interessieren.«

Ich erinnere mich nicht daran, ob Dad jemals zuvor einer Meinung mit Mom war. Dass die Stimmung so schnell kippt, ist dem Coach sichtlich unangenehm. So herrisch wie beim Training ist er hier plötzlich nicht mehr.

»Meine Leistung war nicht gut genug, um sie einem Talentscout zu präsentieren«, rede ich mich heraus. »Ich bin nach dem Sommer vollkommen aus der Übung und habe mir beim Lauftraining das Bein gezerrt. Talentiert zu sein reicht dann nicht.«

»Wenn du mir gesagt hättest, dass ein Talentscout vorbeikommt, hätte ich dir sämtliche anderen sportlichen Aktivitäten untersagt«, meint Dad erbost. »Du hättest direkt mit einem Arzt sprechen müssen.«

»So schlimm war es nicht.«

»Warum konntest du dann nicht wieder zum Training?« In Dad brodelt die Wut, das kann ich ihm deutlich anmerken. Es fällt ihm schwer, sie zurückzuhalten, als Mom neben mir unruhiger wird.

»Elizabeth«, sagt er mit strenger Stimme. »Kannst du den Coach bitte nach draußen begleiten?« Dad verliert mich keine Sekunde aus dem Blick, obwohl der Coach sich für den Kaffee bedankt und wir mindestens eine Minute warten müssen, bis Mom ihn aus dem Haus gebracht hat. Als er die Haustür ins Schloss fallen hört, schlägt der erste Blitz ein und es grollen Donner durchs Esszimmer.

»Wann genau wolltest du mich darüber in Kenntnis setzen, dass ich so viel Geld in die sportliche Förderung meines Sohns gesteckt habe, damit er sich einfach spontan überlegt, nicht mehr zum Training zu gehen und lieber ein mittelmäßiger Läufer zu werden?«, wütet Dad und schlägt abermals mit der Faust auf den Tisch, was mich zusammenzucken lässt. Mit jedem weiteren Wort schrumpfe ich innerlich zusammen. Ich weiß schon seit meiner Kindheit, dass es am klügsten ist, Dad einfach wüten zu lassen. Irgendwann beruhigt er sich immer – spätestens, wenn Hunter oder Owen anrufen und ihm ein wichtigeres Thema geben.

Heute scheint er sich aber nicht mehr zu beruhigen. Mom traut sich nur auf Zehenspitzen ins Zimmer, ihr Gesichtsausdruck wird mit jedem seiner Worte finsterer. So habe ich sie noch nie erlebt.

»Was ist mit den Wettbewerben, die in diesem Jahr anstehen? Du kannst nicht ...«

»Adrian«, unterbricht Mom ihn plötzlich und ich begreife erst nach mehreren Sekunden, was geschieht. »Du lässt Magnus ja gar nicht zu Wort kommen.«

Dad und ich sind gleichermaßen überrascht, ich hebe meine Augenbrauen, er hingegen zieht sie enger zusammen. Er atmet ein paar Mal schnaufend durch, ehe er seine Schultern nach hinten drückt und seine Wut in Resignation umschlägt.

»Hör mir zu, Elizabeth«, sagt er. »Ich akzeptiere deine Meinung in vielerlei Hinsicht, aber das sind Themen, von denen du nichts verstehst.«

»Und jetzt hörst du mir mal gut zu, Adrian«, erwidert sie mit einer Strenge, die ich ihr nie zugetraut hätte – Dad, seinem Gesichtsausdruck nach zu urteilen, ebenso wenig. »Ich habe Magnus während der Schulzeit oft genug beim Schwimmen zugesehen. Dieser Junge schwimmt wie ein Delfin im Meer, aber der schnellste Delfin kann nicht schwimmen, wenn man ihn in einem Netz festhält.«

»Was?«, fragt Dad irritiert.

»Du hast mich schon verstanden, Adrian.«

Ich habe meinen Vater noch nie so sprachlos erlebt. Er braucht mindestens zehn Sekunden, bis er seine Stimme wiederfindet.

»Das wird ein Nachspiel haben«, raunt er uns beiden zu – es ist der letzte Versuch, nicht als Verlierer aus unserem Streit hervorzugehen. Insgeheim wissen wir alle, dass er mir zwar ins Gewissen reden, mich aber nicht zum Schwimmtraining zwingen kann. Und da kommt endlich der erlösende Anruf, der ihn ermahnt, sich auf andere, ihm wichtigere Themen zu fokussieren.

»Ja?«, raunt er aufgebracht ins Telefon. »Ein spontaner Termin heute? Nein, ich kann nicht … Na gut, wenn Atkins dort ist, komme ich auch.« Das erste Mal bin ich wirklich dankbar für den Wahlkampf. Ich nutze die Chance, um aus dem Haus zu flüchten.

Feige sein

Magnus

Die freie Woche über die Thanksgiving-Feiertage nutzt Mom für einen kompletten Hausputz. So energisch hat sie noch nie alles geschrubbt. Sie säubert sogar das Treppengeländer, entstaubt die Pflanzen und poliert die Vitrinen im Esszimmer. Über ihren Streit mit Dad sprechen wir dennoch nicht – etwas anderes habe ich auch nicht erwartet.

Am Samstag halte ich es kaum noch bis Montag aus und das will schon was heißen, weil ich mich noch nie auf die Vorlesungen gefreut habe. Dane ist ein paar Tage bei seinem Vater und seine Mutter wohl auch verreist. Er wollte erst am Sonntagabend nach Wilbur Peaks zurückkehren. Umso erstaunlicher ist es deshalb, als sich mein Telefon am Mittag meldet.

Daniel (12:41):
Würdest du heute spontan mit mir ausgehen, wenn uns niemand erkennt?

Magnus (12:41):
Ich ziehe mir keine verrückten Kostüme an.
Darauf stehe ich nicht.

Daniel (12:43):
Spinner.
Ich habe einen besseren Plan.

Magnus (12:44):
Fährst du früher zurück?

Daniel (12:44):
Ja. Hab meinem Dad gesagt, dass Mom schon zurück ist und ich sie zu einem Termin begleiten soll.
Mom denkt, ich bin noch bis morgen bei ihm. Ich kann dich heute Abend abholen.

Ich spüre meinen Herzschlag bis in die Fingerspitzen, während ich ihm aufgeregt antworte.

Magnus (12:45):
Dann sehen wir uns nachher.

Ein richtiges Date. Ich finde es albern, mich deshalb wie ein aufgeregter Teenager zu fühlen, dabei habe ich Ereignisse wie diese in meiner Jugend übersprungen. Vor meinem Kleiderschrank stelle ich fest, dass ich gar nicht weiß, was man zu einem Date anzieht. Ein echtes Date hatte ich nie, nur betrunkene Begegnungen auf Wohnheimpartys.

Nach einer halben Stunde nervösem Ausprobieren entscheide ich mich für den Stil, den ich immer trage: eine ausgewaschene Jeans und ein Kapuzenpullover.

Dane holt mich wie versprochen ab – er wartet in der Nebenstraße im Auto, damit ihn niemand in der Nähe unseres Hauses entdeckt. Ich weiß, wie viel Überwindung ihn die langen Autofahrten kosten. Dass er trotzdem fährt, macht den Abend schon jetzt besonders. Ich blicke immer wieder verstohlen zu ihm und widerstehe der Versuchung, meine Hand in seinen blonden Haaren zu vergraben. Bevor er zu seinem Dad gefahren ist, war er offenbar beim Friseur. Die Haare locken sich leicht über seinen Ohren und beinahe greife ich danach, würde er nicht just in diesem Moment abbiegen und ich unser Ziel erkennen.

»Wir gehen ins Kino?«, frage ich erstaunt, als er einen Parkplatz sucht. Es ist das Kino in der Kleinstadt, an dem wir auf dem Weg zu Danes Vater vorbeigekommen sind und von dem er mir erzählt hat. In Wilbur Peaks gibt es eine Menge Möglichkeiten, das Kino hier scheint die einzige Attraktion zu sein und dennoch wäre ich gerade nirgendwo lieber.

»Ich dachte, du würdest dort auch mal gern hingehen. Und wir sind weit genug von Wilbur Peaks entfernt. Heute ist Filmklassiker-Abend. Die Vorstellungen sind meistens nicht so voll«, erwidert er und seine Ohren färben sich leicht rot, weshalb ich nach seiner Hand greife, ihn zu mir ziehe und ihm einen Kuss auf den Mund hauche.

»Gute Idee«, flüstere ich. Ich stehe zwar nicht so auf Filmklassiker, werde mit Sicherheit aber eh kaum auf die Leinwand achten.

Als wir das Kino betreten und ich kein einziges Gesicht der Besucher erkenne, entspanne ich mich zunehmend. Auch wenn Wilbur Peaks so groß ist, trifft man eigentlich immer irgendwen, den man kennt. Oder der mich kennt. Doch hier, in der Anonymität, umfasse ich

Danes Hand und drücke sie, während ich lächle. Es war wirklich eine gute Idee von ihm, die Stadt zu verlassen.

Schon auf dem Weg durchs Kino habe ich das Gefühl, wir hätten gerade erst gemeinsam am See gelegen. Wir lachen über dieselben dämlichen Plakate an den Wänden, über die kuriosen Filmtitel und halten beide ein kleines Plädoyer für die richtige Geschmacksrichtung von Popcorn. Am Ende gewinnt die süße Variante und ich glaube, Dane hat mich gewinnen lassen, weil ich ihm auf der Hinfahrt die Details von dem Streit mit meinem Dad erzählt habe. Über unseren Chat hatte ich es nur kurz erwähnt. Vielleicht ist Dane auch deshalb früher zurückgekommen, weil ich so fertig war. Wir sprechen nicht darüber und das mag ich so an uns, denn ich weiß ohne Worte, dass er so etwas für mich tun würde.

Wir gehen in einen Schwarzweißfilm aus den Sechzigerjahren, den keiner von uns kennt. Der Kinosaal ist tatsächlich fast leer, nur in der Mitte sitzen ein paar Personen. Sie rascheln so laut mit Popcorn und Nachos, dass man annehmen könnte, sie seien nur zum Essen hier.

Wir suchen uns zwei Sitze in der Mitte der hintersten Reihe aus und stellen den Popcornbecher ab. Ich lege meinen Arm auf die Lehne zwischen uns und halte den Eimer fest, damit er nicht herunterfällt. Dabei streift mein Finger Danes Hand und ich schaffe es genau zwei Werbespots, bis ich nicht mehr widerstehen kann, mit meinem kleinen Finger über seine Hand zu streicheln. Die nächsten Kinobesucher sitzen mehrere Reihen entfernt, also wer sollte es mitbekommen?

Ich merke schnell, dass uns das Popcorn ziemlich egal ist. Genau wie der Film. Als das Licht weiter gedimmt wird, bis wir im Dunkeln sitzen, fällt die letzte Anspannung von mir ab und ich lehne mich weiter in meinem Sitz zurück. Dane greift nach dem Becher zwischen uns und stellt ihn neben sich, um die Barriere zu entfernen. Dann lehnt er sich in meine Richtung, damit ich meinen Kopf an seiner Schulter betten kann.

Ich habe nicht vergessen, wie gut er riecht und doch ist es kaum zu begreifen, dass es sich nach so wenigen Wochen schon so vertraut anfühlt. Ich küsse ihn auf die empfindliche Stelle unter seinem Ohr und vergrabe meinen Kopf hinterher in seiner Halsbeuge. Es entlockt ihm ein leises Seufzen, das mir wiederum einen wohligen Schauer durch den Körper schickt.

Im Schutz der Dunkelheit wird auch Dane mutiger. Seine Hand streicht über meinen Oberschenkel und malt die Nähte meiner Jeans mit dem Zeigefinger nach. Es dauert nur gefühlte Sekunden, bis mein Körper eine Reaktion zeigt. Schließlich erreicht Dane die Nähte über dem Reißverschluss und streicht über genau die richtige Stelle. Mit der freien Hand legt er seine Jacke über meine Beine, bis sie den Blick bis zu meinem Bauch verdeckt. Parallel wandert die andere Hand höher, zeichnet den Knopf nach und öffnet ihn, bevor er die Finger unter den Hosenbund schiebt.

»Revanche, oder was?«, raune ich ihm atemlos zu und presse mein Gesicht weiter in die Mulde zwischen seinem Hals und seiner Schulter. Ich bin schon seit der Sache im Bad heiß auf ihn, eigentlich schon, seit wir uns stundenlang in seinem Bett geküsst haben. Ihn dabei zu beobachten, wie er nach und nach die Kontrolle abgegeben hat, hat mir ziemlich viel Beherrschung abverlangt.

Auch wenn ich nichts sehnlicher erwarten konnte als seine Finger, die sich um mich schließen und langsam auf und ab bewegen, wird das Verlangen von Gefühlen überlagert, die ich nicht in seiner Nähe empfinden will. Ekel und Selbsthass kriechen langsam von meinem Magen die Speiseröhre hoch und drohen, mich das letzte bisschen Selbstbeherrschung verlieren zu lassen.

Danes Bewegungen werden langsamer und sein Zögern facht die Panik in mir weiter an. Gefangen zwischen Lust und Angst umklammere ich mit einer Hand die Armlehne des Kinositzes und drücke meine Nase in Danes Halsbeuge. Sein Körpergeruch, ihn zu riechen, beruhigt meinen Herzschlag mit jedem Atemzug mehr, bis mein Puls nur noch rast, weil seine Finger in meiner Hose so wunderbare Dinge anstellen. Nachdem ich mir ins Bewusstsein zurückgerufen habe, dass es Daniel ist, der mich berührt, will ich der Panik keine Chance mehr geben.

Ich hebe mein Gesicht an und flüstere ihm heiser ins Ohr: »Schneller.« Er kommt meiner Aufforderung nach und ich versenke meine Fingernägel in der Armlehne. Heilige Scheiße. Um nicht zu stöhnen und die Blicke der anderen Kinobesucher in den vorderen Reihen auf uns zu lenken, öffne ich zwar den Mund, beiße aber in Danes Hals. Ihm entfährt ein leises Keuchen, als ich an der Haut knabbere und die Stelle hinterher küsse.

Ich will etwas sagen, irgendetwas, das zum Ausdruck bringt, wie sehr ich das hier will und genieße. Seine Nähe, sein körpereigener Geruch, seine Hand um meine Erektion. Mein Kopf ist allerdings wie leergefegt, als ich mich dem Gefühl von Geborgenheit und Lust hingebe und die Erlösung nicht mehr hinauszögern kann. Sekundenlang kann ich nicht klar denken, mein ganzer Körper kribbelt und ich habe alles um uns herum vergessen. Nur Danes Nähe bin ich mir immer noch überbewusst und ich wünschte so sehr, wir lägen in seinem oder meinem Bett und müssten uns nicht Orte wie halbleere Kinosäle aussuchen, um uns nah zu sein.

»Wir treffen uns gleich draußen«, wispert Dane, als wäre auch ihm erst jetzt wieder klargeworden, wo wir uns befinden. »Ich kann mich eh nicht mehr auf den Film konzentrieren. Und du willst bestimmt zur Toilette. Linke Jackentasche.«

Schwerfällig hebe ich den Kopf und nicke vorsichtig, obwohl ich noch gar nicht richtig verstehe, was er meint. Er lässt mir seine Jacke da, damit ich sie um meine Hüfte schlingen kann, bevor er aufsteht und beinahe den Popcorneimer mit dem Fuß umwirft. Wir haben es nicht mal angerührt, vielleicht war es nur unser Alibi. Genau wie der Film und dieser Ort. Als ich nämlich die linke Jackentasche öffne, entdecke ich darin eine frische Boxershorts. Ich muss grinsen und die Vorstellung, dass Dane das hier geplant hat, macht mich beinahe schon wieder an. Dann konnte er also auch kaum an was anderes denken.

Einige Minuten konzentriere ich mich auf den Film, der zwar furchtbar ist, mir aber hilft, mich zu beruhigen. Ich greife ins Popcorn und schiebe mir eine Hand voll in den Mund, ehe ich den Kinosaal verlasse.

Nachdem ich mich in einer Toilettenkabine gesäubert habe, lasse ich mir bestimmt eine Minute lang eiskaltes Wasser über die Handgelenke laufen. Anschließend stoße ich überschwänglich die Tür auf und durchquere beschwingt den Gang, der in Richtung Eingangsbereich führt. Mit den Gedanken bin ich schon bei Dane, der sicherlich auf mich wartet. Wenn es nach mir ginge, würde ich ihn am liebsten zu seinem Auto bringen und mich direkt revanchieren.

Als ich jedoch um die Ecke biege, empfängt mich dort nicht nur Dane. Ich reagiere rechtzeitig und mache auf einem Fuß kehrt, um mich hinter dem Wandvorsprung zu verstecken. Shit, was machen denn Dorian und seine Clique hier?

Im ersten Moment bin ich zu schockiert, um die Zusammenhänge verstehen zu können. Dann fällt mir das Filmplakat auf, das unter den Filmklassikern auch einen alten Horrorfilm ankündigt. Dorian und seine Freunde sind große Horrorfilmfans, es ist nicht unwahrscheinlich, dass sie extra dafür hergefahren sind.

Verflucht. Die Schwerelosigkeit, die ich Minuten zuvor noch empfunden habe, verpufft genauso schnell wie meine gute Laune. Ich spähe wieder um die Ecke und erkenne Dane, den Dorian und seine Clique schon vor mir entdeckt haben. *Fuck.*

Die Dunkelheit des Kinosaals hat uns die Sicherheit gegeben, wir selbst sein zu können. Im grellen Licht der Eingangshalle sind wir wieder die Söhne der politischen Konkurrenten, die einander höchstens in einer Debatte auf gegnerischen Seiten begegnen sollten.

»Du bist also allein hier«, meint Dorian zu Dane. Er umrundet Daniel wie eine Raubkatze ihre Beute und ich forme die Hände zu Fäusten, jederzeit bereit, einzuschreiten. Und doch bleibe ich in meinem Versteck.

»Ja, sagte ich bereits«, erwidert Dane und ich weiß nicht, ob ich froh bin oder mich schuldig fühlen soll, dass er meinen Bruder belügt. Eines ist zumindest sicher: Sobald Dorian von uns erfährt, weiß Dad es auch.

»Der Knutschfleck stammt also von dir selbst«, meint Brian, der Dane schon auf Gabes Party so dumm angemacht hat. Er taucht gelegentlich im Dunstkreis meines Bruders auf, wenn er sich irgendwelche Vorteile davon erhofft – so ist er wie lästiges Ungeziefer immer mal irgendwo für ein paar Wochen, auch bei Gabes Freunden. Und mein Bruder nutzt sein Auto, wenn Dad ihm seines nicht leiht.

Gern würde ich Brian für sein dämliches Grinsen eine reinhauen. Und den anderen drei Typen für ihr Lachen auch. Durch meine Wut sickert nur langsam zu mir durch, was er gesagt hat. Ein Knutschfleck? War *ich* das etwa?

Natürlich war ich das, wer denn sonst? Der Ärger schlägt in Schuld um und ich hole tief Luft. Der süßliche Duft nach Popcorn erinnert mich an das, was wir vorhin heimlich im Kinosaal getan haben.

»Das ist kein Knutschfleck«, verteidigt sich Dane und es schmerzt mehr, als ich zum Ausdruck bringen kann, dass ich ihm nicht helfen kann.

»Ach, nein?«, fragt Dorian amüsiert und beugt sich zu ihm, sodass Dane nach hinten zuckt. »Bist du ungünstig hingefallen oder was?«

»Ich ...«, fängt er verunsichert an und räuspert sich. »Ich habe auf der Hinfahrt wohl zu stark gebremst und der Anschnallgurt ...«

»Der Gurt ist also der geheime Liebhaber«, unterbricht Dorian ihn lachend und die bekannte Mischung aus Ekel, Selbsthass und Scham kriecht wieder in mir nach oben. Obwohl ich mir einrede, dass es der mieseste Augenblick für eine Panikattacke ist, lässt mein Körper in dieser Angelegenheit nicht mit sich verhandeln.

»Vielleicht steht Daniel ja darauf, gewürgt zu werden«, meint einer von Dorians Freunden und die anderen stimmen in sein Lachen ein. Ich wäre sicherlich schon längst geplatzt, aber Dane hält weiterhin dicht und verrät nicht, mit wem er hier ist.

»Bestimmt hat er wieder einen Typen überredet, herzukommen, der dann, spätestens, wenn er ihm näherkommt, sofort hetero ist.«

Meine Lunge wird mit jedem Atemzug enger, während Dorians Clique nicht aufhört, sich über Dane lustig zu machen. Erst eine Gruppe anderer Kinogäste mischt sie auf, da sie den Weg zu den Kassen versperren.

»Dann mal viel Spaß«, meint Dorian noch zu Dane und klopft ihm so fest auf die Schulter, dass der zusammenzuckt. Ich drücke mich mit dem Rücken gegen die Wand und halte die Luft an.

Mein Bruder und seine Freunde machen sich auf den Weg zum Kinosaal. Sie lachen vermutlich weiterhin über Dane, was mich zornig und zugleich betroffen macht, während sich nur Brian umdreht. Kurz glaube ich, dass er mich gesehen haben könnte, dann ist er wieder aus meinem Sichtfeld verschwunden und ich schnappe angestrengt nach Luft.

Als ich erst nach mehreren Minuten, in denen ich mir mühsam meine Kontrolle erkämpft habe, zu Dane zurückkehre, sieht er aus, als wäre nichts geschehen. Es versetzt meinem Herzen einen von so vielen Stichen am heutigen Tag, weil es mir klarmacht, dass ihn andere wohl nicht zum ersten Mal gedemütigt haben. Dass sie auf die Sache mit Nathan angespielt haben, war nur die Spitze des Eisbergs. Ich hingegen war mal wieder so mit mir selbst beschäftigt, dass ich ihm nicht helfen konnte. Nicht helfen durfte, um es nicht schlimmer zu machen.

»Alles okay?«, fragt Dane mich. Es schmerzt noch mehr, dass er zuerst an mich denkt. Wahrscheinlich bin ich weißer als die Wand. Also nicke ich vorsichtig.

»Mir ist eben eingefallen, dass ich noch ein wichtiges Essay fertig schreiben muss, um in einem Kurs nicht durchzufallen.«

»Dann fahre ich dich nach Hause.«

»Danke«, murmele ich und meine damit nicht nur den Fahrdienst, sondern so viel mehr.

***

Am Montag, nach sporadischem Kontakt zu Dane, weil mein schlechtes Gewissen nicht mehr zugelassen hat, betrete ich mit wenig Motivation das Institutsgebäude. Andauernd muss ich irgendwem im Gang ausweichen und komme nur mühselig voran, weil ein Dekorationsteam den Beginn der Vorweihnachtszeit einläutet und den Weg mit Leitern oder Kisten versperrt.

In der Vorlesung höre ich kaum zu, ich bin in Gedanken bei Daniel. Ich muss mich heute unbedingt bei ihm entschuldigen, nachdem ich so feige war. Dorian am Abend noch zuhause zu sehen und am Sonntag beim Familienessen hat mich sämtliche Beherrschung gekostet.

Seltsamerweise sieht Brian während unseres Statistikseminars immer mal zu mir. Als wir das Ende des Seminars erreichen, will ich schnell den Raum verlassen, er hält mich jedoch auf.

»He, Magnus, warte mal«, meint er und legt mir einen Arm um die Schultern, als seien wir alte Freunde. Das wären wir aber nicht mal, wenn wir die einzigen verbliebenen Menschen auf der Erde wären.

»Was willst du, Brian?«, schnauze ich ihn an, wenig in der Stimmung für einen Plausch.

»Ich wollte mich einfach mal mit dir unterhalten. Wir haben uns länger nicht gesehen«, meint er. »Auf Gabes Geburtstagsparty vor ein paar Wochen hatten wir ja keine Gelegenheit dazu. Du warst ziemlich betrunken.«

»Kann sein«, murmele ich und lasse mich von ihm aus dem Raum lotsen. Erst im nächsten Gang wird er langsamer.

»Hör mal«, fängt er mit gedämpfter Stimme an und lässt mich nicht los. »Ich will ja kein böses Blut zwischen uns, aber ganz ungesühnt kann ich dich nicht davonkommen lassen.« Sein Tonfall verrät, dass er sich etwas als Rache für meinen kleinen Angriff auf Gabes Party ausgedacht hat.

»Neulich im Seminar hat dich der Dozent ordentlich dran bekommen«, meint Brian, nachdem er ein paar andere Studierende an uns hat vorbeigehen lassen. Augenblicklich beschleunigt sich mein Puls.

»Wovon sprichst du?«, raune ich ihm zu und eine Zornesfalte bildet sich zwischen meinen Augenbrauen.

»Wir betreiben doch alle mal ein bisschen Sexting«, erwidert er grinsend und besitzt die Dreistigkeit, mir zuzuzwinkern, ehe er seine Stimme weiter senkt. »Ist nur irgendwie etwas ungünstig, wenn die Nachrichten von Daniel Miller-Atkins stammen, oder?«

Sofort versteift sich mein Rücken und ich bin unfähig, mich aus Brians festem Griff zu befreien. Dann hat er mich also doch am Samstag im Kino gesehen und konnte natürlich nach den anzüglichen Textnachrichten und meinem Verhalten auf Gabes Party eins und eins zusammenzählen.

»Scheiße«, flüstere ich verärgert. »Keine Ahnung, was du dir da zusammenreimst. Ich und Nora Atkins' Sohn? Garantiert nicht.« Ich lache voller Bitterkeit auf und nichts hat sich je falscher angefühlt. Ich will Dane nicht verleugnen, ich will nicht verneinen, was wir beide haben, aber anders kann ich uns nicht schützen.

»Du musst mir nicht zustimmen«, meint Brian und ihn belustigt das eindeutig zu sehr. »Auch wenn es nur ein Gerücht ist – glauben werden es genug.«

Die blanke Panik steigt wieder in mir auf, in letzter Zeit ist sie zu meiner treuen Begleiterin geworden. Wenn das Gerücht, das Brian in die Welt setzen kann, nur mich betreffen würde, könnte ich es sicherlich darauf ankommen lassen und ihn weiter provozieren. Aber dieses Gerücht betrifft nicht nur mich. Vor allem da es kein Gerücht ist.

»Was willst du für dein Schweigen, Brian?«, knurre ich also.

***

Am Nachmittag fahre ich nicht nach Hause, sondern lasse mein Fahrrad stehen und nehme den Bus, der mich zu Dads Büro bringt. Zwischendurch habe ich Dane geschrieben, er saß heute nicht in unserem gemeinsamen Kurs. Ich kann ihm zwar nicht von meiner Unterhaltung mit Brian erzählen, weil ich ihn nicht beunruhigen will, aber ich brauche dringend ein Lebenszeichen, um mich zu versichern, dass ich das Richtige tue. Doch mein Smartphone bleibt den ganzen Tag stumm und der Mut verlässt mich, als ich im Büro meines Dads angekommen bin.

»Magnus, was tust du denn hier?«, will er überrascht wissen.

»Hi, Dad«, sage ich mit trockener Kehle und räuspere mich. »Ich wollte etwas Wichtiges mit dir bereden und ungern bis zum Abendessen damit warten.« Dass dann Mom und Dorian dabei wären, muss ich augenscheinlich nicht erwähnen. Dad nickt nämlich und gibt seiner Sekretärin per kurzem Anruf zu verstehen, dass er die nächsten zehn Minuten nicht gestört werden will.

Beinahe lache ich auf, weil er sich ganze zehn Minuten Zeit für mich nimmt. Wie großzügig von ihm. Ich behalte meine Kommentare allerdings für mich, schließlich will ich etwas von ihm.

»Ein Freund von mir«, fange ich an, und Brian als einen *Freund* zu bezeichnen, fühlt sich so widerlich an, dass ich kotzen will, »möchte ein Praktikum im Stadtrat machen. Da dachte ich, dass du ihm den Platz vielleicht beschaffen könntest.«

»Welcher Freund?«

»Brian Patel«, entgegne ich. Es kostet mich Mühe, nicht angewidert zu klingen.

»Brian?«, echot mein Vater und lacht kurz trocken auf. »Der Typ aus dem College-Basketballteam, der manchmal Zeit mit Dorian und seinen Freunden verbringt? Der hat Glück, dass er groß genug ist, um für irgendwas zu taugen.« Er widmet sich wieder seinem Computerbildschirm und blendet mich bereits zur Hälfte aus. »Sag ihm, dass alle Plätze für die Semesterferien belegt sind.«

»Es ist ihm aber sehr wichtig.«

»Dann soll er irgendwo ein Praktikum machen, wo er keinen Schaden anrichten kann. Frag doch mal bei Nora Atkins an.« Er lacht über seinen eigenen Scherz, während ich todernst bleibe.

»Dad, ich hab's ihm quasi schon versprochen.«

»Dann ziehst du deine Lehre daraus. Man verspricht nichts, was man nicht einhalten kann.«

Für ihn ist das Gespräch damit beendet. Er will schon nach seinem Telefon greifen und wahrscheinlich seiner Sekretärin mitteilen, dass er weiterarbeitet, doch ich erreiche es vor ihm. Ich halte den Telefonhörer auf der Station und atme schwer. Endlich sieht er mich an, seine grauen Augenbrauen heben sich fragend.

»Und wenn ich wieder zum Schwimmtraining gehe und mich auf die Wettbewerbe vorbereite?«, schlage ich vor und kann selbst kaum glauben, wie weit ich für Brians dämliche Forderung gehen würde. Dann denke ich jedoch daran, dass ich es nicht für ihn, sondern für Dane und mich mache und der Gedanke erfüllt mich mit Ruhe.

Dad zögert einige Sekunden, was ein gutes Zeichen ist. Schließlich hebt und senkt sich sein Kopf und ein schmales Lächeln der Zufriedenheit entsteht auf seinen Lippen.

»Wenn du zu jedem einzelnen Schwimmtraining bis zum Ende des Semesters gehst«, sagt er, »darf Brian in den Semesterferien ein zweiwöchiges Praktikum bei mir machen.«

Zusammen sein

Daniel

Die Welt besteht momentan aus Dunkelheit und einem Schmerz, der sich hinter meinen Schläfen eingenistet hat. Ich liege seit Sonntagmorgen in meinem abgedunkelten Zimmer und bewege mich nur, wenn es unbedingt nötig ist. In den letzten Wochen ist so viel geschehen, dass es bloß eine Frage der Zeit war, bis mich der nächste Migräneanfall ausknockt.

Als Mom am Sonntagmittag nach Hause kam, musste ich ihr erst mal den Knutschfleck an meinem Hals erklären. Die Erinnerung an die Umstände seiner Entstehung schickt mir immer noch angenehme Schauer durch den Körper. Wie gern ich mit Magnus irgendwo am Straßenrand in meinem Auto dort weitergemacht hätte, wo wir aufgehört hatten.

Dann sind diese Idioten unerwartet aufgetaucht und es hat mir sämtliche Energie geraubt, auf dem Heimweg vor Magnus zu verbergen, dass sie dort gewesen sind. Während ich bei meinem Dad war, habe ich unser Date genau geplant. Ich wollte ihm das Gefühl geben, dass wir woanders einfach wir selbst sein können. Ihm zu erzählen, dass Dorian und seine Freunde dort gewesen sind, würde ihn nur unnötig beunruhigen. Sie haben ja nur mich und nicht ihn gesehen, also kein Grund zur Sorge. Außerdem weiß Magnus bislang nicht, wie gut sein Bruder und ich uns kennen.

Sorgen habe ich mir trotzdem eine Menge gemacht und konnte in der Nacht von Samstag auf Sonntag kaum schlafen. Irgendwann am Sonntagmorgen setzten die heftigen Kopfschmerzen ein, gefolgt von Sprachstörungen und Schwindel, bis Mom mich ins Bett verfrachtet und alle Rollos und Gardinen geschlossen hat.

Es reicht am Montag ein Anruf beim Arzt, um mich für die ganze Woche krankschreiben zu lassen. Ich bin dankbar, dass sie sich darum gekümmert hat, und zugleich liege ich krank im Bett und vermisse Magnus mit jedem Atemzug mehr. Normalerweise zwingt mich der Migräneschmerz dazu, nichts mehr fühlen zu wollen, aber Magnus Vaughn ist inzwischen ein so fester Bestandteil meines Herzens geworden, dass ihn nichts aus meinen Gedanken verbannen kann.

Immerhin bewahrt mich die Krankschreibung davor, noch irgendwem den Knutschfleck erklären zu müssen. Mom hat mir zumindest geglaubt, dass Paige nach einer Wette mit Wes dafür verantwortlich ist. Als wir Kinder waren, hat sie das ein paar Mal gemacht, um mich zu ärgern. Es war also naheliegend, sie als Ausrede zu nutzen – Paige hingegen wird mir das nicht durchgehen lassen, sollte sie je davon erfahren.

Ich schaffe es nicht mal, Magnus zu schreiben. Zum einen, weil ich ihn nicht mit meinen Befindlichkeiten nerven will – schon gar nicht mit den Gründen dafür – und zum anderen, weil die Buchstaben sowieso vor meinen Augen verschwimmen, sobald ich auch nur den Versuch unternehme, seine Nachrichten zu lesen.

Es tut mir leid, ihn im Ungewissen zu lassen, aber ich kann gerade einfach nicht. Ich weiß nicht, was ich ihm sagen soll, und Denken ist nahezu unmöglich. Also lasse ich das Smartphone auf dem Nachttisch liegen und hoffe, dass der Migräneanfall schnell vorübergehen wird.

Am Dienstag schaffe ich es am Mittag wenigstens unter die Dusche und krieche danach wieder unter die Bettdecke. Irgendwann am frühen Abend klopft es an meiner Zimmertür und ich drehe mich nicht um, weil es eh nur Mom ist. Wahrscheinlich zwingt sie mich gleich wieder, ein ganzes Glas Wasser zu trinken und etwas zu essen, obwohl ich keinen Appetit habe. Ohne etwas in meinem Magen gibt sie mir leider keine Schmerztabletten und die sind aktuell wertvoller für mich als Gold.

Die Tür wird vorsichtig geschlossen und ich spüre, dass jemand hinter mir im Raum stehen geblieben ist. Da sich mein Zimmerbesuch nicht bemerkbar macht, drehe ich mich im Bett um und nehme nur schemenhaft wahr, dass es nicht Mom ist.

»Magnus«, flüstere ich. Der Klang meiner heiseren Stimme scheint ihn aus seiner Starre zu befreien. Mit wenigen Schritten hat er mein Bett erreicht und sich zu mir gesetzt. Langsam richte ich mich auf und presse mir dabei eine Hand auf die Stirn, weil es sich anfühlt, als würde mein Hirn ansonsten herausfallen.

»Das Fenster ist zu. Wie bist du ins Haus gekommen?«, will ich verwirrt wissen und bin mir nicht sicher, ob ich nur halluziniere.

»Hab geklingelt«, erwidert Magnus mit seltsam stoischem Gesichtsausdruck.

»Und meine Mom?«

»Sie weiß doch, dass wir aufs selbe College gehen und zusammen Kurse belegen. Ich musste zwar einige Überzeugungsarbeit leisten, aber ich darf dir wichtige Unterlagen bringen.«

»Na, super«, murmele ich, als er eine Mappe neben mir auf den Nachttisch legt. Dann werden Magnus' Gesichtszüge weicher und er lächelt.

»Ich habe ihr gesagt, ich muss dir ein bisschen was erklären. Also haben wir etwas Zeit.«

Ich habe nichts dagegen, dass er vollständig aufs Bett klettert und sich neben mich legt. Er zieht mich in seine Arme und so nah an seine Brust, dass ich seinen Herzschlag an meinem spüren kann.

»Paige hat gesagt, dass du krank bist«, wispert er und ich drücke meine Stirn gegen seine Brust, damit der Schmerz durch den Druck erträglicher wird.

»Du hast mit ihr über mich gesprochen?«

»Keine Sorge, sie denkt, wir arbeiten gemeinsam an einem Projekt«, erklärt er. »Ich habe auch nicht lange Zeit. Ich muss noch zum Schwimmtraining.«

»Ach ja?« Sofort schlägt mein Herz schneller.

»Ich musste meinem Dad versprechen, dass ich wieder hingehe.«

»Kannst du ihn nicht irgendwie austricksen?«

»Nein, diesmal nicht. Zumindest vorerst nicht.« Magnus' Herzschlag hat sich ebenfalls beschleunigt, das Pochen geht in meinen Kopf über. Also hebe ich diesen und sehe ihn an. In seinem Gesicht arbeitet es, als wolle er mir etwas sagen, schaffe es aber nicht. Ich kann noch kaum glauben, dass er heute hergekommen ist und meine Mom angelogen hat. Sie kann Fremden gegenüber manchmal etwas angsteinflößend autoritär sein, was Magnus von seinem Dad sicherlich gewohnt ist.

Ich weiß, dass es einen Grund gibt, über den wir nicht sprechen, warum Magnus mit dem Schwimmen aufgehört hat. Was ist geschehen, das ihn dazu zwingt, wieder damit anzufangen? Ich würde ihm so gern sagen, dass es mir egal ist. Was auch immer es ist, solange wir zusammen sind, finden wir eine Lösung dafür. Doch mir fehlen in der Kürze der Zeit die richtigen Worte, da mir trotz Kopfschmerzen durchaus bewusst ist, dass meine Mom unten im Haus ist.

Also schiebe ich meinen Kopf auf dem Kissen zu ihm und küsse ihn. Erst seine Wange, dann den Mundwinkel und endlich verschließen meine Lippen seine. Weil ich kaum denken kann, überlasse ich meinem Körper die Führung. Es ist kein braver Begrüßungskuss, wie er ihn vielleicht sonst von mir erwartet hätte. Nach den Tagen ohne ihn brauche ich ihn mehr, als ich bislang angenommen habe.

Meine Zunge findet sofort einen Weg in seinen Mund, um seine zu umkreisen. Ich verwickele ihn in einen innigen Kuss, Magnus geht direkt darauf ein, als habe auch er seit Tagen nur darauf gewartet. Seine Arme umschließen mich fester und er legt ein Bein über meines. Eng ineinander verschlungen bekomme ich immer noch nicht genug von ihm.

Ich will ihm so nah sein, dass es in meiner Körpermitte zieht. Ihm geht es ähnlich, das kann ich an meinem Bein spüren. Also vergrabe ich meine Hände in seinen Haaren und intensivere den Kuss, bis ich nicht genau sagen kann, wer von uns beiden in wessen Mund stöhnt. Ihn zu küssen, ist inzwischen so vertraut geworden und doch jedes Mal aufs Neue aufregend.

Unsere Zweisamkeit findet ein jähes Ende, als ein Ruck durch Magnus' Körper wandert und er mich abrupt loslässt. Blinzelnd sehe ich dem Lichtschein, der aus dem Flur zu kommen scheint, entgegen und fasse mir an die Stirn. Diesmal verlässt ein Stöhnen meine Kehle, weil der Migräneschmerz schlimmer als zuvor zurückkehrt.

Nur langsam sickert zu mir durch, weshalb die Tür offen ist. Mom steht mit einem Glas Wasser in der Hand in meinem Zimmer und starrt uns beide an. Magnus klettert schnell von meinem Bett, verheddert sich dabei kurz mit dem Fuß im Laken und presst sich eine Hand auf den Schritt. Ich mache dasselbe, indem ich nach einem Kissen greife und meine untere Körperhälfte damit verdecke.

»Mom«, fange ich mit gequälter Miene an und kann sie wegen des Flurlichts nur schemenhaft erkennen.

»Wir reden, wenn es dir besser geht«, unterbricht sie mich mit einem Tonfall, mit dem sie Papier zerschneiden könnte. »Und Magnus, du verlässt unverzüglich dieses Haus. Komm nicht auf die Idee, dich hereinzuschleichen.«

***

Am Abend ist der Schmerz durch die Medikamente erträglicher und ich kann nicht länger hinauszögern, mit Mom zu reden. Sie sitzt auf einem Hocker an der Kücheninsel und stützt erschöpft ihr Kinn ab, als ich seit drei Tagen zum ersten Mal wieder bewusst das Erdgeschoss betrete.

»Geht es dir besser?«, fragt sie, als sie müde ihren Kopf hebt.

»Ja, die Tabletten wirken«, erwidere ich. Nicht meine Migräne macht mir jetzt Probleme, sondern der schwere Stein in meinem Magen. Moms aufmerksame Augen mustern mich und ich erkenne eine Enttäuschung in ihnen, die den Stein noch schwerer werden lässt.

Bevor sie mir einen Vortrag über den schlechten Einfluss der Vaughns halten kann, will ich ihr den Wind aus den Segeln nehmen.

»Du musst ihn nicht mögen«, beeile ich mich, zu sagen.

Mom faltet ihre Hände auf dem Tisch ineinander und schweigt einige quälend lange Sekunden.

»Es geht nicht darum, ob ich ihn mag«, entgegnet sie dann. »Dafür kenne ich ihn zu wenig. Doch er ist der Sohn meines Konkurrenten.«

»Keiner von uns wird etwas sagen, das euch schaden könnte. Magnus ist kein Risikofaktor in eurem Wahlkampf, auch wenn du ihn dafür hältst.«

Jetzt wird ihr Blick weicher.

»Darum geht es mir doch gar nicht. Wenn du ihn wirklich magst, wünsche ich euch alles Gute dieser Welt«, erwidert sie. »Aber könnt ihr damit nicht bis nach der Wahl warten?«

»Mom, die ist im Januar. Das sind noch sechs Wochen!«, protestiere ich und meine Hand wandert zu meiner Brust, als könne ich den Schmerz, der mein

Herz schneller schlagen lässt, so davon abhalten, sich in meinem Körper auszubreiten.

Keiner von uns sagt etwas, doch wir tauschen uns ohne Worte aus. Moms Blick scheint mich zu fragen: ›*Was sind schon sechs Wochen?*‹ Mein Blick antwortet ihr voller Verzweiflung: ›*Eine verdammte Ewigkeit.*‹

Dann erhebt sich Mom vom Hocker und geht auf mich zu.

»Warum hast du es mir nicht schon früher erzählt?«, fragt sie und will nach meinen Händen greifen, aber ich weiche nach hinten aus.

»Weil du befangen bist. Du führst seit September eine öffentliche Schlammschlacht gegen seinen Vater. Und Adrian Vaughn weiß nichts von der sexuellen Orientierung seines Sohnes. Niemand in Wilbur Peaks weiß darüber Bescheid. Und ich kenne dich, Mom.« Unweigerlich steigen mir Tränen in die Augen und ich blinzle sie zornig weg. »Du hättest mir gesagt, wie sehr ich es verdient habe, dass Magnus öffentlich zu mir steht. Dass er sich gegen seinen konservativen Vater stellen soll oder ich mir überlegen muss, ob er der Richtige ist, wenn unsere Beziehung auf Heimlichkeiten aufgebaut ist.«

»Ja, das klingt nach mir. Also es klingt nach mir *vor* der Kandidatur«, flüstert sie, atmet hörbar durch den Mund aus und rauft sich die Haare, die selten so durcheinander aussahen. »Ich weiß doch auch nicht, was richtig ist, Daniel. Ich weiß nur ...« Sie unterbricht sich mit einem Seufzer. »Ich weiß nur, wie schuldig ich mich gerade fühle. Es ist schon lange mein Wunsch, die Stadtpolitik mitzugestalten. Ich glaube fest daran, dass ich dort Positives bewirken kann. Trotzdem habe ich lange mit mir gehadert, denn ich trete nicht gegen irgendwen an, sondern gegen Dorians Vater. Ich weiß, dass du über vieles lieber mit deinem Dad oder Außenstehenden sprichst, aber es hat mir das Herz zerrissen, dich letztes Jahr so traurig zu sehen. Ich hatte eine solche Angst, dass du durch meine Pläne irgendwie zwischen die Fronten geraten könntest. Mir wäre doch niemals in den Sinn gekommen, dass es Vaughns anderer Sohn sein wird, der dafür sorgt.«

»Magnus ist nicht wie sein Bruder.«

»Das glaube ich dir sogar. Doch du kannst nicht leugnen, dass dich eure Beziehung während des Wahlkampfs zur Zielscheibe macht. Ich kann nicht von dir verlangen, dass ihr bis nach der Wahl wartet. Trotzdem solltest du darüber nachdenken. Sobald jemand herausfindet, dass ihr euch trefft, hat Vaughn einen Grund, sich auf dich zu konzentrieren. Der Wahlkampf spitzt sich täglich weiter zu und im schlimmsten Fall schlachtet die Presse alles aus.«

»Die Presse?«, wiederhole ich und vergrabe meine Hand tiefer in meinem Shirt. Mein Herz droht, aus meiner Brust zu springen. Ich will es nicht denken, aber vielleicht hat Mom recht. Vielleicht wächst mir das alles über den Kopf.

»Ich möchte dich doch nur schützen, Liebling«, sagt sie. »Euch beide. Ich vertraue deinem Urteil, dass Magnus ein guter Mensch ist. Er wird verstehen, wenn ihr nach der Wahl entscheidet, wie es mit euch weitergeht. Ohne Druck und ohne die Öffentlichkeit, die euch beobachtet.«

»Mom, ich kann doch nicht …«, beginne ich und beiße mir auf die Unterlippe.

»Entscheide dich nicht heute«, meint sie und diesmal lasse ich es zu – bin sogar froh –, als sie mich umarmt. »Du sollst nur darüber nachdenken«, flüstert sie und ein Teil von mir weiß, dass sie mit ihren Sorgen genau ins Schwarze getroffen hat. Kopf gegen Herz. Fuck. Was mache ich bloß?

Vernünftig sein

Magnus

Scheiße. Ich bin in Gedanken kaum zu etwas anderem als zu Schimpfwörtern fähig, die meisten richten sich gegen mich selbst. Ich möchte Dane am liebsten schon anrufen, nachdem ich wieder zuhause bin, halte mich jedoch zurück, um unsere Lage nicht zu verschlimmern. Er schreibt mir erst am nächsten Morgen.

Daniel (08:16):
Tut mir leid, dass ich mich nicht direkt gemeldet habe. Mit Mom ist alles gut, sie verrät uns natürlich nicht. Aber gib mir ein paar Tage Zeit.

Am Freitag ist die Woche vorbei, ohne dass Dane auch nur einen einzigen Tag auf dem Campus gewesen ist. Wie konnte ich nur so dumm sein, ihn zu besuchen, wenn seine Mom da ist? Aber anders hätte ich die Sicherheitskameras an ihrem Haus nicht umgehen können. Außerdem habe ich mir echte Sorgen gemacht, als ich von Paige erfahren habe, dass er krank ist. In den vergangenen Tagen habe ich mich so verloren gefühlt ohne ihn und das Gefühl verstärkt sich mit jedem Tag, an dem wir uns nicht sehen.

In einem besonders schlimmen Moment des Vermissens bin ich sogar kurz davor, einfach wieder vor Daniels Haustür zu stehen und seiner Mom alles aus meiner Sicht zu erzählen. Von unserer anfänglichen Abneigung, von meinem Plan, mich mit ihrem Sohn anzufreunden, um meinen Dad zu verärgern, und schließlich von meinem Versuch, mich gegen meine Gefühle für Dane zu wehren. Je länger ich allerdings die richtigen Worte dafür suche, umso deutlicher wird mir, dass nichts davon für mich spricht.

Wäre ich zu Beginn unserer Bekanntschaft nicht ein solches Arschloch gewesen, hätten wir möglicherweise viel früher selbst mit der Wahrheit herausrücken können. Aus den Erzählungen über seine Mom weiß ich ja, dass Nora Atkins nicht das Monster ist, für das ich sie anfangs gehalten habe. Wie mein Dad sie seit Monaten inszeniert.

Wenn ich ihr direkt die Chance gegeben hätte, mich richtig kennenzulernen, hätte sie sich vielleicht bei meinem Dad für uns eingesetzt. Und wenn ich mich als Teenager längst geoutet hätte, würde ich gar nicht in dieser Misere feststecken.

Aber jetzt ist es zu spät, denn wenn sie jetzt auch nur den Versuch starten würde, mit Dad zu reden, hätten wir nur noch mehr zu verlieren. Also entscheide ich mich, es nicht schlimmer zu machen, als es eh schon ist, und geduldig abzuwarten, auch wenn das meine größte Schwäche ist.

***

Vom Fahrradfahren durchgefroren und leicht zitternd betrete ich am nächsten Montag den Seminarraum und schleiche zum freien Platz in der hintersten Reihe. Unser Dozent malt gerade ein Schaubild an die Tafel und registriert mich kaum. Daher kann ich Dane einen verstohlenen Blick zuwerfen. Ihn nach so vielen Tagen wiederzusehen, erwärmt sofort mein Herz. Kurz bleibe ich stehen und würde am liebsten direkt zu ihm laufen, um ihn an mich zu drücken. Als sich ein paar Kommilitonen jedoch in meine Richtung drehen, lasse ich mich schnell auf meinem Platz nieder.

Der Kurs vergeht noch langsamer als sonst. Dane verlässt anschließend schnell den Raum, ich erwische ihn nicht mehr. Da ich aber unbedingt mit ihm sprechen muss, fange ich ihn und Paige in der Cafeteria ab. Die Blicke der anderen entgehen mir natürlich nicht, am meisten ärgert mich jedoch, dass sich Dane direkt unwohl fühlt.

»Hi«, raune ich Paige und ihm zu.

»Hi«, erwidert Paige überrascht.

»Kann ich mir kurz Dane ausleihen? Es geht um eine Projektarbeit.« Obwohl ich mir die Worte schon zurechtgelegt hatte, klingen sie diesmal unglaubwürdig. Paige scheint es aber ohne Widerrede zu akzeptieren. Dane folgt mir mit etwas mehr Abstand, als vielleicht notwendig wäre.

Ich kann während des gesamten Weges kaum atmen. Erst als wir einen leeren Raum erreichen und die Tür hinter uns schließen, hole ich tief Luft.

Dane bleibt eine Armlänge von mir entfernt stehen und meinem Herzen versetzt das einen unerwartet heftigen Stich. Eben konnte ich mir in der Menge nicht erlauben, ihn richtig zu betrachten, was ich jetzt nachhole. Die dunklen Schatten unter seinen Augen sind nicht zu übersehen, ebenso wenig der müde Ausdruck in seinem Gesicht.

»Bist du okay?« Ich flüstere, obwohl wir ungestört sind.

Es dauert eine gefühlte Ewigkeit, bis er endlich nickt. Doch der sorgenerfüllte Ausdruck weicht nicht aus seinem Blick. Bevor er den Mund öffnet, weiß ich schon, was er sagen will.

»Vielleicht sollten wir ein paar Tage Abstand halten«, erwidert er. »Die Wahl ist schon in wenigen Wochen.«

»Ist das dein Ernst?«, entfährt es mir entsetzt und ich habe das Gefühl, dass mit jemand den Boden unter den Füßen wegreißt.

»Mag, ich will das doch auch nicht«, wispert er und ihn diesen Spitznamen sagen zu hören, lässt mich jegliche Zurückhaltung vergessen. Ich schließe die Lücke zwischen uns und ziehe ihn in meine Arme. Sein Oberkörper bebt genau wie meiner und einen wunderbaren Moment lang gibt es nur ihn und mich.

Ich atme seinen vertrauten Geruch ein, vergrabe mein Gesicht in seiner Halsbeuge und drücke ihn so fest an mich, dass ich jeden Zentimeter seines Körpers an meinem spüre. Vielleicht ist das nicht klug, weil ich so ausgehungert nach seiner Nähe bin, dass mir die Umarmung kaum reichen wird. Dennoch ist sie alles, was er mir zugestehen kann, das spüre ich.

Wir müssen nicht miteinander reden, es ist alles bereits gesagt. Es verbleibt nur noch das Ungesagte, das sich bleischwer über uns legt. Weil wir es nicht aussprechen dürfen, um es nicht noch schwerer zu machen. Je länger ich ihn umarme, umso mehr begreife ich, dass wir vernünftig sein müssen. Weil es Dane nicht gut geht und mir gerade nur wichtig ist, dass es ihm besser geht. Auch wenn das bedeutet, ihm vorerst nicht mehr nah sein zu können.

Seine angespannten Hände berühren zaghaft meinen Rücken und ich kann spüren, wie hin- und hergerissen auch er ist. Ich muss daran denken, wie er im Kino verschwiegen hat, dass er mit mir dort war. Was er alles für uns auf sich genommen hat. Auch wenn ich im Moment noch nicht weiß, wie mein Herz das überstehen soll, ist es an der Zeit, das für ihn zu tun. Für uns beide. Damit wir irgendwann eine gemeinsame Zukunft haben. Wenn all das hier vorbei ist – der ganze Wahlkampf zwischen unseren Eltern. Wenn wir nicht länger zur Zielscheibe werden können. Wenn es nur noch um *uns* geht und um das, was *wir* wollen.

»Okay«, flüstere ich also, löse mich vorsichtig von ihm und gehe.

***

Ich nehme wie vereinbart wieder am Schwimmtraining teil und bereite mich auf einen anstehenden Wettkampf vor, damit Brian mein Geheimnis für sich behält. Und Dad weiß nicht mal davon, dass er damit dazu beiträgt. Etwas Gutes hat das Training immerhin: Wenn ich dem Lauftraining fernbleibe und mich voll und ganz aufs Schwimmen fokussiere, sehe ich Daniel nur noch in einem gemeinsamen Kurs.

Am Freitag kann ich es kaum unterlassen, im Seminar andauernd zu ihm zu blicken. Ich will ihm nicht zeigen, wie mies es mir geht, und zugleich will ich mehr als alles andere wissen, ob er sich genauso fühlt wie ich. Ich habe immer noch die Angewohnheit, aufs Smartphone zu sehen und auf eine neue Nachricht von ihm zu hoffen. Es ist so verdammt anstrengend, vernünftig zu sein, aber wir halten beide durch.

Nach dem Kurs fällt mir erst zu spät auf, dass ich denselben Weg wie Dane gewählt habe. Automatisch bleibe ich stehen, während ich so tue, als würde ich etwas auf dem Smartphone suchen. Meine schauspielerische Leistung ist so überzeugend, dass weder er noch die Typen, die ihm entgegenkommen, mich bemerken. Es sind mein liebreizender Bruder und seine Freunde, die neben Dane langsamer werden. Dorian richtet seinen Fokus direkt auf meinen Freund.

»Na, heute schon wen geküsst, der es nicht wollte?«, raunt Dorian ihm zu und drängt ihn zur Seite, sodass Dane mit der Schulter gegen die Wand kracht. Ich zucke nach vorn und kann mich kaum beherrschen, nicht dazwischen zu gehen, als plötzlich Gabe neben mir stehen bleibt.

»Hey, Mann«, begrüßt er mich. »Hab dich die ganze Woche kaum gesehen. Wo hast du gesteckt?« Er verfolgt meinen Blick bis zu Dane und Dorian. Letzterer schließt gerade lachend zu seiner Clique auf und sie verschwinden um die Ecke.

»Ist der Humor meines Bruders am College noch schlimmer geworden oder irre ich mich?«, frage ich an Gabe gewandt und wir beobachten beide, wie Dane seinen heruntergefallenen Rucksack wieder aufhebt und ein paar Sachen einräumt. Mich hat er bislang noch nicht bemerkt, was vielleicht auch besser so ist. Ihn so zu sehen, schmerzt mehr, als ich zugeben darf.

»Im Vergleich zu dem, was sie ihm zu Beginn des Studiums angetan haben, ist das ja harmlos«, meint Gabe. »Hey, kommst du heute mit zu ...«

»Was genau meinst du?«

»Heute Abend ist ...«

»Nein, die Sache mit Dorian«, unterbreche ich Gabe gehetzt und sehe wieder zu Dane, der seinen Rucksack neu schultert und seinen Weg in Richtung Cafeteria fortsetzt. Ich hoffe, dass seine Freunde dort auf ihn warten und ihn auf andere Gedanken bringen.

»Ich weiß nicht, ob du das wissen willst«, beginnt Gabe herumzudrucksen. »Es wirkte bei den letzten Treffen so, als würdet Dane und du euch irgendwie anfreunden. Auf eine ganz schräge Art, wenn man bedenkt, dass seine Mom und dein Dad ...«

»Gabe«, falle ich ihm zornig ins Wort. »Sag mir, was Dorian getan hat, als ich nicht in der Stadt war.« Ich kralle mich mit beiden Händen an meinen Rucksackgurten fest.

»Na ja, du erinnerst dich doch noch, dass ich dir von dieser Sache mit Dane und Nathan erzählt habe, oder?« Ich nicke eilig, damit Gabe sich keine Zeit lässt, weiterzusprechen. »Dorian und seine Freunde haben die Fotos gemacht und überall herumgeschickt. Und danach kam es sogar noch schlimmer. Dane trug früher immer ein Buch bei sich, ich glaube, er schreibt oder malt.«

»Er zeichnet«, flüstere ich fast tonlos, obwohl ich Gabe eigentlich nicht mehr unterbrechen will. Ich bin es nur so leid, dass niemand diesen wunderbaren Menschen richtig kennt.

»Dorians Clique hat ihn ein paar Tage nach den Fotos auf dem Campus schikaniert und sie hatten wohl noch nicht genug. Also haben sie Daniel das Buch weggenommen, die Seiten herausgerissen und jede davon einzeln verbrannt«, fährt Gabe fort, seine Stimme klingt dumpf in meinen Ohren. »Und gefilmt haben sie es auch. Das Video mussten sie allerdings löschen, genau wie die Fotos.«

Ich höre nicht mehr, was er sagt, weil ich meinen Platz neben ihm aufgegeben habe. Mit jedem Schritt, den ich mich von ihm entferne, wächst die Wut in meinem Bauch weiter an. Ich biege um die Ecke und stoppe abrupt, als ich Dorian und seine Freunde vor einem Getränkeautomaten entdecke. Atemlos starre ich meinen Bruder an, die Szene im Kino schießt mir wieder durch den Kopf und alles verknüpft sich mit Gabes Erzählung.

Ich kneife die Augen zusammen und fixiere Dorian mit meinem Blick, bevor ich auf ihn zulaufe, ihn an den Schultern packe und grob nach hinten stoße. Seine Freunde weichen zur Seite aus und Dorian weiß gar nicht, wie ihm geschieht, als er sich aufrappelt und ich zum ersten Schlag aushole. Zur Hölle mit der Vernunft.

***

Eine Viertelstunde später sitzen Dorian und ich nebeneinander und doch mit genügend Sicherheitsabstand in Mrs. Ortiz' Büro. Ihre Sekretärin reicht mir einen Beutel mit Eiswürfeln, den ich mir auf die Beule an der Stirn halte. Als wir uns durch den Korridor geprügelt haben, hat mein Kopf Bekanntschaft mit einem Wasserspender gemacht. Dorian reicht sie ein Handtuch, das er sich auf die blutende Unterlippe hält. Es ist eine echte Genugtuung, dass ihm endlich mal das dumme Grinsen vergangen ist.

»Wenn es darum geht, dass ich bei dem Spenden-Dinner heimlich mit Rebecca geknutscht habe, stell dich nicht so an«, raunt Dorian mir zu und merkt gar nicht, wie egal es mir ist. »Ihr wart an dem Abend ja nicht verabredet. Und du musst zugeben, dass sie seit der Highschool echt heiß geworden ist. Du hättest schneller sein müssen.«

»Halt den Mund, Dorian«, murmele ich genervt, was ihm wohl die Bestätigung gibt, dass ich Rebecca scheinbar mehr als damals mag, von ihr und Dorian erfahren und ihn deshalb angegriffen habe. Ich möchte ihm so gern die Wahrheit sagen, aber dann würde ich Dane und mich verraten.

Dekanin Ortiz geht seit mindestens zwei Minuten unruhig im Raum auf und ab und bleibt schließlich stehen. Sie stemmt die Hände in die Hüften und sieht von Dorian zu mir und wieder zurück.

»Ich dulde keine Gewalt auf dem Campus.«

»Das nächste Mal gehen wir auf die Straße«, erwidere ich.

»Nicht frech werden, Magnus.«

»Ja, nicht frech werden, Magnus«, äfft Dorian sie nach. Am liebsten würde ich ihm wieder ins Gesicht schlagen und diesmal direkt auf seine Nase zielen.

Dazu kommt es leider nicht, weil Mrs. Ortiz' Bürotür auffliegt und Dad in unserem Sichtfeld auftaucht. Er muss einen Termin in der Nähe gehabt haben, sein Büro ist viel weiter vom College entfernt. Ansonsten hätte er nicht so schnell hier sein können. Was für ein Glück wir haben. Obwohl er meine sarkastischen Gedanken nicht hören kann, schenkt er mir einen längeren Blick als Dorian.

»Wenn es um eine Frau geht, klärt das zuhause«, meint er und erwartet wohl keine nähere Erklärung. Er kennt unsere Prügeleien noch aus unserer Kindheit. Doch wir haben uns seit Jahren nicht mehr geschlagen.

Das Lächeln, das Dad nun aufsetzt, gilt nur Mrs. Ortiz.

»Ich habe gehört, die Cafeteria braucht eine neue Klimaanlage«, sagt er. »Der Förderantrag ist sicherlich schon gestellt. Ich werde bei der nächsten Sitzung ein gutes Wort dafür einlegen.«

Ich weiß gar nicht, was mich am meisten an der Situation anwidert. Dass es Dad nur darum geht, unseren Ruf zu bewahren oder dass er mit seiner Art durchkommt.

»Ich denke«, meint Mrs. Ortiz mit ihrer gewohnt ruhigen Art, »dass Sie mal mit Ihren Söhnen reden sollten.«

»Das wird nicht mehr vorkommen«, verspricht Dad ihr und tritt hinter uns, damit er Dorian und mir je eine Hand auf die Schulter legen kann. »Sie schlagen sich, sie vertragen sich. Nicht wahr?«

Ich könnte jeden Ärger über mich ergehen lassen, wenn dafür Dorian auch was abbekäme. Stattdessen kommt er einfach so damit durch, andere zu mobben.

»Entschuldigt euch«, fordert Dad uns auf. Dorian kommt seinem Wunsch recht schnell nach, wenn auch mit wenig Elan. Ich nage von innen an meiner Unterlippe und unterdrücke ein Seufzen.

»Verzeihung«, murmele ich dann.

»Ihr seid den restlichen Tag von euren Kursen befreit«, meint Mrs. Ortiz mit strenger Stimme und richtet ihre Aufmerksamkeit nun auf Dad. »Und ich weiß Ihren Einsatz sehr zu schätzen, Mr. Vaughn, aber so regeln wir die Dinge hier nicht mehr, seit ich Dekanin bin. Wir finden eine andere Möglichkeit, die neue Klimaanlage für die Cafeteria zu finanzieren.«

Damit hätte wohl keiner von uns dreien gerechnet, am wenigstens Dad. Für die wenigen Sekunden, in denen er seine Gesichtszüge nicht kontrollieren kann und sie sprachlos anstarrt, würde ich mich jederzeit wieder prügeln.

Ehrlich sein

Magnus

Nachdem wir das Büro der Dekanin verlassen haben, nimmt Dad einen Anruf von Hunter entgegen und kann uns hinterher kaum ansehen.

»Ich muss zu einem Termin.«

»Natürlich musst du das«, murmele ich, aber er hört mich gar nicht mehr richtig.

»Ihr fahrt beide auf der Stelle nach Hause, habt ihr mich verstanden?«

Dorian bejaht es als Einziger, bevor Dad aus unserem Sichtfeld verschwindet. Ich ziehe mein Smartphone aus meiner Hosentasche und will eigentlich nur die Uhrzeit überprüfen, als ich eine neue Nachricht von Dane entdecke. Augenblicklich schlägt mein Herz höher. Die kurze Angabe soll offenbar ein Hinweis auf eine Raumnummer sein. Meine Prügelei mit meinem Bruder hat sich wohl schnell auf dem Campus herumgesprochen.

Dorian läuft inzwischen in Richtung Ausgang, ich hingegen habe andere Pläne.

»Dad meinte, wir sollen direkt nach Hause fahren«, erinnert er mich und tastet nach seiner geschwollenen Lippe.

»Dann mach das doch.«

»Wenn Dad ...«

»Weißt du was, Dorian?« Ich drehe mich schwungvoll zu ihm um und krache dabei fast mit der Schulter in die Wand. »Wenn du ihm möglichst tief in den Arsch kriechen willst, halte ich dich nicht davon ab. Aber zwing mich nicht, dir dabei Gesellschaft zu leisten.«

Ich warte seine Reaktion nicht ab, sondern stoße die Türen zum Treppenhaus auf und nehme mehrere Stufen gleichzeitig, um schneller zu meinem Ziel zu gelangen. Schwer atmend erreiche ich die Tür mit der richtigen Raumnummer, öffne sie einen Spalt und schiebe mich in die Kammer. Dane geht nervös zwischen den Regalen auf und ab, bis er mich erkennt. Im ersten Moment weiß ich nicht, wie ich mich ihm gegenüber verhalten soll, weil wir so lange nicht miteinander gesprochen haben.

»Hi«, flüstert er.

»Hi«, erwidere ich leicht keuchend. Atemlos sehe ich zu ihm und ein Ziehen wandert durch meine Brust, als ich begreife, wie sehr er mir gefehlt hat. In seinen Augen spiegelt sich dieselbe Sehnsucht und unsere Pause ist plötzlich kein Thema mehr. Also stürze ich nach vorn, nehme Danes Gesicht zwischen die Hände und küsse ihn. Da er mir so energisch entgegenkommt, werfe ich uns beide fast um. Ich kann uns gerade noch auf den Füßen halten und fange uns mit der Schulter in einem Regal ab.

Ich küsse ihn wie ein Verhungernder und halte ihn fest in meinen Armen, bis uns nichts mehr trennt. Im Rhythmus von Danes Händen, die über meinen Rücken streichen, beruhigt sich mein Herzschlag. Ich kenne nichts, dass gleichzeitig eine so aufregende und beruhigende Wirkung wie seine Nähe hat.

Als sich meine Lippen von seinen lösen, lehne ich meine Stirn gegen seine.

»Er denkt, ich bin sauer auf ihn, weil ich angeblich was von Rebecca will und er beim Spenden-Dinner was mit ihr hatte. In Wahrheit ist mir das so was von egal. Egal ist mir aber nicht, was Dorian dir angetan hat. Ich wusste bislang nichts davon«, raune ich ihm zu und greife nach seinen Händen, um unsere Finger miteinander zu verflechten.

»Ich hätte es dir erzählen können. Ich wollte nicht, dass du es weißt.«

»Erzähl es mir jetzt«, wispere ich und nach kurzem Zögern beginnt Daniel, mir von seinen ersten Semestern zu berichten. Wie Dorian ihn gedemütigt hat und Dane danach ein paar Wochen zu keiner Vorlesung gegangen ist. Wie seine Mom es herausgefunden und ihn anschließend zu Mrs. Ortiz geschickt hat. Und wie schwer es für ihn war, dass es ausgerechnet unser Dad war, dem seine Mutter öffentlich den Kampf angesagt hat.

Ich drücke die ganze Zeit meine Stirn gegen seine, streiche mit den Daumen über seine Finger und gebe uns beiden Halt. Ich hätte es gern so viel früher gewusst und Dorian schon viel früher dafür eine reingehauen. Oder mich selbst geohrfeigt, weil ich nicht darüber nachgedacht habe, dass ihn unsere Beziehung noch angreifbarer für meinen Bruder machen kann.

Auf einmal habe ich das Gefühl, dass es richtig ist, ihn auch an meinem Chaos teilhaben zu lassen. Also lehne ich mich leicht zurück, um ihn ansehen zu können.

»Weißt du«, fange ich nachdenklich an. »Ich verberge seit meiner Jugend vor meinen Eltern, wer ich wirklich bin. Das wurde erst leichter, als ich in eine andere Stadt gezogen bin. Wieder hier zu sein, hat so viele unterdrückte Gefühle von damals hochgeholt. Und ich dachte, ich kann diesen Teil von mir weiterhin unterdrücken, doch dann hast du mich geküsst und seitdem wird es immer schwerer, diesen Menschen zu verbergen.«

»Entschuldige.«

»*Ich* muss mich bei *dir* entschuldigen«, widerspreche ich ihm. »Wenn ich mich schon als Teenager geoutet hätte, wäre mein Bruder nie ...«

»Wenn du nicht dafür bereit warst, ist das in Ordnung«, unterbricht diesmal er mich. »Ich kann verstehen, warum du es schon so lange vor ihnen geheim hältst. Triff nicht meinetwegen unüberlegte Entscheidungen.« So ernst habe ich ihn in all den Monaten nicht erlebt.

»Das tust du nicht. Ich ...« Doch weiter komme ich nicht, weil sein klingelndes Telefon uns daran erinnert, dass es eine Realität außerhalb dieser Abstellkammer gibt.

»Sorry, das ist Avery«, meint Dane. »Ich habe ihr heute Morgen gesagt, ab wann meine Kurse vorbei sind und sie mich anrufen kann. Warte, ich lehne den Anruf ab.«

»Nein«, widerspreche ich ihm. »Geh ran. Ich will nicht, dass du Avery meinetwegen ignorierst.«

»Das ist mir gerade egal. Das hier ist wichtiger.«

»Mir ist es aber nicht egal.«

»Dieser Wahlkampf ...«

»... ist bald vorbei«, unterbreche ich ihn und drücke liebevoll seine Hand. So sehr er mir in den nächsten Wochen fehlen wird – ich will nicht, dass es Dane schlecht geht. Es wäre egoistisch, zuzulassen, dass er das für mich in Kauf nimmt.

Daniels Zögern bedeutet mir in diesem Moment alles und ich stehle mir einen letzten Kuss, bevor ich ihn in Richtung Tür schiebe. Wenn jetzt nicht wenigstens einer von uns stark ist, verlassen wir unser Versteck wahrscheinlich bis zur Wahl Mitte Januar nicht mehr.

***

Als ich nach Hause fahre, erfüllt mich eine neue Entschlossenheit. Die Prügelei mit Dorian und hinterher Dane zu treffen, ihn wieder zu berühren, hat mir gezeigt, dass ich die Gefühle für ihn nicht unterdrücken kann. Dass ich das nicht tun sollte. Ich weiß jetzt, dass *ich* etwas ändern muss, damit ich eine Chance habe, endlich ich selbst sein zu können.

Am Abend sitzen nur Mom, Dad und ich am Esstisch. Dorian isst heute wohl bei Freunden – ich vermute, dass Mom es eingefädelt hat, um uns voneinander zu trennen. Das hat sie früher nach unseren Rangeleien immer getan. Wenn es einen Orden für die beste Konfliktvermeidung gäbe, würde sie ihn erhalten.

Je mehr ich darüber nachdenke, dass Danes Mutter seit der Schulzeit über alles Bescheid weiß, umso klarer wird mir, dass mich meine Eltern gar nicht richtig kennen. Dass ich ihnen nie die Möglichkeit gegeben habe, mich kennenzulernen. Vielleicht war ich auch zu lange nicht ehrlich zu mir selbst, was sich ab heute definitiv ändern muss.

Erwartungsgemäß wird die Prügelei mit meinem Bruder beim Abendessen totgeschwiegen. Dad erzählt von einer Stadtratssitzung und ich höre tatsächlich aufmerksam zu, bevor ich Mom ein Kompliment fürs Essen mache.

In meinem Kopf bin ich in den letzten Stunden so viele Szenarien durchgegangen, habe mir mehrere Sätze zurechtgelegt und trotzdem ist mein Hirn wie leergefegt. Eine Gesprächspause gibt mir auf einmal die Möglichkeit, endlich zu sagen, was ich schon so lange sagen will.

»Es gibt da etwas, das ihr wissen solltet«, fange ich nervös an. »Ich wollte es euch schon länger sagen, aber es gab nie ...« Und hier werde ich unterbrochen, weil jemand schwungvoll die Haustür öffnet und am Durchgang zum Esszimmer vorbeikommt. In den ersten Sekunden halte ich ihn für eine Halluzination, bis Mom sich vom Tisch erhebt und ihn zu uns winkt.

»Setz dich«, sagt sie zu Dorian. »Dein Bruder wollte uns gerade etwas Wichtiges sagen.« Und leider kommt er ihrer Forderung nach.

»Geht es um Rebecca?«, will er wissen und schenkt mir einen provozierenden Blick. »Du musst dich bei eurem Wiedersehen ja sehr in sie verknallt haben. Anders kann ich mir nicht erklären, weshalb du so wütend warst. Das mit ihr und mir war nicht von Bedeutung, ich habe mich beim Spendendinner nur um sie gekümmert, als du weg warst. Keine große Sache.«

Ich kann nicht anders, als ihn sekundenlang anzustarren, weil er mir so plötzlich meine Chance auf mehr Ehrlichkeit genommen hat.

»Wie gut, dass man sich inzwischen nicht mehr duelliert«, scherzt Dad. In mir brodelt es schon, seit wir uns an diesen Tisch gesetzt haben, aber dieser Kommentar bringt alles zum Überkochen.

Ich erhebe mich ruckartig von meinem Stuhl, stütze die Hände auf den Tisch und schnaufe laut.

»Versteht mich nicht falsch, Rebecca ist nett, aber es ist mir vollkommen egal, mit wem sie anbändelt. Jede Frau ist mir in dieser Hinsicht egal, weil ich schwul bin, verdammt«, knurre ich. »Und es ist mir scheißegal, was ihr davon haltet.« Und das ist es tatsächlich, denn ich umrunde den Tisch, stürme die Treppe nach oben und schlage meine Zimmertür hinter mir zu.

***

Ich bin mir nicht sicher, was genau ich mir ausgemalt habe, doch seit meinem Comingout tut Dad besonders beschäftigt. Ich vergrabe mich am Wochenende in meinem Zimmer und komme erst zum Essen oder Duschen raus, wenn ich weiß, dass niemand in der Küche oder im Bad ist. Danach verkrieche ich mich wieder in meinem Bett. Ich würde so gern mit Dane über alles sprechen, aber ich bleibe bei meinem Entschluss, mich vorerst von ihm fernzuhalten.

Also warte ich ab. Und es dauert bis Sonntagnachmittag, bis meine Mom an meiner Zimmertür klopft und sich traut, in meiner Anwesenheit die Türschwelle zu übertreten. Sie lässt sich auf der Bettkante nieder und streicht automatisch das Laken glatt.

»Er braucht Zeit«, sagt sie und wir wissen sofort, was sie meint. »Wir sprechen erneut über das Thema, wenn die Wahl vorbei ist.« Sie sagt es mit einer solchen Selbstverständlichkeit, als hätte ich ihnen nur aus einer Laune heraus offenbart, dass ich schwul bin.

»Mom, das ist keine Entscheidung, die ich getroffen habe. Das ist etwas, das ...«

»Ich weiß«, unterbricht sie mich und greift nach meiner Hand. »Und ich denke, ich wusste es schon länger.« Als ich überrascht die Augenbrauen hebe, seufzt sie. »Magnus, unser Verhältnis ist vielleicht oft angespannt, aber ich bin deine Mutter. Ich weiß, dass dein Vater anders über derartige Themen denkt und du deshalb so lange geschwiegen hast.«

»Und du akzeptierst, dass wir nur Teil seines Wahlprogramms sind?«, frage ich fast tonlos.

»Er war nicht immer so«, flüstert sie, als befürchte sie, uns könne jemand belauschen. »Und ich bin mir sicher, dass du die Chance bekommst, noch einmal vernünftig mit ihm darüber zu sprechen, und ihn zum Nachdenken bringen kannst.«

»Wenn ich mich öffentlich oute, verliert Dad eine Menge konservativer Wähler.«

»Warte bis nach der Wahl, um erneut mit ihm darüber zu reden.«

»Ich habe es euch nicht euretwegen gesagt, sondern meinetwegen«, erwidere ich erbost. »Wenn ich es noch länger für mich behalten hätte, wäre ich irgendwann daran erstickt. Und jetzt lass mich in Ruhe, damit wir das Thema wie jeden Streit im Hause Vaughn totschweigen können.«

Ich muss sie nicht ansehen, um zu wissen, wie viel Mühe es sie kostet, sich ihre Kränkung nicht anmerken zu lassen. Immerhin lässt sie mich in Ruhe, vergisst allerdings wohl absichtlich, die Tür hinter sich zu schließen.

Das beschert mir nach wenigen Minuten schon den nächsten unerwünschten Besucher. Diesmal bleibt Dorian im Türrahmen stehen. Er verschränkt die Arme vor dem Oberkörper und lehnt sich mit der Schulter in den Rahmen.

»Ich steh auf Frauen, weißt du? Ich dachte, ich sollte das vielleicht auch sagen.«

Ich blicke nur kurz von meinem Smartphonespiel auf.

»Warum hört sich alles aus deinem Mund immer wie ein Witz an, Dorian?«

»Das war kein Witz«, erwidert er und verschwindet weiterhin nicht, obwohl ich mit aller Macht versuche, ihn möglichst offensichtlich zu ignorieren. »Bist du eigentlich mit irgendwem zusammen?«

»Das fragen sich deine letzten verbliebenen Gehirnzellen bestimmt auch ständig.«

»Für einen Schwulen bist du nicht sonderlich nett.«

»Weil Schwule ja immer nett sein müssen.« Ich verziehe das Gesicht zu einer Grimasse.

»Du hast also niemanden. Hätte mich auch gewundert. Schön dumm, es Mom und Dad dann zu sagen. Du hättest wenigstens bis nach der Wahl warten können.«

»Weil unser beschissenes Leben sich immer nach Dads Job richten muss.«

»Wenn du deine Privilegien behalten willst.«

»Welche Privilegien?!«, fahre ich ihn an. »Ich bin wie ein Gefangener in diesem Haus. Frei war ich nur, als ich Wilbur Peaks verlassen habe. Und da hat es Dad nicht mal interessiert, als ...« Endlich unterbreche ich mich mit einem Räuspern und eile zur Tür, um sie zu schließen. Dorian hält sie jedoch mit seiner Schulter auf.

»Als was?«, will er wissen.

»Geht dich nichts an«, erwidere ich. »Und tschüss, Dorian.« Ich stemme mich mit meiner ganzen Körperkraft gegen die Tür, damit er keine Chance hat, sie aufzuhalten.

Romeo sein

Daniel

Ich bin viel zu spät dran. Und dann kommen mir auf dem Weg zu meiner Verabredung mit Paige auch noch ausgerechnet Dorian und seine Freunde auf dem Campus entgegen. Sie laufen gerade lachend aus der Sporthalle und klatschen sich mit den Händen ab. Dorian presst ein Bündel Kleidung an seine Brust und rennt ganz vorn.

»Los!«, sagt er über seine Schulter zu seinen Freunden. »Ab zum Fahnenmast.« Ich weiche ihnen aus und bin froh, dass sie mich heute ignorieren.

Im Eingangsbereich der Sporthalle warte ich fünf Minuten am vereinbarten Treffpunkt. Paige reagiert nicht auf meine Nachrichten und nach fast zehn Minuten werde ich unruhig. Unpünktlichkeit passt nicht zu meiner besten Freundin, sie ist eine der zuverlässigsten Personen, die ich kenne. Ein ungutes Gefühl breitet sich in meinem Bauch aus, weil seit Dorian und seinen Freunden niemand mehr die Sporthalle verlassen hat. Und es gibt nur einen Weg nach draußen.

Da ich nicht glauben kann, dass sie mich ohne Grund versetzt, mache ich mich auf den Weg zur Frauenumkleide. Vor der geschlossenen Tür halte ich inne, drücke mein Ohr ans kalte Metall und lausche. Doch bis auf meinen eigenen rasenden Herzschlag höre ich nichts. Also klopfe ich und öffne die Tür einen Spalt.

»Hallo«, sage ich verunsichert und fühle mich nicht wohl dabei, die Privatsphäre anderer zu missachten. »Ist da jemand?« Es folgt keine Antwort, aber das Licht brennt noch. Also traue ich mich in die Umkleide und stelle fest, dass tatsächlich niemand mehr da ist.

Einige Sekunden verharre ich ratlos zwischen Bänken und Garderoben und checke meine Nachrichten. Nichts Neues von Paige. Als ich mich entschlossen habe, sie in der Cafeteria zu suchen, nehme ich plötzlich ein schniefendes Geräusch aus dem Nebenraum wahr. Mit beschleunigtem Puls nähere ich mich der Tür zum Duschraum und klopfe wieder an.

»Hallo, hier ist Dane«, probiere ich es erneut. »Paige, bist du das?« Es folgt ein wimmerndes Geräusch und diesmal warte ich nicht ab, sondern öffne die Tür und entdecke sie tatsächlich vor den Waschbecken. Zu meinem Erstaunen trägt sie nur Unterwäsche.

»Hey«, sage ich mit weicherer Stimme und ertrage es kaum, sie weinen zu sehen. »Ist alles okay?« Das ist es offensichtlich nicht. Sie steht hier sicherlich nicht freiwillig nur in Unterwäsche. »Was ist mit deiner Kleidung passiert?«

Paige wischt sich die Tränen von den Wangen.

»Die«, beginnt sie stotternd und fängt sich erst nach mehreren Versuchen. »Die ... die wurde geklaut.«

»Geklaut?«, wiederhole ich verwirrt. »Warum hast du mir nicht geschrieben?« Noch während ich es ausspreche, fällt mir mein Fehler auf. Ich trete einen Schritt zurück und lasse meinen Blick durch die Umkleide schweifen, doch nirgends sind Paiges Sachen zu entdecken. Die Bänke und Kleiderhaken sind leer.

Als ich die Zusammenhänge erkenne, balle ich die Hände sofort zu Fäusten. Paige kennt mich gut genug, um zu wissen, dass ich es auch ohne große Erklärungen verstehe. Da verlässt ein herzzerreißendes Schluchzen ihre Kehle und in mir zieht sich alles schmerzhaft zusammen.

Eilig ziehe ich meine Jacke aus und reiche sie Paige.

»Dorian«, knurre ich und drehe mich ruckartig um. All die Furcht, all der falsche Respekt, die ich stets in seiner Nähe empfinde, zählen plötzlich nicht mehr. Paige so zu sehen, bringt etwas in mir ins Rollen, das sich nicht mehr aufhalten lässt. Also beeile ich mich, die Umkleide zu verlassen.

»Dane!«, ruft Paige mir nach, aber ich stürme schon den Flur entlang. In meinem Kopf ist nur noch Platz für Dorians Demütigung. Eine von vielen und doch für mich persönlich die Schlimmste. Er und seine Clique haben mich ausgelacht, Fotos über mich verbreitet und beleidigt. Ich bin es gewohnt, den Kopf einzuziehen, damit sie mich bestenfalls einfach übersehen. Doch diesmal sind sie zu weit gegangen.

Die Wut auf Dorian mischt sich mit der Wut auf mich selbst, während ich über den Campus renne. Erst als der Mast mit der Collegeflagge in meinem Sichtfeld auftaucht, werde ich langsamer. Atemlos bleibe ich einige Meter davon entfernt stehen. Dorians Freunde haben die Flagge abgenommen, einer von ihnen hat sich darin eingewickelt und tanzt um den Mast. Dorian ist damit beschäftigt, verschiedene Kleidungsstücke an das Seil zu binden und zieht sie wie Fahnen nacheinander nach oben.

Um sie herum bleiben immer mehr Studierende stehen. Im ersten Moment bin ich deshalb in Schockstarre, bis ich Paiges Batman-Pullover am Fahnenmast flattern sehe. Ein Ruck wandert durch meinen Körper und ich stolpere weiter vorwärts.

»Hey!«, rufe ich und der Zorn trägt mich. »Was soll der Scheiß?«

Ich schaffe es tatsächlich, dass Dorian in seinen Bewegungen innehält und sich mir zuwendet. Ich empfinde etwa drei Sekunden lang tiefe Genugtuung, nachdem er ehrlich überrascht wirkt. Dann heben sich seine Mundwinkel und auch seine Freunde fangen an zu grinsen. Ich verstehe erst, was sie amüsiert, als ich eine Berührung am Arm spüre und mich erschrocken zur Seite drehe.

Neben mir steht Paige, sie scheint mir nachgelaufen zu sein. Als sie die Blicke der Umstehenden bemerkt, wickelt sie sich enger in meine Jacke. Wir haben Dezember, es ist scheißkalt. Sie trägt keine Schuhe und meine Jacke reicht ihr leider nur knapp über den Hintern. Ich hingegen bemerke die Kälte kaum, weil ich so unter Strom stehe. Meine Wut gewinnt wieder die Überhand und ich mache einen Schritt nach vorn. Paige ist nur meinetwegen zur neuen Zielscheibe geworden.

»Was ist eigentlich dein Problem, Dorian?«, frage ich und hasse mich selbst für das Zittern in meiner Stimme.

Dorian hört augenblicklich auf, die restlichen Kleidungsstücke ans Seil zu knoten. Stattdessen kommt er mir entgegen und baut sich vor mir auf. Das Getuschel um uns herum wird leiser, dennoch schieben sich einige in der Menge, die inzwischen ziemlich groß geworden ist, weiter nach vorn.

»Mein *Problem*«, sagt Dorian zu mir und betont das Wort besonders, »sind Leute wie ihr, die ihren Platz hier nicht kennen.« Kurz wandert mein Blick zur Seite und mein Herz sinkt noch tiefer. Unter den Zuschauern sind auch Gabe und Magnus. Ersterer scheint nur ungern zuzusehen, doch Magnus fixiert seinen Bruder mit den Augen.

Mit jedem Zentimeter, den sich Dorian vor mir weiter in die Höhe streckt, schrumpft mein neuentdecktes Selbstbewusstsein. Ich will etwas sagen, mein Mund ist allerdings wie zugeklebt.

»Ich denke«, fährt Dorian fort und wirft seinen feixenden Freunden und dem Fahnenmast einen raschen Blick zu, bevor sein Grinsen breiter wird, »dass dort noch genügend Platz für weitere Kleidung ist. Also, Daniel.« Er besitzt die Dreistigkeit, mir zuzuzwinkern und mir anschließend die Hand entgegenzustrecken. »Her mit deinen Sachen.«

Seine Freunde beklatschen diese abartige Idee und unterstützen Dorian, indem sie im Chor rufen und dazu die Fäuste im Rhythmus nach oben reißen: »Ausziehen! Ausziehen! Ausziehen!«

Ich bin starr vor Angst, spüre Paiges Anwesenheit nur wie einen sanften Hauch hinter mir. Von der Willenskraft, die mich nach ihrer Demütigung angetrieben hat, ist zu wenig vorhanden. Je häufiger sie dieses Wort rufen, umso kleiner wird sie. Ich traue mich nicht, zu den Umstehenden zu sehen, weil ihre Gesichter entweder Entsetzen oder Belustigung zeigen werden und ich mir nicht sicher bin, was davon ich schlimmer fände.

»Willst du nicht?«, fragt Dorian nun, da ich mich keinen Zentimeter rege. Er macht einen Schritt in meine Richtung, ich weiche instinktiv nach hinten aus und krache mit der Schulter gegen Paige.

»Lass die Spinner«, raunt sie mir zu und greift nach meinem Arm, um daran zu ziehen, aber ich kann mich nicht bewegen. Das muss irgendwann aufhören. Doch so stark meine Gedanken sind, so schwach sind leider meine Taten.

Dorian sieht zu seinen Freunden, die ihn ohne Worte verstehen und vom Podest, auf dem sich der Fahnenmast befindet, heruntersteigen. Sie wollen mich offenbar dazu zwingen, seiner Aufforderung, meine Kleidung vor den Augen aller loszuwerden, nachzukommen. Mein Herzschlag explodiert in meiner Brust, ich bin kaum dazu fähig, einen klaren Gedanken zu fassen.

Ehe sie mich erreicht haben, durchbricht plötzlich ein lautes »Dorian!«, die angespannte Stille auf dem Campus und sie halten inne.

Die Stimme klingt zu jung für einen Professor. Mein Herz weiß längst, wer sich aus der Menge gelöst hat und neben mich getreten ist, bevor ich Magnus erkenne. Bedauerlicherweise erfüllt mir der Boden nicht den stummen Wunsch, sich aufzutun und mich zu verschlingen.

Also drehe ich mich in seine Richtung – nur leicht, damit niemand die Sehnsucht, die ich bei seinem Anblick stets empfinde, in meinen Augen lesen kann. In Magnus' Augen hingegen kann jeder die Wut erkennen. Er baut sich vor seinem Bruder auf, der daraufhin die Schultern noch bedrohlicher nach hinten zieht. Dass unzählige Augenpaare auf sie gerichtet sind, scheinen sie auszublenden.

Direkt wird die Angst durch Sorge ersetzt. Ich wollte weder Paige noch Magnus jemals in diese Angelegenheit hineinziehen. Ich habe es zwar nicht verdient, dass diese Idioten mich drangsalieren, aber die beiden haben es noch weniger verdient, dass es ihnen nur meinetwegen genauso ergeht. Magnus ist nie gut auf seinen Bruder zu sprechen gewesen – trotzdem stellt er sich gerade für mich gegen ihn. Und dieses Wissen erfüllt mich mit Kummer und zugleich mit einer solchen Wärme, dass ich ihn am liebsten direkt in meine Arme schließen würde. Denn ich will auch ihn schützen, obwohl er nicht so wirkt, als würde er das wollen – oder brauchen.

Er verschränkt die Arme abwehrend vor dem Oberkörper und holt Luft durch die Nase.

»Zieh die Jacke aus, Dorian.« Magnus' Stimme ist so kalt, wie ich sie noch nie gehört habe. Selbst bei unseren ersten Begegnungen oder mit schlechter Laune hatte er nicht einen derart schneidenden Tonfall.

Dorian scheint das wenig auszumachen, er lacht sogar und sieht wieder zu seinen Kumpeln, als wolle er ihnen gleich mitteilen, dass sie seinen kleinen Bruder auch packen sollen. Die Vorstellung macht mir eine Scheißangst, die mich zusätzlich lähmt.

Magnus dagegen bleibt vollkommen ernst, seine Augen verengen sich weiter, während er Dorian nicht aus dem Blick verliert.

»Wenn du nicht willst, dass ich Dad sage, was tatsächlich mit seinem Auto geschehen ist«, knurrt er, »ziehst du jetzt deine verdammte Jacke aus.«

Sie liefern sich bestimmt eine Minute lang ein Blickduell und jeder der Umstehenden – einschließlich mir – denkt vermutlich, dass Dorian es gewinnen wird. Es kommt jedoch anders, denn das Lachen ist ihm nach Magnus' Worten vergangen. Was auch immer er gegen Dorian in der Hand hat, ihr Dad soll davon wohl niemals erfahren.

Also fängt Dorian unter den neugierigen Blicken an, seine Jacke auszuziehen, und reicht sie mit grimmiger Miene seinem Bruder.

»Und jetzt die Hose«, meint Magnus mit demselben sturen Ausdruck wie zuvor im Gesicht. Die Spannung ist förmlich in der Luft zu spüren, als Dorian zögert und schließlich seine Hose öffnet.

»Hey, Mann, du kannst doch nicht …«, beginnt einer seiner Freunde, aber er bringt ihn mit einer einzigen Kopfbewegung zum Schweigen. Dorian streift sich die Hose von den Beinen und gibt sie ebenfalls Magnus, der auch noch sein T-Shirt verlangt. Als sein Bruder nur in Boxershorts vor uns steht, reicht er die Sachen an mich weiter. Ich brauche einige Sekunden, bis ich die Kleidung annehme und mir die Jacke überziehe. Im Gegensatz zu mir zittert jetzt Dorian vor Kälte.

»Wenn du noch einmal auch nur in die Nähe der beiden kommst«, meint Magnus, »hängen als Nächstes deine Boxershorts an diesem Fahnenmast.« Magnus und sein Bruder fixieren einander wieder mit den Augen, bis Dorian schnauft.

»Dafür kommst du in die Hölle, Bruderherz«, raunt er ihm verärgert zu. Sein neues Outfit bringt einige der Zuschauer zum Kichern.

»Dann hast du dort ja immerhin Gesellschaft«, gibt Magnus ebenso zornig zurück und meine Hand zuckt kurz, weil ich am liebsten nach seiner greifen möchte. Ich kann mich allerdings rechtzeitig zurückhalten, da Dorian erst zu Magnus, dann zu mir und am Schluss zu Paige sieht.

Mein Puls erhöht sich wieder und ich bin mir kurz unsicher, ob er etwas ahnt. Doch wie sollte er? Wir meiden uns schon länger, so gut es geht. So wie er Paige mustert, denkt er wahrscheinlich, dass Magnus sich heimlich mit ihr trifft. Bislang hat er sich zuhause ja nicht geoutet. Auch wenn es schmerzt, könnte das jetzt unsere Rettung sein.

»Lasst uns durch!«, ruft auf einmal jemand, der verdächtig wie unsere Dekanin klingt. Unser Publikum weicht auseinander, bildet eine Gasse und lässt tatsächlich Mrs. Ortiz in Begleitung von zwei Dozenten durch. Dorians Freunde machen sich schnell aus dem Staub, was ihnen allerdings vermutlich nicht viel helfen wird.

Als Mrs. Ortiz vor uns stehen bleibt, stemmt sie die Hände in die Hüften und sieht von Magnus zu Dorian, der trotzig sein Kinn in die Höhe reckt. Ich werfe ihm seine Sachen vor die Füße und werde auch schnell seine Jacke los.

»Mal wieder die Vaughn-Brüder«, meint die Dekanin, allerdings vielmehr zu sich selbst, bevor sie mit lauterer Stimme ergänzt: »Alle in mein Büro. Sofort!«

***

Ich habe Mrs. Ortiz selten so zornig erlebt. Wir werden nacheinander ins Büro der Dekanin gerufen, um ihr unsere Version der Ereignisse zu schildern. Die Stimmung vor ihrem Büro ist zum Zerreißen gespannt, ich wage es kaum, Dorian geschweige denn Magnus anzusehen. Mir entgeht dennoch nicht, dass Dorians Blick immer mal von seinem Bruder zu mir und Paige wandert. Jedes Mal sackt mir das Herz in die Hose. Ahnt er etwas? Ich hoffe nicht.

Ich werde als Letzter ins Büro der Dekanin gebeten und weiß schon genau, was ich ihr sagen will. Nachdem Magnus mit betretener Miene vor mir den Raum verlassen hat, ist mir klar geworden, dass ich das für ihn tun muss.

»Das ist alles meine Schuld«, sage ich zu Mrs. Ortiz, die an ihrem Schreibtisch sitzt und mich sekundenlang schweigend betrachtet.

»Was ist das nur mit dir und den Vaughns?«, fragt sie und seufzt. »Erst Dorian, dann Magnus.«

»Magnus hat nichts damit zu tun. Paige ist zwischen die Fronten geraten, weil Dorian und ich ...«

»Daniel«, meint Mrs. Ortiz, als sich meine Stimme vor Aufregung fast überschlägt. »Es ehrt dich, dass du Magnus und Paige schützen willst, aber Magnus hat mir die Wahrheit gesagt.«

»Die Wahrheit?«, echoe ich mit trockener Kehle. Was zur Hölle hat er ihr erzählt?

»Dass ihr euch angefreundet habt, Dorian und sein Vater das aber nicht akzeptieren.«

Freunde. Das Wort springt unaufhörlich durch meinen Kopf. Es erleichtert und bedrückt mich zugleich.

»Paige hat mir außerdem erläutert, wie es zu dem Vorfall gekommen ist«, fährt Mrs. Ortiz fort. »Ich sehe die Schuld sogar teilweise bei mir selbst. Nachdem sie und Dorian beim Gesundheitstag bereits aneinandergeraten sind, hätte ich einer Eskalation vorbeugen müssen.«

»Das konnten Sie ja nicht ahnen. Sie sind zu hart zu sich selbst«, sage ich, weil Dekanin Ortiz sich wirklich Mühe gibt, allen Herausforderungen und Problemen ihrer Studierenden gerecht zu werden. Insbesondere mir war sie eine große Hilfe, was mir mit zeitlichem Abstand klar wird.

Sie mustert mein Gesicht einen Moment lang und nickt schließlich.

»Als wir vor einem Jahr mit unseren Gesprächsterminen angefangen haben, saß ein ganz anderer junger Mann vor mir«, erinnert sie mich. »Er war unsicher, übermäßig selbstkritisch und übervorsichtig. Weißt du, wer heute vor mir sitzt? Ein junger Mann, der entschlossen, selbstbewusster und vor allem mutig ist. Auch wenn ich noch darüber nachdenken muss, wie ich den heutigen Vorfall ahnde, möchte ich, dass du mein Büro mit diesem Gefühl verlässt.«

Ich weiß nicht, was ich darauf antworten soll, weil mich ihre Worte nachdenklich stimmen. Zuerst bin ich fest davon überzeugt, dass Magnus für diese positiven Veränderungen verantwortlich ist, doch dann begreife ich, dass ich allein so mutig war. Ich habe mich zu Beginn gegen Magnus behauptet. Ich habe mich im Kino nicht von Dorian und seinen Freunden kleinkriegen lassen. Und *ich* allein habe mich ihnen heute entgegengestellt.

Mrs. Ortiz erwartet zum Glück keine Antwort, als sie mich aus ihrem Büro entlässt. Mein Kopf ist zum Zerbersten mit Sorgen gefüllt und es kommt noch eine hinzu, weil Magnus und sein Bruder bereits gegangen sind. Dabei hätte ich viel dafür gegeben, Magnus noch einmal zu sehen und mit ihm zu sprechen. Ich lege mir eine Hand auf mein wild pochendes Herz, bevor ich Paige an der Tür bemerke. Sie betrachtet mich ebenso nachdenklich und hält mir schließlich ihre Hand hin.

»Komm, lass uns von hier verschwinden.«

***

Voller Adrenalin kommen Paige und ich in ihrer WG an. Ich bin wie im Rausch, es fühlt sich inzwischen großartig an, dass Dorian endlich mal bezwungen wurde. Der Gedanke führt mich allerdings zu Magnus, ohne den das niemals möglich gewesen wäre. Die Erinnerung an die Wut in seinen Augen frisst sich durch meinen Magen, als sei ich verantwortlich dafür.

»Alles okay?«, flüstert Paige und lehnt sich gegen die Küchentheke.

»Was? Ja, das war nur ziemlich ...« Mir fehlt das passende Wort, also ziehe ich sie an den Handgelenken zu mir und umarme sie lange. »Tut mir so leid«, wispere ich in ihr Haar.

»Hey«, erwidert sie mit sanfter Stimme und befreit sich aus meiner Umarmung, nimmt mein Gesicht zwischen ihre Hände und zwingt mich, sie anzusehen. Als ich ihren Blicken nicht mehr ausweichen kann, scheint sie alles in meinen Augen zu lesen, was sie wissen muss. Bedauern, Angst, Erleichterung und diese Sehnsucht, die ich kaum noch verbergen kann, nachdem ich Magnus so nah und er doch meilenweit entfernt war. Sie lässt mich los und streicht sich fahrig ein paar Haarsträhnen hinters Ohr.

»Scheiße«, flüstert sie. »Das hat Magnus nicht für mich getan, oder?«

Ich kann nicht sprechen, deshalb schüttele ich nur den Kopf. Paige vergräbt die Hände in ihren Haaren und seufzt.

»Das ist Magnus Vaughn«, erinnert sie mich. »Hast du das vergessen? Sein Dad ...«

»Ich weiß«, unterbreche ich sie und sie blinzelt mich irritiert an. Situationen, in denen ich mit Paige uneinig war oder sogar gestritten habe, kann ich an einer Hand abzählen. Dass wir beide so harmoniebedürftig sind, ist auch einer der Gründe für unsere lange Freundschaft. Heute hingegen fühlt es sich nicht richtig an, sie so über Magnus reden zu lassen.

»Er ist nicht wie sein Dad oder sein Bruder«, füge ich hinzu. »Er ist so viel, aber nicht wie sie. Zu Beginn mochte ich ihn auch nicht, ohne ihn richtig zu kennen. Er war ein echtes Arschloch und wollte sich dann mit mir anfreunden, um seinen Vater zu verärgern. Dabei haben wir uns tatsächlich angefreundet und stundenlang geschrieben und dann telefoniert und dann ...« Ich hole Luft und mit den Armen aus, während Paige mich sprachlos anstarrt. Es ihr zu erzählen, fühlt sich richtig an – und längst überfällig.

Also schnappe ich wieder nach Luft und erzähle ihr endlich von den vergangenen Monaten, von den vielen Geheimnissen, von unserem Wochenende bei meinem

Dad, von Magnus‘ Prügelei mit Dorian und von meinem Gespräch mit meiner Mom, die uns in meinem Zimmer erwischt hat. Mit jedem Wort werden Paiges Augen größer, ein paar Mal schlägt sie sich die Hände vor den Mund. Nachdem ich ihr alles – na gut, nicht alles, die pikanten Details lasse ich aus – gebeichtet habe, schweigen wir uns mehrere Sekunden lang an.

»Bist du jetzt sauer auf mich?«, wispere ich, denn das ist das Letzte, was ich jemals wollte. Paige braucht offenbar noch einige Momente, um alles zu verarbeiten, ehe sie heftig den Kopf schüttelt und die Arme um mich schlingt.

»Du Idiot«, flüstert sie gegen meinen Hals. »Wenn ich früher Bescheid gewusst hätte, hätte ich euch doch helfen können, euch unbemerkt zu treffen.« Sie lässt mich los und sieht mich vorwurfsvoll an. »Hier in meiner WG zum Beispiel. Oder bei Wes im Wohnheim.«

»Das wäre zu riskant gewesen. Jemand hätte uns zusammen sehen können.«

»Ach, Dane«, meint Paige und versteht meinen Zwiespalt. Sie schließt mich wieder in ihre Arme. Ich kann gar nicht in Worte fassen, wie erleichtert ich bin, dass sie mich für die lange Geheimnistuerei nicht hasst.

»Das vorhin war heftig«, raunt sie mir zu und wir lassen einander schier zeitgleich los, um uns nebeneinander gegen die Küchentheke zu lehnen.

»Ja, das tut mir leid. Ich wollte nicht ...«

»Nein«, fällt sie mir ins Wort. »Das hatten wir doch schon. Ab sofort entschuldigst du dich nicht mehr für etwas, für das du nichts kannst, verstanden? Das hast du mir damals immer gesagt, als ich bei euch war, wenn meine Eltern wieder gestritten haben. Und es hat mir tatsächlich geholfen, die Schuld dafür nicht bei mir zu suchen. Deine Mom und du wart während der Schulzeit so oft für mich da. Ich wäre es so gern jetzt gewesen, wenn du mich gelassen hättest.«

»Entschuldige, ich hätte ...«

»Dane, wage es nicht, dich noch einmal zu entschuldigen«, unterbricht sie mich, lächelt dabei aber.

»Okay«, erwidere ich und greife nach ihrer Hand, um sie dankbar zu drücken.

»Ich bin so froh«, sagt sie dann, »dass du jemanden gefunden hast, der dich wertschätzt und für dich einsteht. Ich meine, das vorhin war fucking Dorian Vaughn.«

»Und das war fucking Magnus Vaughn«, entgegne ich schmunzelnd. »Ich glaube, wir müssen aufhören, sie heiligzusprechen.«

Paiges Blick ruht etwas länger auf meinem Gesicht.

»Wenn er dir das Herz gebrochen hat ...«

»Nein, das war das große Drumherum. Wir machen gerade eine Pause. Zumindest bis zur Wahl, damit der ganze Trubel vorbei ist.« Mein Lächeln wird schwächer, während ich mit den Fingern unruhig am Saum meines Pullovers nestle.

»So viel Drama. Mein Literaturprofessor wäre begeistert. Ihr könntet problemlos Teil eines Shakespeare-Stücks sein«, meint Paige, ehe sie laut lacht und mir gegen die Schulter boxt. »Hey, ihr seid Romeo und Romeo.«

Wahr sein

Magnus

Mrs. Ortiz hat Dorian und mich für ein paar Tage vom Campus verwiesen, bis sie entschieden hat, wie sie die Vorkommnisse bewertet. Streng genommen darf ich bis zum Schwimmwettkampf den Campus nicht mehr betreten – Dad konnte am Telefon immerhin aushandeln, dass die Schwimmhalle von diesem Verbot ausgenommen ist.

Wahrscheinlich ist mein Semester längst verloren. Und doch würde ich jedes Mal wieder so handeln. Meinen Bruder so mit Dane und Paige reden gehört zu haben, versetzt mich immer noch unter Strom. Ich ertrage es nicht, meinen Bruder anzusehen, obwohl wir beide hinten im Auto sitzen. Wir wechseln kein einziges Wort, bis wir unser Grundstück erreichen und Owen uns die Tür öffnet. Keiner von uns erweckt den Anschein, freiwillig aussteigen zu wollen.

»Jungs«, sagt er mit weicher Tonlage und ich habe schon so oft gedacht, dass er viel zu nett ist, um der Assistent meines Dads zu sein. »Was auch immer euch entzweit hat, ihr seid Brüder. Das wird schon wieder.« Auch wenn er uns nur aufmuntern will, führt seine Aussage dazu, dass ich laut schnaufe und Dorian die Augen verdreht.

»Und genau das ist das Problem«, erwidere ich und verlasse als Erster das Auto. Dorian trifft kurz nach mir im Haus ein und wirkt deutlich verunsicherter als ich. Ich bedauere nichts an diesem Tag, außer dass ich nicht mehr persönlich mit Daniel und Paige reden konnte, weil wir die Lüge vor meiner Familie aufrechterhalten müssen.

Dad erwartet uns im Wohnzimmer, Mom steht ein Stück von ihm entfernt, was mich stutzig macht. Mir kommen wieder Hunters Worte zu Beginn des Wahlkampfs in den Sinn. Eine *Einheit*, die er sich gewünscht hat, ist die Familie Vaughn nicht. Das war sie nie.

»Ich kann euch gar nicht sagen, wie enttäuscht ich von euch bin«, fängt Dad mit ruhiger Stimme an, wahrscheinlich resigniert er längst. In seinem Zögern scheint Dorian eine Chance zu erkennen.

»Dad, Magnus hat ...«

»Du sprichst nicht«, unterbricht unser Vater ihn schroff und Dorian zuckt leicht zusammen. »Ich habe nach deinen Taten am College so viel Buße für dich getan. Ich habe alberne Förderanträge befürwortet, dir Sommerkurse bezahlt und unzählige ehrenamtliche Aktionen unterstützt. Ich habe alles getan, damit niemand denkt, dass Nora Atkins nur gegen mich antritt, um sich für ihren Sohn an unserer Familie zu rächen.«

Ich weiß nicht, ob ich lachen oder es traurig finden soll, dass er ernsthaft dachte, ein paar Sommerkurse würden Dorian läutern. Es erklärt nur, weshalb Dorian auf einmal zum Arschkriecher geworden ist. Dad vorzumachen, er hätte sich gebessert, hat ihm alle Privilegien und Freiheiten zurückgegeben.

»Dad, ich …«, beginnt Dorian erneut, wird aber mit einer Geste zum Schweigen gebracht. Ihn so kleinlaut zu erleben, befriedigt mich sehr. Es gibt so vieles, das ich während meiner Zeit außerhalb der Stadt nicht mitbekommen habe. So vieles, das mir auf einmal die Augen öffnet. Kurz überlege ich, Dad zu erzählen, wer tatsächlich betrunken sein Auto in einem See versenkt hat, entscheide mich aber dagegen. Dorian würde nachtreten, wenn jemand am Boden liegt, Dad sicherlich auch. Ich hingegen genieße zwar die Gerechtigkeit, will aber nicht wie so sein wie die beiden.

»Deine Reise nach Kanada über die Feiertage ist gestrichen«, meint Dad und seine Tonlage duldet keine Widerworte.

»Das geht nicht!«, protestiert Dorian trotzdem. »Meine Freunde und ich haben schon eine Hütte gebucht und wir wollten …«

»Es ist mir egal, was du willst«, unterbricht Dad ihn. »Ich gebe dir keinen einzigen Dollar mehr, wenn du dich weiterhin so benimmst.«

»Adrian, Dorian kann seine Strafe doch auch später …«, fängt Mom an und verstummt unter seinem unnachgiebigen Blick. Da sehe ich zu meinem Bruder, der wie ein getretener Hund wirkt. Wie hätten wir jemals gute Menschen werden können mit diesen Eltern? Dad ist zu streng, Mom meistens zu weich. Er hat uns beigebracht, Arschlöcher und Konkurrenten zu sein, und sie hat uns gelehrt, dass Dads Wort über allem steht.

In Dorians Augen flammt neuer Trotz auf. Ich kenne diesen Gesichtsausdruck von unseren Auseinandersetzungen in unserer Kindheit. Er hat in diesem Moment nichts mehr zu verlieren. Es geht nur noch darum, mich mit sich in den Abgrund zu reißen.

»Ich würde dich gern etwas fragen, Magnus«, sagt er. »Mom und Dad interessiert das sicherlich auch.«

»Dorian«, wispere ich kaum hörbar, als ich ahne, worum es gehen könnte. Dabei habe ich mir geschworen, meinen Bruder niemals anzuflehen, in einem solchen Moment auf unsere Verbindung zu hoffen und doch bleibt mir nichts anderes übrig.

»Ich will's doch nur verstehen«, erwidert er, während das altbekannte überhebliche Lächeln auf seinen Lippen entsteht. *Tu's nicht*, flüstert eine Stimme in mir, die viel zu leise ist, um gehört zu werden.

»Dein Verhalten ist schon seit ein paar Wochen äußerst verdächtig«, erklärt er. »Heute ist mir der Grund dafür klar geworden, aber ich möchte dir natürlich nichts unterstellen, was so haarsträubend wäre.«

Ich bin starr vor Angst und unsere Eltern halten Dorian ebenfalls nicht vom Sprechen ab. Sie wissen ja nicht, worum es überhaupt geht.

»Es hätte mir schon klar sein müssen, weil du andauernd mit jemandem schreibst, den du unter dem Buchstaben D eingespeichert hast. Und es gab danach viele kleine Situationen, die mir im Nachhinein komisch vorkommen. So richtig wahrhaben wollte ich es aber nicht, weil ich dachte, mein kleiner Bruder wird ja wohl klüger sein. Dann dein unerwartetes Coming-out vor uns. Und schließlich stellst du dich heute vor den Sohn von Dads Konkurrentin und verteidigst ihn. Wie lange läuft das zwischen dir und Daniel schon?«

»Der Sohn der Gegenkandidatin?«, fragt Mom erschrocken, ihre Augen weiten sich und sie blickt zu

Dad. Seine Reaktion warte ich nicht ab, ich habe bereits einen Satz zur Seite gemacht und Dorian grob mit den Händen nach hinten gestoßen. Wir fallen beide zu Boden auf unsere Knie.

»Fuck«, raune ich ihm atemlos zu. »Ist das dein verdammter Ernst?!«

»Sorry, Bruderherz«, erwidert er keuchend. »Du beweist gerade, dass ich recht habe. Und die Wahrheit musste mal raus.«

»Aber doch nicht so!«, widerspreche ich mit einer Verzweiflung, die niemand im Raum bislang von mir kannte. Deshalb zögert Dad wohl auch, bevor er uns beide jeweils an einem Arm packt und auf unsere Füße zurückzieht. Es dauert nur den Bruchteil einer Sekunde, bis wir wieder aufeinander losgehen wollen. Diesmal durchschneidet Moms grelle Stimme die Anspannung.

»Halt!«, brüllt sie und sie und Dad umschließen je einen von uns mit den Armen, damit wir in ihren Klammergriffen nur wütend schnaufen und zappeln können.

»Was soll das heißen?«, will jetzt Dad wissen und rüttelt mich. »Sag mir, dass das nicht stimmt, Magnus!« Er lässt mich wieder los, Mom kann Dorian auch nicht mehr festhalten.

Ich fixiere nur Dorian mit den Augen. Dieser widerliche Dreckskerl. Ich hätte ihn mit mir hochgehen lassen können. Dass ich es nicht getan habe, unterscheidet mich von ihm. Und gerade zählt nichts mehr als das.

»Doch, es ist wahr«, antworte ich schließlich, weil sich nichts richtiger anfühlt, als endlich alles zuzugeben. Nicht Dad oder Dorian haben meine Loyalität verdient, sondern Daniel, in den ich mich vor ein paar Monaten so rettungslos verliebt habe.

Vorhin war mir egal, wie viele Zuschauer wir auf dem Campus hatten oder ob hinterher über uns getuschelt wird. Wahrscheinlich denken die meisten, ich hätte einen Streit mit meinem Bruder, und einige werden erzählen, dass ich was mit Paige habe. Dabei hätte ich schon vorhin dazu stehen müssen, was ich fühle. Ich hätte Dorian mitsamt seiner Kleidung an diesen Fahnenmast hängen müssen. Damit hätte ich allerdings Dane wieder zum Gesprächsthema gemacht und ich will nichts mehr, als ihn zu schützen.

Der Blick meines Dads schwankt zwischen Enttäuschung, Wut und Verwirrung.

»Der Sohn von Nora Atkins«, wiederholt er mit scharfer Stimme.

»Er heißt Daniel«, knurre ich. »Er hat einen Namen und er ist ein echter Mensch mit Gefühlen. Genau wie ich, auch wenn du das häufig vergisst, Dad.«

»Magnus, warum hast du denn nicht ...?« Mom kommt nicht dazu, ihre Frage zu beenden, weil Dads laute Stimme alles übertönt.

»Du gefährdest meine Wiederwahl, Magnus! Hast du auch nur eine Sekunde darüber nachgedacht, dass dieser Daniel dich ausnutzt, um an entscheidende Informationen zu gelangen?«

»Sprich nicht so über ihn«, erwidere ich aufgebracht.

Dad fängt an, zwischen den Sofas auf- und abzugehen, während er laut nachdenkt: »Atkins könnte so viel gegen mich in der Hand haben, das sie ein paar Tage vor der Wahl veröffentlicht. Ich war so vorsichtig und dann ist es ausgerechnet mein eigener Sohn, der mich verrät. Wie eine tickende Bombe im eigenen Haus. Ich muss gleich Hunter anrufen, um mich mit ihm darüber zu beratschlagen, wie wir jetzt am besten vorgehen.«

Es schnürt mir die Kehle zu, wie selbstgefällig Dad über sich redet. Wie er uns unser Leben lang beigebracht hat, dass nur seine Karriere zählt. Dass wir ein Teil des Erfolgs sein können, solange wir uns an seine Regeln halten.

Als Dad stehenbleibt, bekomme ich nur noch schwer Luft, will es jedoch keinem der Anwesenden zeigen. Die Wut frisst sich wie Säure durch meinen Körper und ich kann sie nicht aufhalten.

»Bist du fertig?«, frage ich ihn mit der Strenge, die er uns beigebracht hat. Meinen Respekt haben er und Dorian längst verloren. »Auch wenn es euch nichts angeht: Daniel und ich machen eine Pause, bis die Wahl vorbei ist. Aber wagt es nicht, mehr zu verlangen, denn mehr bekommt ihr nicht von mir.« Ich drehe mich um und laufe in Richtung Flur.

»Dieses Gespräch bleibt unter uns«, sagt Dad, vor allem an Dorian gewandt. Dann sieht er zu mir und schnauft angestrengt. »Wo willst du hin, Magnus?«

»Ich wohne erst mal woanders.«

»Und von wessen Geld willst du das bezahlen?« Dorian klingt spöttisch und entsetzt zugleich. Wenn er mich eben nicht dermaßen hintergangen hätte, könnte ich möglicherweise ein wenig Mitgefühl aufbringen, weil er sich selbst so abhängig von Dad gemacht hat. Ich bin selbst kaum besser, aber damit ist jetzt Schluss.

»Vielleicht ist ja im städtischen Gefängnis noch ein Platz frei«, entgegne ich.

»Magnus!«, raunt Mom mir aufgeregt zu.

»Wäre doch eine spannende Schlagzeile«, sage ich und zucke mit den Schultern, bevor ich meine Mutter beruhige: »Ich habe Freunde am College. Ich komme schon klar.«

Zielstrebig laufe ich zur Haustür. Mom ist die Einzige, die mir folgt. Sie hat sich nach den Offenbarungen der vergangenen halben Stunde noch nicht ganz gefangen, doch ihre unerwartete Fürsorge schwächt meinen Zorn ab.

»Du rufst an, wenn du etwas brauchst, ja?«

»Ich komme klar«, versichere ich ihr erneut und verlasse schließlich das Haus, in dem ich mich nie richtig zuhause gefühlt habe. Draußen ist mein erster Impuls, Daniel anzurufen, aber ich möchte ihn nach dem heutigen Tag nicht noch mehr in die Scheiße ziehen. Außerdem könnte die Presse Wind davon bekommen und dann ist unser ganzes Versteckspiel umsonst gewesen.

Also wähle ich den Weg zum Haus auf der anderen Straßenseite, um bei Gabe zu klingeln. Zeit, ehrlich zu den richtigen Personen zu sein.

Loyal sein

Daniel

Ich komme erst am Abend nach Hause. Als ich unsere Veranda betrete, merke ich, wie aufwühlend und kräftezehrend der Tag war. Mit einem dumpfen Gefühl im Bauch schließe ich unsere Haustür auf und betrete den Flur. Ich streife mir die Schuhe von den Füßen und hänge meine Jacke an die Garderobe. Ich will einfach nur noch ins Bett, entdecke auf dem Weg zur Treppe jedoch Mom auf dem Sofa. Als sie mich erkennt, zuckt sie sichtlich zusammen und springt auf. Sie eilt zu mir, packt mich an den Schultern und mustert mich von Kopf bis Fuß.

»Wo warst du nach den Vorlesungen?«, fragt sie direkt. »Warum bist du nicht nach Hause gekommen?«

»Du hast mit Mrs. Ortiz gesprochen«, stelle ich fest. Es überrascht mich nicht, da Dorian Vaughn und ich ja eine Vorgeschichte haben.

»Ich habe mir Sorgen gemacht«, fängt Mom vorsichtig an und findet danach doch nicht die richtigen Worte, um weiterzusprechen. Mir geht es ähnlich. Es ist einfach eine beschissene, verzwickte Situation, in der wir gerade alle feststecken.

Unweigerlich steigen mir Tränen in die Augen und ich kann sie kaum zurückhalten.

»Tut mir leid«, flüstere ich, auch wenn ich Paige versprochen habe, das nicht mehr zu tun. Aber diesmal bin tatsächlich ich an allem schuld. Was ich seit Monaten nicht aussprechen kann, findet jetzt unter Tränen seinen Weg nach draußen.

»Tut mir so leid, Mom«, wiederhole ich schluchzend und presse mir eine Hand aufs Herz. »Wenn ich nicht auf Nathan hereingefallen wäre, hättest du dich nie so intensiv mit den Vaughns auseinandergesetzt. Dann hättest du nicht entschieden, gegen Vaughn zu kandidieren, Magnus hätte mich ignoriert und ich hätte mich nicht in ihn verliebt und alles schlimmer gemacht.«

Meine Stimme überschlägt sich fast und mit jedem Wort vergrößert sich der Schmerz in meinem Herzen. Ich wünsche mir zwar, dass Mom und ich zu dem Zeitpunkt zurückkehren können, an dem alles nicht so kaputt gewesen ist, will aber zugleich nicht vergessen, wie glücklich ich mich mit Magnus gefühlt habe. Und was er heute für mich getan hat. Nein, ich will ihn – uns – nicht wieder hergeben.

Endlich schließt Mom den Abstand zwischen uns und hält mich so fest in ihren Armen, dass ich meinen Kopf auf ihren Scheitel schiebe und meine Arme um ihre Taille schlinge.

»Oh, Liebling«, flüstert sie und das Zittern ihrer Stimme verrät, dass ihr auch ein paar Tränen über die Wangen kullern. »Ich bin so froh, dass du mir das alles sagst. Was sein Sohn Dorian getan hat, ist unverzeihlich und hat mich sehr wütend gemacht, aber es hat nie meine Entscheidung beeinflusst.«

Nachdem sie mich losgelassen hat, schluchze ich ein letztes Mal und wische mir die Tränen aus dem Gesicht.

Sie läuft an mir vorbei in die Küche und holt uns Taschentücher. Als sie zurückkehrt, ist ihr Blick auf einmal viel zu ernst.

»Mom, was ist los?«, will ich mit neuer Anspannung wissen.

»Ich ...«, fängt sie unsicher an und räuspert sich, ehe sie mich loslässt und sich aufs Sofa setzt. »Ich denke, ich sollte dir etwas erzählen.«

Meine weichen Knie danken mir, als ich mich neben ihr auf dem Sofa niederlasse.

»Mom«, flüstere ich auffordernd, damit sie endlich mit der Sprache rausrückt. Sie nickt so langsam, als befürchte sie, etwas könnte in ihr zerbrechen. Etwas zwischen uns könnte kaputtgehen.

»Ich weiß es schon seit ein paar Tagen, aber Avery hat mir geraten, Stillschweigen darüber zu bewahren«, meint sie. »Als ich mich heute so um dich gesorgt habe, ist mir klargeworden, dass ich dich nicht heraushalten kann. Ich wollte wahrscheinlich nicht dich, sondern mich selbst schützen.«

Sie faltet die Hände in ihrem Schoß und es fällt ihr sichtlich schwer, zu sprechen. In meinem Kopf verknoten sich die Gedanken, plötzlich sind da so viele Ideen, was sie mir sagen könnte. Was ich nicht hören will.

»Erinnerst du dich, dass du als Kind mal ein paar Wochen nicht zur Schule gehen musstest und bei deinem Dad gewohnt hast?«, fragt sie und ich nicke wie automatisiert. »Das war einige Monate, nachdem dein Vater und ich uns getrennt haben.«

»Ja«, erwidere ich und hole die Erinnerungen aus meinem Gedächtnis hervor. »Du hattest einen Autounfall, musstest operiert werden und warst hinterher eine Zeit lang in der Reha.«

Ich war noch recht jung, viele Details sind also zu verschwommen. Ich weiß allerdings noch, dass ich Angst um Mom hatte, als mich Dad nach ihrem Autounfall damals abgeholt hat. Es gehört zu einer der schmerzhaften Erinnerungen, die ich gut zu verdrängen gelernt habe. Mom geht es wieder gut, es sind nicht mal sichtbare Narben zurückgeblieben. Nur meine Angst, sie beinahe verloren zu haben, bin ich nie wieder losgeworden. Wahrscheinlich habe ich sie deshalb auch bei allen ihren Vorhaben unterstützt und so lange meine Meinung dazu zurückgehalten.

»Das mit dem Autounfall stimmt, aber die Operation und die Reha haben dein Dad und ich erfunden«, meint Mom nun und ich runzle verwirrt die Stirn. »Das sollten alle glauben.«

»Aber warum?«

In ihr Gesicht tritt ein Ausdruck, der mich beinahe erneut zum Weinen bringt.

»Weil ich ansonsten nicht nur deinen Vater, sondern auch dich verloren hätte«, erklärt sie und schluckt. »Ein paar Monate, bevor sich dein Dad von mir getrennt hat, habe ich einen Fall angenommen, der entscheidend für den Verlauf meiner Karriere war.«

Diesmal schlucke ich hörbar. Ich dachte immer, sie hätten sich einvernehmlich getrennt, weil ihre Beziehung nicht funktioniert hat. Wie es scheint, war das nicht der Grund. Warum haben mich beide angelogen?

Sie macht eine Pause, in der sie sich offenbar sammeln muss. »Ich kann dir nicht genau sagen, wann ich damit angefangen habe, aber der Druck war über Wochen so groß, dass ich mit Tabletten nachgeholfen habe, den Fokus nicht zu verlieren.«

»Du hast Drogen genommen?«, flüstere ich entsetzt.

»So in der Art«, erwidert sie. »Anfangs wollte ich nur besser funktionieren und es gelang mir, es vor allen zu verbergen. Dann brauchte ich immer stärkere Tabletten, wurde abhängig und dein Vater hat es herausgefunden. Wir hatten einander so verloren, dass er keine andere Möglichkeit gesehen hat, als mich zu verlassen. Ich habe ihm versprochen, dass ich es im Griff habe. Und das hatte ich auch eine Weile.« Wieder eine Atempause, diesmal für sie und mich. »Dann habe ich den Fall verloren und wollte nur ein paar Tabletten nehmen, um mich besser zu fühlen. Als ich gemerkt habe, dass ich die Kontrolle verliere, saß ich im Auto und es war längst zu spät.«

»Du warst nicht in der Reha, sondern im Entzug«, schlussfolgere ich und ihr Nicken versetzt meinem Herzen eine weitere Wunde.

»Ich habe danach Jahre gebraucht, um im Job wieder Fuß zu fassen. Und all meine Kontakte spielen lassen, um es zu vertuschen.« Mit Tränen in den Augen sieht sie zu mir. »Deinen Dad musste ich gehen lassen, aber ich hätte es mir nie verziehen, wenn ich dich verloren hätte. Und Vaughns Leute haben es irgendwie herausgefunden. Sie haben Akten angefordert, die eigentlich unter Verschluss bleiben sollten. Es ist nur eine Frage der Zeit, bis er diesen Fehler gegen mich nutzt. Bis die Welt erfährt, wer ich eigentlich bin.«

»Hey«, wispere ich und greife nach ihrer Hand, um sie festzuhalten. »Dann sollen sie erfahren, was für eine großartige Mom du bist und immer warst. Du hast einen Fehler gemacht, na und?«

Es verletzt mich zwar, dass ich diese Seite von Mom ohne den Wahlkampf vielleicht niemals kennengelernt hätte, doch es bringt uns auch näher zusammen. Was auch immer Vaughn erreichen will, er wird Mom und mich nicht auseinanderbringen.

»Eines kann ich dir versprechen«, meint Mom schließlich. »Ich schütze unsere Familie, auch wenn ich Vaughn dafür mit seinen eigenen Waffen schlagen muss.«

»Du hast auch was über ihn herausgefunden, das du gegen ihn nutzen kannst?«

»Ja«, erwidert sie. »Ich kann dir nicht mehr dazu sagen. Ich muss dich vor allem darum bitten, Magnus nicht einzuweihen. Das wäre zu riskant.«

»Wir ... Wir machen ja eh gerade eine Pause«, bringe ich stammelnd hervor.

»Versprich es mir.«

»Gut, ich verspreche es.«

»Danke. Irgendwann wirst du das verstehen.« Dieses Mal greift Mom nach meiner Hand. Obwohl ihre letzten Worte ein ungutes Gefühl in mir hinterlassen, zwinge ich mich zu einem Lächeln.

***

Nachdem ich mich kurz vor Mitternacht versichert habe, dass Mom tief und fest in ihrem Bett schläft, schleiche ich die Treppe hinunter und betrete ihr Arbeitszimmer. Ich halte mein Smartphone fest umklammert und lausche in die Stille. Alles bleibt ruhig.

Ich bin hin- und hergerissen, wem gegenüber ich loyal sein soll. Magnus' Dad ist mir ziemlich egal, aber ich mache mir Sorgen, was Vaughns Geheimnis für seinen Sohn bedeutet. Was hat so viel Macht, dass Mom es gegen ihn einsetzen kann? Was wirkt mindestens genauso schwer wie ihr verheimlichter Entzug?

Wild entschlossen fange ich an, Moms Schubladen und Schränke zu durchwühlen. Ich suche sicherlich eine Stunde, finde allerdings nichts Belastendes. Mom hebt eine Menge unwichtigen Kram auf, irgendwelche Dokumente über Versicherungen, die sie längst gekündigt hat, oder Angebote, die sie nie angenommen hat, Werbung von neuen Strom- und Telefonanbietern – kurzum: eine Menge Papierkram, der mich nicht weiterbringt.

Ich lasse den Blick durchs Arbeitszimmer schweifen, er bleibt an ihrem Smartphone hängen. Ich stolpere fast vorwärts, als ich zum Bücherregal eile und danach greife. Ich kenne ihren Code, seitdem sie ihr Smartphone vor ein paar Wochen zuhause vergessen hat und eine dringende Info brauchte. Sie hatte keine Zeit, erst noch nach Hause zu fahren, und hat mich gebeten, Screenshots zu schicken, die ihr für ihren Fall helfen.

Jetzt kommt mir zugute, dass sie ihren Code seitdem noch nicht geändert hat. Ich habe normalerweise keinen Grund, mir ihr Smartphone zu nehmen. Doch heute scrolle ich in der Hoffnung, Antworten zu finden, durch ihren Chat mit Avery.

Avery und sie tauschen sich darüber aus, warum ich noch nicht zuhause sein könnte, bis Mom ihr schließlich schreibt, dass sie mir die Wahrheit sagen muss.

Avery bittet sie daraufhin, es nicht zu tun. Moms letzte Nachricht an sie lautet:

Ich muss es ihm endlich erzählen.
Wenn Vaughn das öffentlich macht und Dane nichts davon wusste, wird er mir das nie verzeihen.
Sollte Vaughn das gegen mich nutzen, haben wir noch das Video.

Was für ein Video? Ich schließe die Nachrichten und durchsuche ihre Mediengalerie nach einem Video, das Vaughn zeigt. Ich werde leider nicht fündig und setze mich deshalb an ihren Schreibtisch. Wenn dieses Video die Wahl beeinflussen kann, muss es Magnus' Dad bei etwas sehr Verwerflichem zeigen. Hat Mom jemanden auf ihn angesetzt, der ihm eine Affäre nachweisen kann? Hat es auch mit Drogen zu tun? Oder sogar noch Schlimmeres?

Moms Laptop liegt auf dem Schreibtisch, aber damit werde ich nicht weit kommen, da ich das Passwort nicht kenne. Meine Gedanken überschlagen sich, während ich in meiner Verzweiflung anfange, erneut die Schubladen zu durchsuchen. Würde sie ein kompromittierendes Video auf ihrem Computer speichern? Würde sie es per Mail verschicken?

Moment mal. Ich reiße die mittlere Schublade auf und schiebe Notizzettel und Büroklammern auseinander. Als ich mit meiner Suche angefangen habe, kam mir der USB-Stick noch unverdächtig vor, aber jetzt könnte er des Rätsels Lösung sein. Meine Hände zittern, als ich den Stick aus der Schublade hole und anschließend ins Wohnzimmer schleiche. Auf dem Sofatisch liegt noch mein eigener Laptop, auf dem ich mir den Inhalt des Sticks anzeigen lasse. Fuck. Es ist tatsächlich nur eine Videodatei mit einem kryptischen Namen aus Zahlen und Buchstaben darauf gespeichert. Die Aufnahme ist auf Mai datiert. Zuerst traue ich mich nicht, es zu öffnen, dann gewinnt die Neugier. Vorsichtshalber schalte ich den Ton aus und starte das Video.

Ich brauche mehrere Sekunden, bis ich begreife, dass dieses Video nicht Adrian Vaughn, sondern Magnus zeigt. Obwohl die Lichtverhältnisse sehr schlecht sind, ist er eindeutig zu erkennen. Was tut er da? Offenbar steht er auf dem Dach eines Autos, in der Hand hält er einen Golfschläger. Mein Magen verknotet sich schmerzhaft und ich schnappe nach Luft, als er den Schläger in die Höhe reißt und damit auf die Frontscheibe des Autos zielt. Nach nur wenigen Schlägen hat er die gesamte Scheibe demoliert. Hinterher klettert er vom Dach und nimmt sich auch noch die Seitenscheiben und -spiegel vor.

Auch ohne Ton mutet die Szene sehr aufsehenerregend an. Er scheint gewusst zu haben, dass ihn jemand filmt, denn zwischen seinen Schlägen hält er immer mal den Mittelfinger in die Kamera. Trotz seines Grinsens erkenne ich die Wut und Verzweiflung in seinem Gesicht, sie hält auch mich gefangen. Er nähert sich der Kamera und ein Arm erscheint im unteren Bildrand, der ihm eine Dose überreicht. Magnus schüttelt die Dose ein paar Mal, kehrt zum Auto zurück und sprüht dann über die Türen mit roter Farbe in Großbuchstaben das Wort *Wichser*.

Hier endet das Video fast, denn es hat ihn wohl jemand entdeckt. Er kann gerade noch den letzten Buchstaben zur Hälfte sprühen, bevor er und sein Kameramann wegrennen.

Ich schließe das Video und klappe meinen Laptop zu. Mehrere Minuten starre ich die Wand vor mir an und weiß nicht, wie ich reagieren soll. Ich muss den USB-Stick wieder in der Schublade verstecken, doch gerade kann ich mich kein Stück regen. War das der wahre Grund, weshalb Magnus das andere College verlassen musste?

Was hat Mom vorhin gesagt? ›*Irgendwann wirst du das verstehen.*‹ Sie hat nichts gegen Adrian Vaughn in der Hand, sondern gegen seinen Sohn. Magnus wird nicht grundlos ein Auto dermaßen demoliert haben und sein Dad wird das nicht grundlos aus der Öffentlichkeit herausgehalten haben.

Wenn Mom dieses Video veröffentlicht, wird man Nachforschungen zu den Hintergründen anstellen. Der Vandalismus seines Sohns wird Vaughn eine Menge Stimmen kosten. Wenn er tatsächlich Moms Geheimnis preisgibt, kann sie es damit gegen ihn aufnehmen. Und die Presse wird sicherlich noch Schlimmeres über Magnus offenbaren.

Ich hintergehe Mom, wenn ich Magnus davon erzähle. Ich riskiere, dass sie öffentlich bloßgestellt wird. Doch sie hat gelogen, als sie gesagt hat, sie hätte was gegen Vaughn in der Hand. In Wahrheit betrifft es vor allem Magnus. Er wird am meisten leiden, sein Vater ist nur der Kollateralschaden.

Enttäuscht sein

Magnus

Zwei Uhr nachts und ich kann mal wieder nicht schlafen. Und das liegt nicht daran, dass Gabe neben mir so laut schnarcht. Verärgert drehe ich mich auf die Seite und drücke mir ein Kissen aufs Ohr. Das dumpfe Pochen meines Herzens beruhigt mich nur bedingt, es hilft nicht gegen die quälende Sehnsucht. In den vergangenen Wochen habe ich gelernt, was es tatsächlich heißt, ein Vaughn zu sein: Disziplin, Selbstverleugnung, Einsamkeit. Und wenn man all das nicht will, bedeutet es Schmerz.

Momentan bedeutet es in erster Linie Rückenschmerzen. Genervt klettere ich von der unbequemen Luftmatratze und laufe auf Zehenspitzen die Treppe herunter. In der Küche fülle ich ein Glas mit Wasser und blicke dabei nachdenklich aus dem Fenster. Der Vorgarten ist so klein, dass ich bis zur Straße sehen kann. Über den Bürgersteig schleicht gerade ein Mann mit hellblondem Haar, der erschreckende Ähnlichkeit mit Daniel hat.

»Was macht er da?«, wispere ich, als mir bewusst wird, dass mir meine Sehnsucht keine Streiche spielt. Ich schnappe mir im Flur eine Jacke von Gabes Dad, die besonders warm aussieht, schlüpfe in meine Schuhe und leihe mir einen Haustürschlüssel. Wie gut, dass ich mich in diesem Haus auskenne.

Nachdem ich die Straße überquert habe, lenke ich Danes Aufmerksamkeit auf mich.

»Was machst du um diese Uhrzeit hier?«, raune ich ihm zu und er dreht sich erschrocken zu mir um. »Wolltest du gerade über den Gartenzaun zum Haus meiner Eltern klettern?«

»Heilige Scheiße«, flüstert er und presst sich eine Hand auf die Brust. »Ich bin hergekommen, um mit dir zu reden.«

»Und das ging nicht am Telefon? Tagsüber?«

»Hab's versucht, aber du hattest dein Telefon offenbar aus.«

»O Shit.« Ich schlage mir mit der Hand gegen die Stirn und wickle mich hinterher enger in die geliehene Jacke ein. Verdammt, ist das kalt draußen.

»Ich wollte nicht, dass meine Familie mich anruft. Ich wohne gerade bei Gabe.«

»Was ist passiert?«

»Ich bin nicht rausgeflogen, sondern freiwillig gegangen. Das war längst überfällig. Ich kann die nächsten Nächte bei einem Kommilitonen aus dem Schwimmteam im Wohnheim schlafen.«

Nachdem ich gestern Abend Gabe alles erzählt habe, haben wir lange darüber gesprochen, wie es mit dem Schwimmtraining für mich weitergeht. Vor den Feiertagen steht noch ein wichtiger Wettkampf an – den kann ich nicht einfach so absagen. Auch wenn meine Familie inzwischen Bescheid weiß, will ich nicht riskieren, dass Brian irgendwem von Daniel und mir erzählt. Die Presse würde sich auf uns stürzen.

Das will ich Dane alles gerade nicht sagen, um ihn nicht zusätzlich zu beunruhigen. Was auch immer er mir mitteilen will, schafft das offenbar schon gut genug. Er betrachtet mich stumm und einen Moment lang tauschen wir nur Blicke aus, die viel mehr als Worte sagen. Er könnte mir anbieten, dass ich bei ihm unterkomme, aber das würde die Fronten nur weiter verhärten und wäre ebenfalls ein viel zu großes Risiko. Und obwohl ich genügend Gründe dafür habe, möchte ich nicht mit meiner Familie brechen. Die Vaughns haben sich bislang immer wieder zusammengerauft. Zwischen all der Enttäuschung ist da immer noch Hoffnung.

»Können wir bitte darüber reden, warum du bei uns einbrechen wolltest?«, frage ich Daniel und lächle über den Schmerz hinweg.

»Nur fürs Protokoll: Ich wollte ursprünglich an der Regenrinne zu deinem Zimmer hochklettern und an dein Fenster klopfen«, erwidert Dane schmunzelnd.

»Ja, das klingt deutlich romantischer«, necke ich ihn, ehe wir beide wieder ernst werden. So gern ich ihn in diesem Moment an mich ziehen und küssen möchte – das würde alles nur verschlimmern. Weil ich weiß, dass ich ihn dann nie wieder loslassen will.

Als müsse auch er sich davon abhalten, schiebt er die Hände in seine Jackentaschen und deutet mit dem Kopf zur Straße.

»Wollen wir ein Stück laufen? Um die Uhrzeit sieht uns sicherlich niemand.«

Ich stimme zu und wir spazieren gemeinsam durch die Dunkelheit, während es Dane sichtlich schwerfällt, einen Anfang zu finden.

»Es gibt da etwas, das du wissen solltest«, meint er schließlich. »Dein Dad hat was über meine Mom herausgefunden, das nicht öffentlich gemacht werden soll. Ich kann dir nicht sagen, worum es geht, aber wenn dein Dad das veröffentlicht, wird meine Mom zum Gegenschlag ausholen.«

Ich schnaube, um ihm und mir selbst zu zeigen, wie egal mir der Ruf meines Dads ist.

»Soll sie ruhig«, entgegne ich. »Ich sitze in der ersten Reihe, wenn er auch mal in einen Skandal verwickelt ist.«

Danes Blick ruht lange auf meinem Gesicht, er ringt offenbar mit sich, ob er die nächsten Worte laut aussprechen will. Ich fühle mich auf einmal nicht mehr so unbesiegbar.

»Meine Mom hat ein Video, das sie dann der Presse zuspielen wird. Von dir.«

Die bloße Erwähnung, dass es ein Video von mir gibt, lässt mich zusammenfahren, denn mir ist sofort klar, von welchem die Rede ist. Danes Hand zuckt nach oben, als wolle er mich berühren, doch ich weiche zur Seite. Ich stoße hörbar Luft durch die Nase aus und reibe mir dann mit den Händen übers Gesicht.

»Scheiße«, nuschele ich. »Woher hat sie dieses Video?« Es steht unausgesprochen zwischen uns, dass es sich nur um die Aufnahmen handeln kann, die mich bei der Demolierung eines Autos zeigen. Das Video, das mein Dad überall hat löschen lassen.

»Avery ist ziemlich gut«, erwidert Dane. »Außer ihr, Mom und mir hat es bestimmt niemand gesehen. Wem gehörte das Auto?«

Ich kann nicht anders, als zu zögern. Dad hat damals lange auf mich eingeredet, nie wieder ein Wort darüber verlieren zu dürfen. Aber damals war auch so vieles noch anders. War ich noch jemand anders.

»Meinem damaligen Coach.« Es auszusprechen, bringt nicht die gewünschte Erleichterung, es bringt nur wieder die Verzweiflung hervor. »Ich würde ja sagen, ich war betrunken, aber so war es nicht. Er hat bekommen, was er verdient hat.«

»Du bist nicht freiwillig in Wilbur Peaks zurück, oder?«

»Nein, sie haben mich vom College geworfen. Nur dank der Beziehungen meines Dads konnte ich mein Studium hier fortsetzen und habe mir nicht die ganze Zukunft versaut.«

Ich beiße mir von innen auf die Unterlippe, um die Tränen zurückzuhalten. Ich war zu Beginn unserer Bekanntschaft so furchtbar zu Dane, er hat mich dennoch nie verurteilt. Er hat dieses Video gesehen, zu was ich fähig bin, meine blinde Zerstörungswut, und trotzdem macht er mir keine Vorwürfe.

Der Stein, der ansonsten immer auf meiner Brust liegt, scheint sich plötzlich zu heben.

»Wenn dieses Video veröffentlicht wird, werden sie die Gründe für deine Tat hinterfragen«, meint Dane nun und zieht die Augenbrauen eng zusammen. »Was ist damals passiert? Was hat der Coach getan?«

Ihn meinetwegen so aufgebracht zu sehen, macht mich betroffen und zugleich dankbar. Dad ist der Einzige, der in Wilbur Peaks weiß, was wirklich geschehen ist.

Der Gedanke sorgt dafür, dass ich meine Hände zu Fäusten balle und mich weiter verkrampfe. Dane bemerkt es sofort und, obwohl zwischen uns so viel passiert ist, hebt er den Arm und legt behutsam eine Hand auf meine Schulter.

»Ist okay«, flüstert Dane. »Du musst nicht darüber reden.«

»Nein, ich ...«, beginne ich und gebe einen frustrierten Laut von mir. Ich will mich nicht mehr so fremdbestimmt fühlen. Auch wenn ich nicht zulassen kann, dass sich die Öffentlichkeit damit befasst, hat Dad mich lange genug gezwungen, Stillschweigen darüber zu bewahren.

Daniel und ich sind derweil vor ein paar Büschen stehen geblieben, weit genug entfernt vom nächsten Wohnhaus. Die Dunkelheit bildet eine Schutzmauer um uns und gibt mir den Mut, endlich über die Erlebnisse sprechen zu können.

Mein Blick bleibt an Danes Hand auf meiner Schulter hängen und ich lasse die angestaute Luft durch den Mund hinaus. Er ist der einzige Mensch, dem ich jemals mein wahres Ich zeigen konnte und dem ich trotzdem etwas bedeute.

»Das war im Frühjahr dieses Jahres«, erzähle ich also und grabe meine Fingernägel noch tiefer in meine Hände. »Ich war nach dem Training in der Dusche. Ich war allein dort, weil ich länger trainiert habe.«

Mit jedem Wort fühlt sich mein Herz schwerer an, es sinkt immer tiefer und legt sich wie ein Stein in meinen Magen, wo es dumpf weiterschlägt.

»Ich wollte eigentlich schnell ins Wohnheim zurück, als der Coach hereinkam. Ich habe mir im ersten Moment nicht viel dabei gedacht. Dann hat er die Dusche neben mir gewählt und auf einmal angefangen, das Duschgel mit den Händen anstatt auf seinem Körper auf *meinem Rücken* zu verteilen.«

»Fuck«, wispert Daniel und ich lege meine Hand auf seine, um weitersprechen zu können.

»Ich habe vieles von dem Tag verdrängt«, sage ich, »aber ich kann nicht vergessen, wie starr ich vor Schreck war. Als seine Hände dann weiter nach unten gewandert sind, habe ich ihn endlich weggestoßen und ihm ein blaues Auge verpasst. Da wurde er wütend und hat mir gedroht – wenn ich irgendwem davon erzähle, sorgt er für das Ende meiner Schwimmkarriere und erzählt meinem Vater und der Uni seine eigene Version unseres Treffens in der Dusche.«

Vorsichtig atme ich ein und aus. Die Erinnerung daran zuzulassen, heißt auch, mich erneut so hilflos und gelähmt wie damals zu fühlen.

»Ich war hinterher so wütend«, fahre ich gepresst fort, »und habe am selben Abend noch Dad angerufen, damit er mich von diesem beschissenen College holt. Als ich Dad von dem Übergriff berichtet habe, hat er mir versichert, dass er sich darum kümmert. Ich war so erleichtert und dachte, ich kann meine Koffer packen und das Semester frühzeitig beenden. Doch am nächsten Tag stand Dad plötzlich selbst in meinem Zimmer, um mir zu sagen, dass er alles schon geregelt hat. Er hat dem Coach Geld gegeben, damit er niemandem sagt, dass ich für sein blaues Auge verantwortlich bin. Es ging nur darum, zu vertuschen, was *ich* getan habe. Damit niemand Fragen stellt, warum ich gemeinsam mit dem Coach unter der Dusche war. Es ging Dad nie darum, was dieser Mistkerl getan hat, er wollte bloß das Gerede von unserer Familie fernhalten.« Ich beiße mir auf die Unterlippe und atme schwerer.

»Und du musstest am College und im Schwimmteam bleiben«, schlussfolgert Dane mit belegter Stimme und hält meine Hand noch fester. In seinen Augen liegt eine Mischung aus Mitgefühl und Zorn.

»Dad meinte, ich kann nicht einfach so meine Schwimmkarriere hinwerfen.« Meine Stimme bricht ab und ich schlucke mit trockener Kehle. »Und ich wollte das im Grunde genommen auch nicht, nachdem ich so viele Jahre dafür trainiert habe. Also habe ich das Spiel mitgespielt, bis mir klar geworden ist, dass kein Pokal der Welt es wert ist, mich so zu fühlen. Dass ich sogar so viele Meilen von zuhause entfernt nicht frei sein kann. Niemals ich selbst sein kann. Und ich habe mich so sehr dafür gehasst, den Coach jeden Tag zu sehen und zu wissen, dass er damit durchgekommen ist. Dann fingen die Panikattacken an und ich wusste, dass ich die Sache auf meine Art regeln muss.«

»Also hast du das Auto des Coachs demoliert und dich dabei filmen lassen.«

»Dad hätte nie zugelassen, dass ich dieses College verlasse, wenn ich nicht rausgeflogen wäre.«

Dane lässt meine Hand los, um beide Hände an meine Wangen zu legen. Er sieht mir lange in die Augen und atmet genauso schwer wie ich.

»Mag«, wispert er und ihn diesen Spitznamen sagen zu hören, jagt direkt wieder Stromstöße durch meinen

Körper. Wird es jemals leichter? »Ich verstehe, warum du das getan hast. Aber wir dürfen nicht zulassen, dass jemand dieses Video sieht. Ich würde das nicht verlangen, wenn es eine andere Lösung gäbe, aber du musst mit deinem Dad darüber sprechen.«

»Ich weiß«, flüstere ich und bin froh, dass Dane bei mir ist. Seine Nähe gibt mir den Mut, den ich jetzt brauche.

***

Am nächsten Morgen verlasse ich früh das Haus, obwohl ich kaum geschlafen habe. Ich hinterlasse Gabe und seiner Familie eine Zettelnachricht, in der ich mich für ihre Gastfreundschaft bedanke. Dann kehre ich ins Haus meiner Familie zurück, das sich nie fremder angefühlt hat.

»Bist du hier, um ein paar Sachen zu holen?«, fragt Dad, als ich an die Tür seines Arbeitszimmers klopfe. Er versucht mit seinem schroffen Tonfall vermutlich, seine Überraschung zu überspielen.

»Ich muss mit dir reden«, sage ich.

»Hat das bis heute Abend Zeit? Ich habe einen Termin im Rathaus.«

»Nein, das hat keine Zeit.« Ich bin es so leid, andauernd von ihm hingehalten zu werden. Die Tonlage bringt etwas, er blickt von seinem Computer auf und nickt einverstanden. Ich betrete sein Arbeitszimmer dennoch zögerlich.

»Also, was gibt es so Dringendes?«, will Dad wissen. »Weitere Geständnisse?«

»Dad«, sage ich mit Nachdruck, um stark zu bleiben. »Sie haben das Video.«

Es arbeitet genau drei Sekunden in seinem Kopf, bis er weiß, was ich damit meine. Nun richtet er sich zu seiner vollen Körperstatur auf und räuspert sich.

»Das kann nicht sein.«

»Sie haben es aber«, widerspreche ich ihm. »Hunter und du habt mir selbst beigebracht, dass das Internet nie vergisst.«

»Ich habe dafür gesorgt, dass keiner je davon erfährt. Ich war gründlich.«

»Dann warst du nicht gründlich genug. Sie wissen, dass du was gegen Nora Atkins in der Hand hast, und werden dieses Video als Antwort nutzen.« Mich mit dieser Sache gegen ihn zu stellen, kostet mich viel Mut. »Falls dieses Video online geht, Dad, werden sie Nachforschungen anstellen. Dann kommt heraus, dass du alles vertuschen wolltest und der Coach immer noch dort arbeitet. Willst du, dass Mom und Dorian und alle anderen es auf diese Art erfahren?«

Ginge es hier nicht um so viel, hätte es mich deutlich glücklicher gestimmt, ihn so blass und betreten zu erleben. Er muss sich sogar an der Kante seines Schreibtisches festhalten, weil ihm wohl bewusst wird, wie schlecht es aussieht.

»Es war dir scheißegal, wie es mir damit geht«, sage ich dann. »Und es ist dir immer noch egal.«

»Ist es nicht«, meint er eilig, als würde er bei einer Debatte aus Reflex widersprechen.

»Dann hättest du auch nur eine Sekunde daran denken können, was dieses Video für *mich* bedeutet und nicht nur für deinen Wahlsieg. Und was vor allem dieser Vorfall in mir angerichtet hat.« Ich weiß, dass die Worte ihn treffen und doch setzt er sein Pokerface schnell wieder auf.

»Na schön«, erwidert er und richtet seine verrutschte Krawatte. »Ich regele das und wir halten die Info über Atkins unter Verschluss. Und ich sage es deiner Mutter, falls es doch noch vor der Wahl rauskommt und wir Stimmen retten müssen.«

Ich bin erleichtert und gleichzeitig enttäuscht, weil Dad das nicht für mich, sondern für seinen Wahlsieg regeln wird.

Familie sein

Daniel

Am frühen Abend erreicht Mom ein Anruf von Owen, dem Assistenten des Bürgermeisters. Ich bekomme nur mit, dass Mom einen Termin bestätigt. Als sie nach ihrem Telefonat in die Küche zurückkehrt, fällt mir beinahe der Löffel ins Müsli, weil sie leichenblass ist.

»Adrian Vaughn will sich in einer Stunde mit mir treffen. Es geht um ein Video, von dem er eigentlich nicht wissen dürfte, dass ich es habe.« Ihr Blick geht ins Leere, bevor er mich vorwurfsvoll trifft. »Dane, was hast du nur getan?«

Abrupt erhebe ich mich von meinem Hocker und werfe beinahe die Schüssel von der Theke.

»Ich entschuldige mich nicht dafür, dass ich es Magnus gesagt habe.« Meine Stimme wird mit jedem Wort lauter. »Mom, du hast gelogen. Du hattest keine geheimen Infos über Vaughn, die du gegen ihn nutzen kannst. Du wolltest Magnus dem Henker ausliefern. Dabei hat er nichts mit diesem verfluchten Wahlkampf zu tun. Das konnte – das werde – ich nicht zulassen.«

Ich erschrecke mich selbst vor meiner lauten Stimme und mache direkt einen Schritt in ihre Richtung, um mit ruhigerem Ton hinzuzufügen: »Das hat nichts damit zu tun, dass ich ihn liebe. Wir können ihm das nicht antun. Selbst wenn es Vaughns Wahlsieg gefährden kann.«

Moms Gesichtszüge bleiben verhärtet, das hat sie über die Jahre für ihre Auftritte vor Gericht perfektioniert.

»Es ist dir sehr ernst mit Magnus, oder?«

Als ich nicke, wird ihr Gesichtsausdruck weicher und sie stößt einen Seufzer aus. »Ich bringe das wieder in Ordnung.«

***

Bei Moms Rückkehr sitze ich noch in der Küche. Beim ersten Geräusch an der Tür springe ich direkt auf und komme ihr entgegen.

»Und?«, frage ich eilig und mustere sie von Kopf bis Fuß. Sie lässt erschöpft ihre Handtasche neben die Kommode fallen und nickt.

»Alles geregelt«, sagt sie. »Ich ... Ich hätte fast ...« Sie ringt sichtlich mit sich, bevor sie mich stürmisch umarmt. »Es tut mir so leid. Ich hätte es niemals so weit kommen lassen dürfen.« Als sie mich loslässt, zieht sie ihr Telefon aus ihrer Jackentasche. »Ich muss Avery anrufen und alles klären.«

»Danke, Mom«, sage ich und bin froh, als sie in ihrem Arbeitszimmer verschwindet und ich allein tief durchatmen kann. Fuck, das hätte alles nicht passieren dürfen. Ich wandere ein paar Mal unruhig vor dem Sofa auf und ab und weiß nicht, wohin mit mir.

In den Stunden der Unklarheit, während Mom mit Vaughn verhandelt hat, konnte ich nicht richtig denken. Jetzt kehrt meine Denkfähigkeit zurück. Dadurch habe ich plötzlich das Gefühl, mit jemandem sprechen zu müssen, der nicht in Wilbur Peaks lebt und dem ich dennoch blind vertraue. Also rufe ich meinen Dad an und atme auf, als ich seine Stimme höre. Er hat mir selten so sehr gefehlt wie heute.

In knappen Worten schildere ich ihm die Geschehnisse und lasse nur einige Details aus. Dann muss ich seufzen, denn schon seit Moms Geständnis will ich ihm eine Frage stellen.

»Als ich damals während Moms Entzug ein paar Wochen bei dir gewohnt habe«, fange ich vorsichtig an, da ich nicht weiß, wie er reagieren wird, »warum bin ich nicht bei dir geblieben? Nach allem, was passiert ist, hast du mich trotzdem zu Mom zurück nach Wilbur Peaks gebracht.«

Dad schweigt einige Sekunden und ich weiß genau, wie seine Gesichtsmuskeln gerade arbeiten, ohne ihn sehen zu können.

»Sie ist vielleicht keine gute Partnerin gewesen«, antwortet er schließlich, »aber sie ist eine verdammt gute Mom. Und Familie hält zusammen.«

»Hattest du keine Angst, dass sie rückfällig wird?«

»Wäre das geschehen, hätte ich dich direkt abgeholt. Aber manchmal muss man den Menschen Fehler verzeihen und ihnen einen Vertrauensvorschuss geben.«

Gewinner sein

Magnus

Seit der Schulzeit trete ich regelmäßig bei Schwimmwettkämpfen an und doch ist es nicht mehr dasselbe. Ich stehe in der vollen Schwimmhalle und bereite mich mental auf meinen Wettkampf vor, obwohl ich mir geschworen hatte, das nie wieder zu tun. Es hält mich buchstäblich nur über Wasser, dass es nach dem heutigen Tag vorbei ist.

Unter den Zuschauern ist auch mein Vater. Ich habe nichts anderes erwartet, schließlich ist die Presse da und Dad will – trotz unserer Differenzen – öffentlich den perfekten Vater mimen. Also spiele ich mit, weil ich nicht riskieren kann, dass er sich nicht an den Deal mit Danes Mutter hält. Oder an unsere Abmachung, Brian das Praktikum zu ermöglichen, damit der die Klappe hält.

Ich bin inzwischen in so viele miese Deals verstrickt, dass mich der Gedanke daran schwindlig macht. Am Beckenrand gerate ich ins Schwanken und mein Nebenmann, der eigentlich mein Konkurrent ist, packt mich am Arm und hält mich auf den Beinen.

»Mann, geht's dir gut?«, raunt er mir zu und blickt sich in der überfüllten Halle jubelnder Menschen um. »Mich setzt das auch immer ziemlich unter Druck.« Ich bin dankbar für den kurzen Moment unbekannter Nettigkeit und will zugleich die Schwäche nicht zulassen.

»Ja, kann's kaum erwarten«, murmele ich und positioniere mich wie alle anderen auf dem Startblock. Aus dem ganzen Land sind die besten Collegeschwimmer heute nach Wilbur Peaks gekommen. Wenn ich hier gewinne, qualifiziere ich mich für die länderübergreifenden Wettkämpfe. Das bedeutet noch längere Trainingseinheiten, viele Reisen und wenig Freizeit zwischen Univeranstaltungen und familiären Verpflichtungen. Was ich wirklich will, beinhalten diese Pläne nicht.

Als hätte es das Universum gewollt, hebe ich in diesem Moment meinen Kopf. Bevor ich mir die Schwimmbrille aufsetze, sehe ich mich im Publikum um und mein Blick bleibt an einer rothaarigen Frau und einem blonden Typen hängen. Es sind Paige und Dane.

Sofort legt sich eine Klaue um mein Herz. Neben meinen Sorgen spornt mich seine Anwesenheit an. Außer an unserem Wochenende am See hat er mich noch nie schwimmen gesehen. Dass er hier ist, setzt mich unter Druck und das ist, wie mein Dad immer stolz bemerkt hat, die größte Stärke der Vaughns. Sie wollen sich immer anderen beweisen.

Also ziehe ich meine Schwimmbrille auf und rücke die Kappe zurecht, während sich meine Kontrahenten ebenfalls in Position bringen. Das Publikum jubelt noch lauter, bis der Lärm nach und nach leiser wird und das Startsignal ertönt. Ich stoße mich mit den Füßen ab und tauche mit einer schnellen Bewegung ins Wasser ein.

Während des Schwimmens bekomme ich nicht viel mit. Das Wasser an meiner Haut zu spüren, versetzt mich in eine Ekstase, wie es ansonsten kaum etwas anderes schafft. Die einzigen Male, die ich mich ähnlich berauscht gefühlt habe, waren die Momente mit Dane. Seine Lippen auf meinen, seine Hände auf meinem Körper, seine nackte Haut an meiner. Die Erinnerungen, die ich tagelang unterdrückt habe, kämpfen sich ihren Weg nach oben und spornen mich zusätzlich an.

Als ich am Beckenrand wieder auftauche, weiß ich schon, dass ich gewonnen habe, bevor der tosende Applaus losbricht. Ich realisiere es jedoch erst, nachdem ich festen Boden unter den Füßen spüre. Ich ziehe die Brille und Badekappe vom Kopf und schnappe nach Luft. Ich kann mich noch gar nicht orientieren, da reißt schon jemand meinen Arm in die Höhe. Blinzelnd stelle ich fest, dass es Dad ist. Nach meinem Sieg hat es ihn wohl nicht mehr auf seinem Platz gehalten.

Die Presse knipst fleißig Fotos und Dad präsentiert mich, als sei ich ein Pokal, den *er* gerade gewonnen hat. Er klopft mir dabei immer wieder auf den Rücken.

»Gut gemacht, mein Sohn. Gut gemacht«, freut er sich und legt mir seinen Arm um die Schultern, damit wir gemeinsam für die Fotos posieren können. Er war bei keinem einzigen Wettkampf an meinem vorherigen College, er hat nur immer nach den Veranstaltungen angerufen, um meine Leistungen in Erfahrung zu bringen. Dass er sich hier auf einmal so dafür interessiert, widert mich an.

Er hört nicht auf, in die Kameras zu lächeln, und greift mit der freien Hand jetzt nach meiner, um sie zu schütteln. Ihn sehen alle nur in seinem maßgeschneiderten Anzug und mit der perfekten Frisur – ich hingegen werde morgen in der Zeitung in knapper Badehose abgebildet sein. Das Ekelgefühl, das diese Vorstellung in mir auslöst, hilft mir, mich endlich gegen ihn aufzulehnen.

»Dad«, raune ich ihm zu. »Das war mein letzter Wettkampf. Ich werde im neuen Jahr nicht mehr schwimmen.«

»Du redest Unsinn«, erwidert er durch zusammengebissene Zähne, weil er weiterhin für die Kameras lächelt. »Du kannst jetzt nicht damit aufhören. Gewinner geben nicht auf.« Das ist alles, was für ihn zählt. Was immer gezählt hat.

»Ich wollte schwimmen, aber ich wollte mich nie mit anderen messen.«

»Natürlich wolltest du das.«

»Nein, das war immer das, was *du* wolltest«, widerspreche ich und versuche, ihm meine Hand zu entziehen, doch sein Griff wird stärker.

»Magnus«, flüstert er mir warnend zu.

»Lass mich los«, entgegne ich aufgebracht und ziehe stärker an seiner Hand, bis er ins Straucheln gerät. Der Boden unter unseren Füßen ist so nass, dass auch ich zu taumeln anfange und schnell die Kontrolle über meine Beine verliere. Dad probiert noch, sich an mir festzuhalten, bevor wir beide den Halt verlieren und rücklings ins Schwimmbecken stürzen.

Ich tauche vor ihm wieder auf und beobachte, wie er mit zerzausten Haaren Wasser ausspuckt und um Atem ringt. Ein lautes Raunen ist durch die Menge gewandert, aus den Augenwinkeln erkenne ich, wie uns helfende Hände vom Beckenrand entgegengestreckt werden. Doch Dad und ich haben nur Augen füreinander.

»Jetzt reicht's mir!«, brüllt er, obwohl es ihm nur gluckernd über die Lippen kommt und er kurzzeitig wieder untergeht. Reflexartig schwimme ich zu ihm und ziehe ihn an die Oberfläche zurück. Was als gutgemeinte Hilfe gedacht war, interpretiert Dad allerdings völlig falsch. Er strampelt mit den Armen und Beinen und packt mich an den Schultern, um mich zu rütteln. Eine Weile rangeln wir miteinander. Dabei schlucke ich ebenfalls eine ganze Ladung Wasser und kämpfe mich hustend wieder nach oben zurück.

»Ich habe deine Zukunft gerettet! Und deine Karriere als Schwimmer! Und das war schwerer, als du vielleicht denkst!«, keift Dad und will erneut nach meinen Schultern greifen, aber ich weiche ihm aus. »Was willst du denn noch?«

Auch wenn unser unfreiwilliger Sturz dazu geführt hat, dass Dad endlich offen ausspricht, was ihn schon seit Monaten so zornig macht, realisiere ich seine Worte kaum. Das kann nur ein schlechter Scherz sein. All die Zurückhaltung ist plötzlich vergessen und ich schwimme auf ihn zu, um ihn an den Schultern nach hinten zu stoßen, damit er untergeht.

Als er wieder auftaucht, streicht er sich keuchend die nassen Haare aus der Stirn. Seine Krawatte schwimmt oben und das Sakko hat sich mit Luft gefüllt, sodass es nun ein paar Nummern zu groß wirkt. Noch nie habe ich Dad dermaßen derangiert und in einem erbärmlicheren Zustand gesehen – und zum ersten Mal scheint ihn das überhaupt nicht zu interessieren, weil er sich nur auf mich fokussiert.

»Was, Magnus, willst du denn noch?«, wiederholt er mit leiserer Stimme und hält sich mit den Armen über Wasser. Einige Sekunden kann ich ihn nur atemlos anstarren, meine Beine gehen automatisch dazu über, sich gleichmäßig im Wasser zu bewegen.

»Ich will, dass du mich verdammt noch mal siehst!«, brülle ich ihn schließlich an. »Ich will kein Schwimmprofi werden und vor allem will ich nicht Teil deines bescheuerten Wahlkampfs sein!« Ich schlage mit einem Arm so heftig aufs Wasser, dass eine Ladung auf seinem Kopf landet und er wieder Wasser spuckt.

Ihn so zu sehen, dämpft meine Wut und ich füge mit ruhigerem Ton hinzu: »Du hast kein einziges Mal gefragt, ob deine Wiederkandidatur für uns in Ordnung ist. Du hast kein einziges Mal gefragt, wie es Mom damit geht oder zu was für einem Menschen es Dorian macht. Und du hast nicht mal gefragt, warum ich Nora Atkins' Sohn so sehr liebe, dass es mich wahnsinnig macht, wegen eurer Feindschaft nicht mit ihm zusammen sein zu können.«

Inzwischen schwimmen wir nah genug beieinander, um nur noch flüstern zu können.

»Und«, sage ich leise, »du hast nie gefragt, ob ich seit diesem Vorfall am College nachts wachliege, weil mich die Panik nicht schlafen lässt. Du hast kein einziges Mal gefragt.«

Dad starrt mich mit einer Sprachlosigkeit an, die ich bei ihm noch nie erlebt habe. Ich habe immer etwas in ihm gesehen, das er nie war, und stets darauf gehofft, dass er sich ändert, während ich mich nicht ändere. Aber das ist jetzt vorbei.

Auch wenn ich eigentlich nicht mal mehr dieselbe Luft wie er atmen will, hole ich tief Luft und tauche ein Stück, um möglichst schnell von ihm wegzukommen.

»Magnus!«, ruft Dad mir nach und ich ignoriere ihn. Am Beckenrand lasse ich mir von zwei Männern aus dem Wasser helfen. Eine helfende Hand gehört Daniel, dessen fürsorglicher Blick meine Knie weich werden und mein Herz Achterbahn fahren lässt.

»Bist du okay?«, fragt er und stützt mich, als mir bewusst wird, wie viel Publikum unser Streit hatte, und mir die Knie nachzugeben drohen.

»Ja.« Ich streiche mir mit den Händen übers nasse Gesicht und huste. »Nein, bin ich ehrlich gesagt nicht.« Ich will ihn so gern in diesem Moment vor den Augen aller küssen. Doch ich halte mich zurück, weil ich heute *meine* Dämonen bekämpft habe und Dane nichts damit zu tun hat.

»Wenn ich irgendetwas …« Dane kommt nicht weiter, da die Helfer meinen Vater aus dem Schwimmbecken gefischt haben. Keuchend und mit triefend nassen Klamotten bleibt er neben mir stehen, sein Blick wandert kurz von mir zu Daniel, der sich instinktiv kleiner macht. Das entfacht meine Wut aufs Neue. Ich wollte nie, dass er zu Dads Zielscheibe wird. Um ihn zu schützen, muss ich also eine Entscheidung treffen.

»Ich kann jetzt nicht in Wilbur Peaks bleiben«, sage ich zu Dane. »Das Semester ist für mich eh schon gelaufen. Ich fahre über die Feiertage zu Tante Bridget. Vielleicht sogar länger, bis diese verfluchte Wahl vorbei ist.« Und obwohl ich keine Erlaubnis von irgendwem brauche, warte ich, bis Dane vorsichtig nickt. Dann ergreife ich seine Hand und drücke sie kurz, dabei ist das nicht der angemessene Abschied, den wir beide verdient haben.

Inzwischen bekommt Dad wieder genügend Luft und weist alle Helfer von sich, die ihm Handtücher reichen wollen.

»Magnus, lass uns darüber reden«, sagt er. »Wir können bestimmt ...«

»Nein, können wir nicht, Dad. Ich bin es so leid«, unterbreche ich ihn zornerfüllt. »Das hier ist keine deiner Debatten. Diesmal gibt es keine Gewinner.«

Ich reiße einem Helfer ein Handtuch aus der Hand und werfe es Dad zu, bevor ich zur Umkleide stürme.

Echt sein

Magnus

Drei Wochen später.

Heute ist der Tag aller Tage und die Bürger von Wilbur Peaks können noch knapp zwei Stunden wählen gehen. Meine Familie ist schon auf Dads Wahlparty, ich bin erst vor wenigen Stunden nach Wilbur Peaks zurückgekehrt und fahre nachher mit einem Taxi zur Wahlparty.

Die Feiertage und die darauffolgenden zwei Wochen bei Tante Bridget zu verbringen, war heilsam und hat mir einiges klargemacht. Ich bin froh, dass ich die Endphase des Wahlkampfs verpasst habe, es gab wohl noch ein hitziges Duell im Regionalfernsehen und einige Diskussionen in der Tageszeitung. Dane hat mich zwischendurch auf dem Laufenden gehalten, unser Kontakt war nur sporadisch, ist aber nie abgebrochen. An Neujahr war er die erste Person, der ich geschrieben habe – wie hätte er es auch nicht sein können?

Seit dem Schwimmwettkampf haben wir uns nicht mehr gesehen. Der Gedanke daran versetzt meinem Herzen noch immer einen Stich. Dane hätte als mein Freund dort sein sollen, nicht als irgendein Zuschauer unter vielen. Ich hätte an den Feiertagen und an Silvester bei ihm sein sollen, doch es war für alle die klügste Entscheidung, dass ich bis heute an der Küste bleibe. Inzwischen haben wir Mitte Januar und im Gegensatz zu mir hatte Dane die Chance, das Semester zu beenden und sich ohne große Ablenkungen auf die nahenden Prüfungen vorzubereiten.

Als ich ins Taxi steige und mich auf den Weg zu Dads Wahlparty mache, muss ich wieder an Dane denken. Meine Fingerspitzen kribbeln, als ich unruhig mit den Händen auf meinen Oberschenkeln trommle.

»Wird ziemlich spannend, was?«, meint der Taxifahrer, als wir vor dem Gebäude halten. »Sag's deinem Vater nicht, aber ich hab Atkins gewählt.«

»Sagen Sie's ihm nicht, aber ich habe gar nicht gewählt«, gebe ich schmunzelnd zurück und steige aus. Owen erwartet mich am Hoteleingang.

»Schön, dass du wieder da bist, Magnus«, meint er mit der gewohnten Freundlichkeit.

»Danke. Wir werden sehen, wie lange ich diesmal bleibe.«

Ich betrete den Hotelsaal, in dem die Veranstaltung stattfindet, und entdecke meinen Vater recht schnell vorn bei der Bühne. Mom winkt mir verhalten zur Begrüßung zu, er nickt nur und Dorian wirkt genervt. Also alles beim Alten. Nur ich fühle mich nicht mehr so wie noch vor einem halben Jahr.

Dennoch hasse ich alles an diesem Event. Die vornehme Kleidung, den Sektempfang, die kleinen Häppchen. Und vor allem hasse ich, dass niemand da ist, mit dem ich mich darüber lustig machen kann.

»Hey, du musst mir eine Menge erklären«, meint Gabe, als ich ihn in der Menge finde. Seine Eltern waren von Beginn an Wähler meines Dads.

»Ich weiß«, erwidere ich und schlage zur Begrüßung mit ihm ein. Wir haben wenig Zeit, uns auszutauschen, da mein Vater auf die Bühne tritt und das Mikrofon testet.

Hunter steht so stolz neben Dad, als hätte auch er kandidiert. Mein zynischer Blick trifft Dorian, der ebenso treu ergeben auf der anderen Seite wartet. Sie alle haben offenbar beim selben Designer ihre Anzüge gekauft – Mom trägt ausnahmsweise mal nichts Geblümtes und einen strengen Dutt, sondern ein bodenlanges dunkelgrünes Kleid und gewellte Haare.

»Meine sehr verehrten Gäste«, meint Dad mit der sicheren Ausstrahlung des Politikers, der er durch und durch ist, der schon immer sein ganzes Sein bestimmt hat. »In den vergangenen Monaten haben wir hart gearbeitet, um den Wählern unsere Vision für ein besseres Wilbur Peaks näherzubringen. Wir waren unermüdlich und haben uns mit den Anliegen jedes einzelnen Bürgers auseinandergesetzt. Ich stehe hier also nicht allein, sondern als Teil einer Gemeinschaft, als Repräsentant eines Teams, das großartige Arbeit geleistet hat.«

Die geschätzt zweihundert Personen applaudieren an genau den richtigen Stellen, ich klatsche ebenfalls verhalten mit, um nicht negativ aufzufallen. Dabei interessiert mich Dads Rede nicht wirklich, es ist sowieso nur Show für die Presse, die fleißig Fotos knipst.

»In einer Stunde haben wir endlich Gewissheit, ob sich die Mühen gelohnt haben«, fährt er fort und ich schnappe mir zur Tarnung ein Glas Sekt, werde heute aber keinen Tropfen Alkohol zu mir nehmen.

»Willst du dich betrinken, bis du deinem Dad wieder auf die Schuhe kotzen musst?«, raunt Gabe mir, halb belehrend, halb belustigt, zu.

»Warum habe ich dir das noch mal erzählt? Du warst ja gar nicht dabei«, maule ich, finde es mit etwas zeitlichem Abstand aber auch witzig.

»Damit ich dich einerseits damit aufziehen und andererseits davon abhalten kann, es zu wiederholen.«

»Spielverderber«, flüstere ich amüsiert. »Dabei würde ich so gern darauf anstoßen, wenn mein Dad allen Erwartungen zum Trotz die Wahl verliert.«

»Das halte ich für unwahrscheinlich. Nach den Schlagzeilen heute Morgen über Nora Atkins.«

»Ja, mein Dad hat immer ein Ass im Ärmel«, erwidere ich und mein Blick wandert zur Bühne. Gestern ist ein Zeitungsartikel auf der Titelseite erschienen, der darüber berichtet hat, dass Nora Atkins wohl vor etwa fünfzehn Jahren einen Entzug machen musste, weil sie tablettenabhängig war. *Das* war das Geheimnis, das Dane und seine Mom schützen mussten. Und ich kann gut verstehen, warum Daniel deshalb so aufgewühlt war. Da das Video über mich nicht im Internet kursiert, ist mir sofort klar gewesen, dass sich nur eine Partei nicht an die Abmachung, die Nora Atkins und mein Dad getroffen haben, gehalten hat.

Auch wenn mich die Schlagzeilen natürlich schockiert haben und mein erster Impuls war, Dane zu fragen, wie es ihm geht, hat der Artikel meinen Entschluss bestärkt, meinen Plan heute durchzuziehen.

Als Dad allen mitteilt, dass er seine nächste Rede halten wird, sobald die ersten Hochrechnungen da sind, reiche ich Gabe mein Sektglas. Der Applaus ist mein Zeichen. Ich bahne mir einen Weg nach vorn bis zur Bühne, wo ich die Seite wähle, die Hunter bewacht. Er packt mich direkt am Oberarm, als hätte er gerochen, was ich vorhabe.

»Nicht so schnell«, raunt er mir zu. »Was willst du jetzt schon auf der Bühne, Magnus?«

»Wir wissen doch alle, dass Dad gewinnen wird. Danach wird es keine Zeit mehr für ungeplante Reden geben. Lass mich ein paar Worte zu ihm sagen, Hunter«, sage ich und bin froh, dass er mein verräterisches Herzklopfen nicht hören kann. »Dieser Wahlkampf war auch kräftezehrend für uns. Lass mich Dad beglückwünschen.«

Seine Finger lösen sich nur langsam von meinem Arm. Endlich lässt er mich die Bühne betreten und gibt Dad ein Zeichen, dass ich einen Toast aussprechen will.

Ich teste ebenfalls das Mikrofon, indem ich ein paar Mal dagegen klopfe. Dadurch habe ich binnen kürzester Zeit die Aufmerksamkeit der Menge auf mich gelenkt. Dad hebt fragend die Augenbrauen, ich lächle ihm wohlwollend zu und räuspere mich. Showtime.

»Hi, ich bin Magnus, der Sohn unseres amtierenden und sicherlich auch neuen Bürgermeisters«, stelle ich mich vor, damit die Presse nachher auch ganz sicher meinen Namen hat. »Ich wollte ein paar Worte sagen, bevor später die große Party losgeht. Dad, wir sind so stolz auf dich. Ich meine Mom, Dorian und mich – vor allem Dorian.« Ich deute nacheinander auf die Erwähnten und Dad ist meine Rede nicht ganz geheuer, er entspannt sich unter den Blicken und nach meinen positiven Worten jedoch etwas. Ein paar Journalisten machen Fotos von mir und ich lege eine Pause ein, in der ich freundlich in die Kameras lächle, als hätte ich nie etwas anderes getan.

»Du hast so hart für diesen Wahlsieg gearbeitet«, fahre ich fort. »Du bist ein so guter Geschäftsmann, so verbissen und ehrgeizig, dass nichts anderes in deinem Leben Platz hat. Du bist ein so guter Lügner, denn du bist vorausschauend, gewieft und skrupellos. Dieser Mann«, ich zeige mehrmals mit den Händen auf ihn, »schämt sich für gar nichts, wenn es ihm zum Wahlsieg verhilft.«

Wie erwartet stürmen Hunter und zwei Männer, die ich nicht kenne, zu mir auf die Bühne, also ist es an der Zeit für mich, abzuhauen. Ich nehme das Mikro mit und weiche zur Seite aus, sie erwischen mich noch nicht. Ein Raunen wandert durchs Publikum, ich kann Dads Ader auf der Stirn trotz der Entfernung pulsieren sehen. Mom verbirgt ihr Gesicht zur Hälfte hinter einer Hand, möglicherweise habe ich ein kurzes Lächeln auf ihren Lippen entdeckt.

»Schon gut, schon gut«, sage ich und hebe beschwichtigend die Arme. Ich laufe in Richtung Mikrofonständer und stelle das Mikro zurück, bevor ich mich doch nach vorn beuge und grinsend sage: »Ach, eines noch: Fick dich, Dad.« Ich halte beide Mittelfinger nach oben und zeige damit in seine Richtung.

Das Gefühl tiefer Genugtuung durchströmt mich, als die Blitzlichter losgehen und die Kameras die Geste einfangen. Ich hoffe, sie haben das entsetzte Gesicht meines Dads auch mit drauf. Das wird morgen eine Schlagzeile geben, die die über Nora Atkins noch übertrifft.

Ich entwische Dads Handlangern und laufe vor der Bühne unter verhaltenem Applaus vor ihnen davon. Leider stellt Dad sich mir in den Weg und packt mich grob am Arm. Er zerrt mich ein paar Meter zur Seite, die Wut blitzt aus seinen Augen. Weit kommt er nicht – er wird ebenfalls von jemandem gepackt.

»Du wirst meinen Sohn gehen lassen«, raunt Mom ihm zu.

»Er ist genauso mein Sohn.«

»Du hast dein Recht verwirkt, ihn so nennen zu dürfen, als du mir verschwiegen hast, was auf dem College geschehen ist«, sagt sie leise genug, dass nur wir es hören. »Du musst dir dieses Recht erst wieder verdienen.«

»Er kann doch nicht …«

»Du wirst ihn gehen lassen, Adrian«, fällt sie ihm ins Wort und in meinen Mundwinkeln zuckt ein Grinsen. Über ihre Schulter erkenne ich, dass es Dorian ebenfalls so geht und das ist vielleicht der einzig echte Ausdruck in seinem Gesicht, den ich in all den Jahren in Gegenwart unserer Eltern gesehen habe.

Inzwischen wird Dad bewusst, wo wir uns befinden und dass er nicht noch einen Streit mit mir vor Publikum gebrauchen kann. Endlich lässt er meinen Arm los und richtet reflexartig seine Krawatte. Mom sieht zu mir und nickt, als würde sie ahnen, wohin ich fliehen will. Was ich für diesen Tag geplant habe.

»Danke, Mom«, forme ich mit den Lippen und sprinte durch die Reihen in Richtung Ausgang. Für mich ist die Show hiermit beendet. Dad hat das einzig Echte, das ich in meinem Leben je hatte, zerstört. Es gab nur eine Sache, die wirklich von Bedeutung war, und die hole ich mir jetzt endlich zurück.

Richtig sein

Daniel

Mom wirkt auf ihrer Wahlparty wirklich gefasst, wenn man bedenkt, dass sich Adrian-das-Arschloch-Vaughn nicht an ihre Vereinbarung gehalten hat. Insgeheim war ihr schon klar, dass er sich nicht daran halten wird, wie sie mir heute Morgen nach Averys panischem Anruf gesagt hat. Die Schlagzeile war überall zu lesen, in drei Lokalzeitungen und unzähligen Online-Magazinen. Es entfernt sie mit jedem bösen Kommentar, den irgendwelche Fremden unter die Artikel schreiben, noch weiter von einem möglichen Sieg.

Ich sehe mich im Hotelsaal um, in dem etwa siebzig Personen sind. Ich wette, Vaughn feiert in einem riesigen Saal – dieser Raum wirkt wie das armselige kleine Auto neben einem Truck.

»Danke, Leute«, sage ich zu Paige und Wesley, die schon den ganzen Tag bei den Vorbereitungen der Wahlparty geholfen haben. »Ich frage mal Avery, ob sie noch Hilfe braucht.«

Ich trenne mich von meinen Freunden und komme auf dem Weg zu Avery an Mom vorbei, die mich kurz grüßt, obwohl sie im Gespräch mit ein paar Leuten ist. Ich lächle ihr aufmunternd zu, das kann sie heute gut gebrauchen. Avery drückt mir direkt einen Stapel Flyer in die Hand und ist so gestresst wie eh und je.

Ich überprüfe rasch die Uhrzeit. In etwa einer halben Stunde bekommen wir die ersten Hochrechnungen präsentiert. Erneut sehe ich zu Mom, die just in diesem Moment auch zu mir sieht. Sie lächelt und ich erwidere es, bis sich in meinem Herzen die altbekannte Sehnsucht meldet. Ich konnte Wilbur Peaks während der Vorlesungszeit nicht verlassen, die Feiertage bin ich Mom und Avery zuliebe hiergeblieben.

Doch es tut immer noch weh. Magnus ist weiterhin der erste Gedanke, wenn ich aufwache und der letzte, wenn ich zu Bett gehe. Wir haben in den vergangenen Wochen Kontakt gehalten – genug, um sich auf den neuesten Stand zu bringen, aber nicht genug, um noch wirklich am Leben des anderen teilhaben zu können.

All das scheint Mom in diesem Moment in meinen Augen zu lesen und in ihre tritt ein Ausdruck des Bedauerns, bevor sie mir vorsichtig zunickt. Avery bemerkt meinen Blick ebenfalls und unterdrückt sichtlich ein Seufzen. Mom hat ihr vor ein paar Tagen alles erzählt, die beiden sind über den Wahlkampf zu wirklich guten Freundinnen geworden.

»Es wird irgendwann besser«, raunt Avery mir jetzt zu. »Ich hatte einen Freund am College und Halleluja, wir konnten uns keine zwei Minuten voneinander trennen. Dann habe ich einen Job in einer Stadt am anderen Ende des Landes angeboten bekommen und mich für die Karriere entschieden. Und so kam ich nach Wilbur Peaks.«

»Vermisst du ihn manchmal noch?«, will ich wissen und verfolge Mom mit den Augen, während sie sich bei ihrem Gesprächskreis entschuldigt, sich ein neues Glas Sekt nimmt und zur Bühne läuft.

»Ja, wenn ich allein zuhause bin, erinnert mich recht viel an ihn«, gibt Avery zu. »Aber er ist inzwischen verheiratet. Und ich bin gern Beraterin deiner Mom. Ihre Freundin. Die Feiertage mit euch zu verbringen, war wirklich schön. Man sollte verpassten Chancen nicht zu lange nachtrauern. Es kommen neue.«

Wieder denke ich an Magnus. Er ist auf gar keinen Fall eine verpasste Chance. Die wenigen Wochen, die wir bereits hatten, haben sich nach etwas Großem angefühlt. Wenn das alles hier vorbei ist, werden wir wieder zusammenfinden. Darauf hoffe ich zumindest. Eigentlich bin ich mir sicher, aber ein leiser Zweifel lässt sich einfach nicht zum Schweigen bringen.

Unerwartet packt Avery mich am Arm und deutet auf meine Mom, die inzwischen die Bühne erreicht hat.

»Was tut sie da?«, raunt Avery mir entsetzt zu, als Mom nach dem Mikrofon greift. »Die Wahlergebnisse stehen doch noch gar nicht fest.«

»Ich glaube, sie macht das Richtige«, wispere ich und meine Worte beruhigen Avery keineswegs. Dennoch bleibt sie neben mir stehen und lässt Mom gewähren.

»Hi«, meint Mom ins Mikrofon und das Stimmengewirr im Saal verstummt. »Wie schön, dass ihr alle hergekommen seid. Ich bin wirklich dankbar für so viele Helfer. He, es ist sogar der alte Oscar da.« Sie winkt unserem ehemaligen Nachbarn, der von seiner Betreuerin im Rollstuhl aus dem Altersheim hergebracht wurde. Die Menge applaudiert für ihn und er schenkt uns ein gebissloses Lächeln.

Mom streicht sich eine blonde Haarsträhne hinters Ohr und ich spüre, wie schwer ihr diese Rede fällt.

»Seien wir ehrlich zueinander«, meint sie nun und zeigt mit dem Arm in die Runde. »Ihr alle seid dafür verantwortlich, dass immerhin eine geringe Aussicht bestand, die Stadtpolitik verbessern zu können. Die Artikel, die heute über mich erschienen sind, waren vernichtend und ihr seid trotzdem hier. Dafür danke ich euch.« Sie braucht einige Momente, um sich zu sammeln, und Avery zuckt wie ein unruhiger Wachhund neben mir, aber ich halte sie zurück.

»Ja, lasst uns ehrlich sein«, fährt Mom mit belegter Stimme fort und lächelt dennoch. »Ich habe so sehr versucht, diese Wahl nicht zu verlieren, dass ich mich beinahe selbst verloren habe. Was aber viel schlimmer ist und mir erst vor wenigen Wochen bewusst wurde: Ich habe damit riskiert, fast das Vertrauen meines Sohns zu verlieren.« Sie findet mich in der Menge und ich lächle sie an, um ihr die Sicherheit zu geben, die sie mir als Kind immer gegeben hat. Auch Avery scheint inzwischen resigniert zu haben, sie trinkt einen kräftigen Schluck Sekt und seufzt leise. Irgendwann wird sie es bestimmt verstehen.

»Daniel, lass mich ein paar Worte an dich richten«, meint Mom und die Aufmerksamkeit ist mir unangenehm, Avery verdeckt aber zum Glück den Blick auf das restliche Publikum. »Du bist ein so empathischer, selbstloser und respektvoller junger Mann geworden, an dem sich viele ein Vorbild nehmen sollten. Deshalb vergesse ich schnell, dass du noch jung bist und auf nichts verzichten solltest. Du verdienst alles, wonach dein Herz begehrt.«

Ihre Worte treffen mich auf die Art, die sie ganz sicher beabsichtigt hat. Sie macht eine Pause und nickt mir erneut zu. Die Geste ist für die anderen kaum zu erkennen, doch ich begreife direkt, was sie zu bedeuten hat. Also schiebe ich Avery, die sich während Moms Rede immer mehr an meinen Arm geklammert hat, sanft zur Seite und drehe mich um. Das hier ist nicht die Veranstaltung, auf der ich eigentlich sein müsste.

Nach einem Räuspern wendet sich Mom wieder an alle Anwesenden: »Wir werden heute wohl nicht auf einen Sieg anstoßen, aber wir stoßen darauf an, dass wir einander haben und was wir bislang in Wilbur Peaks erreicht haben. Vielleicht ist ein Großteil dieser Stadt noch nicht bereit für positive Veränderungen, doch lasst es uns bei unseren Kindern besser machen, damit sie es später besser machen.«

Als die Menge in tosenden Applaus ausbricht, kann man nicht unterscheiden, ob sich nur siebzig oder doch zweihundert Personen im Raum befinden. Ich schaffe es unbehelligt bis zum Ausgang, wo Paige und Wes mich abfangen.

»Dane, das musst du sehen.« Paige hält mir ihr Smartphone hin. Im Internet hat jemand ein Foto von Vaughns Wahlparty hochgeladen. Zwischen unzähligen Luftballons und Girlanden ist Magnus auf der Bühne zu sehen. Mein Herz macht einen Sprung in meiner Brust, als ich realisiere, dass er zurück in Wilbur Peaks ist.

Dann einen weiteren, weil mir klar wird, was auf dem Foto zu sehen ist. Magnus streckt mit einem breiten Grinsen im Gesicht beide Mittelfinger in die Höhe und posiert für die Kameras. Sein Vater steht am Rand der

Bühne und ist sehr darum bemüht, nicht vor dem Publikum auszurasten. Es gelingt ihm allerdings kaum.

»Ich speichere es, dann kannst du es dir als Hintergrund einstellen«, meint Paige kichernd und Wes hält mir ebenfalls sein Smartphone hin.

»Hier hat jemand ein Video gemacht und lässt in Dauerschleife laufen, wie Magnus ›*Fick dich, Dad*‹ sagt. Dieser Kerl hat echt Eier.«

»Ja, das muss man sich erst mal trauen«, kommentiert mein Dad, der hinter uns aufgetaucht ist und einen Blick über Wesleys Schulter wirft. Der will das Smartphone schnell ausschalten und macht dabei versehentlich den Ton an, sodass nun klar und deutlich zu verstehen ist, wie Magnus die drei Worte immer und immer wieder sagt. Auf meinen Lippen entsteht ein unumstößliches Grinsen.

»Ziemlich gewagt, aber das wollten wir in den letzten Wochen sicherlich alle mal zu Vaughn sagen«, meint Leah schmunzelnd und schenkt mir einen längeren Blick. »Und jetzt beeil dich, bevor Magnus vielleicht weg ist.«

»Sag ihm, wie cool wir seine Aktion finden.« Paige gibt mir einen kleinen Schubs, damit ich schneller vorankomme. Ein paar Meter vor dem Ausgang halte ich dennoch inne und sehe noch einmal zu ihnen.

»Geh schon«, sagt Dad und ich nicke eilig, bevor ich aus dem mickrigen Tagungssaal stürme.

Ich renne durch die Hotellobby und stoppe auf dem Gehweg, um keine Passanten umzulaufen. Draußen bin ich im ersten Moment etwas ratlos. Vielleicht hätte ich vorher nachfragen sollen, wo Vaughns Wahlparty überhaupt stattfindet. Im Video sah es nach einem schicken Hotel aus, davon gibt es aber mehrere in der Stadt. Und Gäste, die nicht auf der Liste stehen, lassen sie wahrscheinlich gar nicht rein.

Mit jedem angestrengten Atemzug sinkt meine Hoffnung weiter. Es ist inzwischen fast dunkel, im Stadtzentrum sind nur vereinzelt ein paar Sterne am Himmel zu erahnen. Vielleicht hat Leah recht und Magnus sitzt schon in einem Taxi zum Flughafen. Nach seiner Aktion wird er wohl kaum auf der Veranstaltung geblieben sein.

Unschlüssig, ob ich zu ihm nach Hause oder direkt zum Flughafen fahren soll, drehe ich mich mehrmals um meine eigene Achse. Erst das Schwindelgefühl zwingt mich, stehen zu bleiben.

Ich weiche ein paar Passanten aus und sehe etwas länger zu einem jungen Typen, der gerade aus einem Taxi aussteigt und von hinten große Ähnlichkeit mit Magnus hat. Ich blinzle und halte es weiterhin für eine Verwechslung, bis er sich umdreht und mich erkennt.

Offenbar hatte Magnus denselben Plan wie ich, war aber schneller. Wenn ich nur etwas früher gegangen wäre, wenn Paige mir nicht das Foto gezeigt hätte, wenn Mom nicht diese Rede gehalten hätte, wären wir buchstäblich aneinander vorbeigefahren. *Danke, Universum.*

Er sieht genauso sprachlos aus, er hat sicherlich auch nicht damit gerechnet, dass wir uns zufällig *vor* dem Hotel treffen. Mit wenigen Schritten ist er bei mir angelangt.

»Du bist wieder in der Stadt«, sage ich überflüssigerweise, weil ich nicht weiß, wie wir uns nach den Wochen seiner Abwesenheit begrüßen sollen.

»Ja«, erwidert Magnus fast stimmlos und atmet hörbar durch die Nase ein. Ein Auto rauscht mit zu hoher Geschwindigkeit an uns vorbei, irgendwo bellt ein Hund, ein Ladenbesitzer auf der anderen Seite der Straße streitet mit einem Kunden. All die Eindrücke, die täglich auf mich einprasseln, sind plötzlich nicht mehr von Bedeutung. Magnus' Anblick löst heftiges Herzklopfen bei mir aus und die Gefühle, die ich seit Wochen zu unterdrücken versuche, sind mit einem Schlag wieder da. Eigentlich waren sie nie weg.

»Hey«, wispere ich und hole durch den Mund Luft. »Hast du ...?«

»Ich wollte ...«, beginnt Magnus zeitgleich und wir verstummen beide, bis ein Schmunzeln auf seinen Lippen entsteht. Unsere Unsicherheit scheint die letzte Mauer zwischen uns einzureißen, bevor er nach meiner Hand greift. Ich will ihn so schnell küssen, dass wir kurz mit der Stirn gegeneinanderstoßen, weil er mir bereits entgegenkommt.

»Verflucht, tut mir leid«, murmele ich und reibe mir die schmerzende Stelle. Magnus lacht nur, legt mir dann die Hände auf die Wangen und zieht mein Gesicht zu sich. Ehe sich unsere Lippen endlich berühren, hält er jedoch inne.

»Wir stehen mitten in der Stadt«, flüstert er gegen meinen Mund. »Hier könnte uns jeder sehen.« Seinen Atem auf der Haut zu spüren, weckt die Sehnsucht in mir und all die schönen Erinnerungen sind sofort wieder präsent. Alles, was uns ansonsten voneinander ferngehalten hat, erscheint in diesem Moment unwichtig.

Also lege ich die Hände auf seine Hüften und hindere ihn daran, auf die dumme Idee zu kommen, sich wieder von mir zu entfernen. Ich zucke mit den Schultern und flüstere: »Umso besser. Dann müssen wir es später nicht so vielen sagen.«

Magnus stimmt mir zu, indem er meinen Mund mit einem langen Kuss verschließt. Ein Kuss, der so stürmisch und intensiv ist, dass er mich zum Keuchen bringt und alles um uns herum vergessen lässt.

Auch wenn ich ihn gern weiter geküsst hätte, löse ich mich von ihm, als ich das angenehme Ziehen in meiner Körpermitte spüre. Da wird mir nämlich plötzlich wirklich bewusst, dass wir uns in der Öffentlichkeit befinden.

Um die Distanz zwischen uns nicht mehr zuzulassen, lächle ich. Ich bin mir ziemlich sicher, dass wir noch viele Momente haben werden, in denen wir ungestört sein können. Und dieser Gedanke macht mich wirklich glücklich.

Auch ohne Worte versteht Magnus, warum ich unseren Kuss unterbrochen habe, und hebt einen Mundwinkel.

»Wir könnten die Wahlparty meines Dads sprengen«, schlägt er mit dem schelmischen Ausdruck im Gesicht, den ich so an ihm mag, vor. »Obwohl ich das schon irgendwie getan habe.«

»Hab's schon gesehen. Ich glaube, mir war das genug Aufregung für einen Tag.« Ich grinse zurück und verwebe unsere Finger miteinander. Magnus sieht zu unseren Händen und sein Gesicht hellt sich auf, weil er versteht, dass er ebenso wenig allein ist wie ich. Dass es etwas in seinem Leben gibt, das verdammt noch mal richtig ist.

Mehr sein

Magnus

Es ist schon nach zehn Uhr, als ich am Abend nach Hause komme. Ich will eigentlich nur noch todmüde ins Bett fallen, laufe aber in die Küche, wo Mom gerade Tee kocht. Sie erkennt mich und ein schmales Lächeln erscheint auf ihrem ansonsten immer so angespannten Gesicht.

»Ich wusste nicht, ob du zurückkommst oder wieder bei Freunden schläfst. Es ist jedenfalls schön, dass du hier bist.« Es tut gut, so etwas aus ihrem Mund zu hören. Beschwingt lege ich die Arme um sie und drücke sie fest an mich. Ich merke, wie überrascht sie ist, weil ihr Körper sich versteift, ehe sie eine Hand hebt und etwas unbeholfen meinen Arm tätschelt. Nachdem ich sie losgelassen habe, ist ihr Lächeln ein wenig breiter geworden.

»Warst du bei Daniel?«, will sie wissen und ich nicke vorsichtig, um zu testen, wie sie reagiert, aber ihr Lächeln bleibt.

Just in diesem Moment betritt Dorian die Küche.

»Mom, du glaubst nicht, was für Fotos ...« Bei meinem Anblick verstummt er für einige Sekunden, bis er mir sein Smartphone hinhält. Darauf ist ein Foto auf Social Media zu sehen, das Dane und mich händchenhaltend vor einem Hotel zeigt. Ich lache unbeschwert auf dem Bild, Dane lächelt so schüchtern, wie ich ihn mag.

Die Erinnerung an ihn erfüllt meinen Körper direkt mit einem Kribbeln. Ich grinse Dorian wissend an.

»Na, sieh mal einer an, wer es zuletzt erfährt«, raune ich ihm zu und dränge ihn mit der Schulter zur Seite, damit ich aus der Küche komme. Weit schaffe ich es wieder nicht, denn unerwartet öffnet sich die Haustür und Dad taucht im Flur auf. Sein Haar ist durcheinander, er hat dunkle Schatten unter den Augen und wirkt übernächtigt. Wie der strahlende Gewinner der Wahl, unser alter neuer Bürgermeister, sieht er nicht aus.

Dorian taucht hinter mir auf und betrachtet Dad mit derselben Skepsis. Als unser Vater uns erkennt, holt er schneidend Luft durch die Nase.

»Wir müssen reden«, knurrt er. Als Dorian sich davonschleichen will, fügt er zornig hinzu: »Wir alle.«

***

Zehn Minuten später sitzen wir zu viert am Esstisch und jeder hat eine dampfende Tasse Kamillentee vor sich stehen. Ich bin mir noch nicht sicher, ob das eine gute Idee von Mom war, falls Dad auf die Idee kommen sollte, zornig auf den Tisch zu schlagen. Dazu kommt es jedoch nicht, er wirkt deutlich gefasster als erwartet.

»Ich habe verstanden, dass du wütend bist«, meint Dad zu mir und beinahe lache ich auf und frage ihn, woran er das denn erkannt hat. Doch ich will die ruhige Stimmung am Tisch nicht in Gefahr bringen. Wir saßen noch nie so gesittet beisammen und haben ernsthaft miteinander geredet.

»Wir müssen nicht darüber sprechen, wie falsch ich die Art und Weise, mit der du mir das mitteilen musstest, finde«, fährt er fort und jetzt kann ich mich doch nicht mehr zurückhalten.

»Dad, du hast die Infos über Nora Atkins veröffentlicht. Obwohl du einen Deal mit ihr hattest.«

»Ich sage ja auch nicht, dass *ich* immer richtig gehandelt habe«, erwidert er und die Strenge kehrt in seine Stimme zurück. »Auch wenn du das wahrscheinlich nicht glauben kannst, liegt mir diese Stadt sehr am Herzen. Es ist schwer, es allen recht zu machen. Vor allem meinen Söhnen.« Er blickt von mir zu Dorian, der nervös an seiner Unterlippe nagt.

»Ich habe mit Dekanin Ortiz gesprochen, weil sie sich noch mit mir beraten wollte, wie wir nach der Aktion mit dem Fahnenmast vorgehen sollen«, mischt sich Mom ein und ich weiß noch nicht, ob ich froh bin oder es mir Angst machen sollte, wie viel Selbstbewusstsein sie in den vergangenen Monaten gewonnen hat.

»Ach ja?«, fragt Dorian mit schwacher Stimme. Ihn so klein zu sehen, gefällt mir äußerst gut. Und doch habe ich ein bisschen Mitgefühl mit ihm, weil Dad uns nie ein gutes Vorbild war. Wir hatten nur unterschiedliche Arten, damit umzugehen.

»Sie brauchen immer freiwillige Helfer, die den Campus sauber halten«, erklärt Mom. »Für das nächste Semester fehlen ihnen noch Freiwillige. Deine Freunde haben dafür sicherlich auch Kapazitäten frei.«

»Die Dekanin will, dass ich Müll sammle? Das ganze Semester lang?«

»Ja, ich hielt das sofort für eine fabelhafte Idee«, erwidert Mom, die die eigentliche Gewinnerin des Tages ist. Zu meiner Heldin macht sie sich zumindest gerade.

»Dann will ich jetzt etwas sagen«, meint Dad und unweigerlich sinkt mein Herz tiefer. Ich will nicht mehr diese Anspannung in seiner Gegenwart verspüren. Und doch kann ich nicht verhindern, dass in seiner Nähe der unverstandene Junge in mir erwacht, der ich einst war. Inzwischen sträubt sich allerdings alles in mir dagegen. Ich will nie wieder von seiner Meinung oder seinem Wohlwollen abhängig sein.

»Das musst du nicht«, sage ich deshalb und lächle verkniffen. »Wir sind alles losgeworden, du hast die Wahl gewonnen, es gibt nichts mehr zu sagen. Ich werde mir einen Nebenjob und ein WG-Zimmer suchen, dann laufen wir uns hier nicht mehr gezwungenermaßen über den Weg.«

Ich will mich schon vom Tisch erheben, als mich Moms Bein streift und ich mich ihr zuliebe zusammenreiße. Ich muss an ihre Worte denken, dass Dad nicht immer so war. Und vielleicht ist sie nicht die Einzige, die noch Hoffnung hat. Hätte ich diese Hoffnung nicht, säße ich nicht mit ihnen an diesem Tisch.

»Ich ...«, fängt Dad an und räuspert sich. »Ich sehe dich, Magnus. Das habe ich schon immer getan. Aber anscheinend nie so, wie du dich gesehen hast. Nie so ... wie du wirklich bist. Das ist mir jetzt bewusst geworden.«

Ich weiß nicht, was ich darauf antworten soll, aber Dorian findet offenbar eine Menge Worte.

»Dad, er hat uns wochenlang belogen. Er hat sich heimlich mit Atkins' Sohn getroffen und uns auch noch verschwiegen, dass er auf Männer steht. Ich denke, das ist eine Information, die wir als seine Familie gern gehabt hätten.«

»Damit ich mir deine und Dads homophobe Aussagen auch noch zuhause anhören muss?« Ich schüttele fassungslos den Kopf und bin nicht mehr bereit, meinen Bruder zu schützen. »Nur damit ich das richtig verstehe, Dorian: Wann genau hast du entschieden, was schwerer wiegt? Dass ich mich in den Sohn von Dads Kontrahentin verliebe oder dass du Dads Auto betrunken in einem See versenkst?«

»Du hast *was* getan?« Jetzt hält es Dad nicht mehr auf seinem Stuhl und er schlägt wütend mit den Händen auf den Tisch. Die Teetassen schwappen leicht über und Mom holt hörbar Luft. Dorian schreckt zusammen, ich hingegen habe mit dieser Reaktion gerechnet.

»Adrian«, meint Mom und legt beruhigend eine Hand auf seinen Arm, bis er sich wieder hinsetzt.

»Du wusstest davon?«

»Ich habe damals seine nassen Schuhe im Wandschrank gefunden«, erklärt sie und mir wird klar, dass ich Mom all die Jahre unterschätzt habe. Das haben wir alle. Das scheint ihr nun auch klar zu werden.

»Ja, wir sind eine Familie«, ergänzt sie mit einer Tonlage, die keine Widerrede duldet. »Deshalb war ich immer so darum bemüht, uns zusammenzuhalten, doch ich schaffe das nicht mehr. Ich habe eure kindischen Wutausbrüche ertragen, ich habe die Scherben aufgesammelt und eure Wunden versorgt. Damit ist jetzt Schluss. Ich habe vorhin auch mit Tante Bridget telefoniert, weil ich sie für ein paar Wochen besuchen will.

Das Gästebett ist noch frei, sie wusste ja nicht, wie lange Magnus bleibt.«

»Du fährst weg?« Dad blickt sie an, als wäre es das Abwegigste, was sie tun könnte.

»Mom, du hast dir eine Auszeit wirklich verdient«, sage ich.

»Danke«, sagt sie lächelnd an mich gewandt, während Dad zornig schnauft.

»Das kannst du nicht machen, Elizabeth. Ich habe gerade erst die Wahl gewonnen. Die nächsten Wochen werden anstrengend sein.«

»Dann müsst ihr euch wohl mal ohne mich zusammenraufen und zusehen, wie ihr klarkommt.« Dabei sieht sie Dad und Dorian an. Dass ich klarkomme, scheint sie keine Sekunde zu bezweifeln.

Es wäre mir lieber gewesen, wenn es nicht Moms Worte wären, die Dad endgültig wachrütteln, aber immerhin hat sie mehr Macht über ihn als wir.

»Also ...«, fängt Dad stammelnd an, von dem strengen Politiker ist nichts mehr übriggeblieben. Als ihm das selbst auffällt, richtet er sich auf und streicht sich eine Haarsträhne in die gekämmte Frisur zurück. Nach einigen Sekunden, in denen er innerlich wohl mit sich selbst kämpft, sieht er zu Dorian.

»Müll sammeln auf dem Campus ist ein guter Anfang. Dazu wirst du Owen im Büro unterstützen, bis du die Schulden, weil die Versicherung nicht das ganze Auto bezahlt hat, beglichen hast.«

»Dad, das wird Wochen dauern.«

»Und wenn es Monate dauert. Es wiegt bei weitem nicht das auf, was du deinem Bruder und seinem Freund angetan hast.« Ich hätte gedacht, dass es mir mehr Befriedigung verschaffen würde, wenn er Dane als meinen Freund bezeichnet, aber ehrlich gesagt ist es mir inzwischen egal. Ich will keinem von ihnen jemals wieder so viel Macht über mich geben.

»Und du, Magnus«, wendet er sich mir zu. »Ich weiß gar nicht, wo ich anfangen soll. Vielleicht ... Nein, das wäre ...« Er unterbricht sich mit einem Räuspern. »Am besten fange ich damit an: Es tut mir leid. Dieser Wahlkampf hat mich nicht mehr klar denken lassen. Ich habe einige Aussagen getroffen, die im Nachhinein betrachtet äußerst unklug und unsensibel waren. Es ging mir immer nur um Wählerstimmen.«

»Ich weiß«, wispere ich und lächle ein wenig, obwohl der Schmerz noch tief sitzt und nie ganz fortgehen wird. Dad hat so vieles gesagt und getan – um Verzeihung zu bitten, wird nicht alles ungeschehen machen. Doch es ist ein Anfang und mehr kann ich im Moment sicherlich nicht erwarten.

Von meinem Bruder erwarte ich allerdings keine ehrliche Entschuldigung. Für so viel Sühne ist Dorian Vaughn noch nicht bereit. Daher wende ich mich ihm zu und schenke ihm ein besonders süffisantes Grinsen.

»Du kannst deinem Kumpel Brian übrigens sagen, dass er das mit dem Praktikum bei Dad vergessen kann. Außer du willst, dass er dir Gesellschaft im Büro leistet.«

»Du hast Brian ein Praktikum bei Dad versprochen?«

»Weil er mich erpresst hat«, erkläre ich und Mom wirkt noch geschockter als er – Dad hingegen erleichtert. Und obwohl dieser Tag mehr als aufwühlend war, sind wir das sicherlich alle ein bisschen.

***

Der erste Tag, an dem ich wieder ans College zurückkehre, um ein paar Angelegenheiten fürs nächste Semester zu regeln, fängt ruhiger an als gedacht. Mom läuft auf Zehenspitzen durchs Haus und gibt mir per Handgeste zu verstehen, dass wir besonders leise sein sollen, damit Dad nicht aufwacht. Sie telefoniert gerade im Flüsterton mit Owen und bittet ihn, sie nachher zum Flughafen zu bringen.

Mit noch mehr Genugtuung erfüllt mich der Anblick meines Bruders, als er sein altes Fahrrad aus dem Schuppen holt und sich dabei mehrmals das Schienbein stößt. Nach der Offenbarung des gestrigen Abends darf er Dads neues Auto nicht mehr fahren und ist jetzt wie ich auf den Bus oder das Fahrrad angewiesen. Das Downgrade scheint ihm gar nicht zu gefallen.

Ich hingegen mache keinerlei Anstalten, mein gebrechliches Fahrrad zu holen. Stattdessen laufe ich im Schneeregen neben Dorian die Auffahrt entlang.

»Und du willst bei dem Wetter zu Fuß unterwegs sein?«, fragt er und ein Grinsen zuckt in seinen Mundwinkeln.

Ich muss nichts sagen, das silberne Auto, das bereits am Straßenrand auf mich wartet, ist Antwort genug. Dorian vergeht das Lachen, als er Dane erkennt, der unter einem Regenschirm gegen die Fahrertür lehnt. Es muss meinem Bruder sehr zusetzen, dass mein Freund im Gegensatz zu ihm ein eigenes Auto besitzt.

»Der Führerschein bringt einem herzlich wenig, wenn man ihn nicht nutzen kann«, sage ich zu Dorian, steige ins Auto und winke ihm noch zu. Sein Fahrrad quietscht hörbar, als er sich auf den Sattel schwingt und nur schwerfällig vorankommt. Dane kann sein Lachen nur mit Mühe unterdrücken, das sehe ich genau.

Die Fahrt zum Campus dauert nicht lange, mir war sie sogar zu kurz. Ich hätte gern mehr Zeit mit ihm zu zweit verbracht, auch wenn er sich aufs Fahren konzentrieren muss.

»Da vorn ist noch was frei.« Ich deute zu einem Parkplatz.

»Du willst, dass ich so nah beim Gebäude parke?«, fragt Dane, eigentlich wollte er aber wohl fragen, ob wir so nah parken wollen, dass uns jeder beim Aussteigen sehen kann.

»Es ist ein guter Parkplatz«, entgegne ich und er stimmt schließlich zu. Nachdem er den Motor ausgestellt hat, bleiben wir noch einige Sekunden schweigend im Auto sitzen.

»Bist du dir sicher, dass …?«

»Natürlich bin ich das«, unterbreche ich ihn, öffne die Tür und steige aus. Dane folgt kurze Zeit später und die ersten Blicke richten sich bereits auf uns, als hätten die Geier nur auf uns gewartet. Er umrundet das Auto und bleibt etwas unschlüssig neben mir stehen.

Ich betrachte ihn von der Seite und bemerke die leichte Veränderung in seiner Mimik, als habe er Angst. Ich will nicht, dass er sich jemals wieder so fühlt. Ich weiß, dass sie sein stetiger Begleiter ist wie die Panik bei mir, doch vielleicht kann ich ihm genügend Sicherheit geben, damit er begreift, was ich in ihm sehe. Also räuspere ich mich und nehme seine Hand.

»Na, dann bringe ich dich mal zu deiner Vorlesung«, sage ich schmunzelnd. »Ich habe bis zum nächsten Semester eh frei.«

»Und dann wolltest du trotzdem so früh herkommen?«

»Vielleicht habe ich das College ja vermisst.« Ich ziehe ihn an der Hand mit mir und kicke mit dem Fuß eine leere Getränkedose zur Seite. Sie fliegt gegen den Rucksack eines Typen, der uns daraufhin ganz unverhohlen anstarrt. Auch die Studentinnen neben ihm haben zu tuscheln angefangen.

Ich habe das Wilbur Peaks College natürlich *nicht* vermisst. Dane versteht meine Anspielung darauf, wen ich eigentlich so früh sehen wollte, und lächelt. Er spannt die Schultern allerdings direkt wieder an, als Brian in unserem Sichtfeld auftaucht. Ich halte Daniels Hand noch fester und nicke grinsend in Brians Richtung. Er wird blasser, weil er wohl begreift, dass er das erzwungene Praktikum vergessen kann.

Dane und ich kommen an immer größeren Gruppen vorbei, viele davon unterbrechen ihre Gespräche und sehen zu uns. Ein paar tippen direkt auf ihren Smartphones. Ich merke, wie sich Danes Hand in meiner weiter verkrampft und werde direkt ärgerlich.

Vor einer Gruppe bleibe ich stehen und ziehe die Augenbrauen zusammen.

»Macht eure Fotos und verpisst euch dann«, sage ich und sofort tun sie so, als wären sie in irgendwelche Gespräche vertieft.

»Fuck«, flüstert Dane, als wir das Gebäude erreicht haben.

»War das zu viel?« Ich will seine Hand loslassen, aber er hält meine weiterhin fest.

»Nein, das war ...« Er findet nicht das passende Wort, sondern beugt sich zu mir und drückt mir einen Kuss auf den Mund, obwohl über den Korridor Studierende laufen. Der Kuss ist viel zu kurz und viel zu unschuldig, weshalb ich ihn hinterher an der Hand mit mir ins nächste Treppenhaus ziehe.

»Zu meiner Vorlesung geht es eigentlich in die andere Richtung«, meint Dane irritiert.

»Zur Vorlesung kommst du heute leider zu spät«, brumme ich.

Es dauert einige Meter, bis er versteht, dass ich uns einen ungestörteren Ort suchen will.

»Wir müssen uns doch nicht mehr verstecken.«

»Glaub mir«, entgegne ich schmunzelnd, »das, was ich mit dir vorhabe, ist nicht für die Öffentlichkeit bestimmt.«

»Oh, ach so«, murmelt Dane und die sanfte Röte, die daraufhin seine Wangen erreicht, facht meine Ungeduld weiter an.

Endlich haben wir eine ruhige Ecke am Ende des Korridors erreicht und ich dränge Dane gegen die Wand. Ich lege ihm eine Hand in den Nacken und küsse ihn. Er erwidert den Kuss ebenso begierig. Das ist so verflucht gut. Dieser Moment, das zwischen uns, fühlt sich nach mehr an, als ich in Worte fassen kann. Da ich jedoch plötzlich das Bedürfnis verspüre, Worte dafür zu finden, unterbreche ich unseren innigen Kuss für wenige Sekunden.

»Weißt du eigentlich, wie verliebt ich in dich bin, Daniel Miller-Atkins?«, raune ich ihm atemlos zu. »Wie verrückt du mich machst? Wie heiß …« Doch weiter komme ich nicht, da er seine Lippen auf meine presst. Es gibt keinen Zentimeter Platz zwischen uns, keinen Raum für irgendwelche Zweifel. Ihn zu küssen, ist von Anfang an schon erschreckend perfekt gewesen.

Dann löst er seinen Mund von meinem, küsst mich auf den Mundwinkel und hinterlässt eine Spur aus Küssen auf meinem Hals.

»Ich warne dich. Keine Revanche für den Knutschfleck«, knurre ich leise und höre Dane lachen. Ich umfasse erneut seinen Nacken, um seinen Mund zu meinem zu dirigieren. Erst Geräusche in der Nähe bringen uns kurz auseinander.

»Meine Mom hat übrigens vorgeschlagen, dass du am Wochenende mal bei uns essen könntest«, flüstert Dane und ringt genau wie ich um Atem.

»Dann können wir das Reden ja aufs Wochenende verschieben«, erwidere ich amüsiert. Dabei bin ich mir ziemlich sicher, dass uns auch am Wochenende Besseres einfallen wird.

Wir sein

Daniel

Drei Monate später.

»Achtung, fahr nicht gegen die alte Buche!«, ruft Magnus mir zu, als ich rückwärts die lange Auffahrt der Vaughns entlangfahre.

»Also ein *so* schlechter Fahrer bin ich ja nicht«, sage ich, nachdem ich den Wagen in der Nähe der Haustür geparkt habe. »Der Baum ist meilenweit entfernt.«

»Ich spreche ja bloß aus Erfahrung«, meint Magnus grinsend und drückt mir zur Begrüßung einen langen Kuss auf den Mund. »Und jetzt hilf mir endlich beim Tragen.« Er winkt mich mit sich ins Haus. Oben in seinem Zimmer schnaufe ich schon vor Anstrengung, bevor wir richtig angefangen haben.

»Das sind mehr Kartons, als ich angenommen habe.«

»Ja«, meint Magnus verlegen. »Ich glaube, Mom hat meinen Auszug zum Anlass genommen, mal das Haus auszumisten. Sie hat überall plötzlich Sachen gefunden, die ich bestimmt ganz dringend brauchen könnte.«

»Dann wollen wir mal«, sage ich und hebe die erste Kiste an, um sie die Treppe hinunter bis zum Auto zu schleppen. Magnus folgt mir mit weiteren Kartons, die

Möbelstücke tragen wir gemeinsam. Irgendwann stehen wir ratlos zwischen den Umzugssachen.

»Das passt unmöglich alles in mein Auto.«

»Das passt unmöglich alles in mein Wohnheimzimmer«, ergänzt Magnus und lässt sich erschöpft auf einen Karton sinken. »Ich will keine einzige Stufe mehr laufen.«

Ich setze mich in den offenen Kofferraum, denn mir geht es genauso.

»Ich rufe Wesley an, damit er uns hilft«, schlage ich vor.

»Das geht nicht. Er und Paige haben doch heute ihr erstes Date.«

»Ach ja, stimmt«, erwidere ich und lache kurz. »Das ist echt komisch, oder? Ich meine, das sind Paige und Wes.«

»Wenn du mich fragst, wurde es längst mal Zeit, dass die beiden miteinander ausgehen. Ich kann stattdessen Gabe anrufen.« Er zieht sein Smartphone aus der Hosentasche, schiebt es aber direkt wieder zurück. »Ach nein, der ist ja mit seinem Basketballteam verreist.«

»Wir haben uns den besten Tag für deinen Umzug ausgesucht«, scherze ich. »Immerhin regnet es nicht.«

»Siehst du. Es geht immer schlimmer.« Er zwinkert mir zu und auch wenn meine Arme etwas anderes meinen, weiß ich, dass sein Umzug nach allem, was wir durchhaben, unsere geringste Herausforderung ist.

Pünktlich zum neuen Semester ist endlich ein Wohnheimzimmer freigeworden. Das Geld dafür bekommt Magnus durch seinen neuen Nebenjob. Wie es der Zufall will, hat sich nämlich kürzlich eine Jobmöglichkeit ergeben, die ein Gewinn für alle Beteiligten ist. Nachdem sich meine Mom aus der Politik zurückgezogen hat und wieder ausschließlich als Anwältin arbeitet, hat sich Avery entschieden, einen Job als politische Beraterin in einer anderen Stadt anzunehmen. Da Avery nicht nur Moms Wahlkampfleiterin, sondern auch ihre Assistentin gewesen ist, brauchte sie dringend neue Unterstützung. Hier kam also Magnus ins Spiel, der eh seinen Studienschwerpunkt wechseln wollte.

Vor vier Wochen hat er bei Mom angefangen und von seinem ersten Gehalt bezahlt er ein kleines Zimmer in einem Wohnheim in der Nähe des Colleges. Der neue Nebenjob gibt Magnus nicht nur die Chance, endlich auf eigenen Beinen zu stehen, sondern nach dem Ende seiner Schwimmkarriere auch eine echte Zukunftsperspektive. Und Mom freut es, dass ich sie jetzt häufiger zur Mittagspause im Büro besuche.

Magnus blickt gen Himmel, auf den sich doch ein paar Wolken verirrt haben.

»Dann lass uns mal weitermachen«, meint er, klopft sich auf die Oberschenkel und steht mit neuer Motivation auf. »Wahrscheinlich müssen wir zwei- oder dreimal fahren.«

»Können wir nicht einfach zu dem Punkt springen, an dem wir dein Bett einweihen, indem wir Pizza darauf essen?«, jammere ich auf dem Weg die Treppe hoch.

»Zu Pizza sage ich zwar nie nein, aber ich finde, wir sollten das Bett heute Abend anders einweihen.« Magnus wirft mir einen so eindeutigen Blick über seine Schulter zu, dass meine Ohren heiß werden. Ich liebe es, wenn er mich so ansieht. Himmel, ich liebe *ihn*. Und weil ich ihm das heute noch nicht gesagt habe, öffne ich den Mund und setze zum Sprechen an. Dazu komme ich jedoch nicht, da wir beinahe mit jemandem zusammenstoßen.

»Scheiße, Dorian, erschreck uns doch nicht so«, meint Magnus zu seinem Bruder, der am oberen Treppenende steht. Obwohl Dorian uns seit Monaten aus dem Weg geht und vor allem mich meidet, kann ich nicht verhindern, in seiner Anwesenheit meine Schultern direkt anzuspannen.

»Ich habe vergessen, dass du heute ausziehst«, sagt er und macht einen Schritt zur Seite, damit wir an ihm vorbeilaufen können. Ich beeile mich, etwas schneller durch den Flur zu gehen.

Er lässt uns glücklicherweise in Ruhe, während wir die restlichen Sachen zum Auto tragen und dann das Problem lösen müssen, wie wir die Kisten und Möbelstücke am besten verstauen.

»Meine Mom hatte recht, als sie gesagt hat, dass wir deinen Umzug besser planen müssen.«

»Deine Mom hat neulich auch gesagt, dass sie ihren Tag besser planen will, um Zeit zum Kochen zu haben«, meint Magnus belustigt. »Und wir haben trotzdem am Wochenende gemeinsam Essen bestellt.«

»Das stimmt, aber ich weiß trotzdem nicht, wie wir zum Beispiel dein Bücherregal mit meinem Auto transportieren wollen.«

Unerwartet verlässt Dorian hinter mir das Haus. Er läuft zielstrebig an meinem Auto vorbei zum schwarzen Kombi, der deutlich geräumiger ist, und schließt ihn auf.

»Seit wann darfst du Dads Auto wieder fahren?«, fragt Magnus mit derselben Verwirrung, die auch ich empfinde.

»Darf ich offiziell noch nicht.« Dorian öffnet den Kofferraum. »Aber ihr könnt unmöglich deine Sachen mit Daniels Auto transportieren.«

»Sage ich ja.« Es irritiert mich zwar, dass ich Dorian erstmals zustimme, doch wir können Unterstützung gut gebrauchen.

»Wir schaffen das auch ohne dich«, sagt Magnus dennoch.

»Daran zweifle ich ja nicht, aber laut Wetterapp soll es in ein bis zwei Stunden regnen.«

»Und du hast natürlich Angst, dass ich nicht so schnell ausziehe, wie du es dir erhofft hast.«

Dorian stemmt die Hände in die Hüften und seufzt.

»Kannst du mal aufhören, so stur zu sein? Ich helfe euch und fahre die Sachen mit Dads Wagen.«

»Du widersetzt dich Dads Verbot? Für uns?«, hakt Magnus nach und kann es ebenso wenig glauben wie ich. Sein Bruder scheint den Annäherungsversuch aber ernst zu meinen. Eine Entschuldigung können wir von ihm nicht erwarten – uns heute zu helfen, ist vielleicht seine Art der Wiedergutmachung. Und mit Magnus' Umzug ein zusätzlicher Neuanfang, mit dem wohl keiner von uns gerechnet hat.

»Dad braucht seinen Wagen gerade nicht. Owen hat ihn und Mom zu einem Termin gefahren«, erklärt Dorian und läuft an uns vorbei, um einen Karton anzuheben. »Und glaub mir, Magnus, ich bin nicht froh, dass du ausziehst, sondern neidisch. Sobald ich mein Studium beendet habe, bin ich hier auch weg.«

»Na gut«, gibt Magnus nach. »Dann holen wir noch die restlichen Sachen von oben.« Er greift nach meiner Hand, um mich mit sich zu ziehen. Wir haben schon alles heruntergetragen, doch das soll Dorian wohl nicht wissen.

»Wir überlassen meinem Bruder die schweren Kartons«, flüstert Magnus mir auf der Treppe grinsend zu. »Und eines müssen wir noch machen, bevor ich ausziehe.«

»Was hast du vor?«, frage ich mit einer Mischung aus Aufregung und Furcht. Magnus bleibt unberechenbar und fordert mich immer aufs Neue heraus, aber das mag ich so an ihm. Und insgeheim weiß ich, dass er mich dafür liebt, wenn ich ihn auf dem Boden der Tatsachen halte.

Jetzt geht es allerdings in die Höhe, denn Magnus führt mich in sein altes Zimmer und öffnet das Fenster. Wir klettern nach draußen auf einen kleinen Dachvorsprung, wo Magnus bei unseren Telefonaten im Herbst oft saß.

»Das ist verdammt hoch«, stelle ich fest und klammere mich an ihm fest.

»Ja, was dachtest du denn?«, fragt er lachend und schlingt die Arme um mich, um mir Sicherheit zu geben. Ich sitze gegen seine Brust gelehnt und er schiebt sein Kinn auf meinen Kopf. Eine Weile sitzen wir in dieser Position auf dem Dach und verfolgen die Wolkenformationen am Himmel.

»Wenn wir noch ein paar Stunden warten, liegen wir gemeinsam unter dem Sternenhimmel«, wispert er und küsst mich aufs Haar. »Unter *unseren* Sternen.« Mein

Herz hüpft bei diesen Worten auf und ab und ich drehe mich in seinen Armen, damit ich ihn ansehen kann.

»Die Vorstellung finde ich schön«, sage ich mit einem Schmunzeln, »aber so lange sollten wir Dorian nicht allein lassen.«

»Wahrscheinlich nicht«, murmelt Magnus, bevor wir ins Haus und anschließend zum Auto zurückkehren. Wir helfen Dorian noch, die schweren Möbelstücke ins Auto zu laden.

»Ich fahre die erste Runde«, sagt Dorian, als er den Kofferraum schließt. »Nehmt ihr noch ein paar Kleinteile mit und wir treffen uns gleich beim Wohnheim?« Magnus stimmt ihm mit einem Nicken zu. Dorian fährt wie geplant vor und wir räumen die kleineren Taschen in mein Auto. Als wir gerade aufbrechen wollen, parkt ein anderer Wagen neben uns. Owen steigt aus und öffnet Magnus' Eltern nacheinander die Tür.

»Hallo, ihr beiden«, meint Elizabeth Vaughn, die seit ihrer Auszeit bei ihrer Schwester viel gelöster wirkt. Adrian Vaughn ist nach wie vor zurückhaltend, wenn er uns gemeinsam begegnet, und grüßt uns mit professioneller Freundlichkeit.

»Braucht ihr noch Hilfe?«, fragt er wider Erwarten.

»Nein, Dorian fährt schon die erste Tour«, erklärt Magnus. »Mit dem Kombi geht das deutlich besser.«

»Mit *meinem* Wagen?« Sein Vater kann seine Bestürzung kaum zurückhalten. Seine Frau legt ihm eine Hand auf den Arm und er fängt sich wieder. »Schon gut. Es klingt ja nach einem sinnvollen Plan.« Er wendet uns den Rücken zu und spricht mit Owen.

»Ich sehe schnell im Kühlschrank nach, was ich euch noch mitgeben kann«, meint Magnus' Mutter und eilt an uns vorbei.

»Das war's wohl mit der Pizza heute Abend«, raune ich ihrem Sohn amüsiert zu.

»Keine Sorge«, entgegnet er leise. »Niemand stellt sich zwischen eine Pizza und mich. Oder zwischen dich und mich.«

Obwohl es niemand außer mir gehört haben kann, dreht sich sein Vater just in diesem Moment zu uns um.

»Ach, Magnus«, sagt er. »Beim Packen habe ich gesehen, dass du deine letzte Schwimmmedaille nicht mitnehmen willst. Ich habe sie in mein Büro gehängt. Ich hoffe, das ist in Ordnung für dich.«

»Mach damit, was du willst, Dad«, meint Magnus. »Ich weiß ja, was *ich* will.« Dann legt er einen Arm um meine Schultern und küsst mich – frei und ohne Angst davor, was andere denken.